Michelle Steinbeck
FAVORITA

Michelle Steinbeck

FAVORITA

Roman

park × ullstein

Für meine Mutter

Den Toten geschieht Unrecht, wenn niemand
sie nach ihrem Tod verteidigt!
Goliarda Sapienza

Überall suchte ich nach dem Gesicht des Mörders,
überzeugt, dass er in den Steinen, den Wänden, im
Badewasser oder in den Handflächen war, in den
Schatten hinter dem Altarbild der Nonnen.
Johanne Lykke Holm

ERSTER TEIL

I

In der Küche meiner Großmutter hängt ein lyonerfarbiges Telefon mit Drehscheibe. Es schellt. Ich hebe den Hörer ab und schweige hinein.

Es spricht eine Italienerin. Sie fragt nach meiner Großmutter. Ich reibe mir den Hörer über die Stirn, er ist kühl; ich merke, wie sie darin ungeduldig wird, ich räuspere mich und sage: Meine Großmutter lebt hier nicht mehr, sie lebt gar nicht mehr.

Die Stimme wartet gerade lange genug, um als höflich durchzugehen. Dann sagt sie: Es tut mir leid, ich habe nicht viel Zeit. Sie fragt, ob ich die Tochter meiner Mutter sei. Sie sagt den Vornamen meiner Mutter, Magdalena, und einen Nachnamen, den ich nicht kenne.

Sie sei Ärztin, die Ärztin meiner Mutter, sie sei genauer Leberärztin und habe meine Mutter wegen ihrer Krankheit behandelt. Zirrhose, sagt sie, Schrumpfleber, sogenannte. Sie sei aber nicht deswegen gestorben.

Es tut mir leid, sagt sie, deine Mutter ist gestorben.

Sie macht eine Pause, gerade lang genug, dass mir eine Leber vor Augen treten kann, gebraten, mit Petersilie, und sagt dann: Hör zu, deine Mutter ist gestorben, und sie sagen, es sei wegen der Leber, aber ich kann dir versichern, es war nicht die Leber. Die Leber habe ich persönlich letzte Woche noch gesehen, also geröntgt, und sie war ganz in Ordnung.

Hör zu, sagt sie wieder, es ist am besten, wenn du herkommst. Aber glaub ihnen nicht, wenn sie sagen, es war die Leber. Es tut mir leid, deine Mutter wurde getötet.

Sie gibt mir Adresse und Telefonnummer eines Krankenhauses in Neapel und sagt: Sie wollte nicht sterben. Ich habe noch nie eine so um ihr Leben kämpfen sehen.

Ich frage nach ihrem Namen, aber die Leitung ist schon tot.

Ich nicke am Küchentisch vor mich hin.

Gut, sage ich laut, das hätten wir also erledigt.

Zum ersten Mal bin ich froh, dass meine Großmutter nicht mehr hier ist. Ihre größte Angst hat sich erfüllt. Und meine? All die Jahre ist meine Mutter eine Möglichkeit gewesen, eine Aufgabe, die ich aufschob. Nun bin ich sie endgültig losgeworden.

Ich versuche, ihr Gesicht heraufzubeschwören, die Einzelteile zusammenzufügen. Das teerschwarze Haar auftoupiert. Dicke Puderschichten Rouge, falsche Wimpern. Aufgerissene Augen, ein riesiger roter Mund. Und dann die Zähne: lang und vorstehend, richtige Pferdezähne.

Es gelingt nicht.

Ich denke an den Tag, an dem ich meine Mutter zuletzt gesehen habe. Es ist sehr lange her. Ich erinnere mich gut.

Ich kam von der Schule nach Hause und roch sie sofort.

Blieb vor der Wohnungstür stehen. Auf dem Treppenabsatz stand eine riesige Plüschgiraffe. Durch die Tür drang unverkennbar sie: die raue Stimme, das hustende Lachen, knallende Schritte. Ich überlegte, nicht reinzugehen, einfach umzukehren, durch die Straßen zu laufen, bis alles vorbei und sie wieder verschwunden war.

Aber ich drückte die Klinke, und da war sie. Lehnte im Türrahmen zur Küche, eine brennende Zigarette zwischen den Fingern, redete auf meine Großmutter ein. Auf den ersten Blick wirkte sie weniger groß und furchteinflößend, als ich sie in Erinnerung hatte.

Sie stieß einen Schrei aus, als sie mich sah.

Schieß mich tot, rief sie, ist das wirklich meine Filù? Dich hätt ich ja auf der Straße nicht erkannt! Erinnerst du dich, Mamma, wie sie ewig kein einziges Haar auf dem Kopf hatte? Du bist ja 'ne richtige kleine Bombe geworden!

Sie wandte sich an meine Großmutter, die protestierte: War nur 'n Scherz, sie ist 'ne Scheuche, gibst du ihr überhaupt zu essen?

Sie streckte die Arme nach mir aus, griff treffsicher mit je zwei Krallen meine Wangen, kniff fest und drehte das Fleisch, als wollte sie es abreißen.

Daran erinnere ich mich, seit ich denken kann; ihre Besuche waren immer verbunden mit diesem Schrecken und Schmerz. So im Schraubstock konnte ich mich nicht wehren, wenn ihr Gesicht auf mich zukam und meinen verzerrten Mund küsste.

Sie schrie entsetzt auf: ob ich etwa meine Augenbrauen zupfen würde.

Ich sagte: Sicher nicht, ich bin noch ein Kind.

Sie hörte gar nicht zu und meinte, ich hätte schon zu viel gezupft – komm, lass mich dir zeigen, wie es geht!

Ich duckte mich weg, und meine Großmutter, die am offenen Fenster rauchte, sagte gereizt: Jetzt lass doch das Kind erst mal ankommen. Du machst ihr ja Angst.

Magdalena ließ beleidigt von mir ab. Sie meinte, ich solle auf alle Fälle aufpassen und nur die Haare nehmen, die wirklich stören: weil Augenbrauen wachsen nicht nach.

Sie kniff meine Großmutter in die Wange und rief: Ich habe mir leider alle ausgerissen, weil meine Mutter mir das nie gesagt hat.

Meine Großmutter haute ihr auf die Hand, damit sie loslässt, ihre Wange war rot. Magdalena wandte sich wieder mir zu.

Deine sind sowieso perfekt, sagte sie und strich meine Brauen mit den Zeigfingern nach: Das hast du mir zu verdanken. Was hab ich bei der Madonna gefleht: Mach, dass die Kleine nicht kurz und kahl wird wie ihr Vater.

Meine Großmutter zischte: Schrei nicht so! Frau Müller schaut schon aus dem Fenster.

Magdalena lachte: Wir haben doch keine Geheimnisse.

Sie trat neben meine Großmutter und winkte wild auf die Straße: Frau Müller, juhu!

Meine Großmutter schlug das Fenster zu: Bist du verrückt, sie ist jetzt Hausmeisterin!

Eine schreckliche Frau, sagte Magdalena, und meine Großmutter zuckte mit den Schultern. Für einmal waren sie sich einig.

Magdalena schüttelte den Kopf: Wisst ihr noch, wie sie mit dem Besenstiel das Schwalbennest unterm Dach kaputt gemacht hat? Die Vogelbabys lagen tot auf dem Gehweg. Sie hatten noch nicht mal Federn.

Das macht sie jedes Jahr, sagte ich.

Magdalena riss das Fenster wieder auf und rief: He, Zitronengesicht, ja, dich mein ich! Pass bloß auf, dass ich nicht dich mal mit dem Besen vom Dach schubse. Mörderin!

Sie lachte, lehnte sich weit hinaus, pfiff: Wo seid ihr denn alle? Frau Schneider? Will mich niemand begrüßen? Hoi, Signora!

Meine Großmutter zerrte sie vom Fenster weg.

Frau Schneider wohnte in der Wohnung unter uns, sie war auch Italienerin, auch mit einem Schweizer verheiratet gewesen, auch Witwe. Sie kam manchmal auf einen Kaffee herauf, und wenn wir sie auf der Straße trafen, blieben wir stehen und fragten, wie es geht.

Magdalena setzte sich und murmelte: Ist doch kein Verbrechen, wenn ich Frau Schneider Guten Tag sagen will. Die war immer anständig zu mir.

Dann schnellte sie mit einer Hand vor, klemmte mein Kinn zwischen die Finger, zog mein Gesicht nah an ihres heran. So musterten wir uns, bis in die Poren. Ich roch ihr Parfüm und den Rauch an den Fingern, betrachtete die zerlaufene Tusche in den Falten der zarten Haut der Unterlider. Blau gemalte Brauenstriche, die Kluft dazwischen: Zornesfalten. Auf den Nasenflügeln Äderchen, darunter Schweißperlen; Lippenstift, in Furchen geflossen und getrocknet. Ihre Augen hatten etwas Beunruhigendes, sie schwammen und zitterten, bis sie mich abrupt losließ und ausrief: Mamma, die ist so grässlich bleich! Hat sie etwa … etwas bekommen?

Ich versteinerte. An diesem Morgen hatte ich tatsächlich etwas bekommen und war darüber tief verstört. Ich hatte niemandem davon erzählt, die Unterhosen voll blutigem Toilettenpapier und den Rücken voller Krämpfe. Ich war entsetzt, dass es auffliegen könnte, panisch, mit Magdalena darüber sprechen zu müssen. Und schwer beeindruckt, dass sie es mir einfach so angesehen hatte.

Meine Großmutter sagte: Was? Sicher nicht, sie ist noch ein Kind.

Ich musste flüchten, murmelte etwas von einer Verabredung. Magdalena wollte mich begleiten.

Eine Party, rief sie, ich komme mit. Wo geht ihr Jungen heute aus? Vielleicht kenn ich noch wen – warte, ich muss mich umziehen, und du, was trägst du?

Ich antwortete kühl, wählte die Worte mit Bedacht, als wäre sie schwer von Begriff: Wir gehen nicht aus. Wir treffen uns auf der Straße und reden, das ist nicht interessant für dich.

Alles ist interessant für mich, rief sie, du bist so scheißerwachsen, schau dich an, ich fass es nicht.

Sie sah aus, als überlegte sie, in Tränen auszubrechen, und das wollte ich wirklich nicht miterleben.

Ich schlich mich hinaus. Auf der Straße hörte ich vom Fenster ihr Bellen, sie lachte mich aus, wie ich rannte. Als ich heimkam, war die Giraffe weg. Alle Fenster standen offen, es zog, und meine Großmutter fegte durch die Wohnung und tilgte die Spuren. Sie war sehr aufgewühlt. Ich durfte nichts fragen.

Deine Mutter ist verrückt, sagte sie nur, deine Mutter ist gefährlich, ich will, dass sie uns in Ruhe lässt, hörst du, es ist besser für alle.

Wir haben sie nicht mehr gesehen.

* * *

Ich hatte erwartet, dass sie zurückkehren würde, so wie ich zurückgekehrt war. Jeden Abend, wenn ich aus dem Hospiz kam, wo meine Großmutter als nacktes Vögelchen lag, rechnete ich damit, sie hier in der Küche vorzufinden. Ich schloss mit klopfendem Herz die drei Schlösser der Wohnungstür auf, auf ihre Fingerzangen gefasst. Ich fürchtete die Begegnung und glaubte an ein Wunder. Meine Großmutter wollte nicht, dass Magdalena informiert wurde; überhaupt sollte niemand wissen, wie es um sie stand. Als sie noch sprechen konnte, erwischte ich sie, wie sie Frau Schneider fröhlich ins Telefon log, dass sie bald nach Hause kommen und keinen Besuch brauchen würde, ich sei ja hier.

Wie sollte dann Magdalena davon erfahren, wo immer sie war? Sie kam auch nicht zur Beerdigung. Eine Nachbarin umarmte mich und sagte, wie tröstend: Sie hat nie zu uns gehört.

Als meine Großmutter gestorben war, kam es mir plötzlich natürlich vor, Kontakt zu ihr aufnehmen. Schließlich war sie alle Familie, die übrig war. Die Angst meiner Großmutter war mir immer übertrieben vorgekommen. Sie schien mir aus denselben Quellen zu kommen wie ihre Furcht vor Hölle und bösem Blick – ich glaubte nicht daran. Magdalena war verrückt, aber gefährlich? Wir hielten unsere Welten getrennt; ich bewegte mich sicher und selbstständig in meiner. Unvorstellbar, dass sie und ihre viel beschworene Unterwelt mich irgendwie gefährden könnten.

Meine Großmutter wäre sicher dagegen gewesen, sie wiederholte, solange sie konnte: Du gehst bald zurück in dein eigenes, schönes Leben.

Ich widersprach ihr nicht und verschwieg, dass ich mein Zimmer in der Stadt aufgegeben hatte, direkt nachdem ich von ihrer Diagnose erfahren hatte. Während sie mich am Telefon beschwor, mir keine Sorgen und schon gar keine Umstände zu machen, packte ich schon meine Sachen. Im Nachhinein kommt es mir vor, als hätte ich darauf gewartet, auf einen Auslöser, eine Rechtfertigung, um endlich aufzugeben, alles über den Haufen zu werfen. Mich hielt nichts in dieser Stadt. Ich tat das alles für sie. Mein schönes Leben, das sie sich für mich wünschte – ich erzählte ihr nie, dass ich es aufgelöst hatte, schmerzlos gekündigt wie die unterbezahlten Jobs, die sie sich als Traumberufe vorstellte. Ich konnte ihr lange erklären, dass die Zeiten sich geändert hatten; dass Praktikantinnen weder Lohn noch Ehre bekommen, dass die Uni mit Kreditpunkten zahlte und ich meine Miete nachts in Bars verdiente. Sie wollte nicht hören, dass ein Studium heutzutage nicht reichte, um eine Karriere und einen Sack voll Geld zu machen.

Meine Enkelin, strahlte sie, die erste Studierte der Familie! Ich durfte mich nicht beschweren.

Sie hatte sich gefreut, als ich nach der Schule für die Universität in die Stadt ziehen musste. Mein schlechtes Gewissen, dass ich sie allein lassen würde, wischte sie mit einer Handbewegung weg. Ich glaube, dass ich studieren konnte, bedeutete für sie, dass sie mich erfolgreich von Magdalenas Einfluss abgeschirmt hatte. Auch ich spürte in der Stadt Erleichterung, dass Magdalena meine Adresse nicht kannte. Und doch begleitete mich eine ständige Unruhe, dass sie plötzlich auftauchen könnte, um mich im unpassendsten Moment vor allen zu entlarven. Sie würde über mein hochgestapeltes Leben hereinbrechen und wüten wie ein Unwetter.

Als Heranwachsende hatte ich mich im Spiegel betrachtet, obsessiv nach ihren Zügen gesucht. Was habe ich von ihr? Eine Zahnspange bewahrte mich vor ihrem Gebiss, meine Großmutter hatte ein Vermögen dafür ausgegeben. Ich überwachte meine Gesten, meine Stimme, meine Handlungen, meinen Körper, meine Gedanken. Würde ich verrückt werden wie sie? Beim kleinsten Verdacht einer Ähnlichkeit trainierte ich mir diese ab. Ich würde mich formen, wie die Spange meine Zähne, dass ich nicht nach ihr wachsen würde. Aber die Zeit verging, und Magdalena entglitt mir, je mehr ich mich zu erinnern versuchte. Wie konnte ich mich mit ihr vergleichen, wenn ich gar nicht mehr wusste, wie sie war?

Die Bilder wurden fahler, bis sie nur noch aus pointierten Erzählungen bestanden. Magdalena wurde zum Phantom, zum wangenzerrenden Schreckgespenst meiner Kindheit. Und jedes Aufrufen einer angeblichen Erinnerung machte sie noch schwächer, falscher, lügenhafter. Die Grenze zwischen wahren und falschen Erinnerungen, meinen und jenen meiner Großmutter, zwischen Fotos und Geschichten, war durchlässig geworden. Das war entspannend, der Gedanke an sie wurde leichter. Sie hatte nicht mehr diese drückende Präsenz, dieses diffuse Gefühl von Schreck und Schmerz und Scham. Sie hatte sich verflüchtigt, selbst in der Erinnerung. Wie eine Tote blieb sie in der Zeit zurück, während wir weitergingen und sie formten, nach unserem Geschmack.

Nach dem Tod meiner Großmutter nahm ich mir vor, Magdalena zu suchen, doch es kam nicht dazu. Wie auch? Sie war verschwunden. In Wahrheit hätte sie längst tot sein können, wer wusste das schon. Ich bemühte mich nicht, sie zu finden. Nur blieb mir die Möglichkeit der Suche lästig im Nacken, ich schob sie hinaus, auf bald, vielleicht.

Nun bin ich befreit.

Was hatte die Frau im Telefon gesagt? Es ist am besten, wenn du herkommst. Sie wurde getötet.

Ich setze einen Kaffee auf. Ziehe leere Flaschen unter dem Küchentisch hervor, schüttle sie, stelle sie zurück. Grabe in den Küchenschränken: Amaretto oder Eierlikör. Ich klemme den Hörer unters Kinn und wähle die Nummer. Tatsächlich, ein italienisches Krankenhaus. Ich frage nach meiner Mutter, Magdalena und der fremde Nachname. Eine Stimme sagt: Ein *Attimino* bitte, ich schaue nach.

Ich höre eine Tastatur klickern. Dann saugt sie etwas Luft ein, räuspert sich und sagt: Signora Fremdernachname ist vergangene Nacht hier im Krankenhaus verstorben.

Wie?, frage ich.

Hier steht, sie sei ihrer langen Krankheit erlegen, Schrumpf-leber, sogenannte. Einen Moment –

Ich höre aufgeregte Stimmen im Hintergrund.

Dann meldet sie sich zurück: Entschuldigung, wer möchte das wissen?

Ihre Tochter.

Die Stimme ruft: Tochter! Wirklich? Madonna.

Und hängt auf.

Der Kaffee kocht über. Ich bleibe sitzen, schaue zu. Wäre meine Großmutter hier, würde sie jetzt ausrufen: Ma! Ma! Magdalena!

So hatten wir ihr Andenken behalten, auf unsere Art. Ein Witz. In unmöglichen Situationen riefen wir sie an wie eine Heilige. Wenn sich eine von uns besonders vergesslich oder schusselig zeigte, tat die andere, als wäre sie ebenso verwirrt, verrückt, indem sie lachend fragte: Ja, Magdalena?

* * *

Meine Großmutter hat mir schon als Kind verboten, ihr Schlafzimmer alleine zu betreten. Ich hielt mich daran, auch nach ihrem Tod. Es sollte für immer so bleiben, wie sie es ver-lassen hatte. Noch während sie im Sterben lag, hatte ich mir versprochen, es diesmal anders zu machen: Sie durfte nicht vergessen werden, kein Stück. Die Erinnerung an sie musste frisch konserviert bleiben: Ich würde sie nicht anrühren, keine Luft ranlassen, sie musste fest verschlossen bleiben.

Aber als ich am Tag ihres Todes aus dem Krankenhaus nach Hause kam, war da bereits ein schrecklicher Zauber vorgegangen: Die Wohnung wirkte auf einmal heruntergekommen, zusammengewürfelt, verstaubt. Meine Großmutter starb, und alles, was sie besessen hatte, verlor seinen Glanz. An ihrem lebenden Körper hatten die Kleider Eleganz ausgestrahlt, jetzt wurde mir klar: Das Leuchten ging von ihr aus. Sie erhellte jeden Raum mit ihrer Präsenz; selbst eine Fleischgabel wirkte graziös unter ihrem gewandten Hantieren.

Nachdem sich also das Zuhause meiner Kindheit in eine Ansammlung von Sperrmüll verwandelt hatte, ging ich an ihren Schrank. Verzweifelt wühlte ich in ihren Sachen, um wenigstens hier ein Glühen, ein Zeugnis von ihr zu finden. Doch in den verbotenen Schubladen roch es nach Mottenkugeln. Ihre wehenden Seidentücher waren aus Polyester, das Gold der Ohrclips Plastik, abgeplatzt.

Schuldbewusst hatte ich die Kommode geschlossen und hinter mir ihre Schlafzimmertür.

Nun öffne ich sie zum ersten Mal wieder.

Der Sekretär riecht stark. Nach Politur vielleicht, nach Leim, Briefmarken, altem Papier. Auf der Ablage steht einsam ein Nagellackflakon. Jungle Green. Er war teuer, mein letztes Geburtstagsgeschenk an sie. Ich hatte ihn per Post geschickt, mit schlechtem Gewissen und dem Versprechen, spätestens an Weihnachten zu kommen. Nun drehe ich den Deckel auf und bestreiche mir langsam die Nägel. Ich muss warten, bis sie trocknen. Dann öffne ich die Luke.

Ich finde Kinderzeichnungen, Postkarten, einen Wunschzettel (*Liebe Nonna, zu Weihnachten wünsche ich mir: Geld*) und jede Menge Zündholzschachteln. Die hat sie gesammelt, auf ihren Carreisen für Seniorinnen eingesteckt, gratis Souvenir. Ich drehe sie einzeln zwischen den Fingern; das ist, was von einem Leben übrig bleibt. Leere Briefchen mit der Werbeaufschrift einer Gartenwirtschaft.

Dann erst ziehe ich die Schuhschachtel mit den Fotos hervor.

Fingerabdrücke, vergangene Gesichter.

Regnerischer Herbsttag am Hafen einer italienischen Küstenstadt. Eine Frau schiebt den Kinderwagen über nasses Kopfsteinpflaster. Sie posiert: Stellt sich auf die Zehenspitzen, drückt die Brust raus, zieht die Augenbrauen hoch. Meine junge Großmutter, Lavinia. Zwei Jungs auf dem Moped johlen ihr nach. Sie hält immer das Kinn hoch, sie ist eine *Dame*. Ihre Finger sind von der Arbeit geschwollen und gesprungen, aber sie hat Stolz. Für den Gang zum Panificio trägt sie ein pinkes Kostüm, flatterndes Foulard, Ohrclips, offene Sandalen. Faszinierender Hallux.

Anderes Bild, vielleicht derselbe Tag, am Strand. Schäumendes Meer, dunkelfeuchter Sand, angewinkelte Beine in Nylonstrümpfen. Magdalena hat die Schuhe ausgezogen, auch hier: fröhliche Kugel unterm großen Zeh. Sie sitzt samt Strümpfen im Sand, daneben kauert ein interessiertes Kleinkind. Sie schreibt meinen Namen, Zeigefinger im Sand. FILA. Kurz für Filippa, nach meinem Vater. Meine Großmutter wollte nichts von ihm hören; sie gab mir den Namen ihres freien Tags: Domenica, kurz MIMMA.

Das dritte Foto fasziniert mich, seit ich denken kann: Porträt von einem Kind in Schwarz-Weiß. Es trägt eine Schürze, die kurzen dunklen Haare flach an den Kopf geklebt, stechender Blick in die Kamera. *Maddalenas erster Schultag*, steht auf der Rückseite, auf Italienisch, in der runden Schrift meiner Großmutter. Das Kind schaut sehr ernst. Hier waren sie frisch in die Schweiz gezogen; das war noch bevor ihr Name geändert, eingeschweizert wurde. Meine Großmutter sagte immer, wenn sie dieses Bild anschaute: Sie hatte es nicht leicht im Leben, deine Mutter.

Sie war ein uneheliches Kind, eine Schande. Ihr Vater, mein Großvater, ein Schweizer im Italienurlaub. Nach seiner Abreise merkte meine Großmutter, dass sie schwanger war. Sie schrieben sich Briefe, er versprach: *Warte, ich komme euch holen.*
Nach sechs Jahren hatte sie das Warten satt, sie packte Koffer und Kind und fuhr zu ihm.

Es gibt nur ein Bild von ihm in der Schachtel. Sepiastichig, von hinten, er steht am Ufer und angelt. Er war ein Trinker, Choleriker – Magdalena hat das von ihm, sagte meine Großmutter.
Ich habe die abstehenden Ohren von ihm.
Er starb kurz vor meiner Geburt, Schrumpfleber.

Das ist eigentlich alles, was ich von ihm weiß. Auch meinen Vater kenne ich nicht, außer die Art, wie meine Großmutter seinen Namen aussprach: *Filippo*. Als würde ihr die Zunge abfaulen. Mit gesenkter Stimme, als könnte er sie hören.

Sie machte sich Vorwürfe, Magdalena vernachlässigt zu haben; dass sie so geworden war, weil ihr als Kind etwas gefehlt hatte. Sie gab sich die Schuld, Magdalena aus dem Haus und in Filippos Arme getrieben zu haben.

Ich habe sie zu viel auf die Seite getan – das waren ihre Worte.

Und sie erzählte: In Italien habe ich Maddalena immer getragen, wenn wir weite Wege gehen mussten. Hier hatte ich andere Sorgen. Ein neuer Ort, eine fremde Sprache. Wir mussten essen. Auf einmal waren wir nicht mehr zu zweit, da war die ganze Schwiegerfamilie, um die ich mich kümmern musste. Ich sorgte für alle und alles.

Sie schüttelte den Kopf: Heiliger Tresor, dieser Mann hatte nie Geld! Frag nicht, wie viel Geld er hatte, frag, wie viele Schulden! Ich war das nicht gewohnt – ich habe immer wenig verdient, aber nie Schulden gehabt, ich habe gespart. Am Zahltag wartete ich nachts am Fenster, am Morgen kam er nach Hause, sternhagelvoll, hatte den ganzen Lohn verputzt! Ich fing an, Heimarbeit zu machen. Er schimpfte, warf den Korb mit frisch gebügelter Wäsche die Treppe runter: *Meine Frau arbeitet nicht.*

Manchmal musste ich ihn auch abholen in der Wirtschaft, weil er nicht mehr laufen konnte, was habe ich mich geschämt.

Ja, sagte sie nachdenklich, wenn sie Maddalenas Foto betrachtete, sicher habe ich sie zu viel auf die Seite getan.

Magdalena ist tot, ich sage es laut.

Wieso macht das nicht mehr mit mir?

Ich untersuche meine Füße. Starre auf das Foto am Strand, bis es sich auflöst. Versuche, mich in die Figuren hineinzuversetzen, in diesen Moment. Das war doch ich, warum erinnere ich mich nicht?

Ich würde gern etwas fühlen. Streiche über das Bild von Magdalena als junger Frau, meine Mutter. Nichts. Es passiert nichts. Kein Ergriffensein, kein Überflutetwerden. Ich bin leicht bewegt, wie ein Stück Holz im Ziehbrunnen.

* * *

Ich erwache vom Telefonklingeln.

Ein Mann ist dran, vom Krankenhaus, er sülzt herum: Signorina.

Er nennt mich beim fremden Nachnamen, ich sage: Das ist nicht mein Name.

Er bleibt scheißfreundlich: Natürlich, Signorina, entschuldigen Sie. Sie müssen wissen, wir haben Ihre Mutter geschätzt, sie war hier bekannt. Ihr Tod ist ein schreckliches Missgeschick. Leider war sie eine starke Trinkerin, und das hat sie ins Grab gebracht, also fast: Sie ist im Kühlhaus, mit einer kaputten Leber, Schrumpfleber, sogenannte –

Ich unterbreche ihn: Ich mache mich sofort auf den Weg. Ich komme, um meine Mutter zu verabschieden.

II

Der Zug rattert über die Schienen. In verschlierten Fenstern geht über der milanesischen Peripherie die Sonne unter. Von den Balkonen flattert Wäsche, aufreizend, sich geradezu anbietend, dem Dreck und den Pissepartikeln, die von unserem Zug abspringen wie Flöhe. Milano macht mich immer ganz sentimental.

Der erste Halt jeder italienischen Reise: verstörendes Heimatgefühl. *Als würde ich nach Hause kommen.* Es reicht schon, dass ich Zugdurchsagen höre, die Namen der Städte – Herzklopfen und heiße Augen. Aufs Peinlichste gerührt.

Meine Großmutter wollte nichts davon hören: Wurzeln, Wurzeln, es gibt keine Wurzeln!

Sie hat sie durchtrennt und verdorren lassen, an einem geheimen Ort, wo ich sie nie finden soll.

Jedes Jahr sind wir nach Italien gereist, aber nie dahin, wo sie herkam, wo Maddalena geboren war.

Ich habe keine Lust, sagte sie nur, dort gibt es nichts, es gefällt mir nicht mehr.

Sie behauptete, es gebe niemanden zu besuchen, keine Freundschaften, keine Verwandten. Ihr älterer Bruder war in die USA ausgewandert, als sie mit Maddalena schwanger war – wegen der Schande, sagte sie. Ihre Mutter war gestorben, als sie noch klein waren, bei der Geburt eines Bruders, der ein paar Tage lebte und dann ebenfalls starb. Es war ihr letzter Wunsch, dass Lavinia bei der Großmutter in der Stadt aufwachsen sollte, während der Bruder beim Vater auf dem Land blieb. Meine Großmutter erzählte, dass er kilometerweit zur Arbeit laufen musste, barfuß, manchmal lag Schnee.

Es gefiel mir, dass sie bei der Großmutter aufgewachsen war, wie ich. Wenn ich fragte, wie ihre Nonna gewesen war, sagte sie nur: Sie war eine Bigotte, immer mit dem Priester. Und am Tag der Befana stopfte sie mir Kohlestücke in den Strumpf.

Bigotte, sagte sie, sind Frauen, die in der Kirche Pakete für arme Leute packen und dabei über sie lästern.

Aber die Nonna schickte sie zur Schule, mit Schuhen. Und als Lavinia eine Schande wurde, blieb sie bei ihr wohnen, und als die Schande kam, passte die Großmutter auf das Kind auf, während Lavinia arbeiten ging.

Wenn die Nonna nicht gewesen wäre, sagte sie, hätte ich nicht gewusst, was machen.

Ich lechzte nach diesen Geschichten, diesen traurigen Märchen von getrennten Geschwistern, Halbwaisen; von Bigotten und besenfliegenden Hexen. Die Bilder der Armut kamen mir schaurig-romantisch vor: höhlenartige Zimmer mit schwelenden Kohlefeuern; ohne Schuhe durchs Gebirg. Und das Beste: Das war meine Familiengeschichte, das hatte mit mir zu tun; es erzählte mir etwas über mich selbst.

Spannend wurde es, wenn Magdalena dabei war, die allem widersprach.

Quatsch, rief sie, wenn meine Großmutter von ihrer Mutter erzählte: Die ist nicht im Kindbett gestorben – die ist beim Wasserholen gestürzt! Sie war hochschwanger und musste schwere Eimer tragen, sie brach sich dabei den Hals. Sicher, das hat mir der Onkel gesagt.

Dieser Onkel, der Bruder meiner Großmutter, sei, so behauptete Magdalena, auch nicht ausgewandert wegen der Schande, sondern wegen der Armut.

Mit einem leeren Koffer ist er über den Ozean, erzählte sie mit erhobenem Weinglas, und er hat sich selber gesagt: Wenn ich ankomme, will ich ein Auto und eine Frau und einen Teller Spaghetti. Und er hat alles bekommen, nicht wahr? Er ist jetzt ein reicher Mann, dein Bruder. Übrigens hat er mir damals, als er hier zu Besuch war, in der Dusche nachgestellt. Da war ich 13, und ich schrie und machte eine Szene, dass er mich kein einziges Mal mehr anzuschauen traute. Hörst du, Fila, so musst du es machen!

Meine Großmutter tat, als hätte sie nicht zugehört, und nickte nur zerstreut. Sie nahm Magdalenas Erzählungen nicht ernst: Der Alkohol macht wirr, pflegte sie zu sagen, bei Alkoholkranken weiß man nie, was stimmt und was nicht.

Über Italien wollte meine Großmutter nicht reden; sie gab mir Dante und Boccaccio, in deutscher Übersetzung.

Die Kultur ist interessant, sagte sie, die Kunst, das Essen, sonst nichts.

Sie sagte nie: Wir gehen nach Hause.

Wir gingen in die Ferien. Für eine Woche, danach hatte sie genug. An Orte, die an Tourismus gewöhnt sind. *Turisti di merda.*

Wir gingen im Herbst, das konnten wir uns leisten. Saßen am verwehten Strand, kniffen die Augen zusammen und stellten uns vor, wie es im Sommer aussah. Ich spielte in den leeren Umkleiden, streichelte Pferde im stehenden Karussell. Meine Großmutter konnte nicht schwimmen, wir spazierten im Schaum, am Saum, nicht mehr als knöcheltief.

Genauso sind meine Wurzeln. Oberflächlich, angespült.

Wenn ich sagte, dass ich gerne den Ort sehen würde, an dem sie aufgewachsen war, das Haus, in dem sie Kohle von der Befana bekommen hatte, warf sie das mit der Hand weg. Früher, das interessierte sie nicht. Früher war es so, und es ist heute nicht zu ändern.

Wie war es denn?, rief ich.

Das kannst du dir nicht vorstellen. Früher war die Welt eine andere, anders als heute, total.

Aber wie?

Und sie, gereizt: War alles gut, alle zufrieden.

Warum bist du denn dann in die Schweiz gegangen?

Gekommen, nicht gegangen! Zum Heiraten. Weil dein Großvater ein Schweizer war, darum. Das ist der ganze Grund. Was soll ich noch mehr?

Sie hielt das Früher wie eine ansteckende Krankheit von mir fern, als würde schon nur die Erzählung auf mich abfärben, mich verderben.

Sie sagte nur: Gibt nichts zu erzählen, es ist langweilig. Wie du, wenn du mich so ausfragst, hast du nichts zu erzählen?

Dabei war es das Gegenteil von langweilig, eine schlimme Geschichte. Und ich wollte sie hören, wieder und wieder, in allen Details: Jetzt erzähl doch endlich, die Schande, bist du nicht darum gegangen?

In seltenen Momenten lenkte sie ein und begann zu erzählen:
Es war wegen dem Namen. Wir mussten heiraten, um einen Namen zu haben. Ich hatte einen Namen, aber der war nicht gültig, nur der Vatername war gültig. Wir waren nicht verheiratet, entsprechend war meine Tochter nicht seine Tochter. Deshalb war sie eine N. N. Unehelich geboren, *non nominato*. Es gab viele N. N.-Kinder in dieser Zeit. Sie haben es sogar aufs Zeugnis geschrieben: N. N. Das war eine Schande, du warst für immer abgestempelt. Ohne Namen warst du niemand. Und Magdalena war schon groß, sie musste bald in die Schule. Also sind wir gekommen zum Heiraten. Und Magdalena bekam ihr Zeugnis mit einem Namen, und ich unterschrieb es. Aber ihr Lehrer schickte es zurück. Er verlangte die Unterschrift des Vaters. Er sagte, meine sei nicht gültig. Stell dir vor!
Und wie war er, mein Großvater?
Gut.
Aber Magdalena hat gesagt –
Er war krank. Wenn er trank, war er nicht er selbst.
Wie sie?

Ja.

Und mein Vater?

Gibt's keinen.

Dabei wusste ich von Magdalena, dass mein Vater sie vor ihrem Vater gerettet hatte. Siebzehn Jahr, schwarzes Haar, stieg
sie in ein gelbes Cabriolet und ließ sich von Filippo entführen.
Mein Großvater riss vor Wut das Bücherregal um. Magdalena
kümmerte das nicht mehr – sie fuhr bis in die Stiefelspitze,
wo sie Dialekt lernte und Filippos Familie Dienerin war.

Meine Großmutter sah mich erstaunt an: Das hat sie dir erzählt?

Ich nickte, sie verzog das Gesicht: Magdalena hat Filippo
geheiratet aus Trotz. Weil ihr Vater nicht wollte, dass sie mit
einem Italiener zusammen ist. Sie nahm seinen Namen an,
um den ihres Vaters loszuwerden. Sie war verrückt. Aber sie
hatte auch keine Chance. Vom kranken Vater zu diesem pri-
mitiven Mann. Und seine Verwandten, stockkatholisch, Bigotte … Sie hatte keine Chance.

Wieder nickte ich, als würde ich alles verstehen: Ich werde
jedenfalls nie heiraten, Nonna.

Ist gut, lächelte sie, wir werden sehen. Ich wollte es auch
nicht. Als ich merkte, was dein Großvater für eine Krankheit
hatte. Aber Alleinerziehende waren keine Familien. Und die
Nachbarinnen sagten: Das Konkubinat ist nicht erlaubt. Und
ich, als Ausländerin – die Fremdenpolizei hätte mich holen
können, wenn jemand reklamiert hätte. Zurück zur Großmutter wollte ich nicht. Also heirateten wir, schnell-schnell.

Wie jede Frau habe ich gehofft, es wird besser, aber es wurde immer schlimmer.

Ich hing an ihren Lippen, bis sie sich besann und die Geschichte unterbrach: Und ich bin geblieben, und jetzt bin ich hier. Jetzt sind wir fertig, es ist vorbei. Wir müssen essen.

Und wenn ich protestierte, drehte sie mir den Rücken zu und rührte wild im brodelnden Sugo: Es reicht, ich will dich nicht belasten.

Ah, dabei wollte ich genau das: belastet werden! Ich fühlte mich, als könnte ich jederzeit wegfliegen, mich auflösen, als wäre meine lückenhafte Existenz ohne Gewicht, nicht echt.

Ich gab ihr zu verstehen, dass ich mich ohne Wissen um meine Vergangenheit nicht entwickeln könnte, dass ich eine Verwurzelung in der Welt brauchte, um wachsen zu können.

Sie wurde wütend. Ich sei nur neugierig und brauche gar nichts, ich hätte keine Ahnung, was gut für mich sei, ihre Vergangenheit sei jedenfalls nicht meine und die meiner Mutter schon gar nicht, ich solle mich gefälligst auf mein eigenes Leben konzentrieren usw.

Ich schämte mich. Sie hatte recht: Ich bin nicht dabei gewesen, es ging mich nichts an. Wohl sollte ich froh darüber sein und ihren Entscheid respektieren: Sie hatte die Verbindung zu ihrer Vergangenheit gekappt. Die einzigen Zeugen der Wundversiegelung waren der Hallux und abgebrannte Zündhölzer – meine Erbschaft. Und doch spürte ich, dass da mehr war.

Noch immer kommt es mir vor, als sei diese Vergangenheit, ihre Vergangenheiten, irgendwie in mich übergegangen, als hätten sie auf mich abgefärbt.

* * *

Jede Italienreise ist für mich Suche und Zeitmaschine. Epochen und Städte vermischen sich; Hinweise, Spuren, Erinnerungen, ich sehe sie überall. Weil der echte Ort fehlt, werden alle italienischen Orte zu heiligen Ausgrabungsstätten meiner Familiengeschichte – und alle Menschen zu möglichen Verwandten.

Ich steige in Milano aus dem Zug, betrachte die Szene am Gleis. Frauen verabschieden sich vor der piepsenden Zugtür, andere blicken suchend umher; manche laufen ungerührt zum Ausgang. Der Schaffner pfeift, eine Dame mit hohen Absätzen tackelt hastig heran, er winkt sie rein. Ich stehe allein und schaue ihnen nach. Frisuren, Gesichter, Gesten, Gang: Lavinia und Magdalena. Wenn ich die Augen schließe, höre ich sie: Das sind ihre Stimmen. Das könnten ihre Schwestern sein, ihre Tanten, Cousinen – oder meine! Diesen Frauen will ich folgen wie ein streunender Hund; meine Nase zuckt nach Kindheitsgerüchen, die ihnen hinterher übers Gleis wehen: Javel und Löffelbiskuits.

So hängt sich mein lächerliches Herz an faschistische Bahnhöfe. Ergriffen wandle ich durch die Hallen und fühle mich jedem Kaffeeverkäufer so wahnsinnig verwandt. Der verwechselt meine hochtrabenden Gefühle als Aufruf zur Anzüglich-keit – und ich, gerührt von jedem Anerkennen meiner italie-nischen Existenz, tausche es großzügig um in ein Gefühl der Zugehörigkeit. Ich setze mich zu ihm an die Bar, bis mein Anschlusszug auf der Abfahrtstafel erscheint. Er scherzt, ich lache. Freue mich, dass ich ihn getäuscht habe, mit meinem Aussehen, meiner Aussprache, meinem Auftreten. Ich blende mich selbst, erkenne mich nicht wieder: Sobald ich Italie-nisch rede, ist mein Körper verwandelt; meine Stimme höher, mein Lachen schmeichelnd, meine Arme fliegen – wer bin ich?

Ich passe mich an wie ein Chamäleon. An der Oberfläche.

Die Sprache habe ich mir selber angefälscht. Lavinia und Magdalena sprachen Italienisch, aber selten untereinander und nicht mit mir. Als ich klein war, sang mir meine Groß-mutter Lieder aus ihrer Kindheit, Gebete und Ringelreihen. Ich ritt auf ihren Knien zum Lied vom bösen Mann, der sich in Häuser schleicht und Kinder stiehlt – das war der Moment, wo sie die Beine spreizte und ich lachend in die Öffnung fiel.

In den Ferien schauten wir italienisches Fernsehen, und sie übersetzte Donald Duck, der hier Paperino hieß. Er planschte verzweifelt im Wasser und quakte, mein erstes italienisches Wort. Aiuto.

Hilfe, sagte meine Großmutter, das wichtigste Wort über-haupt. Wenn du in Not bist, schreist du es, so laut du kannst, verstanden?

Ich lachte und rief, aiuto, aiuto, wie der spotzend ersaufende Paperino im Brunnen.

Meine Großmutter sprach Italienisch mit Frau Schneider, wenn diese vorbeikam, um heimlich zu rauchen. Ich lauschte den Klängen und behauptete, alles zu verstehen: Sie brauchte Pause von ihrem Mann, so viel war klar.

Einmal war Frau Schneiders Bruder aus Italien zu Besuch. Er puffte meine Großmutter in die Seite und lachte: Was ist, hast du vergessen, woher du kommst? Wieso sprichst du keinen Dialekt?

Sie winkte ab, aber sagte nicht mehr viel an diesem Tag.

Als ich älter wurde und sie bat, mit mir italienisch zu reden, hörte sie jeweils nach zwei Sätzen wieder auf: Ich kann's nicht mehr, behauptete sie, ich hab's verlernt.

Dabei wollte sie kein Chamäleon sein. Sie hatte ihr eigenes widerspenstiges Deutsch, mit starkem Akzent und konsequent italienischer Syntax. Schweizerdeutsch war ihr zuwider, in boshaften Momenten zog sie mich damit auf. Sie äffte mich nach, lachte: Wie du redest, was für eine hässliche Sprache.

Bei ihrer Ankunft in der Schweiz hatte sie sich geschworen: Niemals werde ich so sprechen wie die Leute hier, niemals in meinem Leben.

Diese Geschichte erzählte sie gern und dramatisch: Wie sie am ersten Morgen in der Schweiz die Nachbarinnen beim Wäscheaufhängen im Hof hörte. – Ich dachte, ich hör nicht recht! Meine Güte. Es hat mich schockiert! Wie reden die? Krkrkrkkk.

Sie fasste sich heftig an den Hals: Hier hat es mir wehgetan und hier! Es war entsetzlich. Und dann diese Stille. Im ganzen Dorf war es so still. Keine Kinder, keine Autos, sogar ein Mofa war eine Seltenheit. Weißt du, wenn du aus einer Stadt kommst im Süden – ich dachte, ich sterbe hier. Ich kann hier nicht weiterleben. Meine erste Stimme war: weg.

Aber sie ist geblieben. Und weil ihr Mann sich was darauf einbildete, gegen die sogenannte Überfremdung zu sein, und also das Italienisch in seinen *Vierwänden* verbot, so hat sich Lavinia ihre eigene Sprache erfunden. Auch mit Magdalena sprach sie so. Jedenfalls bis Streit ausbrach, dann explodierte Magdalena in unverständliche Flüche, und Lavinia zischte auf Italienisch: So sprichst du hier nicht, nicht in *meinen Vierwänden*. Schämst du dich nicht für diesen vulgären Dialekt?

Und Magda schrie: Du bist schlimmer als Pappi!

Meine Großmutter beteuerte, sie habe ihren Dialekt schon als junges Mädchen säuberlich abgelegt. Da legte sie großen Wert drauf. Dass Magdalena über ihre Männer mit der Zeit verschiedene süditalienische Dialekte beherrschte – zumindest im Fluchen –, provozierte sie. Manchmal denke ich, Magdalena heiratete Männer nur zu diesem Zweck.

Ich wünsche mir nichts mehr als einen Dialekt, je dreckiger, desto besser. Stattdessen habe ich ein seichtes Schulitalienisch, in das ich Lavinias Melodie lege. Damit mogle ich mich durch flüchtige Unterhaltungen. Die meisten können den Klang nicht zuordnen, aber sie nehmen es mir ab. Nur wenn das Gespräch komplexer wird, wenn ich dem Kaffeeverkäufer meine Herkunft erzählen will, gerate ich ins Schlingern. Vertrocknete Hirnwurzeln laufen ins Leere – ich bin entlarvt: *Turista di merda.*

Zum Glück wird nun mein Zug aufgerufen, Couchette in den Süden. Ich stolpere Richtung Ausgang, winke dem Barista, flüstere unhörbar: Ciao, Cousin.

* * *

Im Schlafwagenabteil trügt noch der Schein. Wir sitzen steif auf den schmalen Bettbänken, versuchen, einander nicht zu berühren. Wir sind zu fünft, die Vorstellungsrunde ist durch: zwei Ganoven, die zum Pferderennen fahren; eine Lehrerin kurz vor der Pension; ein Matrose auf Landgang. Ich murmle etwas von Familienbesuch. Warum nicht?

Der Seemann sieht aus wie Roberto Benigni in *Coffee and Cigarettes*, und er verhält sich auch so. Keine halbe Minute hält er es ruhig auf dem Sitz aus. Er trommelt mit den Fingern auf seinen Knien herum, springt endlich auf, stürzt in den Flur, raucht hastig, stolpert zurück ins Abteil, die Kippe klebt ihm am Schuh. Er wühlt in seiner Tasche, zieht eine Packung Nastücher heraus, schafft es in seiner Fahrigkeit, alle auf einmal rauszureißen und im Abteil herumfliegen zu lassen. Sein Kopf zuckt wie der einer Taube, ruckt aus dem Türspalt, hält Ausschau nach dem Schaffner, ruft ihn halblaut: ò, Signore, ò!

Wir brauchen Leintücher, wiederholt er wie gestochen, Leintücher.

Dabei ist es noch früh. Die Kriminellen spielen Karten auf ihrer Bank, legen dort, wo zwischen ihnen ein freier Platz ist. Ich teile meine Bank mit der Lehrerin und dem zappelnden Matrosen. Dieser beugt sich vor, stößt mit dem Fuß gegen die am Boden stehende Altfrauentasche, stellt sie umständlich wieder auf, klaubt hektisch die herausgekullerten Utensilien vom klebrigen Boden: Halspastillen, Feuchttücher, Zahnpasta, ein Rosenkranz.

Auch das noch, denke ich, eine Bigotte.

Die Bigotte nimmt die Tasche auf den Schoß und faltet darüber die Hände. Der Matrose krümmt wieder seinen Oberkörper zur gegenüberliegenden Bank, interessiert am Spiel der anderen. Er schnauft so heftig, dass die Karten aufflattern.

Òo!, rufen die Gauner böse.

Zum Glück kommt der Schaffner mit dem Bettzeug. Der Matrose nimmt ihm den Stapel ab und besteht darauf, all unsere Betten zu machen. Er schüttelt die Kissen und Decken aus den Plastikverpackungen auf seinen Sitz und klappt, ohne zu fragen, das oberste Bett runter. Er reibt sich die Stirn, das Brett hat ihn beim Runtersausen getroffen. Dann wirft er die Sachen hoch, ein Kissen fällt zu Boden. Die Lehrerin und die Kriminellen atmen gefährlich ein.

Ich sage schnell: Das nehme ich. Kein Problem.

Ich werde es sowieso nicht brauchen, da ich mit dem Kopf auf meiner Tasche schlafe. Die können bei ihrem Pferderennen schön das Geld der Lehrerin verwetten; meines kriegen sie jedenfalls nicht. Das hat mir meine Großmutter von früh an eingeschärft: Traue nie fremden Leuten.

* * *

Immer wenn ich Nachtzug fahre, fällt mir Magdalena ein, unsere letzte Reise zusammen. Zu dieser Zeit hielt sie sich bereits von unserem Leben fern. Bis sie jeweils aus dem Nichts auftauchte und tat, als wäre nichts geschehen.

Es war Beginn der Herbstferien, der Zug stand noch im Bahnhof; wir verstauten gerade das Gepäck im Abteil, als sie vor unserem Fenster erschien. Meine Großmutter zog reflexartig den Vorhang zu. Ich hielt die Luft an. Wir hörten Magdalena den Schaffner anschreien: Halt! Wehe, du schließt die Scheißtür vor meiner Nase, ich dreh dir den verfluchten Hals um. Halt! Ich warne dich, warte oder – Danke, Signore, danke tausend, und der Koffer? Ganz liebenswürdig, sehr freundlich, wie heißt du, mein Lieber?

Da klopfte es auch schon an die Abteiltür. Meine Großmutter reckte das Kinn und ordnete das Gesicht.

Neben dem Schaffner stand Magdalena, trotz Nachtzug mit Sonnenbrille und Kopftuch.

Gehört sie zu Ihnen?

Magdalena wartete keine Antwort ab, stöckelte ins Abteil, ließ sich neben mich fallen, drückte meinen Kopf in ihren Schoß und tätschelte mir fest die Wange.

Überraschung!

Sie roch nach Rauch, nach nicht geduscht.

Ich komme mit, sagte sie und zog an meiner Wangenhaut, na, wie findest du das?

Der Schaffner wand sich: Sie hat noch kein Billett.

Meine Großmutter bezahlte den Schaffner und bat ihn um ein weiteres Laken. Er nickte und ging rückwärts aus dem Abteil, zog sorgfältig die Türe zu.

Meine Großmutter schob den Riegel vor und fuhr Magdalena flüsternd an: Was soll das, bist du konvertiert? Zieh sofort das Kopftuch aus.

Magdalena tat es, mit einem Schulterzucken. Unter Sonnenbrille und Stoff erschienen blaue Flecken. Meine Großmutter schloss die Augen. Dann fasste sie Magdalena am Handgelenk: Wie hast du uns gefunden?

Frau Schneider hat gesagt –

Weiß *er*, wo du bist?

Sie schüttelte den Kopf, wühlte in der Handtasche, zündete sich eine Zigarette an.

Ich berührte mit dem Finger ihr Kinn und sagte: Tut es weh?

Sie blies halb hustend den Rauch aus: Es geht mir schon viel besser. Jetzt, wo ich dich sehe.

Das Wetter war schlecht in diesen Ferien, es regnete, wir saßen in der Wohnung und froren. Auch wenn Magdalena sich ständig beschwerte und behauptete, sie würde gleich ihre Sachen packen und abhauen, hoffte ich, dass sie bleiben würde. Die ersten Tage waren vergangen, in denen wir sie mit angehaltenem Atem beobachtet, uns nur mit äußerster Vorsicht bewegt oder gesprochen hatten, aber nichts geschah. Sie explodierte nicht. Es schien, als würde sie sich Mühe geben, oder mehr noch: Sie wirkte aufgeräumt. Ich fing an, mich zu entspannen. Während Lavinia kochte, sahen wir fern, Magdalena auf dem Sofa, ich auf dem Teppich, sie tippelte mit den Zehen über meinen Rücken.

Wisst ihr noch, sagte Magdalena, als wir alle zusammengewohnt haben?

Meine Großmutter tat, als hätte sie nichts gehört. Ich schaute in den Fernseher und wackelte wie zufällig mit dem Kopf.

Meine Großmutter fluchte einen abgebrochenen Fluch, ihr Aberglaube hielt sie davon ab, richtig zu fluchen. Sie hatte vergessen, Petersilie zu kaufen.

Mimma, kannst du welche holen?

Magdalena zog mich hoch: Gehen wir zusammen.

Es hatte aufgehört zu regnen, im Dorf war Markt. Ich genoss es, mit ihr unterwegs zu sein, allein. Magdalena sprach mit den Marktleuten, als würde sie sie kennen, diskutierte und lachte mit ihnen. Sie wollten wissen, ob ich ihre Tochter sei, und sie sagte: Natürlich, schaut sie doch an!

Ich erinnerte sie an die Petersilie, und sie rief aus: E già! Prezzemolo!

Sie hatte so laut geschrien, dass Leute die Köpfe nach uns drehten. Magdalena bleckte die Zähne: Ein komisches Wort, findest du nicht? Prezzemolo.

Dann zeigte sie auf einen vorbeigehenden Jungen in meinem Alter, riss meine Hand hoch, schwenkte sie wild und rief: Ciao, Prezzemolo!

Ich schloss erschrocken die Augen, sie lachte, bis sie nur noch husten konnte.

Auf dem Heimweg meinte sie: Das war lustig, jetzt brauche ich einen Kaffee. Kommst du mit?

In der Bar waren nur Männer. Einer strich mir über den Kopf und zahlte mir eine Cola, ich mochte ihn. Magdalena kniff mich in die Wange und lachte: Die fängt schon an, mir Konkurrenz zu machen!

Mein Gesicht wurde heiß. Ich lächelte ins Leere, während sie mit ihm schäkerte, sie verstanden sich gut. Als die Cola ausgetrunken war und das Eis geschmolzen, nahm ich die Einkäufe und stand auf. Magdalena blieb sitzen und rückte näher zu ihm. Er gab ihr ein Plastiktütchen, streichelte dabei ihre Finger.

Geh schon mal vor, sagte Magdalena zu mir, ich komme gleich nach.

Was ist das, fragte ich, und sie lachte: Prezzemolo.

In dieser Nacht wachte ich auf, weil Magdalena schrie. Sie wand sich im Bett, stöhnte wie ein Tier, sie wolle sterben. Meine Großmutter packte mich: Was ist passiert? Was habt ihr gemacht?

Ich riss mich los und versteckte mich im Schrank. Drückte den Kopf zwischen die Knie, um nicht zu hören, wie sie schrien, eine besinnungslos vor Schmerz, die andere voll Wut und Angst. Irgendwann kamen Sanitäter, hievten Magdalena auf eine Bahre. Meine Großmutter entschuldigte sich für ihre Tochter, die sich wehrte und spuckte, an Sanitäterarmen rüttelte, an Haaren riss. Sie wollten wissen, was sie genommen hatte. Lavinia riss den Schrank auf, schüttelte mich, so hatte ich sie nie gesehen.

Ich weiß es nicht, ich war nicht dabei! –

Ich rannte aus dem Haus und ans Meer. Es regnete, der Wind klatschte mir die Haare ins Gesicht, ich betete zur Madonna: Lass sie nicht sterben, noch nicht.

Am nächsten Tag holten wir sie aus dem Krankenhaus ab. Sie war vergnügt und machte sich schön, abends traf sie sich mit einem Sanitäter.

Sie kam nicht zurück bis zum Abreisetag, wir fuhren ohne sie nach Hause.

* * *

Die Bigotte wälzt sich neben mir, wir haben je die oberste Liege. Die anderen Betten sind leer. Die Ganoven ziehen durch den Zug, und der Matrose steht im Flur und raucht. Im Abteil drückende Hitze, seit einer Weile stehen wir. Eine Fliege surrt an der Scheibe. Ich bin unendlich müde.

Als Kind war ich im Halbschlaf oft in einem quälenden Gedankenspiel gefangen: Wir stehen zu dritt an einer Klippe, meine Großmutter, meine Mutter und ich. Eine muss ich runterstoßen, ich muss wählen. Wenn ich mich weigere oder mich selbst opfere, werden wir alle drei in den Tod gestoßen.

Wenigstens muss ich mich nun nicht mehr entscheiden. Nicht, dass es mir jemals schwergefallen wäre.

Ich drehe mich auf meiner Pritsche zum Fenster und strecke die Finger durch den Spalt wie eine Gefangene. Dort sind Stimmen, Männerlachen, ein anderer stehender Zug. Er seufzt tief.

Ich schließe die Augen – das Gefühl zu fallen. Die Lider springen wieder auf, wie bei einer blöden Puppe. Seit meiner Kindheit verfolgt mich dieser wiederkehrende Traum: Ich falle in einen Brunnenschacht, beim Aufschlagen schrecke ich auf.

Die Fliege wird lauter, lästig, der Zug steht noch immer. Ich fasse mir an den Hals, spüre meinen Herzschlag. Unheimliches Geräusch. Das kann keine Fliege sein. Ich lache auf, als ich verstehe: Es ist die Bigotte. Sie schnarcht, nein, sie röhrt; ein Wunder, dass sie nicht aufwacht davon.

Dreh dich um, flüstere ich, dreh dich auf die Seite.

Sie denkt gar nicht dran, wird immer wilder, pfeift und gurgelt. Ihr Gesicht ist im Schatten, ich sehe nur den Bauch blähen und einfallen, geschwollene Finger gefällig darüber verschränkt. Da ist nichts Menschliches mehr; die Lehrerin ist eine riesige weiße Made geworden, die sich hier neben mir verpuppt, geräuschvoll ihre abstoßende Metamorphose zum aasfressenden Falter vollzieht –

Endlich setzt ihr Atem aus, mehrere Takte Stille. Ich halte die Luft an, mit ihr, bis sie grunzt. Ich betrachte sie voller Abscheu. Wenn sie doch nur ganz aufhörte zu atmen.

Ich bin zu gut erzogen, um ihr ein Kissen an den Kopf zu schleudern, außerdem fürchte ich, sie würde weiterschlafen. Man müsste sie schütteln, aber ich traue mich nicht einmal, mich zu räuspern. Verfluchte Höflichkeit! Ich würde sie mit ihrem eigenen Kissen ersticken, wenn ich nicht so scheißfreundlich wäre.

Der Zug ruckelt und fährt langsam wieder an. Das Schnarchen pendelt sich ein mit dem Rattern des Zuges. Durch die Wand höre ich Kinderjammern im Abteil nebenan und eine Mutter, die beruhigend ssscht.

Ich taste nach der Tasche unter meinem Kopf und ziehe etwas heraus. Ein Briefumschlag, adressiert an mich. Darin ist ein Polaroidfoto. Magdalena trägt einen weißen Westernhut. Sie ist älter geworden. Die Arme um je einen Typen gehängt, bleckt sie in die Kamera. Im Hintergrund eine Bar. Laut Datum am untern Rand ist das Bild vor weniger als einem Jahr gemacht worden.

Fila, Filissima,
Dein Brief! Wonderful, würden die Amerikaner sagen. Heute will ich dir etwas erzählen, was dich interessieren wird. Am Tag, als du geboren wurdest, war mein Schlafzimmer, wo heute dein Zimmer ist. Ich schlief damals mit dem Kopf gegen die Türe, und ich schrie

so sehr, die Nachbarn holten die Polizei. Stell dir vor! Mami hielt dich als Erste im Arm. Sie hatte damals noch richtige schwarze Haare.

Ich bin in Italien geboren! Mit viel Marsala zwischen den Wehen.

Siehst du, das war unsere Mami! Leider habe ich den gleichen miserablen Charakter wie sie. Sieben Ehemänner können es bestätigen. Mit dem letzten liege ich in Scheidung, leider will er nicht. Ich sage: sur le prochain!

Dass du mich nicht unterrichtet hast, ob dem Status meiner Mami, hat mir wehgetan. Sie selber sagte mir in unserem allerletzten Telefonat wortwörtlich: Bleibe nur in Napoli. Es war nicht, dass sie mich nicht mehr liebte. Sie wollte nicht, dass ich sie so sehe.

Liebe-Liebe-Liebe. Stolz-Stolz-Stolz.

Nun, dieses Schreiben diktieren sie und Pappi.

Pappi war ein Menschenfreund und Humanist!

Mami rumorte hier nach ihrem Tod, bis ich zu ihr ans Grab ging. Sie hatte immer den dicksten Schädel – la coccia dura!

Juchallah wir uns in diesem Zusammenhang wieder versöhnen! Mir soll es recht sein. Juchallah!

PS: Mami ist ein Engel geworden! Einmal hat sie mich beim Vorbeifliegen gestreift. Ich konnte richtig ihre Federn spüren. Che reqiem sunt in pace. Amen.

Der Brief lag vor ein paar Wochen im Briefkasten meiner Großmutter. Unfrankiert, ungestempelt, ohne Absender. Als wäre sie mal eben vorbeigekommen und hätte ihn heimlich eingeworfen. Wollte sie beweisen, dass sie wirklich beim Grab gewesen war? Ich glaubte kein Wort. Also hatte sie jemanden geschickt. Ich fing an, die Türschlösser zu prüfen; meine Großmutter hatte drei. *Traue keinen fremden Leuten.*

Ich habe den Brief damals sofort versteckt. Sie war verrückt, es war verrückt, was sie schrieb. Ich hatte ihr nie einen Brief geschickt – wie denn, ohne Adresse? Ich kannte nicht einmal ihren Nachnamen. Sie wechselte ihn ständig, mit jedem neuen Mann tauchte sie weiter ab.

Und wie sie behauptet, mit meiner Großmutter in Kontakt gewesen zu sein! Dabei hatte diese noch auf dem Sterbebett wiederholt, dass sie nicht wisse, wo Magdalena sei, und ich sie nicht suchen solle. Sie wollte nicht, dass sie zur Beerdigung kommt.

Miserabler Charakter!

Ihre sinnlosen Zeilen machten mich wütend. Lüge-Lüge-Lüge. Ich wollte mit ihren wirren Erzählungen, ihren falschen Verleumdungen nichts zu tun haben. Nun lese ich sie wieder und wieder, ihre letzten Worte an mich. Und versuche, sie zu entwirren, zu deuten, zu verstehen. Je mehr ich darüber nachdenke, desto verstörender sind sie.

Menschenfreund und Humanist!

Als ihr Vater an seiner Schrumpfleber starb, kehrte Magdalena zurück. Sie ließ meinen Vater Filippo und seine Familie an der Stiefelspitze und legte mit mir im Bauch denselben Weg zurück, den Lavinia früher mit ihr gemacht hatte. Nur kam sie vom und nicht zum Heiraten. Lavinia nahm sie auf, eine Weile wohnten wir drei zusammen, ich war zu klein, um mich zu erinnern. Meine Großmutter sagte, es sei die Wohnung, die zu klein geworden sei. Magdalena wohnte bei Freunden, die sie auch mal heiratete, ihre Namen annahm, verschwand. Und wenn das in die Brüche ging, kam sie zurück, für kurze Zeit, in der die Wände näher kamen, bis Teller dagegenflogen.

Liebe-Liebe-Liebe. Stolz-Stolz-Stolz.

Ich starre auf das Foto, bis meine Augen verschwimmen. Was kann ich nicht sehen? Es ist dort im Dunkeln. Es war da. Es ist immer noch da.

* * *

Die Made schnarcht weiter. Ich setze mich auf, steige die Leiter runter, ziehe die Abteiltür mit einem Ruck zu: Wach auf, und atme gefälligst, solange du kannst.

Ich frage den auf und ab gehenden Matrosen nach einer Zigarette, so wandere ich durch den Zug. Aus der Kippenspitze steigen Geister, umtänzeln mich flüsternd, spiegeln sich in der Scheibe, ich selbst. Draußen dröhnendes Schwarz, in mir Gewitter; ich reiße ein Fenster auf, strecke den Kopf raus, auf dass ein Strommast meinen Kopf abknallt. Ein Mann zieht mich zurück, ich schreie ihn an, torkle zum WC und kotze auf die Gleise.

Ich zerre die Hosen runter, stopfe Toilettenpapier, betrachte meine blutigen Finger, wische sie an den Hosen ab, sollen sie doch denken. Ich lasse mich auf die Knie sinken, lege den Kopf an die rüttelnde Wand. So falle ich in den Brunnenschacht, sehe oben das Licht und falle, ich sitze im Kessel, die Kette rasselt, bis ich aufschlage.

Ich ziehe mich am Waschbecken hoch, darin die nasse Zigarette. Der Spiegel fast blind vor Schmutz, Kritzeleien, Totenmaske. Lavinia. Magdalena.

Sie hatten beide kurze Wimpern, wie mit der Schere abgeschnitten, und dunkle, tiefe Augenhöhlen. Wenn sie müde waren, hing ein Lid herab, das macht es bei mir auch.

Fila. Mimma. Ich höre ihre Stimmen, einmal in jedem Ohr. Was ist das, ein miserabler Charakter?

Ich zerreibe die bröckelige Seife zwischen den Fingern und versuche, sie unter dem spärlichen Rinnsal abzuwaschen. Ertappe mich im Spiegel, lächle mir zu.

Auf wackligen Beinen wanke ich zurück, falle in die Wände, gegen Fenster, die Geister. Klettere hoch in mein Bett, die Bigotte hat sich auf die Seite gedreht, ist wieder Mensch, kein Monster, schnauft tief.

Draußen geht die Sonne auf.

III

Die Stadt im Süden gibt sich unschuldig, verräterisch nur die frühmorgendliche Hitze.

Ich überquere den Bahnhofsplatz und setze mich vor eine Bar. Auf dem Tisch ein vergessenes Häufchen, sorgfältig abgeaschter Zylinder. Der Kellner kommt, wischt ihn mit der Handfläche weg: Bist du allein?

Ich nicke.

Schade, sagt er mit einem anzüglichen Grinsen, das er beharrlich hält, bis ich ein müdes Lachen abgebe. Sofort wird sein Ton scharf: Dann musst du mehr bezahlen, wenn du hier sitzen willst.

Auch wenn ich mich ordentlich betrinke?

Er wischt noch einmal ungeduldig über den Tisch, ich seufze: Aber es ist zu früh, wissen Sie, da muss ich streng sein mit mir. Wenn es mir schlecht geht und ich beim Aufwachen direkt weitertrinken will, wenn mich nur der Gedanke an einen kräftigen Schluck aus dem Bett locken kann, dann muss ich es mir verbieten. Es liegt in der Familie, das Trinken, es ist in meinen Genen, da kann ich mir nichts erlauben. Meine Mutter ist draufgegangen an ihrem Trinken, wie schon ihr Vater vor ihr. Ich muss aufpassen, dass ich nicht auch in die Flasche falle und mir den Kopf aufschlage, verstehen Sie.

Der Kellner zuckt böse mit den Wimpern.

Ich bestelle drei Kaffee, stelle sie vor mir auf und betrachte sie. Aus dem Schaum bilden sich Gesichter, schreiende Geister, Hexen. Schnell trinke ich alle aus. Die Müdigkeit, Druck auf den Augenbällen, fängt an zu flattern.

Fila, flüstert's ins eine Ohr. Mimma, ins andere.

Was wollt ihr von mir? Was mache ich hier? Ich suche keine Antworten; die Antwort ist klar, die Antwort ist geschehen. Magdalenas Tod ist die Antwort auf ihr Leben. Was war noch mal die Frage?

Sie lachen, schallend und knallend. Bald fangen sie an zu schreien.

Es ist unausweichlich: Magdalena und Lavinia sind wie Chemikalien, die beim Aufeinandertreffen explodieren. Magdalena ist von sich aus giftig, gefährlich, Quecksilberfulminat. Lavinia ist das Flämmchen, das mich wärmt, das nur beim Anblick ihrer quecksilbrigen Tochter derart überhitzt, dass sie sie zum Zerspringen bringt.

Gemeinsam tauchten sie ab in eine Welt, in die sie mich nicht einließen, in der sie tranken und rauchten und aufgingen, laut wurden, lachten, gestikulierten – sie wurden Kanonen. In diesen Stunden verschoben sich Sicherheiten und Wahrheiten. Magdalena diffamierte meine Großmutter vor mir, wie sie nur konnte; sie war eifersüchtig auf unsere Beziehung und wollte, dass ich ihre Mutter so sah wie sie. Sie bezichtigte Lavinia schrecklicher Dinge, und deren Augen wurden so wild, dass ich die Anschuldigungen glaubte. Ich erkannte meine Großmutter nicht mehr, auch sie machte mir Angst. Es hatte mit dem Früher zu tun, das mich nichts anging, das ich nicht verstand. Ich hasste es, außen vor zu sein; Magdalena nahm mir meine Großmutter weg – noch mehr, wenn sie friedlich waren. Dann erzählte Magdalena voller Stolz, wie schön Lavinia als junge Mutter gewesen sei, wie beliebt, heiter, alle seien hinter ihr her gewesen. Mamma, rief sie, weißt du noch!

Meine Großmutter lachte beim Gedanken an die gemeinsame Erinnerung, und ich sah sie vor mir: eine junge Lavinia mit einer kleinen Maddalena auf der Hüfte, immer zusammen, mütterlich-glückliche Einheit. Mir zerknüllten die Eingeweide: Ich wollte, dass sie sich verkrachten, dass sie endlich abhaute. Ich war froh, wenn sie uns in Ruhe ließ, wenn ich meine warme, weiche Großmutter zurückhatte.

Ò, ruft eine Stimme, was willst du dann hier, du Heuchlerin, ò?

Ich drehe mich um. Am Tisch hinter mir sitzt eine alte Frau über ihre Handtasche gebeugt, die Hände darin vergraben.

Ò, macht sie, hast du ein Feuerzeug? Ich hatte zwei hier drin, und jetzt finde ich keines.

Sie trägt ein Kleid mit Tigermuster; das schüttere Meerschweinchenhaar umschnörkelt in ein paar wenigen Locken den Kopf. Glamouröse Sonnenbrille, Plastikperlohrringe. An den gespreizten Fingern blitzen Klunker, wie sie sich eine Locke zurückstreicht.

Sie schaut links und rechts, flüstert verzweifelt: Ich will jetzt endlich rauchen.

Mir kommen die Tränen.

Sie erinnern mich an meine Großmutter, sage ich mit nassen Augen.

Sie murmelt: Ich hatte zwei, und jetzt finde ich keins.

* * *

Der Kellner steht mir in der Sonne.

Du musst mehr bestellen, sagt er, wenn du weiter hier sitzen willst.

Ich sehe auf: Hat Sie meine tragische Familiengeschichte etwa kein bisschen berührt?

Er dreht dreimal den Kopf, hin und her. Ich staple die Kaffeetassen ineinander, schiebe sie ihm zu: Bring, was du willst.

Er lässt die Tassen stehen, geht langsam rückwärts, damit ich ihn genau ansehen kann. Er ist lang und schmal, mit kleinen Ohren. Die Haare fest mit Pomade zurückgekämmt. Bei jungen Männern mag ich das sehr, er hingegen ist über der Mitte seines Lebens. Seine Hände zittern leicht, als er ein weißes Küchlein mit einer kandierten Kirsche obenauf neben den Geisterkaffeetassenturm stellt.

Was ist das?

Jungfrauenbrüstchen.

Wie bitte?

Eine Brust der heiligen Agata.

Bring mir die zweite.

Der Kellner schaut sich um und bietet mir eine Zigarette an.

Danke, sage ich, ich sollte auch nicht rauchen, schwache Lungen, das kommt noch dazu, wohl von Vaterseite.

Der Kellner schaut mich seltsam an. Er zieht einen Stuhl zurück und lässt sich sinken. Er redet langsam, damit der Dialekt nicht seine Zunge galoppiert, damit ich ihn verstehe.

Weißt du, wer Agata war?

Ich schüttle den Kopf.

Agata war eine strahlende Jungfrau. Ein mächtiger Mann wollte sie heiraten, aber sie war Jungfrau für Jesus und wollte ihn nicht. Der Mann konnte sich das nicht bieten lassen: Weil sie ihn abblitzen ließ, sperrte er sie in ein Hurenhaus. Nach einem Monat kam er zurück, um sie zu retten, doch sie wollte ihn noch immer nicht. Zur Strafe ließ er ihr die Brüste abschneiden. In der Nacht erschien ihr der heilige Petrus, um mit heilendem Balsam ihre Wunden zu pflegen. Sie wies auch ihn ab. Als der mächtige Mann das sah, ließ er Agata ins Feuer werfen.

Der Kellner legt mir eine Zigarette auf den Tisch, ich stecke sie hinters Ohr. Darin die Stimme meiner Großmutter: *Nichts annehmen von fremden Leuten.*

Er geht zurück in die Bar.

Moment, rufe ich, was ist mit dem mächtigen Mann passiert?

Er wurde von einem Pferd totgetrampelt.

Nun liegen zwei schneeweiße Brüste mit Kirschwarzen vor mir. Ich steche mit einem etwas schmutzigen Löffel hinein. Die heiligen Brüste sind süß. Ich esse sie gierig auf.

Der Platz füllt sich mit Leben. Männer kommen zur Arbeit. Sie breiten Tücher auf dem Gehsteig aus, drapieren Turnschuhe und Taschen. Andere kommen angerollt mit kleinen Handwagen, auf denen sie Batterien, Taschenlampen, Radiowecker anbieten. Frischer Fang, direkt vom Hafen. Autos stauen, hupen, von irgendwoher knallt's.

Meine Sinne sind geschärft von der Schlaflosigkeit.

Vor der Bar stellt sich einer auf mit Gitarre: O sole mio.

Ich schüttle energisch den Kopf. Das geht zu weit, so ein Klischee widert selbst mich an. Aber es ist schon zu spät: Die Rührung kriecht mir über den Rücken, krallt sich an meine Gurgel, füllt meine Augen. Nach dem Lied lüpft der Sänger den Hut, schlurft auf mich zu. Er öffnet den Mund und sagt mit der Stimme meiner Großmutter: *Nichts geben fremden Leuten.* Ich gebe ihm die Zigarette und die abgezählten Münzen für den Kellner, versinke im weichen Teer der Selbstverachtung.

Ich reibe mir die Augen, schaue hinter mich, ob die Alte alles gesehen hat. Sie ist weg, da sitzt nun eine Gruppe Jugendlicher. Perfekt geschniegelt, Nacken wie Morgentau, Scheitel mit dem Messer gezogen, in Colonia gebadet. An den Hälsen hängen goldene Kreuze, die Trainingsanzüge sind frisch gestärkt. Sie lachen über mich, wie ich schwitze und mich offensichtlich komplett aufgegeben habe. *Turista di merda.*

Ich stehe auf und gehe, ohne zu zahlen. Biege um die Ecke und renne los. Schlage wilde Haken – diese Müdigkeit, die jede Tüte zu einem Hund macht, jeder Müllsack im Rinnstein ein angriffsbereiter Panther.

* * *

Hier ist Markt, unter den Füßen rutschige Steine. Gerüche prügeln sich in meine Nase – was ist in diesen Prezzemolo gefahren, dass er so pervers schon nur duftet? Früchte schreien um Aufmerksamkeit, singen um die Wette mit ihren Farben und Düften. Unanständig. Überreife Melonen, wahnsinnige Pfirsiche, besoffene Birnen und aufreizende Feigen; Trauben, Trauben, sie glänzen und schimmern, klingen klar und hell wie Zimbellen.

Ich drängle mich durch die Menschenmenge, bis ich eins mit ihr werde, mich fallen lasse und treibe, in ihr aufgehe. Aber es funktioniert nicht; die Masse stößt mich ab, ich bin ein einziger Fremdkörper. Hier müsste ich sein wie Magdalena, sie passt hierher wie die Faust aufs Auge: aggressiv, derb, verschlagen; immer laut, extrem, als fehlten ihr sämtliche Filter und Regler. Ich versuche, mit ihr Schritt zu halten, die hier gelebt, sich hier bewegt hat, versuche, sie in mir heraufzubeschwören, dass sie aus mir spricht. Es geht nicht. Ich habe mich zu ihrem Gegenteil gemeißelt – die fressen mich hier bei lebendigem Leib auf. Das Chamäleon ist fehlgeschlagen, die Tarnung aufgeflogen, ich strahle unter dem Spotlight der Fremdheit. So gehe ich steif geradeaus, stoße die wühlenden

Körper um mich ab wie anders gepolte Magnete, wie Wassertropfen von einer Wachsjacke. Meine offensichtliche Widerwärtigkeit macht mich taumeln.

Ich will mich einfügen, etwas kaufen, Trauben, kann ich probieren, meine Großmutter sagt, du musst immer probieren.

Die Marktfrauen schütteln die Köpfe, argwöhnisch. Sie tun, als ob sie mein Italienisch nicht verstünden, als ob ich eine ganz entfernte Fremdsprache redete, verärgert. Was ich anschaue, wird schlechtgemacht, ausgelacht, verhöhnt; die Antwort auf all meine Fragen ist verächtliches Spucken. Sie reißen die Münder auf, um weiterzuschreien, durch die Zahnlücken Lockrufe auszustoßen – nicht für mich. Der Versuch, dazugehören zu wollen, ist hier eine Anmaßung; bereits mein vollzähliges, teuer zurechtgerücktes Gebiss verrät mich: meine fremde Herkunft, meine Klasse.

Schlangenlange Bohnen, stachlige Gurken, windendes Chiligewürm: Ich flüchte durch das feindliche Territorium nicht enden wollender Stände. Rechts und links farbige Staubigkeit. Schulkittel, synthetische Kleider, alte Kekse, Küchengeräte, Parfüms und sprudelnde Muschelbäder; wie Schnecken strecken sie ihre Fühler zwischen den Schalenhälften hervor. Fischmänner wedeln mit Plastiksäcken die Fliegen von den Glitzerleibern. Polyesterknistern; Schweiß zischt, wenn er auf statisch Geladenes trifft, verdunstet.

Und dann, aus dem Nichts, eine Lücke: ein unbedachter Stand. Ein Tisch nur, mit irgendwiewas Ramsch drauf: Marlboro Rot, fleckige Hefte, Feuerzeuge. Ich denke an die Alte, die unbedingt rauchen wollte, ihre Verzweiflung, bleibe stehen.

Zum Stand gehört ein bleicher Junge, tintenschwarzer Klecks als Haar. Er pickt am Ellbogen einer Hefeteigfrau. Sie sitzt in einem Plastikstuhl, quillt weißlich darin auf. Auf ihrem Schoß thront ein massiges Baby mit einem uralten Gesicht. Weiß und rund und mit Spitzen umrahmt schaut es direkt in mich hinein. Mich schaudert's. Davor hat mich meine Großmutter oft gewarnt: der böse Blick!

Die Frau streckt die Hand nach mir aus, jammert. Ich schüttle den Kopf, murmle, ich habe schon dem Sole Mio zu viel gegeben.

Ich will weitergehen, aber bin plötzlich gelähmt: Der Fluch des Mondkinds trifft mich wie ein Schlag im Nacken. Das schlechte Gewissen drückt meinen Kopf gegen den Asphalt. Eine augenblickliche Stille legt sich über den Lärm und scheint alle und alles anzuhalten.

Jemand rüttelt mir an den Füßen, verärgert drehe ich mich um. Das Kind fängt an zu wimmern, die Frau aufgeregt zu schreien. Die Zigarettenschachteln auf dem Tisch hüpfen, Feuerzeuge springen über glitschige Pflastersteine. Orangen purzeln aus den Kisten, rollen und zerspringen, die Leute werfen die Hände zum Himmel und tanzen. Der Junge ist unter den Tisch gekrochen, ich brülle ihn an: Hör auf zu schütteln. Er macht große Augen. Das Mondkind macht keinen Wank, hält seinen stechenden Blick auf mir, während die Frau, sein Thron, in ihrem Stuhl geschüttelt wird; sie flucht gegen Himmel und Hölle.

Nach einer Weile hört es auf. Es summt noch in den Knochen und Kirchenglocken, das Gemurmel schwillt wieder an. Männer kriechen unter ihren Ständen hervor, bürsten sich mit den Händen den Dreck von den Hosen, fahren sich durch die Haare. Einer klopft mir auf die Schulter, redet mich an, ich verstehe nicht, höre nicht, in meinen Ohren ist ein Pfeifen. Er bekreuzigt sich und küsst seine Finger, zeigt in den Himmel. Ich schaue hoch, da zittern Unterhosen an einer Leine. Der Junge sammelt die Zigarettenschachteln auf. Die Frau im Stuhl lacht mich zahnlos aus.

Ich kehre um, gehe schneller, Männer packen mich am Arm, nuscheln: Hast du dich erschreckt? War doch nur ein kleines Erdbeben, ein Gruß vom Vulkan –

Ihre Gesichter zu nahe, saurer Atem; ich schaue geradeaus, nichts anmerken lassen, sie lachen.

Und endlich, endlich höre ich Magdalenas Stimme: Lass dich von niemandem anfassen, wenn du nicht willst. Sag nein, egal zu wem, Fremden oder Freunden. Schrei es laut und sieze dabei – das ist wichtig, niemals duzen.

Diese Rede hat sie mir gehalten, als ich klein war; bis heute habe ich nicht auf sie gehört. Ich habe mich geschämt zu schreien, wollte nicht klingen wie sie: *Nein, Sie Schwein! Lassen Sie mich los!*

Ich tue, was ich in solchen Situationen immer tue: auf meine Großmutter hören.

Kümmer dich nicht um die Männer, sagt sie, schau sie an

und geh weiter. Kinn hoch und lächeln, aber nicht zu sehr, mit geschlossenen Lippen, und am wichtigsten: Nicht stehen bleiben. Lächeln und weitergehen, immer weitergehen.

* * *

Ein vorbeiklappernder Militärwagen: Endlich bleibe ich stehen, schaue mich um. Die Männer, die mich verfolgt haben, sind verschwunden. Die Straßen sind breit hier, die Häuser Paläste. Hohe Palmen winken mir zu.

Vor dem Museum stehen zwei Soldaten. Sie tragen lustige Zipfelmützen, die den Stiefeln und Gewehren das Bedrohliche nehmen. Ich nicke ihnen zu und trete zwischen ihnen ein.

Drinnen ist schlagartig Ruhe. Kühl und trocken wie in einem Grab. Schritt für Schritt gehe ich den Gang mit den römischen Statuen ab. Die Hitze fällt von mir ab wie die Fremdheit, ich kann wieder atmen. Das ist meine Luft, so schmeckt sie mir, im Mausoleum der heiligen Kunst. Ich grüße die Göttersöhne mit übermütigem Zwinkern, ihre kräftigen Schenkel; zwischen quellenden Lendenmuskeln entspannen zehengroße Penisse. Der Marmor glitzert, wo er abgeschlagen ist; Armstümpfe, rostiger Draht. Stolz glänzende Hinterbacken.

Die Müdigkeit hat mich aufgeputscht, das Blut pocht mir in den Fingern. Ich kühle sie an der marmornen Brust eines jungen adligen Römers. Und es passiert etwas Wunderliches: Er atmet. Sein Brustkorb hebt und senkt sich unter meinen

Fingerspitzen, ganz real, die Augenlider flattern. Er verdreht leicht die Augen, zwischen den lasziv geöffneten Lippen blitzt seine Zungenspitze. Ich stelle mich auf die Zehen, um ihn zu küssen. Meine geschundenen, gesprungenen Lippen legen sich auf seine glatten, perfekten, ich schließe die Augen. Falle in den Brunnen.

Ich reiße mich los und schreite durch die im Spalier aufgestellten Büsten von mächtigen marmorweißen Männern. Alabasterwangen und Zuckermünder, versonnene Stirnfalten und angeknabberte Ohrläppchen. Wichtige Gesichter, die sagen: Es war ein Kampf, aber es hat sich gelohnt: Ich bin immer noch hier. Mein Erbe ist in Stein gemeißelt.

Pst, flüstert einer mit Kräuselbart, pst, komm mal her!

Seine Marmoraugen blitzen: Na, wo kommst du her? Gefällt es dir hier? Wir haben schon bessere Zeiten gesehen, das ist klar. Die Monumente zerfallen, das Ansehen bröckelt, die Menschen lassen sich gehen, wie Tiere. Aber lass dich nicht täuschen – in ihnen schlummert noch unsere Größe, unser Stolz.

Er hebt seine Stimme und donnert durch den Saal: Denn wir Römer haben diese Welt erfunden! Wir sind die Wiege der Zivilisation – was gibt's da zu lachen?

Ich kraule seinen Bart: Die Römer? Die haben doch nur kopiert, was die Griechen vor ihnen gemacht haben.

Entrüstetes Gemurmel schwillt an. Die Feldherren protestieren, die Philosophen grummeln, und die Reichen schmatzen peinlich berührt.

Und was ist mit dem alten Ägypten, stichle ich weiter, mit Mesopotamien, schon mal gehört?

Der Kräuselbart ist der Erste, der sich fängt. Er bricht in kehliges Lachen aus.

Du bist doch nur neidisch, höhnt er, weil du keine Geschichte hast. Du wirst gehen, wie du gekommen bist: heimlich, zufällig, sinnlos. Niemand wird merken, wenn es dich nicht mehr gibt. Du bist nichtig, wie deine Mutter, du wirst verrotten, vergessen in kürzester Zeit –

Ich nicke: Na und? Schaut euch an, eure lächerlichen Versuche, uns zu zwingen, eurer zu gedenken. Weil ihr die Vergänglichkeit nicht aushaltet, macht ihr alles, damit eure starren Fressen durch die Zeiten dauern – und wofür? Ich schlag euch allen die Nase ab! Ich merk doch genau, wie eure leeren Augen meinen Arsch traktieren. Wie eure Haut fleckig wird vor Aufregung ob der immer gleichen Tagträume, in denen euch Arme wachsen, sehnige Finger, die endlich auch in einen marmorweichen Proserpinapopo graben ...

Der Kräuselbart spitzt die Lippen: Komm her, Kleine, ich mach dich unsterblich.

Nein!

Nun habe ich doch geschrien. Er fängt an, wie eine Schlange zu züngeln. Da heben sie alle an, zu stöhnen, mich zu beschwören, zu locken, zu beleidigen.

Ich reiße die Zähne auseinander: Lassen Sie mich in Ruhe, Sie alten Perverslinge!

Da sagen sie nichts mehr.

Zufrieden rücke ich das Kinn, verbanne sie in den Augenwinkel, lächle und gehe weiter, immer weiter.

Bis sich mir eine in den Weg stellt, mir gebietet anzuhalten. Ich knie zu ihren Füßen und bestaune die fein gearbeiteten Sandalen, die langen Zehen; lese das Schild auf dem Sockel: Agrippina ... Erste römische Kaiserin ... Furchtbare Legende ...

Ich schaue ihr ins Gesicht. Grandios verkniffene Lippen. Die furchtbare Legende ist eine bitter erschöpfte Mutter. Nur die Brüste sind die eines Teenagers, zwei harte Törtchen unter dem hauchdünnen Stoff ihres Kleides.

Ich tippe ihr auf den Zehennagel. Es scheint sie nicht zu kümmern. Sie stiert unendlich müde ins Leere, knetet sich die Hände.

Erstaunlich, murmle ich, dass du als Kaiserin so dargestellt wirst. Bei den Typen da drüben hat selbst der unbekannteste Wald-Wiesen-Philosoph mehr Triumph in den Zügen als du. Du siehst aus, als hättest du aufgegeben, dich verhärmt in dich selbst zurückgezogen.

Der Fuß zuckt, sie raschelt mit ihrem Gewand: Ich bin Agrippina, die Mörderin. Die mit dem Tod diniert, reihum Gift eskortiert, den Verstand und schließlich das Leben verliert, um ihren Sohn in Macht zu kleiden. Links und rechts habe ich sie draufgehen lassen wie die Fliegen. Alles, um meinen Sohn groß zu machen, den größten Kaiser aller Zeiten. Und als er endlich groß war ...

Ich werfe einen Blick auf das Schild: Ließ er dich ermorden?

Ich würde es wieder tun, sagt sie. Ich bin seine Mutter, ich weiß, was gut ist für ihn.

Ich murmle: So siehst du aus.

Sie verzieht das Gesicht: Du wirst es verstehen, wenn du mal Kinder hast.

Ich schüttle den Kopf: Meine Mutter hat nie so ausgesehen. Aber sie hat auch nichts für mich geopfert.

Das gibt es nicht, sagt Agrippina, dann war sie keine Mutter.

Ich werde laut: Erzähl du mir nichts von Mütterlichkeit! Sie wurde jedenfalls nicht von ihrem eigenen Kind umgebracht.

Bist du sicher?

Agrippina bricht in Lachen aus, ein böses, kreischendes Lachen.

Du hast Schuld, und deine Großmutter hat Schuld, alle beide seid ihr Bigotte. Ihr wusstet, dass sie in Gefahr war, und was habt ihr dagegen getan? Ihr habt sie ausgestoßen, vertrieben, wieder und wieder habt ihr sie in den Tod geschickt.

Du bist verrückt, rufe ich, kein Wunder hat dein Sohn dich gemeuchelt!

Recht hast du, heult sie, geh doch zu den Marienbildern, wenn du was Schönes sehen willst, alle Heiligen sind schön!

Die Schlangenlocken auf ihrem Kopf winden sich und züngeln, sie lacht ihr schreckliches Mörderinnenlachen, ich renne davon.

Aufgewühlt stehe ich in der Gemäldegalerie. Hier ist es drückend warm. Am Ende des Saals wehen Vorhänge an offenen Fenstern. Sie bauschen gelb in den Raum hinein, wie ein Schiff, das mit geblähten Segeln in den Hafen einfährt. Sie schlucken die Straßengeräusche; das Draußen ist weit weg, vielleicht ganz weg, ich höre nur meine Schritte. Vorbei an den Blutigkeiten in üppigen Goldrahmen: Speere in muskulösen Leibern, lasziv sterbende Gesichter. Alle Heiligen sind schön, aber sie bewegen sich nicht.

Agrippinas Lachen hallt in meinen Ohren. Und wenn sie recht hat? Wenn wir sie hätten retten können?

Dann bleibt dir immer noch die Rache, sagt eine ruhige Stimme.

Ich drehe mich einmal im Kreis, da ist niemand im Raum, ich bin allein. Die junge Frau an der Wand, ich bin mir ziemlich sicher, dass sie gesprochen hat. Dabei scheint sie gerade beschäftigt: Mit einem langen Schwert säbelt sie einem Bärtigen den Kopf ab. Stiernacken, dieser Mann, Arme wie Schinken. Widerwillig hält sie ihn an den Haaren fest, während sie mit angewidertem Blick durch seine Halsröhren schneidet. Das Blut spritzt. Sie ist schon fast durch. Der Mann gurgelt. Es wundert mich, dass er sich nicht wehrt. Er sieht so viel stärker aus.

Ein Kichern tönt aus dem Dunkeln. Da ist eine Alte, verhutzelt, die vor Aufregung fast ihre Schürze zwischen den Fingern zerreißt.

Fester, flüstert sie, schneller!

Auf dem Schild steht, die Junge sei eine jüdische Witwe von erheblichem Reiz: Sie heißt Judith, und die Alte ist ihre Magd. Zusammen haben sie den Feldherrn Holofernes überlistet, der ihre Stadt angegriffen und ihre Schwestern beraubt, vergewaltigt, getötet hatte. Darauf hat sich Judith mit ihrer

Schönheit ins feindliche Lager geschlichen und den Feldherrn betört. Sie hat ihn abgefüllt – und bald seinen abgeschlagenen Kopf spazieren geführt.

Ich studiere ihr Gesicht. So etwas kann es nicht geben: einen gewaltvollen, anstrengenden Mord mit einem so glatten Gesicht zu vollführen. Kein Zittern der Ohrringe; nur zwischen den Brauen eine kleine Furche, in der ihr ganzer Abscheu liegt. Die Schönheit der Heiligen, wunder-schön. Mir wird schwindlig.

Ich taumle durch den Raum, falle auf eine Holzbank. Lege mich auf den Rücken, um sie nicht mehr sehen zu müssen. Kann die Augen nicht schließen, alles dreht sich. So legt sich das Deckengemälde auf meine Augengloben, ein Koordinatensystem. Es kitzelt, und ein Sog entsteht, zieht mich hoch, lässt mich schweben; ich steige auf zu den roten Wolken. Wirble im Luftzug der schlagenden Gewänder, himmelblaue Tuniken, goldenes Zinellenzisch; seidige Engelsfinger auf meinen Stirnfalten, beruhigendes Flüstern. Honigatem fließt in meine Ohren, verteilt sich im verknoteten Hirn und streicht hinter entzündete Augen. Wolkige Wattigkeit schließt mich ein wie einen Kokon.

* * *

Ich trage Judiths Ohrringe und ziehe ein Schwert – ich bin auf der Suche nach dem Mann, der Magdalena die Brüste abgeschnitten hat. Da steht er am Brunnen, ich bezirze ihn und versuche, die Waffe zu verstecken. Holofernes lacht donnernd: Du bist nicht von erheblichem Reiz!

Ich tänzle, aber kann ihn nicht blenden, er durchschaut mich sofort. Ich zücke das Schwert – es streift ihn, oberflächlich nur, ein kleiner Stich. Er wird wütend, er ist so schrecklich stark. Er nimmt das Schwert und schneidet mir den Kopf ab. Ich weiß: Er ist mein Vater. Ich höre noch sein Weinen: Versprich, dass du mich vermisst.

Ich steige aus dem Brunnen und rieche den Schwefel. Es regnet, ein Güterzug donnert über die Brücke. Sie steht hoch über einem dampfenden Fluss. Ich klettere den rutschigen Hang hinab, versuche, den Kopf gerade zu halten, damit er nicht abfällt. Mit beiden Händen an den Ohren erreiche ich die heißen Quellen. Es stinkt und nebelt und tropft. Aus dem Fels ragen vermooste Plastikrohre, aus denen das Wasser in Steinwannen plätschert. Aufgeschwemmte Gestalten mit langen Haaren sitzen darin und zersetzen sich. Alle sind krebsrot und haben die Augenlider schwer. Sie lehnen den Kopf zurück und lassen sich den Strahl auf den Scheitel prasseln.

Juhu, Fila!

Mimma, hier sind wir!

Ich höre sie lachen, nanu? Schnell schlinge ich ein Tuch um den Hals, um sie nicht zu erschrecken. Der Nebel ist dicht, ich trete ins Nichts, eile den Rufen entgegen. Dampf steigt auf: Da sitzen sie vergnügt im Schwefelloch und winken mich herein.

Willkommen im Hades, ruft Magdalena, nimm Platz im Hotpot des Todes!

Sie bellt, und Lavinia stößt sie kichernd in die Seite. Ihre nackten Körper beschämen mich, ich versuche, nicht hinzuschauen. Immerhin tragen sie Lockenwickler. Meine Großmutter streckt mir die Hand entgegen: Mimma, komm rein.

Ich sorge mich um meinen Kopf, die Wunde, das kommt mir nicht sehr steril vor.

Magdalena knurrt: Du hältst dich wohl für was Besseres.

Feigling, ruft Lavinia, rein mit dir! Das ist purer Balsam, ein Jungbrunnen. Schau uns an!

Tatsächlich, sie hat wieder ihre rosige Fülle, strahlende Haut. Auch Magdalenas blaue Flecken sind verblasst.

Unsicher steige ich in die Wanne. Das Wasser ist schön heiß.

Ich versuche, die Hände meiner Großmutter zu nehmen, aber Magdalena schubst mich, sodass ich ausrutsche und flach zu liegen komme. Sie ziehen sanft an meinen Händen und Füßen, lassen meinen Körper durchs Wasser gleiten und bringen meinen Kopf unter den Strahl, der die Wanne mit Schwefelsaft füllt. Es tropft mir in die Augen, ich muss sie schließen. Unverständliches Murmeln, das Prasseln des Strahls ist unter Wasser sehr laut.

Und wie es mir stinkend auf den Scheitel platzt, breitet sich endlich eine tiefe Entspannung in mir aus.

Bis sie anfangen zu strampeln, mich mit ihren Halluxen treten, das Wasser bewegen, es über mein Gesicht schwappt. Hustend setze ich mich auf.

Hört auf zu streiten, rufe ich, es ist vorbei, und wir sind zusammen, was wollt ihr mehr?

Da merke ich, dass mein Kopf nicht mehr auf dem Rumpf sitzt. Ich sehe meinen kopflosen Körper aufstehen und herumgehen, sehe ihn ausrutschen, wie er aus der Wanne zu steigen versucht. Und ich sehe Lavinia und Magdalena, sie halten sich gegenseitig im Nacken und drücken einander die Köpfe unter Wasser.

Was macht ihr da, rufe ich, hört auf!

Sie hören nicht auf mich, machen weiter, prusten: Wir taufen uns!

Ich bleibe im lauen Wasser des Halbschlafs liegen. Sie haben mich in eine Gewissheit getrampelt, die mir, sobald ich sie fassen will, zurück in den Nebel entwischt.

Das Aufwachen ist ein mich aus heißem Zuckergelee Kämpfen. Schwerlich komme ich heraus und bleibe an allem kleben, der Schwerkraft. Ich drücke mich von der Holzbank hoch, fahre mir übers Gesicht. Zwei Touristinnen stehen vor dem Gemälde der Judith und fotografieren sich kichernd. Die Bilder sind still geworden, durchs offene Fenster rauscht und hupt der Feierabendverkehr. Das Licht hat sich verändert. Es schmiegt sich ergeben an meine Haut, vergoldet die Armhärchen mit einem Drüberstreichen. Mir ist schlecht. Die Vorhänge winken. Magdalena wartet.

IV

Das Krankenhaus ist ein unverputzter Betonbau mit Wachtürmen wie ein Gefängnis. Die Eingangshalle ist leer, der Rezeptionist ignoriert mich. Ich gehe an ihm vorbei und biege in den erstbesten Flur. Das Herz klopft mir im Hals, ich recke das Kinn. Die Wände sind grün wie mein Nagellack. Vom Geruch wird mir schlecht. Er erinnert mich an meine Großmutter, ihre Zeit im Hospiz. Sie wollte nicht mehr essen und fütterte stattdessen mich: Du hast sicher Hunger!

Während ich kaute, lobte sie die gute Küche und die Pflegerinnen, die sie behandelten wie eine Königin. Zum Dessert fraß ich Gute-Besserungs-Pralinen, die Frau Schneider und andere Nachbarinnen geschickt hatten.

Mir wird schwindlig, ich lehne mich an die dschungelgrüne Wand, schließe die Augen, bis ich Schritte höre und eine freundliche Stimme. Die Ärztin hat seidiges Wellenhaar und Wimpern wie Schmetterlingsflügel. Ihre geschwollenen Lippen schüchtern mich ein. Zum Glück ist ihr Kittel ein wenig verknittert, das gibt mir Mut.

Ich sage: Meine Mutter ist hier gestorben.

Ihre Zähne sind gebleicht, sie versteht mich.

Sie sagt, sie heiße Maria. Es tut ihr leid wegen meiner Mutter, sie will mir helfen, sie zu suchen. Als wäre ich ein Kind im Supermarkt, das seine Mutter verloren hat, beim Umherträumen im Süßigkeitengang. Als würde sie mich gleich ausrufen: Magdalena an die Kasse bitte, hier ist deine Tochter, die dich sucht.

Ich muss ein komisches Gesicht gemacht haben, Maria fasst mich an der Schulter. Das Weinen würgt, ich kann es nicht halten, es bricht aus mir heraus. Maria nimmt mich an die Brust, als wäre es das Natürlichste. Sie riecht wie meine Großmutter, nach Javel und Jasmin, ihr Kittel knistert. Ich umklammere ihren Rücken, fasse in die weichen Haare, zerknautsche sie. Sie streicht mir über den Kopf. Es schüttelt mich. Ich will mich ja zusammenreißen, aber je mehr ich mich wehre, desto mehr wallt das Weinen.

Es tut mir leid, versuche ich zu sagen, ich habe eine Reise hinter mir, diese Stadt ist mir feindlich, das Erdbeben, ich war schon im Hades –

Maria nickt, als würde sie verstehen.

Ich bringe dich ins Büro, sagt sie, keine Sorge, wir finden deine Mutter schon.

Tatsächlich sagt sie *Mamma.*

In mir dreht sich eine Zuckerwatte auf: Was, wenn ich am Telefon falsch verstanden habe? Wenn Magdalena gar nicht tot ist, sondern hier irgendwo im Krankenhaus liegt, mit einer kaputten Leber. Ich sehe sie vor mir, wie sie heimlich aus dem Fenster raucht und die Pflegerinnen besticht, ihr Wein einzuschmuggeln: Es ist das Blut vom verfluchten Jesus, höre ich sie sagen, Teufel noch mal, Maria! Es ist dafür da, meine Sünden wegzuwaschen. Siehst du nicht, wie nötig ich es habe?

Vielleicht braucht sie eine Lebertransplantation. Das macht Sinn: Dafür würde sie mich holen lassen. Schon wieder werde ich wütend, aber ich lächle. Schmeckt gut, die Watte. Süß. Magdalena würde gesund von meinem Leberstück. Ich könnte hier mit ihr leben, sie würde mich einführen in die fremde Sprache, den Dialekt. Bestimmt würden wir viel streiten. Ob sie noch alle Zähne hat?

Mir fällt die Ärztin am Telefon ein. *Ammazzata*, hat sie gesagt. Getötet.

Der Zuckerwattenstiel fällt hölzern in den Staub.

* * *

Im Büro riecht es anders. Süßlich, wie verwest, darüber verblasste Politur und eine feine Spur Zigarettenrauch. In der Mitte des Raumes steht ein massiver Holztisch, darauf ein alter Computer, dahinter ein Mann als Arzt. Er steht auf und zieht den Kittel aus, faltet ihn so, dass ich sein Namensschild nicht lesen kann. Mit ausgestreckter Hand kommt er mir entgegen: Signorina!

Er nimmt meine Hand in seine Pranken und klatscht sie ein paar Mal. Dann schlägt er eine Hand auf seine Brust und stellt sich vor: Dottore.

Er legt mir die Hände auf die Schultern und drückt mich in einen Stuhl. Sein Arm schlängelt Maria um die Schulter, er flüstert ihr ins Ohr. Ihre Augen werden groß, sie schaut mich an, dann zu Boden. Er drückt ihr eine Akte in die Hand, und sie verschwindet.

Er setzt sich, seufzt: Signorina.

Dann rollt er mit seinem Bürosessel hinter dem Tisch hervor, bis er neben mir zum Stehen kommt. Er legt mir die Hand aufs Knie und sagt: Es tut mir im Herzen weh.

Mein Knie schlägt aus, er nimmt die Hand wieder zu sich und macht ein bedrücktes Gesicht: Deine Mutter war eine beachtliche Frau. Es ist ein Jammer, dass sie so früh gehen musste – wenn auch nicht erstaunlich. Wenn die Leber erst mal so weit ist, dann ist nichts mehr zu machen.

Wirklich, sage ich.

Das Trinken, seufzt er und hebt eine Hand wie in Hilflosigkeit, ist eine schwere Sünde. Manchen können wir helfen, aber deine Mutter – du kennst ihren dicken Schädel.

Mein Herz macht einen Hüpfer: *la coccia dura* – Magdalenas Brief.

Der Arzt sieht mich mitleidig an: So ein Pech aber auch.

Sie hätte das nicht tun sollen, stellt er betrübt fest, sich zu Tode trinken. Warum nur, warum! Aber Gottes Wege sind unergründlich, er hat sie nun zu sich geholt. Sie ruhe in Frieden. Amen.

In meinen Ohren beginnt's zu sausen, ich sage laut: Ich bin gekommen, um mich zu verabschieden, kann ich sie bitte sehen?

Natürlich, sagt er, kein Problem. Schwester Maria erledigt gerade das Papierliche, danach wird sie dich zu ihr führen. Sie kommt gleich wieder, warten wir einen Moment.

Wir schweigen. Gegen mein Trommelfell pulsiert das Blut. Meine Augen fahren im Raum umher, bis sie an einem kleinen Käfig an der Wand hängen bleiben. Hinter Gittern eine Madonna. Sie hält den Kopf schief, sodass sie gerade durch die Stäbe sehen kann. Sie hält die Hände gefaltet. Ihr Blick zeigt absolute Unbeteiligtheit.

Der Arzt dreht sich unbekümmert auf seinem Stuhl: Hast du vor, eine Weile zu bleiben?

Ich weiß nicht, sage ich ehrlich.

Wenn du vorhast, Meeresfrüchte zu essen, solltest du eine Impfung machen. Die Gelbsucht geht rum. Bei Muscheln besonders.

Tatsächlich, sage ich.

Weißt du, wie viele Menschen dieses Jahr daran gestorben sind? Das Risiko, hier in der Stadt zu erkranken, ist hoch, mit all den Leuten und Ratten und Dreck. Es ist eine Schande, was für Zustände herrschen in diesem Land. Wenn man bedenkt, dass wir einmal die Herren der Welt waren. Aber du kannst dich schützen. Ich kann dir die Spritze verpassen.

Ich weiß nicht, ob ich lachen soll.

Er schaut erwartungsvoll.

Ich sage: Jetzt, während wir warten?

Nein, nein, er schüttelt den Kopf: Ich habe den Impfstoff nicht hier. Ist schon lange ausgegangen. Die ganze Stadt ist leer geräumt. Aber ich höre, im Vatikan soll es noch welchen geben. Du könntest hinfahren, den Stoff holen, und ich werde es dir spritzen. Ich bin Experte, ausgebildet für tropische Reisen. Ich habe ein Krankenhaus in Tansania, sagt er, dort fahre ich bald wieder hin. Du solltest dich jedenfalls rasch um den Stoff bemühen, wenn du mich noch erwischen willst. Davor verordne ich striktes Muschelverbot. Miesmuscheln besonders. Magst du Pizza frutti di mare?

Nicht wirklich.

Und Impepata di cozze?

Doch, schon.

Siehst du, triumphiert er, das ist das Gefährlichste.

Er schaut auf die Uhr: Wenn du jetzt losgehst, könntest du es heute noch schaffen.

Danke, sage ich, ich warte, ich bin für meine Mutter hier.

Natürlich, nickt er, natürlich. Ich wollte dich nur gewarnt haben, mit Gelbsucht ist nicht zu spaßen.

Die Haare fallen mir ein. Magdalena verlor ihre Haare. Ich muss sehr klein gewesen sein, meine Erinnerung ist trübe. Was ich sehe: wie der Abfalleimer im Bad überquoll von Haaren. Wie nasse Haare in der Wanne wogten wie Seegras und sich trocken im Waschbecken bauschten. Sich verfingen in Spinnweben und von der Decke hingen, sie wehten sachte hin und her. Knäuel huschten durch die Wohnung wie schwarze Mäuschen. Haare im Essen, an den Kleidern, zwischen den Zehen, überall.

Magdalena kämmt sich, zeigt mir die Bürste voller Haare. Schau, sagt sie, fährt sich durch die Locken, schau. Sie lässt die Haare zu Boden segeln, fasst meine zwei Zöpfchen und sagt: Wenn ich einen Zopf mache, ist er noch so dick wie einer von deinen.

Ich will auch dünne Zöpfe, sage ich.

Meine Großmutter sagte, wir müssten die Krankheit aus dem Haus werfen. Wir öffneten die Fenster und schüttelten Eimer voller Haare in den Wind, sie fielen in Knäueln auseinander und wirbelten durch die Luft. Meine Großmutter spülte die Wanne mit Javel.

Sie bläute mir ein, auf keinen Fall die Zahnbürste meiner Mutter zu benutzen, weil die Krankheit ansteckend sei. Magdalena sagte, sie habe die Krankheit bekommen, als sie mich geboren habe, weil ich sehr schwierig gewesen sei und sie viel Blut verloren habe. Sie hätten ihr Blut gegeben im Krankenhaus, verseuchtes, darin war die Krankheit, und nun sei sie in ihr.

Im Brief behauptet sie, ich sei zuhause geboren.

Lüge-Lüge-Lüge.

Später gab es in der Schule einmal Streit, weil ein Mädchen herumging und erzählte, meine Mutter habe ihrem Vater Gelbsucht gegeben.

Der Doktor rollt mit seinem Stuhl zur Schrankwand, streckt sich und zieht, ohne aufzustehen, eine Schublade auf und rumpelt blind darin herum. Er rollt zurück mit einem braunen Apothekerfläschchen, das er vor mich hinstellt: Für den Moment möchte ich dir unbedingt dieses Öl empfehlen, das brauchst du für jede Reise. Wenn ich in mein Krankenhaus gehe in Tansania – wo du mich einmal besuchst, wenn du magst?

Er blinzelt mir zu und wartet auf Antwort. Als ich nicht reagiere, zieht er die Mundwinkel nach unten und rückt den Hals vor wie eine Schildkröte, um seine leicht beleidigte

Gleichgültigkeit auszudrücken. Er dreht den Verschluss des Fläschchens auf und fährt fort: Egal, wo ich hingehe, das habe ich immer im Gepäck. Ich habe es vor vielen Jahren aus Südamerika mitgebracht. Es funktioniert hier so gut wie in China und überall. Du reibst dich am ganzen Körper damit ein. Die Viecher mögen den Duft nicht, und du wirst nicht gestochen. Wenn doch, reibst du das Öl über die Stiche, und es hilft gegen das Jucken. Es sorgt dafür, dass sie keine Eier unter deiner Haut ausbrüten. Es ist auch gegen Würmer in den Füßen, gegen alles Mögliche! Komm, ich gebe dir eine Probe.

Er gießt sich Öl in die hohle Hand, reibt es kreisend, und ein widerlich fauliger Geruch breitet sich aus. Das ist es, der undefinierbare Zimmerduft! Er nimmt meine Hand in seine und reibt mir das stinkende Öl in die Haut.

Ich bin wie gelähmt. Während er meine Finger einzeln zwischen seinen einklemmt und kräftig abstreicht, spüre ich die sterbenden Hände meiner Großmutter. Sie waren nicht mehr, wie ich sie kannte, stark und rau und rissig. Sie waren weich vom Öl, mit dem ich sie täglich massiert, mir ihre Knöchel und Nägel eingeprägt hatte.

Sie flüsterte: Ich will noch nicht sterben.

Wie hatte die Ärztin am Telefon über Magdalena gesagt?

Ich habe noch nie eine so um ihr Leben kämpfen sehen.

Es klopft.

Ah, der Dottore lässt meine Hand los, sichtlich erleichtert: Da ist ja unsere Maria.

Er macht eine aufmunternde Bewegung, dass ich aufstehen soll. Er schiebt mich zur Tür, drückt mich hinaus.

Arrivederci, fletscht er, und vergiss nicht: Komm jederzeit wegen der Impfung. Maria wird dir alles erklären.

Er zieht die Tür zu, dreht den Schlüssel von innen um. Nun stehe ich allein mit Maria im Flur. Unwillkürlich stelle ich mir vor, wie ich mein Hemd ausziehe, damit sie mir eine Spritze geben kann.

Sie trägt einen großen Plastikbehälter, eine Art Kompostkübel. Sie überreicht ihn mir, ohne mich anzusehen.

Schwer, sage ich, was ist das.

Zweieinhalb Kilo, sagt Maria zum Boden.

Sie macht auf dem Absatz kehrt und verschwindet.

Ich drehe den Behälter auf den Kopf und lese das Schild auf der Unterseite.

Magdalena Fremdernachname.

Es kommt mir vor, als wäre die Urne noch warm.

* * *

Blind streife ich durch die Stadt. Magdalena wiegt schwer in meinen Händen. Ich überlege, sie abzustellen, weiterzugehen, mich aufzulösen.

Ich stelle sie auf eine Bank und setze mich daneben. Eine Rosenverkäuferin schleicht sich von hinten an, wedelt mit den Blumen, drückt mir ihre weichen Köpfe in den Nacken.

Ich sage Nein, sie bleibt hartnäckig. Ihr Gesicht ist jung, aber es fehlen ihr Zähne. Sie redet singend auf mich ein.

Magdalena hat in ihrer Jugend Rosen verkauft, das hat sie mir einmal erzählt. Ich mustere das Mädchen, es ähnelt ihr, vielleicht ist sie es, ein Geist?

Ich fasse sie am Handgelenk: Wer bist du?

Sie blinzelt: Warum hast du mich nicht gefragt, als ich noch antworten konnte?

Ich gebe ihr mein ganzes Geld, sie gibt mir alle Blumen. Sie will mehr, ich hab nichts mehr; nach einer Weile schlurft sie davon. Ich lege die raschelnd eingepackten Rosen auf die Urne.

Hier, sage ich, die sind schon ziemlich alt. Das Mädchen hat mich übers Ohr gehauen. Aber sie tat mir leid, und ich wollte dir einen Platz im Himmel kaufen.

Magdalena schweigt.

* * *

Ich sitze auf dem Hügel und schaue. Schwefelgelb drückt der Himmel aufs Meer, das Wasser glänzt fahl ergeben. Der Hafen liegt im Nebel, besorgtes Tuten einfahrender Schiffe. Das Verschwinden der Sonne geschieht unbemerkt, ein leiser Rotschein am Horizont, als wäre ein Tropfen Blut in Milch gefallen. Wer weiß, ob sie je wiederkommt. Der Vulkan pufft Wölkchen aus seinem Krater, die Stadt inhaliert den Rauch wie Marlboro Rot. Ich lege mich flach auf die warme Erde und fühle die seismischen Kicke. Ungeduldiges Brummeln.

Der Rauch ist so dicht, er versteckt die Boote, die am Horizont versinken, versenkt werden. Die Menschen auf den

Booten, ihre winkenden Arme; der Wind verwischt ihre Rufe, elendiger Komplize.

Wenn der Vulkan genug hat, explodiert er. Darauf warte ich. Wenn es passiert, schleudere ich den Kompostkübel in den Wind. Die Asche meiner Mutter wird sich mischen mit jener des Vulkans; das passt zu ihr: ein eruptives, brüllendes Finale. Ein Teil wird von einem lüsternen Wind hinausgetragen aufs Meer und auf der glitzernden Wasseroberfläche schmelzen. Das meiste aber wird vergehen in einem gemeinsamen Niederschneien. Heimtückisch lautlos wird die Asche sinken und alles ersticken. Sanft wird sie Schmutz und Gewalt und Bigotterie zudecken. Und bald wird darüber Wein wachsen – für den Wind und den Regen, und vielleicht, viel, viel später vielleicht, für neues Leben, das aus dem Meer gekrochen kommt.

* * *

Ich war einmal mit meiner Großmutter in Pompeji. Wir gingen auf zweitausend Jahre alten Straßen mit pneugroßen Steinen, betraten die Überreste der Häuser; Wohnungen und Läden. Nachdem der Vulkan ausgebrochen war, lag die Asche so hoch, dass kein Schornstein mehr zu sehen war, und das Pulver wurde hart wie Stein. So liefen später Leute über die Dächer der Stadt, ohne zu merken, dass da unten eine vergessene Welt lag. Sie wurde zufällig gefunden, Jahrtausende später, beim Graben.

Ich erinnere mich an ein Haus, das außerordentlich war, weil es ein intaktes Dach hatte. Ich schlüpfte allein hinein, drinnen war es schummrig. Die Leute drängten sich und verrenkten die Köpfe, um die Decke zu sehen. Sie zeigten mit dem Finger hoch und lachten. Da waren Malereien, unanständige, aber ich konnte sie schlecht sehen, weil ständig Erwachsene meine Sicht verdeckten. Ich ging in alle Zimmer, betrachtete die Betten, sie waren kurz und aus Stein. Wie sollte eine darauf schlafen können?

Ein eleganter Mann trat an mich heran und sagte: Die haben Strohsäcke draufgelegt, als Matratzen, das war damals normal. Heute denken viele, dass so ein Bett die Strafe für leichte Mädchen war. Aber ihre Freier hatten es ja mindestens genauso hart.

Er ging zum Bett und setzte sich drauf.

Ist es nicht interessant, sagte er, dass ausgerechnet das Bordell nach der Katastrophe noch steht?

Eine lange Frau streckte den Kopf zur Tür rein, erschrak bei meinem Anblick und rief mit schriller Stimme: Dass Sie Ihrer Tochter so was zeigen! Schämen Sie sich, das Kind ist viel zu jung, um so was zu sehen!

Der Mann zuckte mit den Schultern, stand auf und verließ den Raum. Ich war enttäuscht, dass er nicht mitspielte. Das wäre doch auch für ihn ein Gewinn, sich als mein Vater auszugeben.

Wir gingen damals nicht ins Museum, wo die Gipsabdrücke der Toten sind. Es hätte nochmals extra gekostet. Und meine Großmutter dachte wie die Frau im Bordell: Ich wäre zu jung.

Ich habe sie trotzdem gesehen, die Toten. Durchs Gitter, das den teuren Museumsbereich von der antiken Straße trennt. Ich spähte heimlich hindurch und sah Kinder, die Gipsfiguren von toten Kindern betrachteten. Sie lagen zusammengekrümmt, im Arm der Mutter, die sich schützend über sie legt. Nur ein Kind war allein, beugte seinen kleinen weißen Körper über ein Kistchen.

Es gab auch Abdrücke von Tieren: einen kläglich zusammengerollten Hund. Sie alle waren unter der Asche erstickt oder von einstürzenden Häusern erschlagen worden. Mit der Zeit hatten ihre Körper sich aufgelöst und in der fest gewordenen Asche Hohlräume hinterlassen. In diese leerte ein findiger Wissenschaftler bei den Ausgrabungen flüssigen Gips. Heraus brach er strahlend weiße Figuren, das Negativ des Todes.

* * *

Es wird dunkel, die Lichter der Stadt leuchten auf. Das Beben hat aufgehört, der Vulkan will sich nicht an diesen Abend verschwenden.

Ich stelle meine Augen scharf wie ein Fernglas: Der Tintenmilch-Horizont ist leer. Ein Frachtschiff ist vor einer Weile in den Hafen eingefahren und ruht sich im Becken aus. Magdalena hat das Meer gemocht. Das Salzwasser heilt jede Wunde, hat sie immer gesagt. Ich nehme die Urne, die neben mir steht, und setze sie mir auf den Schoß. Ich halte das Plastik mit beiden Händen umfasst und versuche, eine schöne Erinnerung heraufzubeschwören.

Der Westernhut. Aufgedunsen, wässrige Augen. Ihr Gesicht verschwimmt. Ich kann mich nicht erinnern, wie sie gesprochen hat, ich höre nur Kreischen. Ich habe keine Ahnung, wie ein Negativ des Todes von ihr aussehen könnte. Vielleicht, wenn man Gips in mich, in die Leere, die sie in mir hinterlassen hat, gießen würde. Vielleicht, wenn ich etwas in die Urne leeren würde, Nagellack. Er würde in die Hohlräume ihrer Asche kriechen. Ich würde warten, bis der Lack trocknet, die Asche aufs Meer hinausschütteln, und in der Urne läge eine glänzende kleine Statue: Magdalena in Jungle Green, zum um den Hals hängen.

Ich schraube den Deckel der Urne ab und greife schaudernd hinein. Fein Gemahlenes macht mir Gänsehaut, wie Kreidekratzen auf einer Tafel: Puderzucker und Mehl, Magnesium im Sportunterricht, sommerlich gekämmter Strandsand. Doch Magdalenas Asche ist gar nicht so. Sie ist gröber, mit Stücken, wie Treibgut am Herbstmeer. Ich lasse sie durch die Finger rieseln: Bimsstein, abgerundete Scherben, Sepiakalk, aufgeweichtes Holz.

Ein Bild fliegt heran: Meine Mutter und ich am stürmischen Strand, unsere Fingerspitzen im nassen Sand fahren Linien, unsere Namen.

Ich kraule sanft den Aschensand, schließe die Augen, grabe, versuche, mehr zu erinnern.

Stattdessen fischen meine Finger ein Papier. Ich ziehe es heraus, puste den Staub weg, es weht ihn hinunter aufs Meer. Der Zettel ist zweimal gefaltet. Die Bleistiftschrift sieht aus wie die Ärztin Maria, seidige Wellen.

Friedensgasse (Straße der Frauen).

Ich schraube die Urne wieder zu. Schaue hinunter auf die blinkende Stadt.

V

So komme ich zur Straße der Frauen.

Die Gegend wirkt unbewohnt, die Häuser dunkel. Eingeworfene Fensterscheiben, manche mit Brettern vernagelt, an anderen wehen zerfetzte Vorhänge. Stromkabel weben schwere Netze zwischen die Häuserzeilen. An den Wänden stehen Namen mit Herzen oder Beschimpfungen. Eine Ratte huscht über die eingestampften Zeitungen auf den Pflastersteinen.

Sobald ich Menschen sehe, schlüpfe ich in einen Hauseingang. Die Straßenlampen sind zerschossen, ich hülle mich in Finsternis. Von hier aus sehe ich gut auf eine kleine Piazza. Sie ist wie ist eine Bühne, von zwei Laternen in schummriges Licht getaucht. Da steht eine alte Frau mit einem Bauchladen voll Zigaretten. Sie steht unter dem Straßenschild, dessen Name auf meinem Zettel steht. *Friedensgasse*. Ich drücke die Urne, murmle: Willkommen zu Hause.

In der Gasse, die von der Piazza abgeht, ist Leben. Ein Madonnenschrein an der Wand beleuchtet eine Reihe von kleinen Türen, die von der Gasse direkt in Zimmer führen; ich

stelle sie mir vor wie Höhlen. Davor sitzen Frauen in Netz-
strümpfen und knacken Sonnenblumenkerne. Manche strecken den Kopf aus einem Fenster in der Tür, reden mit den
anderen.

Eine der Frauen erinnert mich an Magdalena. Weniger vom
Aussehen als von der Art, wie sie sich bewegt; die raue, for-
dernde Stimme. Sie hat ein lautes Lachen, das ihr leuchtend
blaues Kleid über dem Bauch zittern macht. Sie wirft den
Kopf in den Nacken, schwenkt ihren Körper; schwingt und
schwengt die Piazza ab, borgt sich von der Zigarettenverkäu-
ferin eine Kippe, während die anderen Frauen in der Gasse
bleiben, sich nicht von ihren Türen wegbewegen. Sie jedoch
scheint frei, als würde der Platz ihr gehören. Sie geht auf die
anderen Frauen zu, stößt sie an, reißt Witze. Sie bringt sie
dazu, sich auf ihren Stühlen zu rekeln, und fotografiert sie
dabei.

Wenn Männer auf den Platz kommen, begrüßt sie sie. Legt
ihnen die Hand auf den Arm, fühlt ihre Muskeln, streicht
Hinterköpfe, kichert in Ohren. Sie zeigt zur Gasse, auf diese
und jene, die Männer küssen ihr die Wange. Manche der
Frauen sind ungeduldig, schreien die Vorübergehenden an
und lachen dreckig, wenn sie zusammenzucken. Andere ducken sich, wenn sich einer nähert, schließen vor ihm die Tür.
Sie verhandeln durchs Fensterchen, dann ziehen sie ihn rein.

Und die Männer grinsen und grapschen; fluchen, packen,
reißen an Schultern, Haaren, Handgelenken.

Einmal brettert hupend ein Mofa heran; die Menschen stieben auseinander, verschwinden im Schatten der zerschossenen Laternen. Das Mofa schneidet quer über die Piazza und rast auf mich zu, an mir vorbei. Die Zigarettenfrau klappt ihre Kiste zu, schlurft in meine Richtung. Sie ruft: Wer kommt denn? Wer kommt?

Ich ducke mich ins Dunkel. Die Frau drückt die Augen zusammen und lauscht. Als nichts geschieht, klappt sie ihren Laden wieder auf, und die Frauen öffnen die Türen zur Gasse, die Männer kehren zurück.

Ich stehe da eine faszinierte Ewigkeit. Beobachte, bis ich mir einbilde, die Frauen zu kennen. Ich dichte ihnen Biografien an; was sie studieren, wer Kinder hat und wie viele, wie lange sie schon in der Friedensgasse sind. Wie sie zu Magdalena standen.

Eine sieht aus wie Maria aus dem Krankenhaus. Ein Engel in goldigen Turnschuhen. Sie lehnt zuvorderst an der Hauswand, tänzelt, nestelt am Kopfhörer im Ohr. Dann spricht sie einen Jungen an, der seit einer Weile unschlüssig an der Ecke lungert. Er zückt sofort die Brieftasche. Sie ist einen Kopf größer als er, schlingt die Arme um seinen Hals, beugt sich hinunter, flüstert ihm etwas ins Ohr. Er verschluckt sich, muss husten; sie lacht und zieht ihn in ihre Höhle. Als sie wenig später wieder herauskommt, klatscht sie in die Hände und schreitet mit langen Schritten auf die Piazza zur Magdalena-Frau, sie unterhalten sich.

Ich möchte unbedingt ihre Freundin sein.

Dass ich hier gelandet bin, erstaunt mich nicht. Ich hoffe nur, meine Großmutter schaut nicht zu.

* * *

Der Tag, an dem die Zeitung kam. An diesem Tag ist Magdalena endgültig von uns abgebrochen. Spätestens da gehörte sie nicht mehr zu uns. An dem Tag wurde sie eine Fremde.

Ich sehe sie vor mir wie einen alten Film: Lavinia und Magdalena, jede kampfbereit auf ihrer Seite des wackligen Küchentischs, auf dem die Lokalzeitung liegt. Auf der Frontseite Magdalena, die Zähne bleckend, stolz vor ihrem Lokal.

Lavinia schnappt nach Luft: Bist du wahnsinnig? – Zündet sich eine Zigarette an. – Hast du komplett den Verstand verloren?

Magdalena bringt sich in Stellung. Sie klemmt sich ebenfalls eine Zigarette zwischen die Lippen, beugt sich zu ihrer Mutter, damit sie ihr Feuer gebe. Die lässt die Zündhölzer fallen und senkt die Stimme: Hat *Filippo* damit zu tun?
    Magdalena wird wütend: Du bist paranoid.
    Lavinia murmelt: Ich bring ihn um. Ich bring euch alle beide um.

Magdalena nimmt die Zeitung auf und wedelt damit: Du könntest dich auch für mich freuen! Es hat sich eine Möglichkeit geboten, und ich habe sie genommen. Du solltest stolz auf mich sein. Du hast mich so erzogen, mir eingebläut, ich solle mich nicht von einem Mann abhängig machen, eigenständig mein Leben verdienen. Und du hast recht! Aber ich bin realistisch; es ist nicht so, dass mir die Welt offensteht. Ich habe keine Ausbildung, nicht mal einen Schulabschluss. Und ich kann nicht mein Leben lang an der Theke stehen und Leberwurst verkaufen wie du. Oder wie Pappi innerlich zugrunde gehen. Ich habe seine Krankheit geerbt, und wenn es mir schlecht geht, trinke ich noch mehr. Ich bewundere dich für dein rechtschaffenes Leben, aber mich würde es zerstören. Ich bin wie dein Bruder: Ich will mehr, etwas wagen, etwas erreichen: ein eigenes Haus mit Swimmingpool.

Schau mich an, ich bin Unternehmerin! Ich habe Kontakte, gute Kontakte, nun mal in dieser Szene. Was ist schlimm daran? Es ist das älteste Geschäft der Welt. Es ist krisensicher. Es ist etwas Schönes. Wer sagt denn, dass es nichts Schönes ist? Die Bigotten sagen das! Du willst doch keine Bigotte sein. Diese Arbeit ist barmherzig, das sagt sogar die Bibel. Mamma, um Himmels willen – dein Gesicht! Ich tue es ja nicht einmal selber. Ich gebe den Mädchen Arbeit und Sicherheit, ich sorge für sie, sie haben es gut bei mir. Sie müssen nicht auf der Straße frieren und in fremde Autos einsteigen. Weißt du, wie viele Mädchen so verschwinden? Wie viele Perverse es da draußen gibt, die nur darauf warten? Bei mir haben sie es besser als bei allen anderen. Weil ich eine Frau bin. Ich weiß, wovon ich rede.

Lavinia hat bis dahin geschwiegen. Immer wieder den Mund geöffnet, aber es kam kein Ton. Schließlich sagt sie, und ihre Stimme zittert nur ein bisschen: Du bringst der Familie Schande. Ich will dich nie wieder sehen.

Bevor Magdalena die Tür hinter sich schließt, sagt sie noch: Sobald ich eine eigene Wohnung habe, nehme ich Filippa zu mir. Hörst du, Filuccia, ich komme dich holen, ich versprech's.

Und endlich fängt meine Großmutter an zu schreien: Das ist nicht ihr Name! Du bist wie dein Vater! Verantwortungslos! Leere Versprechen!

Magdalena bleibt auf der Fußmatte stehen, als würde sie überlegen, ob das ein Angebot war zu bleiben. Lavinia sieht es, auch sie scheint zu zögern. Und ich weiß, dass das mein Moment ist. Nur ich kann sie versöhnen. Aber ich tue nichts und entscheide mich damit für immer. Auf ihre Gesichter tritt gleichzeitig der Beschluss, nicht nachzugeben, hart zu bleiben. La coccia dura.

Magdalena schlägt die Türe zu.

* * *

Dass Magdalena ein Puff eröffnete, hat meine Großmutter ihr nie verziehen.

In unserer Gegend, wiederholte sie, in der Zeitung, mit Bild und Namen! Meinem Namen! Ich kann nicht mehr aus dem Haus. Madonna, nie mehr gehe ich aus dem Haus.

Sie zog die Vorhänge zu und bekam das Sorgerecht für mich. Wenn Magdalena nun zu Besuch kam, wurde sie sofort in die Wohnung gezerrt, damit ja keine Nachbarin sehen konnte, *wie sie aussah*. Magdalena ging nicht darauf ein.

Rauche ich halt bei geschlossenem Fenster, sagte sie nur und zündete sich eine an, ist ja nicht so, als hättest du früher nicht die Wohnung vollgequalmt. Vor allem mit Frau Schneider!

Sie zeigte mir die Zähne: Wenn ich als Kind in die Küche kam und die beiden hier zusammensaßen und lästerten, konnte ich vor lauter Rauch die Hand nicht vor Augen sehen.

Meine Großmutter protestierte, Magdalena übertönte: Das war meine Kindheit.

Sie wollte mich von Nahem ansehen, mich anfassen, sie forderte, ich solle ihr etwas erzählen.

Ich wusste nicht, was. Egal, was ich sagte, es interessierte sie nicht, sie würde mich unterbrechen und es nicht einmal merken: Mamma, jetzt fällt mir ein, vor dem Haus habe ich Soundso gesehen –

Sie hörte nicht zu, ihr Blick flackerte, ich erreichte sie nicht. Ihre Bewegungen waren ruckartig, ich duckte mich, sie wurde wütend. Wenn ich mich verweigerte, indem ich schwieg oder mich versteckte, wurde sie grob. Sie kniff mich und lachte, zog mich an den Haaren. Immer wieder drohte sie, sie würde mich mitnehmen, und meine Großmutter schrie: Das darfst du nicht, ich rufe die Polizei!

Worauf Magdalena höhnisch lachte: Hol sie doch, ich kenn die alle persönlich.

Mit der Zeit wurden die Besuche weniger. Magdalenas Launen wurden immer extremer, sie schwenkte in Sekunden von Anhänglichkeit zu Abscheu. Meine Großmutter sagte, das sei die Krankheit, der Alkohol. Magdalena trank, seit ich mich erinnern konnte, aber sie war nicht immer so, da war etwas anderes. Sie war wie geschüttelt.

Ihr Lokal, wie sie es nannte, musste schließen. Meine Großmutter hielt mich von allen Informationen, die damit zu tun hatten, fern; ich weiß nicht, was passiert ist. Ob es damit zu tun hatte, dass sie immer mehr verschwand. Sie zog nach Italien, schickte eine Postkarte, Hafenstadt mit Vulkan. Ich bin wieder daheim, schrieb sie, ich wünschte, ihr kämt mich besuchen. Keine Adresse. Über die Jahre kamen Postkarten aus anderen Städten, anderen Ländern, stets nur wenige überschwängliche Zeilen: traumhaft, das müsstet ihr sehen. Bei einem der letzten Besuche erzählte sie, sie führe in Paris einen Hundesalon. Sie hatte tatsächlich ein Schoßhündchen dabei, es kläffte ständig, und sie kläffte zurück. Ich sah meine Großmutter, sie zuckte bei jedem Bellen zusammen, wie ich.

Wir sprachen nur noch mit gesenkter Stimme von ihr. Magdalena war eine Schande geworden.

Es ist oft gefallen, dieses Wort, in den Diskussionen, die sie untereinander hatten. Lavinia benutzte es zischend, damit die Nachbarn hinter den dünnen Wänden es nicht hörten, und als totschlagendes Argument, als gäbe es keine Antwort darauf. Aber auf Magdalena hatte es eine ganz andere Wirkung – sie

machte es wütend, fröhlich, kampflustig. Sie betonte es ironisch, *Schande*; es machte ihr nichts aus, das auszusprechen,
während Lavinia sich die Zunge dran verbrannte.

Schande, das hat mit den Nachbarn zu tun, mit Flüstern und
gezogenen Vorhängen, und auf vielfältige Weise mit den
Vätern. Lavinias Vater hat wegen ihrer Schande, unehelich
schwanger geworden zu sein, nicht mehr mit ihr gesprochen.
Schuld an dieser Schande hatte Magdalenas Vater, mein
Großvater. Und der war bald selber eine Schande, weil er ein
Säufer war. Mein Vater Filippo war der Grund für Magdalenas
Schande. Seit sie ihn geheiratet hatte, überhäufte sie sich ge-
radezu mit Schande: ihr Benehmen, ihr Dialekt, die blauen
Flecken: Schande-Schande-Schande.

Wahrscheinlich beeindruckte sie Magdalena deshalb nicht,
weil sie so viel davon hatte. Sie ging großzügig damit um,
schrie die Schande hinaus und hämmerte mit der Faust gegen
die Wand, dass die Nachbarn erschreckt zusammenzuckten,
wie das zitternde Schoßhündchen, das aufgeregt bellte. Sie
war als Schande geboren, sie kannte nichts anderes. Und sie
wollte, dass auch Lavinia sich von der Angst frei machte und
zu ihrer Schande stand, wie sie sagte: Dann kann dir keiner
mehr was.

Sie hielt dazu Monologe, die ich durchs Schlüsselloch ver-
folgte. Der Rauch vernebelte ihre Gesichter, aber ich sah
Magdalenas großes Gebiss, das Sätze wie diese spuckte:
Ich möchte dich daran erinnern, dass auch du mal eine

Schande gewesen bist. Deine Familie hat dich verstoßen im Namen der Schande, und nun tust du dasselbe mit mir? Ich verurteile dich nicht, ich möchte nur, dass du verstehst. Du sollst dich für nichts schämen, und ich schäme mich auch nicht. Die Schande ist eine Erfindung, um uns kleinzuhalten, Mamma, und sie funktioniert nur, wenn wir uns beugen. Was die Leute reden, ist scheißegal, den Leuten ist langweilig, sie sind dumm, darum reden sie. Was kümmert es dich? Wir sind gescheit, wir sind schön, wir wissen es. Das ist es, was ihnen nicht gefällt. Aber die, die am lautesten urteilen, kommen am häufigsten bei mir vorbei. So ist es, Mamma, wie du immer gesagt hast: eine Welt voller Bigotter!

Lavinia antwortete ihr selten auf diese Schwälle, sie beobachtete sie nur besorgt.

Einmal fragte ich sie, als wir wieder allein waren, ob es stimmte, dass auch sie eine Schande gewesen sei. Sie klebte mir eine und rief: Sag das nie mehr.

Dann verteidigte sie sich: Ich bin eine normale Frau. Damals war ich jung – und ich war verliebt. Ich weiß nicht, es ist einfach passiert. In dieser Zeit haben wir nicht geredet; alles war eine Schande in dieser Zeit. Ich kann es nicht erklären, es war so anders als heute, wie Tag und Nacht. Wenn zwei einmal miteinander ausgegangen sind, waren sie schon verlobt. Für einen Kuss musstest du verheiratet sein. Eine Freundin wurde von ihrem zukünftigen Schwiegervater ins Gesicht geschlagen, weil er sah, wie sie ihren Freund angelächelt hat. Du kannst es dir nicht vorstellen. Schau dir die alten Filme an – die kommen heute zur Kinderstunde, so unschuldig sind sie! So war meine Welt. Niemand hat mir gesagt, wie Kinder entstehen. Mein Vater hat nichts gesagt, aber er hat mich auch nicht mehr angeschaut.

Die Schande verband sie, klebte sie zusammen wie Pech. Und doch wollte Lavinia Magdalena nicht mehr sehen. Bis zuletzt hatte sie Angst, vor ihr und um sie.

* * *

All das geht mir durch den Kopf, wie ich in dieser Gasse stehe und zur Piazza starre. Mein Leben lang habe ich meine Groß-mutter für paranoid und ängstlich gehalten, für irrational beeinflusst vom nächtlichen Fernsehprogramm. Dabei hatte auch ich Angst vor ihr, Magdalena, ich hatte Angst vor ihr und wollte nicht genau wissen, was sie macht.

Einmal mehr versuche ich, sie heraufzubeschwören, sie an der Straßenlaterne zu sehen, ihre durchdringende Stimme zu hören. Hat sie wirklich hier gestanden und Männern den Bizeps gefühlt, bewundernd gepfiffen und Halbglatzen ge-tätschelt? Hat sie die anderen Frauen angestachelt, sie auf-gemuntert, im Auge behalten – oder wie sie sagte: auf sie auf-gepasst?

Sie hätte besser auf sich selbst aufgepasst.

Ich zerknülle den Zettel mit der Adresse in der Faust. Verfolge mit dem Blick einen Mann, der auf den Platz kommt, der

Magdalena-Ähnlichen im blauen Kleid einen Handkuss gibt. Mich kneift's in den Magen: Vielleicht ist er es. Vielleicht hat er sie ... Ich starre ihn an. Sieht er aus wie ein Mörder? Klar, er wie jeder andere. Und wenn – selbst wenn ich es wüsste, wenn ihn finde –, was könnte ich tun? Ihn anzeigen? Hier meine Beweise: ein Kompostkübel voll Asche und ein nicht aufgezeichneter Telefonanruf von einer Ärztin ohne Namen. Oder sollte ich ihn verführen und in meine Höhle ziehen, wie Judith Holofernes den Kopf absägen?

Die Maria aus dem Krankenhaus wollte, dass ich herkomme. Sie hat einen Plan: Der Zettel ist der Beweis, er ist mein Schlüssel zur Lösung des Rätsels. Ich muss mit den Frauen reden. Sie im blauen Kleid und sie, die aussieht wie Maria – in meiner Fantasie waren sie mit Magdalena befreundet. Sie können mir etwas über sie erzählen.

Ich scanne den Platz, sie sind verschwunden.

Und endlich erscheint mir Magdalena doch, aber nicht tanzend an der Laterne, nicht lachend. Nur ihr lebloses Gesicht auf der Bahre, getrocknetes Blut, blauschwarze Male. Eine pochende Angst breitet sich in mir aus. Und eine knochige Hand fasst mich an der Schulter.

* * *

Bist du neu?

Im Dunkel der Gasse ein glühendes Gesicht. Zitternder Schnurrbart, ein wenig atemlos, auf dem Kopf die Zipfelmütze des Militärs. Auch der Rest des Körpers steckt in der Uniform.

Der Soldat zuckt mit den Lippen ein Lächeln; es fehlt ihm ein Stück vom Schneidezahn, die Augen tiefdunkel umrahmt.

Mein Herz klopft noch an der Gurgel, ich versuche, es zu schlucken; das macht einen bigotten Eindruck, weil er fragt: Oder kommst du von der Kirche?

Aber sicher, schnaube ich.

Er zupft an den alten Rosen, die ich noch immer fest in der Faust halte: Schenkst du mir eine?

Nein.

Die kannst du eh nicht mehr verkaufen.

Will ich auch nicht.

Wieso, hast die von deinem Freund gekriegt?

Nein.

Hat dich wohl sitzen gelassen, was.

Lass mich in Ruhe.

Na gut, sagt er, wie viel nimmst du?

Mehr, als du dir leisten kannst.

Ich bin Soldat, sagt er.

Das sehe ich.

Er kneift die Augen zusammen: Du kommst mir irgendwie bekannt vor.

Dann streckt er sich, ungeduldig: Hast du keine Lust? Du bist neu, ich kann dich weiterempfehlen, an meine Freunde, wir sind alle jung und sehen gut aus.

Übertreib.

Er kräuselt die Nase: Bist du sicher?

Danke, sage ich, vielleicht ein andermal.

Ich mache ein paar Schritte zur Seite und lehne mich wieder an die Wand. Er tut dasselbe, behält aber ein wenig Abstand. Er mustert mich neugierig.

Du bist nicht von hier, oder?

Ich zucke mit den Schultern.

Eigentlich sind die wenigsten von hier, aber deinen Akzent erkenne ich nicht. Wieso stehst du hier, und nicht dort, bei den anderen?

Ich gehör nicht zu denen.

Er hebt die Brauen: Dann nimm dich bloß in Acht, die mögen keine fremde Konkurrenz.

Ich verstehe.

Im Ernst, die kratzen dir die Augen aus mit ihren scharfen Fingernägeln. Alles schon passiert.

Ich bin aber keine Konkurrenz.

Doch 'ne Nonne? Willst du bekehren?

Er hebt die Hände: Beruhig dich, ich mein's nur gut. Offenbar hat dir das niemand gesagt, also lass mich es tun: Du solltest dich in dieser Gegend nicht rumtreiben. Wenn Favorita erfährt, dass hier jemand rumschnüffelt, macht sie kurzen Prozess.

Du kennst dich aus, was? Bist wohl oft hier.

Boh, macht er.

Du siehst doch so gut aus, sage ich, warum musst du dann arme Frauen bezahlen, damit sie dir einen runterholen?

Und du bist doch von der Kirche, geh zum Teufel. Arme Frauen!

Er schweigt eine Weile, dann sagt er: Ich arbeite viel, ich habe keine Zeit für eine Freundin. Frauen sind anspruchsvoll, kompliziert, es braucht lange Rituale, um sie herumzukriegen. Ich bin ein Mann, was soll ich tun. Also was ist, nennst du mir einen Preis?

Er tritt nah an mich heran, ich stoße ihn weg: Verschwinde, ich bin nicht so eine.

Er verzieht abfällig das Gesicht.

Tatsächlich. Und ich denke, das bist du schon. Du zierst dich. Aber das zieht hier nicht.

Er beisst sich auf den Lippen rum und sagt schließlich: Hast du Hunger? Wir könnten auch erst was essen gehen.

Die Erinnerung an Essen schlägt mir wie eine Faust in den Magen. Aber mit dem? Er sieht nicht besonders gefährlich aus. Und was sind meine Alternativen? Ich habe mein ganzes Geld der Rosenverkäuferin gegeben.

Dann nicht, sagt er mürrisch und mustert mich: Du solltest das nicht anfangen, weißt du. Es ist eine Sünde.

Ich muss laut lachen. Er macht eine wegwerfende Bewegung und murmelt eine Beleidigung.

Wie bitte?

Du kannst hier nicht allein rumlungern, sagt er, das ist gefährlich.

Du wiederholst dich.

Na komm – er fasst mich um die Hüfte.

Lass mich los, rufe ich.

Blöde Kuh – er hält die Hände hoch, als hätte ich eine Pistole, und flüstert wütend: Ich mach dir doch nichts. Ich will dir nur helfen.

Ich brauche keine Hilfe.

Na gut, sagt er, ich gehe jetzt. Bist du sicher, dass du nichts essen willst?

Ich schweige, er zuckt mit den Schultern: Die werden dir das Hirn pürieren mit ihren Absätzen.

Er dreht sich um und verschwindet im Dunkeln. Leise ruft es noch daraus: Wirklich sicher?

Hau schon ab!

Dann rufe ich ihn zurück, er bleibt stehen, ich trete aus dem Schatten und eile zu ihm.

Kennst du sie?

Ich zeige ihm das Foto vom Westernhut.

Favorita?

Mein Herz holpert.

Woher hast du das?, fragt er verblüfft.

Ich räuspere gegen das Herzklopfen und stecke das Foto wieder ein.

Ist das die, vor der ich mich in Acht nehmen soll?

Er betrachtet mich eingehend, ich weiche seinem Blick aus, versuche zu lachen: Ich bin nicht von der Polizei, falls du das denkst.

Er schnaubt: So siehst du auch nicht aus. Was willst du von Favorita?

Sie hat mir einen Job angeboten, sage ich schnell.

Er atmet mir seinen Argwohn geradezu ins Gesicht.

Das Bild habe ich gemacht, als wir uns kennengelernt haben, lüge ich. Es ist eine Weile her, damals habe ich neben Rosen auch Schnappschüsse von Sofortkameras verkauft. Sie meinte, ich solle das Foto behalten und mich an sie erinnern, wenn ich auf ihr Angebot zurückkommen möchte. Sie hat mir die Adresse aufgeschrieben, hier.

Ich streiche den Zettel für ihn glatt. Der Soldat begutachtet ihn und zuckt dann erneut mit den Schultern. Hat er es wirklich geschluckt?

Heute habe ich sie noch nicht gesehen, sagt er, sie ist wahrscheinlich im Büro. Ich kann dir das Hinterhaus zeigen, aber hingehen musst du alleine. Sie soll nicht denken, dass ich hinter ihrem Rücken Mädchen treffe.

Ich nicke, es sprudelt aus mir heraus: Da war ich schon, im Hinterhaus, sie ist ausgegangen, also Favorita. Die anderen Frauen haben mich eingeschüchtert, darum wollte ich hier warten, aber nun hast du mich angesteckt, mit deinem blöden Gerede von Essen.

Er lacht: Wusst ich's doch. Dann krieg ich aber 'nen Freundschaftspreis.

Den mache immer noch ich, sage ich mit einem Zähneblecken wie Magdalena in der Bar.

Das kannst du dann mit Favorita besprechen, sie hat das letzte Wort. Und jetzt schnell weg hier, bevor sich herumspricht, dass ich was ausgebe.

Er nimmt mich am Arm, in dem ich die Urne halte. Im Versuch, sie vor ihm zu verstecken, fallen die Blumen zu Boden.

Was schleppst du hier eigentlich rum?

Ich steige über die Blüten und murmle unverständlich.

Zweieinhalb Kilo Mutter, Magdalena, und nun Favorita: die Frau, die das letzte Wort hat, die kurzen Prozess macht.

* * *

Wir gehen in einen Imbiss, und ich esse entschlossen. Der Soldat gibt sich amüsiert: Was bist du, ein Müllschlucker?

Ich bestelle mehr, noch mehr. Er tut ungeduldig: Dafür schuldest du mir was, wiederholt er.

Dabei sehe ich ihm an, dass er gar keine Lust hat. Vielmehr wird ihm die Rolle langsam unangenehm. Er reibt sich die schwer beringten Augen, sieht auf die Uhr, aus dem Fenster. Er macht auch mich nervös: Mein Plan geht nicht auf. Ich habe mir vorgestellt, ihn betrunken zu machen, heillos besoffen – das kann ich gut, ich bin trinkfest. Ich sollte leichtes Spiel mit ihm haben, wie Judith mit Holofernes.

Aber dieser Soldat trinkt nicht, keinen Schluck. Missbilligend riecht er an der Flasche, die ich ihm zum wiederholten Mal hingeschoben habe. Zu allem Übel macht mich das Essen schrecklich müde.

Bestell mir einen Kaffee, sage ich, dann gehen wir.

Gut, sagt er und unterdrückt ein Gähnen, aber dann ist genug. Ich kann mich kaum noch halten.

Ich glaube ihm kein Wort. Er geht zur Bar, ich stehe auf, er schaut zurück, ich lächle. Er findet mich seltsam, und das bin ich: Ich lasse meine Mutter zurück. Was sollte ich – sie nach Hause nehmen, beerdigen, womöglich mit einem Priester, der ein verlogenes Gedicht spricht?

Der Junge hat sie gekannt, wahrscheinlich besser als ich. Er nennt sie Favorita. Soll er sich um sie kümmern. Ohne den Mutterstaub bin ich endlich frei.

Ich gehe wie in Zeitlupe durch den Raum zur Tür, auf der ein Blatt Papier klebt: WC, mit Kugelschreiber geschrieben. Ich schließe hinter mir ab, atme durch den Mund, analysiere den nassen Boden, die dreckige Schüssel – kein Fenster.

Dann gehe ich mit großen Schritten zurück, an der Bar vorbei, auf den Ausgang zu. Das Neonlicht blendet, im Augenwinkel der Soldat, er schaut mir nach, ich renne, meine Schulter stößt an die Tür, drückt sie auf, mein Körper schlüpft hinaus, in die abgasschwere Abendluft.

Ein Vogel fliegt auf mich zu und schlägt mir dumpf gegen den Hinterkopf.

Dann falle ich in den Brunnen.

VI

Um mich ist Lärm und Flattern, Gekreisch, Gefleuch. Magdalenas Duft streift mich wie ein Flügel. Ich hebe die schweren Deckel einen Spalt und sehe in Zeitlupe die Blumen: Rosenblätter stieben, wirbeln in einem wilden Tanz, ich schließe die Augen und öffne sie wieder, die Blätter fliegen langsam, wie unter Wasser, an mir vorbei.

Rhythmisch schlagen die Blumen auf meinen Kopf ein, dazu von fern ein Geschrei, wie zu Hause, wenn wir alle zusammen sind. Wieder rieche ich Magdalena. Wieso ist sie so wütend? Lass mich in Ruhe, Mamma, hau ab, blöde Kuh.

Plötzlich bin ich wach.

Die Frau im blauen Kleid steht über mir und Maria, die falsche Maria von der Piazza. Ihre Gesichter sind verzerrt, sie traktieren mich mit Fäusten und schrillen Verwünschungen.

Halt, rufe ich, bitte, aufhören.

Du hast dich mit den Falschen angelegt, schreien sie, hier ist kein Platz für Blumenmädchen –

Ich versuche, mein Gesicht zu schützen, meine Augen rennen umher, der Soldat ist verschwunden.

Wenn wir mit dir fertig sind, wird dich deine Mutter nicht wiedererkennen –

Da fällt es mir ein, und ich brülle: Meine Mutter ist Favorita!

Das wirkt. Die Blumen flappen mir zwar weiter auf den Scheitel, aber die Frau im Blauen lässt die Fäuste sinken.

Was sagt die?

Die Rosen dreschen weiter auf mich ein: Lügen, Lügen sagt die!

Nein, rufe ich, Magdalena – Favorita ist meine Mutter.

Lüge-Lüge-Lüge, kreischt die falsche Maria und peitscht mir die Dornenstängel ins Gesicht.

Die Frau im Blauen zieht sie zurück: Hör auf.

Dann wendet sie sich an mich: Was willst du hier?

Ich weiß nicht, wie ich sie je mit Magdalena vergleichen konnte. Durch den Schleier über den Augen sehe ich eine Bulldogge, die auf mich herunterkeucht. Ich blinzle. In meinen Ohren pfeift es. Der blaue Moloss stößt mich an und bekommt wieder ein Menschengesicht: Nun sag schon, was willst du?

Mit euch reden, sage ich schwach, über meine Mutter.

Wo ist sie, fragt die Blaue, aber die falsche Maria unterbricht sie: Schau an, wie sie lügt, das ist eine Lügnerin. Reden! Wenn Favorita dich in die Finger kriegt, dreht sie dir den Hals um, hörst du!

Die Frau im Blauen sieht mich seltsam an: Sie lügt nicht.

Die falsche Maria schnaubt. Von Nahem sieht sie gar nicht aus wie die makellose Krankenhaus-Maria. Ihre Lippen blättern ab, hinterlassen rosige Wunden und Blutkrusten. Wangensprenkel von Aknenarben. Und falls ihre Wimpern mal Schmetterlinge waren, dann hat sie jemand in flüssigem Teer ertränkt.

Sie ist noch schöner als die echte Maria.

Schau sie doch an – die Blaue zeigt auf mich: Hundert Prozent Favorita.

Die?

Die Blaue schüttelt den Kopf: Wie kannst du das nicht sehen? Das muss ihre Tochter sein, die lebt bei der Großmutter – wo?

In der Schweiz, antworte ich.

Sie ist es.

Die falsche Maria runzelt die Stirn: Wieso weißt du das?

Favorita hat es mir erzählt.

Mir erzählt sie nie was.

Wieso sollte sie dir was erzählen?

Und wie wissen wir, dass die nicht lügt?

Ich kann's beweisen, sage ich schnell, ich habe ein Foto dabei und einen Brief, den sie mir geschrieben hat, und –

Was?

Die Urne! Ich hab sie im Imbiss gelassen, beim Soldaten.

Dieser Hoden, ruft die falsche Maria, wenn ich den das nächste Mal sehe, schneid ich ihm was ab. Will Stammkunde sein, aber angelt sich vor meinen Augen ein Blumenmädchen –

Die Blaue rüttelt mich an der Schulter: Was redest du da?

Die Asche, rufe ich, ich wollte sie loswerden, als ich abhauen sollte, und dann kamt ihr –

Die Blaue schubst die falsche Maria: Sorella, geh in die Bar und schau, ob du was findest.

Sie sieht ihr hinterher, dann nimmt sie mich hart am Kinn: Du erzählst mir nun alles. Von Anfang an.

Sie ist tot, sage ich und sehe, dass die Blaue wenig erstaunt ist.

Wer hat dir die Asche gegeben?

Das Krankenhaus. Sie haben angerufen und gesagt, dass sie tot ist. Dass jemand sie getötet hat.

Das haben sie gesagt?

Na ja, eine hat das gesagt, die anderen meinten, es war die Leber.

Die Leber?

Schrumpfleber, ja.

Die Blaue versinkt in Schweigen.

Die falsche Maria stolpert zeternd aus dem Imbiss, und der Barmann schlägt die Tür vor ihrer Nase zu. Sie zeigt ihm den Mittelfinger und lacht uns zu: Ich hab sie!

* * *

Sie starren wie gebannt auf die Plastikbüchse.

Die falsche Maria kneift die Augen zusammen: Wie weißt du überhaupt, dass sie das ist?

Ich seufze.

Also du hast keine Ahnung. Du lässt dir was vorlügen und erzählst es dann rum – ich hab doch gesagt, das ist 'ne Blenderin.

Ich hebe die Urne hoch und zeige den Namen auf der Unterseite.

Das beweist gar nichts, behauptet die falsche Maria. Hast du mal reingeschaut?

Ja, sage ich, ist Asche drin. Und ein Zettel, auf dem Friedensgasse steht.

Was zum Teufel, entfährt es der Blauen.

Eine im Krankenhaus wollte, dass ich euch finde. Damit ihr mir sagen könnt, was passiert ist.

Das müssten die besser wissen, murmelt die falsche Maria.

Sie öffnet ungeschickt den Deckel, ein bisschen Asche schwappt auf den Boden.

Schweinegott, ruft sie, das könnte ja sonst was sein! Das ist bloß Sand, dreckiger Stadtstrandsand.

Sie lacht schrill: Das ist nicht Favorita, die haben dich verarscht.

Aber die Frau im Blauen schaut unverwandt auf das Verschüttete.

Heb das auf, befiehlt sie, und die falsche Maria beginnt, mit den Fingernägeln die Asche aus den Pflastersteinritzen zu klauben.

Es tut mir leid, sagt die Blaue zu mir, aber warum hast du sie hergebracht?

Ich wusste nicht –

Das war eine Scheißidee, unterbricht sie mich. Bist du wirklich so naiv? Willst du es ihr nachtun?

Sie sieht sich um und sagt: Das ist kein Ort zum Plaudern – Sorella, hilf ihr hoch.

Die falsche Maria zieht an meinem Handgelenk, als würde sie es abreißen wollen. Ich setze mich schnell auf.

Hat dich sonst jemand gesehen?, fragt die Blaue.

Nur der Soldat, glaube ich.

Hast du ihm erzählt, wer du bist?

Ich schüttle den Kopf.

Hat er sich die Urne genauer angeschaut?

Ich glaube nicht.

Die zwei tauschen einen Blick.

Wir sollten sie schnell wegbringen, sagt die falsche Maria, bevor sie anfängt zu stinken.

Bitte?

Bevor dich jemand erkennt und sich Gerüchte verbreiten.

Die Blaue streckt mir die Hand hin: Steh schon auf, wir hauen ab.

Ich stelle mich vor sie hin und recke das Kinn: Sehe ich wirklich aus wie sie? Favorita?

Kein bisschen, lügt die Blaue, und die falsche Maria: Fast gar nicht.

* * *

So führen sie mich ab. Flankiert wie eine Verbrecherin. An jedem Ellbogen klebt eine und zieht mich vorwärts. Im Laufschritt jagen wir durch das Labyrinth der dunklen Gassen.

Ich schließe die Augen und lasse mich zerren, wie früher, die Füßchen trappeln von selbst.

Wir lassen uns auf den Stufen einer Kirche nieder. Sie ist zwischen zwei Häuser gequetscht, klein und unscheinbar, wären da nicht die Poller, auf denen Totenköpfe hocken. Die lebensgroßen Schädel sind blank poliert, als hätten unzählige Finger sie gestreichelt. Ich hebe den Blick zum Kircheneingang. Auch dort, zwischen in Stein gehauenen Engelchen, grinsen über gekreuzten Knochen zahnlückige Schädel.

Die zwei zünden sich Zigaretten an und bieten mir keine an. Sie stellen sich vor als Crocifissa und Genuflessa. Ich weiß nicht, ob ich lachen soll.

Die Gekreuzigte und die Kniende, erklärt die falsche Maria, verstehst du? Das sind alte, geweihräucherte Namen, die flößen den Männern hier Ehrfurcht ein, und ihre Frauen beten zu uns.

Die Blaue, Crocifissa, zeigt mir ihre Handflächen, als würde sie mir eine Unschuld beweisen. Ihre Finger sind rot geschwollen, wie die meiner Großmutter.

Wir sind Heilige, erklärt die falsche Maria ernst und bricht dann in Gelächter aus: Heilige!

Mir hat heute einer von der heiligen Agata erzählt –

Sie unterbricht mich: Agata ist eine Kuh. Die hält sich für was Besseres, wie dieser arrogante Typ Jesus. Wir sind wahre Heilige; wir umarmen die Aussätzigen und machen kein Drama draus.

Sie zeigt mit der brennenden Zigarettenspitze auf mich:

III

Und wie heißt du, Tochter von Favorita? Na los, denk dir was aus.

Crocifissa zieht eine Flasche aus ihrer Handtasche und dreht den Verschluss auf. Sie nimmt einen Schluck, dann leert sie sich einen See in die Handfläche und tunkt die Fingerspitzen der anderen Hand hinein, spritzt mir ins Gesicht. Es brennt.

Sie packt mich mit zwei Fingern am Kinn und studiert mein Gesicht: Wir taufen dich ... Dolcetta.

Ist das auch eine Heilige?

Die zwei können nicht aufhören zu husten vor Lachen.

Nenn mich Sorella, sagt die falsche Maria und steckt mir ihre Zigarette zwischen die Lippen.

Mit den Fingern fährt sie sanft über die Kratzer auf meiner Stirn.

Hast sie ganz schön zugerichtet, meint Crocifissa und gräbt in der Tasche: Haben wir nichts zum Verarzten dabei?

Sorella legt die Hände auf meine Wangen und rahmt sie ein: Madoo, so ein hübsches Gesicht. Ob Favorita ohne ihr Gebiss auch so süß gewesen wäre?

Sie drückt mir mit dem Zeigefinger leicht auf die Augenlider: Du wirst mir böse Konkurrenz machen, wenn du in den Beruf einsteigen willst.

Sag so was nicht, ruft Crocifissa.

Sorella lacht: Wieso? Was denkst du denn, was die hier will, wenn nicht das Geschäft der Mutter übernehmen? Die will doch die neue Capo werden.

In ihren Augen glitzert's boshaft. Ich will widersprechen,

sie drückt mir die Hand auf den Mund und sagt: Die dürfen wir wirklich nicht mit dem Lorenzo allein lassen, der wird sich sofort in sie verlieben – aber das ist mein Kunde, hast du verstanden? Finger weg von Lorenzo.

Crocifissa tränkt ein Taschentuch mit dem Schnaps, hält mir die Flasche hin.

Ich kenn gar keinen Lorenzo, murmle ich, nehme Sorellas Finger aus meinem Gesicht und einen Schluck aus der Flasche.

Nun brennt es innen und außen. Sorella tupft mir mit dem Tuch auf der Nase herum, drückt ein wenig zu fest und sagt: Schau, wie die unschuldig tut. Stell dir vor, eigentlich wollte ich dir die Flasche über den Kopf ziehen.

Die Zigarette macht mich schwer. Ich lege den Kopf an Crocifissas Schulter und murmle: Seltsam, welche Dinge in Erinnerung bleiben. Ich habe Magdalena so lange nicht gesehen, ihr Gesicht ist mir verschwunden. Aber seit ihr hier seid, habe ich das Gefühl, als würde ich sie riechen.

Crocifissa räuspert sich.

Ich setze mich auf: Was?

Sorella zeigt mit dem Finger auf sie: Sie hat ihr das Kleid geklaut.

Crocifissa springt auf: Und du? Meinst du, wir sehen nicht, wie du herumhinkst? Quetschst deine Flossen in Favoritas Goldschühchen!

Dir ist das Kleid zehn Nummern zu klein, pappt Sorella zurück. Es war schon Favorita zu eng, wenn wir ehrlich sind.

Es hat ihr überhaupt nicht gestanden. Sie hatte weder Busen noch Hintern dafür.

Nun schau nicht schockiert, Dolcetta, so läuft das bei uns. Wir dachten, sie sei weitergegangen.

Weiter, wohin?

Irgendwohin. In eine andere Stadt, was weiß ich.

Wieso?

Wieso, wieso! So sind wir, wir ziehen herum.

Magdalenas Postkarten fallen mir ein, die verschiedenen Städte.

Crocifissa nickt: Manche kommen wieder, andere nicht. So ist das Leben.

Die beiden wechseln einen Blick.

Ich fasse Sorella am Arm: Was? Was wisst ihr?

Wir? Nichts.

Sorella sieht hilfesuchend zu Crocifissa. Die nimmt meine Hände: Bambola, es tut mir leid. Wir haben nichts gesehen.

Sie beschwört Sorella mit den Augen, bis die murmelt: Keine Ahnung, ich war auch irgendwie weg an dem Abend.

Welcher Abend? Bitte, ihr müsst mir sagen, wer es getan hat.

Wie wer, es war doch die Leber, meint Sorella trocken.

Weißt du, sagt Crocifissa vorsichtig, sie hatte wirklich diese Lebergeschichte. Wegen dem Trinken, sie war auch in Behandlung. Sie fuhr immer mal wieder ins Krankenhaus – zur Kur, wie sie sagte.

Sorella lacht: Sie war ganz stolz auf ihre Kur. Und wenn sie zurückkam, ließ sie sich volllaufen. Sie behauptete immer: *Die Ärztin hat gesagt, ich solle viel trinken.*

Crocifissa nickt: Wir wussten nicht, dass es so schlimm ist.

Ich stehe auf: Ihr seid nicht besser als der widerliche Doktor, als alle in diesem verlogenen Krankenhaus. Alle lügt ihr mir ins Gesicht. Lüge-Lüge-Lüge!

Sorella zuckt mit den Schultern: Manchmal ist eine Lüge besser als die Wahrheit.

Ich heule auf vor Wut: Also gebt ihr es zu?

Es ist nur zu deinem Schutz.

Ich will keinen –

Crocifissa seufzt: Selbst wenn wir wollten, wir könnten dir nicht helfen, Amore.

Warum nicht?

Crocifissa verwirft die Hände: Weil, weil –

Ich mache einen Schritt zurück: Vielleicht seid ihr es gewesen! Ihr, ihr klaut ihre Sachen –

Dolcetta, das ist absurd.

Sorella murmelt: Was willst du, sie hat ein Recht, es zu erfahren.

Crocifissa ruft: Was denn? Wir wissen nichts! Niemand weiß nichts, niemand hat nichts gesehen. Du weißt doch, wie das läuft.

Sorella schüttelt den Kopf. Dann sagt sie: Hast du den Coach seither gesehen?

Sie fängt sich eine Faust in den Oberarm und reibt ihn ärgerlich: Was denn!

Ich schaue von der einen zur anderen: Welcher Coach?

Niemand, lacht Crocifissa falsch und drückt mir die Flasche an die Lippen, vergiss es, nimm noch einen Schluck.

Er war Favoritas Mann, sagt Sorella, der Coach.

Crocifissa haut ihr an die Stirn.

Ich möchte, dass ihr mich zu ihm bringt.

Nein, das möchtest du nicht, sagt Crocifissa bestimmt, du möchtest das Gegenteil. Wir gehen jetzt in die Kirche, und morgen früh steigst du in den Zug und bringst deine arme Mutter nach Hause. Du warst nie hier.

Sie nimmt mich am Arm und will mich hochziehen.

NEIN!

Ich habe geschrien, schon wieder. Mein Gesicht glüht, es fühlt sich gut an. Mein Süßsein und brava, es ist nichts wert! Ich bin das Kind von Favorita; ich habe ihre Zellen. Ich will werden wie sie, laut und gefährlich. Ich schlag euch allen die Fresse ein!

Crocifissa seufzt und zieht mich hoch: Von mir aus. In die Kirche gehen wir aber trotzdem.

Was willst du da, murrt Sorella, Kerzen anzünden?

Genau das.

* * *

In der Kirche ist es schummrig. Weihrauch wabert mir ins Gesicht. Ich schaue zu meinen Begleiterinnen, ob sie sich bekreuzigen. Es wäre mir peinlich; ich weiß nicht, wie es richtig geht. Das Becken mit dem Weihwasser ist leer, auf dem Stein schmutzige Rückstände. Crocifissa in ihrem marienblauen Kleid geht ohne einen Blick daran vorbei, Sorella folgt ihr.

Wie selbstverständlich schreiten sie unter den wahnsinnigen Marmorbögen durch, ohne die ganzen Drechsel, das Gold oder den königsblauen Umhang der Madonna auf dem riesigen Fresko auch nur aus Höflichkeit zu beachten.

In Kirchen muss ich immer an meine Großmutter denken. Sie war nicht fromm, sie bekreuzigte sich nicht. Zu Hause sind wir nie in die Kirche, nur in Italien. Auch dort nur, um uns vom Prunk erschlagen zu lassen und Kerzen anzuzünden für die Toten: ihre Mutter, ihre Großmutter. Es musste vor der Madonna sein. Auf keinen Fall ein blutender Jesus, Sebastian oder irgendein heiliggesprochener Priester; diese leidenden Männer fand sie abstoßend. Sie wollte mit der Kirche nichts zu tun haben, Kirche war *bigotte*.

Und trotzdem, pflegte sie zu sagen, kann ich Maria nicht verneinen.

Das hat mir Eindruck gemacht, auch wenn ich es nicht verstand: *Ich kann Maria nicht verneinen.*

Also steuere ich auf den Marienaltar zu, aber Crocifissa zischt mich zurück.

Was machst du da, ruft sie mit gezügelter Stimme, komm sofort her.

Sie haut mit der flachen Hand die Luft, als wäre ich ein Kleinkind, das für eine Schimpfe herzitiert wird. Als ich bei ihr ankomme, legt sie mir fest den Arm um die Schulter und zieht mich zu einer Treppe, die hinabführt in die Dunkelheit.

Die Heiligen laufen dir nicht davon, sagt sie. Erst gehen wir in den Keller.

Sorella bleibt am Treppenabsatz stehen: Ich warte hier.

Auf keinen Fall, befiehlt Croci, wir müssen geschlossen auftreten und uns Respekt verschaffen. Die tanzen mir schon zu lange auf der Nase rum.

Wer?, frage ich.

Die Pesttoten, flüstert Sorella.

Was?

Du hast keine Ahnung, mauzt Crocifissa, sei still. Und unten haltet ihr den Mund am besten ganz, sonst fliegt noch 'ne Seele rein und macht euch besessen.

Sorella verdreht die Augen.

So steigen wir in die Unterwelt.

* * *

Eine hohe Halle mit gewölbten Decken und Rundbögen tut sich auf. Hier ist kein Gold und Prunk, nur gekalkte Wände, von denen der Putz bröckelt. Wir werfen lange, tanzende Schatten. Das einzige Licht kommt von der Mitte des Raums, wo vier flackernde Fackeln durch Eisenketten verbunden ein Rechteck abstecken. Darin sitzt in einem Blumentopf ein lachender Schädel.

Willkommen im Pestkeller.

Crocifissas Stimme bleibt noch eine Weile schwingen, während wir weitergehen, ihr mit hallenden Schritten durch Bögen und Gänge folgen. In den Wänden sind kistenförmige Einbuchtungen, darin liegen Knochen und echte Totenköpfe.

Einige dieser in den Stein gehauenen Nischen sind innen ge-
kachelt, in hellen Badezimmerfarben. Manche sind schlicht,
mit nur einem lädierten Schädel drin; andere haben Regale
voll aufgetürmter Knochen, auf denen zuoberst, auf einer
Stickdecke, ein Schädel thront.

Die Wände sehen aus wie ein Taubenschlag, morbider
Setzkasten. Da leben die Schädel in ihren Puppenhauswoh-
nungen, säuberlich neben- und übereinander. Jedes Zimmer
in anderer Farbe gefliest; manche haben Trockenblumen zu
Besuch, andere kuscheln sich in Wolldecken, schlafen auf
einem Kissen. Manchen fehlt die Schädeldecke, andern der
Unterkiefer. Es scheint ihnen nichts auszumachen; sie wirken
ganz zufrieden.

Es gibt Schreine, vor denen stehen familiengroße Tische,
überladen mit Blumen und Heiligenbildern; Fotografien und
Porträts von mehreren Generationen; Kerzen und rosen-
kranzbehängte Statuetten. Da liegen vergilbte Todesanzeigen,
aber auch Einladungen zu Taufen, Hochzeiten, Firmungen.
Kitschige Weihnachtskarten und Rubbellose, vertrocknete
Topfpflanzen, Fußballbildchen und Stofftiere.

Crocifissa schlägt Sorella die Zigaretten aus der Hand, die
sie von einem Altar geklaut hat. Dann bleibt sie stehen. Vor
uns erstreckt sich ein langer Raum mit einer Art Beet: eine
Reihe von identischen Gräbern, mit sandiger Erde bedeckt,
auf jedem streckt sich eine trockene Rose. An den Kopfenden
stecken kleine Kreuze, zu Füßen flackern Grabkerzen. Weit
über den Gräbern ragen rostige Haken aus der Wand.

Sorella folgt meinem Blick: An denen haben sie die Toten aufgehängt. Hier, im Nacken. Zum Trocknen, wie Wäsche oder Würste.

Sie streicht mit ihren kalten Fingern über meinen Hals, ich schüttle sie ab.

Du glaubst mir nicht? Schau, dort oben, die Luke. Zu Pestzeiten haben sie da die Leichen reingeworfen, hier haben sie sich aufgetürmt. Und die unerschrockenen Schwestern, die Nonnen, haben sie aufgenommen. Trotz der tödlichen Seuche haben sie sie herumgetragen, einen freien Haken gesucht. Und dann natürlich gebetet, damit die Verfluchten trotz allem ihr Seelenheil bekommen. Wenn sie trocken waren, wurden sie abgehängt und auseinandergebeinelt. So landeten sie, nach Knochen sortiert, auf neuen Haufen. Hier alle Oberschenkelknochen, hier kleine Fingerknochen, hier Schienbeine. Warum eigentlich, Croci?

Vielleicht war ihnen langweilig. Jedenfalls sind Knochen wie Seelen noch hier und zu Diensten. Du kannst dir eine aussuchen.

Sorella schüttelt den Kopf: Lass Dolcetta aus dem Spiel, die will das nicht.

Was will ich nicht?

Croci betet zu denen. Als wären es ihre ganz persönlichen Heiligen, zuständig für ihre ganz persönlichen Wünsche.

Bah, macht Crocifissa, du verstehst das nicht. Überhaupt mache ich das nicht für Dolcetta, sondern für Favorita, die braucht das jetzt.

Sorella zieht eine Braue hoch: Sie würde dich auslachen, wenn sie noch hier wäre.

Crocifissa packt mich am Handgelenk, zieht mich mit: Und wenn schon. Dann braucht sie es umso mehr.

Crocifissa steigt über einen Haufen alter Totenköpfe, bückt sich und schnauft: Du brauchst eine eigene, eine, die nur für dich schaut.

Sie hebt einen Schädel hoch, begutachtet ihn von allen Seiten, dann winkt sie mich heran, damit ich ihn anschaue.

Es fehlt ihm der Unterkiefer und sämtliche Vorderzähne; Augen und Nase gähnende Höhlen; über die Stirn zieht sich ein schlängelnder Riss.

Die ist gut, sagt Crocifissa, die scheint mir für euch zu passen, was meinst du?

Ich nicke.

Mit dem Schädel gehen wir zurück, an den Haken vorbei, in einen schmalen fensterlosen Gang, wo Crocifissa eine einsame kleine Nische findet. Sie fegt mit der Handkante ein paar Knochen heraus und setzt den Schädel feierlich hinein.

Das wirkt jetzt noch ein bisschen karg, sagt sie, aber keine Sorge, ich werd's ihr schön einrichten. Ein paar Kacheln, ein hübscher Vorhang –

Vielleicht noch ein Fernseher, schlägt Sorella vor. Die hat grad einen richtigen sozialen Aufstieg gemacht.

Wir kichern, Crocifissa zischt: Ihr haltet jetzt sofort den Mund, sonst wird sie euch nie helfen.

Sie geht mit ihrem Gesicht nah an das des Schädels und legt ihm beide Hände auf die Glatze. Sie beginnt zu flüstern. Sorella seufzt.

Rosaria sagt, ihr sollt sofort aufhören, mir auf die Eier zu gehen, verkündet Crocifissa.

Wer ist Rosaria?

Crocifissa bestraft uns mit einem wütenden Blick, als hätten wir sie gerade vor ihrem Schädel blamiert. Dann lauscht sie wieder an seinem halben Gebiss.

Rosaria sagt, sie sei an der Pest gestorben.

Sorella verdreht die Augen: Kunststück.

Crocifissa ignoriert sie: Rosaria, kannst du uns helfen? Favorita, Mutter dieser zerkratzten Seidenkatze hier, hat vor Kurzem die Reise ins Reich der Toten angetreten.

Ich räuspere mich.

Scht, macht sie zu mir, und weiter zum Schädel: Sie ist – möglicherweise – gewaltvoll umgekommen. Kannst du Favorita auf ihrer Fahrt über den Fluss in die Unterwelt begleiten und ihrer stürmischen Seele etwas Ruhe verschaffen?

Dann packt sie ein Fläschchen aus und beginnt, dem Schädel die Stirn mit Öl einzureiben.

Sie murmelt dazu: Hilf vor allem dieser unschuldigen Kreatur, unserer süßen Dolcetta, zum Seelenheil.

Mir wird schlecht. Das Öl riecht penetrant. Der Doktor fällt mir ein, seine öligen Finger, wie sie in Magdalenas Haut greifen; wie er sie in den Ofen schiebt. Ich schließe die Augen, stelle mir Magdalena vor, wie sie in einem dunklen Fluss treibt. Der Fluss ist eine geschlossene Rutsche, ihr Körper schaukelt um die Kurven, doch der Fluss hört nie auf.

Crocifissa stößt mich an: Dolcetta, bedank dich bei Rosaria.

Ich knickse vor dem Schädel: Meine Großmutter hat immer gesagt, Magdalena kommt nicht in den Himmel. Nun schafft sie es doch, dank dir.

Sorella schnaubt: Deine Großmutter hat recht, Menschen wie wir kommen nicht in den Himmel. Wir würden uns sowieso nur langweilen dort.

Crocifissa bettet den Schädel behutsam in die Nische.

Wartet, sagt sie dann, ich muss noch was erledigen.

Wir folgen ihr zu einem anderen Schrein, wo ein paar trockene Blumen vor einem Schädel liegen. Crocifissa nimmt ihn heraus, die Blüten fallen zu Boden. Sie schlägt dem Totenkopf mit der flachen Hand gegen die gesprungene Stirn.

Idiotin, ruft sie, nichtsnutziger Staubfänger. Seit Jahren kümmere ich mich um dich, und was gibst du mir zurück? Auf Knien muss ich dich bitten und beten, dass meine Tochter wächst – und was passiert? Nichts. Morgen ist ihr dritter Geburtstag, und sie ist eine verdammte Ameisenlarve. Lass sie sofort wachsen, oder ich schlage dich zu Brei.

Sie haut den Schädel an die Wand, sodass ein paar Stücke abbröckeln. Sie keucht und stellt ihn wieder an seinen Platz. Hasserfüllt schaut sie ihn an, packt ihn und schleudert ihn in die Ecke. Sie schreit: Und dass wir sicher sind, hab ich gesagt! Und was machst du? Nur weil ich dich ein paar Tage nicht besucht habe? Mit dir bin ich fertig.

Sie sinkt zu Boden und schnauft.

Sorella dreht sich um und sagt: Na los, gehen wir paar Kerzen anzünden.

* * *

Sie lassen mich allein in der Kirche zurück. Ich trete vor den Marienaltar und greife in die Büchse mit den dünnen Kerzen. Was mache ich hier?

Ein merkwürdiges Grinsen verzieht mein Gesicht. Die Totenköpfe! Sie sind in mich hineingekrochen.

Kerzenflammen erhitzen meine Wangen. Bilder flackern im gleißenden Schein.

Die Schädel im Keller. Die Frauen. Die Schlägerei. Der Soldat.

Das Krankenhaus, Doktorenhände, Marias Lippen.

Im Museum die Bärte, und Judith. Die Männer am Markt, das Mondkind.

Der Kellner, Agata, die Brüste.

Die Zugfahrt, die Küche, der Anruf.

Magdalena. Lavinia.

Totenköpfe.

Ich möchte mich zu ihnen legen. Einschlafen. Aber ich bin nicht müde. Ich will zu den Frauen raus rennen und mit ihnen abstürzen; aufschlagen, wieder und wieder, bis ich nicht mehr aufstehen kann. Bin ich überhaupt wach? Jedenfalls bin ich gewachsen; riesenhaft stehe ich über mir und sehe auf mich herab. Was machst du da, Mädchen? Was hast du vor?

Als ich ein Zündholz und damit den Kerzendocht entflamme, versuche ich, Lavinias Stimme zu hören: *Ich kann Maria nicht verneinen.*

Ich mache ihre Bewegungen nach, das Zündholz brennt ab. Ich fühle nichts. Ich kann nicht an sie denken, weder an die eine noch an die andere. Was soll ich sagen: Ciao, Nonna, mir geht es gut, wie geht es dir? Mach dir keine Sorgen?

Oder: Hoi, Mami, na? Ich hab dir einen Totenkopf besorgt und eine Kerze, damit wird's dir gleich besser gehen.

Die Madonna lächelt mir aufmunternd zu. Aber ich höre nur brodelndes Magma, Höllenfeuer, und meine eigene Totenkopfstimme: *Ich will Vergeltung, kein Seelenheil.*

* * *

Draußen auf der Treppe zünden wir uns Zigaretten an. Als ich Crocifissa das Feuerzeug zurückgeben will, schüttelt sie den Kopf: Weißt du was, ich glaube, das hat Favorita gehört.

Behalt es, sie hat dir ja sonst nicht viel zurückgelassen.

Sie betrachtet ihren Ausschnitt und sagt: Das Kleid kann ich dir später geben, ich hab grad nichts anderes da.

Sorella streift sich die Schuhe ab und schiebt sie mir mit nackten Zehen zu.

Die kannst du auch haben, sagt sie.

Danke, sage ich, aber ich habe meine Mutter nie in Turnschuhen gesehen.

Sorella nickt: Sie behauptete, sie wurde mit Absätzen geboren, wie ihre Mutter. Aber in letzter Zeit trug sie nur noch diese.

Sie hatte Schmerzen, fügt Crocifissa hinzu, wegen dem Hallux.

Die Vorstellung, dass Magdalena gealtert ist. Dass sie mit leicht zitternden Fingern die Schnürsenkel zubindet. Der Anblick dieser zertretenen goldigen Turnschuhe trifft mich mehr als alles andere.

Die sind mir zu groß, lüge ich. Kannst sie behalten.

Sind eh total verformt, sagt Sorella und würgt ihre Füße wieder hinein, du verpasst gar nichts.

Auf dem Feuerzeug ist eine bedröhnte Comic-Katze vor einem Regenbogen. Das Kätzchen streckt die Zunge raus und zwei Mittelfinger in die Luft. Darüber prangt eine leuchtende Kaugummischrift, sie explodiert in weiße Wolken und schwarze Sternchen: GO TO HELL.

* * *

Auf Motorrädern böllern wir durch die Gassen der Nacht. Zerreißen frittierölfette Luft von Panzerottoständen, vorbei an Militärpanzern und zipfelmützigen Soldaten; die blinkenden Lichter der eingesperrten Madonnen wischen die Augen wie Glühwürmchen ab.

Wir sind auf dem Weg zu einem Fest, die ganze Stadt soll dort sein. Zu Fuß ist es weit, also lassen wir uns mitnehmen von ein paar Halbwüchsigen auf frisierten Rollern.

Das ist meine Cousine, hat Sorella meinem Fahrer eingeschärft, die ist hier zu Besuch, und wenn du sie anfasst, bring ich dich um.

Er hat gelacht und den Motor aufheulen lassen. Den einen Arm habe ich um seinen Bauch geschlungen, mit dem anderen halte ich die Urne fest. Wir erreichen einen Corso, auf dem sich Autos hupend reihen; eine sich langsam windende Blechschlange mit rot glühenden Augen, wir ziehen an ihr vorbei.

Wir haben die andern längst abgehängt. Ich habe es aufgegeben, mir den Weg zu merken, den ich nach gelungener Flucht zurückrennen würde, und habe aufgehört, mir im Kopf die Worte zurechtzulegen, mit denen ich meinen Angreifer beleidigen würde, bevor ich ihm das Knie zwischen die Beine – ich hätte keine Chance. Die Frage, ob meine neuen Freundinnen mich gerade verkauft haben oder ob der Junge, den ich hier einhändig umschlinge, mich eigenhändig geraubt hat, habe ich in den Wind flattern lassen.

Ich lasse alles los und gebe mich dem Fahrtwind hin, dem Geruch nach Diesel und Kohlerauch, wir scheinen zu fliegen.

Die Gasse verengt sich, er drosselt die Geschwindigkeit, wir tuckern im Schritttempo durch Menschenwuseln, der Rauch wird dichter. Wir weichen einem Hundekampf aus; Männer peitschen mit Geldbündeln auf die Tiere ein und schreien. Ich halte die Urne fest an meine Brust gedrückt, aber mein Herz ist weit offen. Mein Gesicht glüht, eine ferne Musik pumpt über unsere Köpfe. Ich schaue zurück und sehe hinter mir die anderen Motorräder: Sorella, Crocifissa. Ich kann nicht aufhören zu grinsen, der Bass übernimmt meinen Puls, ich nehme die Hand vom Bauch des Jungen, werfe sie in die Luft und tanze auf dem Sattel. Der Junge hupt, die ganze Stadt hupt, Crocifissa schreit: FAVORITA! Die Jungs auf der Straße johlen ihr nach, brüllen den Namen zu den Dächern. Die Asche zittert im Takt der Pflastersteine.

Am Ende der Gasse öffnet sich die Welt. Ein Platz voller Menschen, ohrenbetäubende Musik; Getränkestände, Kohlegrills. Ich springe vom Motorrad, er fährt einfach weiter.

Bambola, ruft Crocifissa, deren Fahrer höflich angehalten hat, die nun umständlich vom Sattel klettert: Komm, ich spendier dir ein Spießchen.

Die Häuser, die den Platz säumen, sind Ruinen aus dem Krieg. Der Schriftzug *Banca Nazionale* ist abgesplittert, das Gebäude zur Hälfte zerbombt. Auf den Fassaden, hinter denen manchmal eine Wohnung ist und manchmal nur Luft, sind Riesen aufgemalt und Monster. Auf den bewohnten Balkonen tanzen kleine Mädchen. Am Rande der Piazza bringen Väter ihren Kindern das Motorradfahren bei; die Jüngsten radeln ihre Kreise mit Dreirädern: bonbonfarbene Prinzessinnen mit einem Heer von kleinen Kavalieren im Schlepptau.

Sorella steht schon beim Grill, wo ein köstlicher Junge mit Pomadefrisur geringelte Würstchen wendet.

Was ist das?

Hirn.

Er grinst. Über seiner nackten Brust baumelt ein Kreuz. Ich will ihn fressen.

Er nimmt eine brutzelnde Hirnwindung mit den Fingern und spießt sie auf ein Holzstäbchen.

Limone?

Er drückt den Schnitz aus, leckt sich die Finger, ohne mich aus den Augen zu lassen.

Ich stöhne, Sorella zieht mich weg.

Wie die Mutter, sagt Crocifissa kopfschüttelnd.

Was!, rufe ich und schlinge das Hirn, das Beste, was ich je gegessen habe, und schleudere das Stäbchen in die Menge.

Weißt du, sagt Sorella, ich kann Männer einfach nicht ernst nehmen. Ich habe keinen Respekt für sie. Zum Glück sind sie so simpel. Ich drücke ihren Kopf zwischen meine Beine und sage etwas Beleidigendes. Schon sind sie begeistert.

Ich muss lachen und schaue zum Jungen, versuche, sie mir nicht vorzustellen.

Und du, sagt sie, ohne den Blick von mir abzuwenden, du interessierst dich wohl nur für Typen?

Was, rufe ich, wieso?

Sorella hebt die Schultern: Deine Mutter war jedenfalls so. Sie war verrückt nach Männern. Das Schlimmste konnten sie ihr antun, und sie sah noch immer das Gute in ihnen. Wahrscheinlich verführt sie gerade den Teufel persönlich.

Crocifissa nickt: Sie hat die Männer wie Söhne behandelt.

Meine Großmutter war das Gegenteil, schreie ich gegen die laute Musik, Männer interessierten sie nicht. Nach dem Tod ihres Mannes hatte sie für ein Leben genug. Sie sagte immer: Einmal einem Mann dienen, das reicht!

Eine sehr kluge Frau, sagt Crocifissa und reicht mir einen Becher, ich hoffe, du kommst nach ihr.

Ich weiß nicht, sage ich und lächle dem Jungen am Grill zu, von denen könnte ich auch ein paar verdrücken pro Tag. Und dann noch für Geld?

Sorella reißt an meinen Händen: Klar, mach es! Steig ins Geschäft ein!

Crocifissa hört auf zu tanzen: Spinnst du? Sie hat ein gutes Leben.

Ich spucke einen Eiswürfel aus: Ich? Gar nichts hab ich. Was weißt du von meinem Leben?

Sie drückt mir die Hand auf den Mund: Du halt den Rand.

Sorella ruft: Croci, sie ist Favoritas Tochter! Was könnte sie ihr vererben, wenn nicht das? Außerdem ist es ist nur natürlich, dass sie mehr über das Leben ihrer Mutter erfahren will.

Croci drückt die Finger fester auf meinen Mund: Favorita würde sich im Grab umdrehen.

Ich beiße zu, bis sie loslässt, und sage: Sie hat kein Grab.

Den Schlag spüre ich fast gar nicht. Das rechte Ohr pfeift, durchs linke höre ich: Deine Mutter hat dir ein normales Leben geschenkt. Dein Erbe ist es, weit weg von dem zu gehen, was sie gemacht hat.

Ich trinke den Becher in einem Zug aus und grinse: Hast du ihr Testament gefressen?

* * *

Wir tanzen wild und aggressiv. Schweißnasse Körper, von Bass und Fusel geputscht; eine Masse, eine Bewegung, alles gehorcht einer unsichtbaren Macht. Stroboschnitte: Die wogende Menge verschwindet im Nichts und taucht blitzartig wieder auf. Klopfen im Hals, ein Gefühl wie im Fieber: Seltsame Vertrautheit und unheimliche Fremde. Gesichter lösen sich auf, aufgerissene Münder, nasse Zähne –

Die Masse frisst Hirnspieße und tanzt sich blutige Füße. Sie geben Hirn den Hunden mit halben Ohren, sie geben Hirn den Babys und Dreiräderflirts. Mittendrin tanzen wir.

Alle Schalen sind von mir abgefallen, ich trample auf ihnen herum und sauge die dröhnende Gegenwart mit allen Poren ein. Ist das Magdalenas Lebensgefühl, hat sie sich so bewegt? Verwandle ich mich gerade in sie? Lust durchströmt mich, eine Freude kribbelt in den Fingerspitzen.

Mein Leben fügt sich zusammen, in diesem Rauch und Geschrei werden meine Gedanken klar; es fühlt sich gut an, ich verstehe. Natürlich hat sie hier gelebt, das war ihre Welt. Ich habe alles gefunden: den Sinn, Magdalena, mich selbst.

Blind schlinge ich die Arme um den Körper hinter mir, lasse mich heiß in den Nacken küssen, gebe mich dem Sog hin, tauche ab. Sinke in den Schlund des Rausches.

* * *

In der Dämmerung erklimmen wir den Hügel, stehen am Abgrund und schauen aufs Meer.

Wir heben unsere Becher zum joghurtfarbenen Himmel: Auf Favorita!

Ich schiebe nach: Die schlechteste Mutter der Welt!

He, macht Crocifissa, das will ich nicht hören. Du warst immer versorgt. Wer sagt, dass gute Mütter ihre Kinder selbst aufziehen müssen? Wichtige Frauen, Revolutionärinnen, haben ihre Kinder von anderen großziehen lassen – weil sie reisen mussten oder flüchten, weil sie im Gefängnis waren und beschäftigt mit dem Bessermachen der Welt. Das heißt nicht, dass sie ihre Kinder nicht geliebt haben.

Meine Mutter war keine Revolutionärin, oder?

Crocifissa winkt lallend ab: Das ist nicht der Punkt.

Ich proste zum Meer: Auf Favorita, eine Frau, die ich nicht kannte.

Schweinegott, ruft Crocifissa, ich muss los. Es ist ja Geburtstag!

Ich stolpere zu ihr, falle in eine Umarmung: Auguri!

Nicht ihr Geburtstag, lacht Sorella, der ihrer Tochter.

Ich habe sie geboren, nicht wahr, also ist es auch mein Geburtstag.

Ich hänge mich an Sorella: Wir bleiben hier und schlafen eine Runde, ja?

Sicher nicht, sagt Crocifissa, ihr kommt mit. Wenn ich nicht schlafe, schläft niemand. Wir machen jetzt einen Kindergeburtstag.

VII

Nach vier klappernden Busfahrten erreichen wir endlich die Peripherie.

Während wir auf den Sitzen über Schlaglöcher hüpfen, erzählt Sorella, wie sie wohnen:

Es war eine alte Salamifabrik, eigentlich unbewohnbar. Aber wir waren viele, und wir brauchten einen Ort. Also zogen wir in die Fabrik ein. Das war vor ein paar Jahren. Wir haben alles selber gebaut, du wirst sehen, es ist ein einziges Kunstwerk. Von außen sieht es vielleicht schmuddelig aus, aber in den Wohnungen drin ist es sehr sauber und gemütlich.

Der Bus hält direkt vor der Fabrik. Sie wirkt wie eine Festung; nur ein Überwachungsturm überragt die hohe Mauer. Darauf zeigt ein aus rostigen Tonnen geschweißtes Teleskop Richtung Mond, der blass am Morgenhimmel steht. An der Turmwand klebt eine Sonnenuhr ohne Zahlen, dafür mit weißen Lettern, die einen Schriftzug bilden: REVOLUTION. Auf der Mauer eine riesige Malerei von zwei Frauen, die küssend aufeinanderliegen, die Beine ineinander verschlungen.

Willkommen auf dem Mond, sagt Crocifissa.

Sorella schließt das große Eisentor auf, während Crocifissa die Finger in einen der unzähligen Briefkästen steckt, die in verschiedenen Größen wild aufeinandergetürmt sind. Durch die Stäbe kann ich auf den Hof sehen, auch hier sind die Wände bemalt. Eine Frau sitzt vor einem Wärterhäuschen, gähnt, an ihrer Schulter hängt ein Gewehr. Sie nickt uns zu, als wir eintreten. Im massiven Fabrikbau fliegt eine Tür auf, eine Horde Kinder rennt heraus und uns entgegen. Sie umzingeln uns.

Hallo, Tanten, rufen sie.

Hallo, ihr Schönen, sagt Crocifissa.

Die Kleinen zeigen ihre Zahnlücken, sie hüpfen und schreien, ziehen uns an den Fingern. Ein Junge drückt sich zwischen meinen Beinen durch, stellt sich in die Mitte: Ich bin Iku.

Aus einem Fenster zischt ihn jemand weg.

Wir sind misstrauische Leute, sagt Crocifissa, und Sorella erklärt: Wir müssen vorsichtig sein. Jeden Tag gibt es Räumungen, in anderen Besetzungen der Stadt.

Sollen sie nur kommen, sagt Crocifissa düster, wir sind gewappnet.

Und wie, sagt Sorella, wir haben eine Rakete –

Crocifissa unterbricht sie: Hör auf, so rumzuschreien. Das ist Favoritas Tochter, wir wissen nicht …

Was?

Auf wessen Seite du stehst.

Ich protestiere, und sie winkt ab: Sag bloß nichts zu irgendwem hier. Wir sind alle paranoid.

Sorella will mir die Fabrik zeigen, während Crocifissa zwei Kinder an der Hand nimmt und geht, um das Fest vorzubereiten. Ich bleibe stehen vor einem Gemälde an der Hauswand: Eine Rakete fliegt zum Mond.

Ein Kind ist uns gefolgt, fragt mich nach einer Zigarette. Ich habe keine. Sorella haut ihm die flache Hand an den Hinterkopf.

Das bin ich, sagt das Kind und zeigt auf ein grünes Marsmenschlein in der Rakete.

Wirklich, sage ich, und wie war's im Weltall?

Ganz ruhig war's, sagt das Kind. Es war aber auch Sonntag.

Und darum bist du zurückgekommen?

Ja, sagt das Kind. Es war langweilig.

Und hier ist es besser?

Das Kind zieht die Schultern hoch zu den Ohren.

Wir gehen bald wieder, sagt es, vielleicht kannst du mitkommen.

Auf den Mond?

Das Kind rennt davon.

Wir treten in die Fabrik ein, dunkel rauschende Halle. Es tropft von der Decke, die überhängt, als würde sie jeden Moment einbrechen. Rinnsale fließen die Wände entlang; es riecht nach Kanalisation. Ein paar Kinder lassen Papierschiffchen schwimmen. Hier sind die Wände voll mit Zeichnungen von Vögeln, die in Käfigen flattern.

Sorella bringt mich in die ehemalige Schlachterei.

Vorsicht, sie zieht mich von der Wand weg, die Haken sind noch scharf.

Hier hängen ganze Schweine. Lebensgroß gemalt, baumeln sie kopfüber von den Haken. An der Decke ist noch die Schiene, an der damals die lebenden Schweine aufgehängt und zum Aufschlitzen in den nächsten Raum gefahren wurden. Die gemalten Schweine machen sich aber an der Tür los und traben mit Engelsflügeln in den Himmel.

Wie wir, sagt Sorella, die meinem Blick gefolgt ist, am Schluss fliegen wir hier weg.

Wir steigen eine Treppe hoch, die zum bewohnten Bereich der Fabrik führen soll. Hier kleben gipserne Riesenschnecken an der Wand, sie kriechen bunt bemalt bis zur Decke.

Die haben ihr Haus immer bei sich, sagt Sorella, wie wir. Wir sind nicht von hier und auch nicht von dort, unsere Heimat tragen wir mit uns herum, wie Schnecken. Wir sind immer auf der Reise, immer auf der Flucht – wie Hexen, darum fürchten sie uns. Uns haben sie als Hexen verbrannt, das weißt du?

Bevor ich etwas sagen kann, kommen uns drei junge Frauen entgegen, drücken ihre Melonenbäuche an uns vorbei; verlegene Lächeln.

Sorella sagt: Hier nimmt noch jede Schwangerschaft einen Zahn.

Wir erreichen die Halle im oberen Stock. Hier sind flache Häuslein eingebaut, sie reichen mir knapp über den Kopf.

Schuhschachteln ohne Deckel, dafür mit Fenstern und Türen. Oben heraus ragen Rohre, die sich wie fette Adern an der Hallendecke entlang schlängeln, um frische Luft zu holen aus zersplitterten Fenstern. Wir gehen zwischen den Häusern durch einen schmalen Gang. Die Fenster sind verhängt; ein Kind lüftet den Vorhang, da ist keine Scheibe, es ruft heraus: Ciao!

Der Gang mündet in eine Art Innenhof in der Halle. Kinder lümmeln in Gartenstühlen zwischen Wäscheständern. In den Balken über ihnen schlafen Tauben.

Sorella klopft an einen Fensterrahmen, und Crocifissa ruft heraus: Setzt euch vors Haus, ich hab nicht aufgeräumt, wir gehen gleich auf die Terrasse.

Sorella kippt ein Kind von einem Stuhl und lässt sich hineinfallen.

Von drinnen hören wir die müde Stimme einer älteren Frau, ein fiepsendes Stimmchen und Crocifissa, die ein Lied singt, und viele knallende Küsse.

Immer mehr Kinder kommen in den Hof gerannt, aufgeregt, sie wollen zum Fest. Sie ziehen Sorella hoch, die mit geschlossenen Augen im Gartenstuhl liegt, und zerren sie kichernd auf die Terrasse. Draußen hantieren vier Frauen an einem Klapptisch; in großen Alubehältern verteilen sie verschiedene Sorten Chips. Aus einer Box tönt scheppernde Musik, der Junge namens Iku tanzt und ruft: Schaut, schaut, wie ich tanze.

Eine zahnlose Frau mit vielen Röcken übereinander lächelt mir zu und zeigt zur Tür.

Sie kommen, sagt sie, sie kommen.

Im Dunkel der Tür erscheint Crocifissa, hinter ihr her tippeln wie eine Reihe Entlein kleine Mädchen in Prinzessinnenkleidern, sie halten sich an den Händen. Sie sind stark geschminkt; runde rote Wangen, Lippenstift und blau umrandete Augen. Crocifissa hebt das kleinste der Mädchen hoch und ruft: Das ist meine Tochter. Wir haben heute Geburtstag. Vor drei Jahren habe ich sie geboren.

Auguri, rufe ich.

Sie stellt das Mädchen auf dem Tisch ab, ein Füßlein landet in den Chips. Selbst das dick aufgetragene Rouge kann seine durchscheinende Haut nicht kaschieren. Das Mädchen beginnt zu tanzen. Crocifissa weint.

Sorella nimmt mich am Arm und zieht mich ins Dunkel.

* * *

Auf dem Dach setzen wir uns in den Schatten des Wachtturms.

Sorella sagt: Ich bin glücklich für sie, aber es bricht mir das Herz, wenn ich sie mit ihrer Tochter sehe. Dann werde ich wieder ein kleines Kind, dessen Mutter nie so was Nettes getan hat. Einmal habe ich das Crocifissa erzählt. Seither nennt sie mich *mein süßes Mädchen*. Sie ist eine gute Mutter.

Wir schweigen und schauen über die Landschaft. Da ist die große Straße, die irgendwann zur Stadt führt. Zu beiden Seiten Autohändler; riesige Felder mit in der Sonne glänzenden Lackkäfern. Dazwischen wirft eine rote Windpuppe ihre langen Arme in die Luft.

Die Geräusche des Geburtstagsfests wehen zu uns herauf: Musik, Jauchzen, schrille Kinderstimmen, Weinen.

Eine Frau mit Maschinengewehr geht vorbei, Sorella winkt, die Frau streckt ihr die Zunge raus.

Alles ruhig?

Immer.

Sorella, sage ich, als die Frau um die Ecke verschwunden ist, wieso lebt ihr in einer Festung?

Sie breitet die Arme aus: Schau dich um. Was siehst du?

Ich schließe die Augen.

Schweinegeister. Kinderkunst. Handgenähte Gardinen. Stacheldraht ...

Sie lächelt: Es fällt dir erst jetzt auf.

Keine Männer?

Jungen sind bis zu einem gewissen Verhalten erlaubt. Natürlich können sie sich entscheiden, ihre Männlichkeit abzulegen, dann dürfen sie bleiben. Einige tun es, aber nicht alle. Du hast Iku gesehen, er wird wohl gehen. Wir versuchen, ihnen das Beste mitzugeben. Wir brauchen auch draußen Verbündete.

Ich nicke, als würde ich verstehen.

Mir wär's auch lieber ohne Mauern und Kanonen. Aber

wenn wir überleben wollen, müssen wir uns verschanzen und verteidigen.

Ich sage nichts, sie wird wütend: Du denkst, wir übertreiben? Hast du nicht gesehen, was draußen los ist? Die Uniformen; Polizei, Militär, die Soldaten?

Die lustigen Mützen?, rufe ich. Ich dachte, die stehen bloß vor den Sehenswürdigkeiten rum, wegen dem Terror.

Fila, das sind Faschisten! Der Terror sind sie. Sie sehen uns als natürliche Ressource, die sie ausbeuten und zerstören können, wie den Planeten. Sie nehmen uns das Letzte und treiben uns auf diese Müllhalde.

Ich murmle: Ist doch ganz schön hier.

Eben, ruft sie. Wir haben die Kloake in eine Oase verwandelt. Weil wir sonst keinen Ort hatten, haben wir uns auf diesem lebensfeindlichen Terrain eine eigene Welt gebaut – aus Müll, den andere weggeschmissen haben. Und sie blüht! Sorella springt auf und geht hin und her: In ihren Augen sind wir nun nicht mehr wertlos, sondern eine Bedrohung, weil wir zeigen, wie falsch sie liegen. Wie wir hier leben, selbstbestimmt, das passt nicht in ihr Bild. Sie wollen uns auf der Straße sehen, im Elend entmenschlicht. Ihnen geht es um Politik, uns um unsere Existenz. Hier drin haben wir unsere Freiheit, weißt du überhaupt, wie das ist? Wenn du sie einmal erlebst, willst du nicht mehr ohne leben. Aber es bedeutet, dass wir ständig Wache schieben, sie von den Mauern fern und die Festung geschlossen halten müssen. So sind wir frei, im ewigen Widerstand. Und wenn sie die Mauern durchdringen, dann werden wir fliegen.

Fliehen, wohin?

Nein, fliegen. Der Mond gibt uns Asyl.

Ich lache: Was ist das für eine Geschichte mit dem Mond?

Irgendwo müssen wir doch leben! Und in der Stadt, in diesem Land, auf der ganzen verfluchten Erde ist für uns ja kein Platz. Auf dem Mond ist es billig. Aber das Heimweh ist stark.

Ich kann nicht erkennen, ob sie es ernst meint.

Warum der Mond?

Er gehört allen, der Mond ist frei. Es gibt dort kein Recht auf Eigentum. Auf dem Mond können wir friedlich zusammenleben. Die Kinder haben Regeln für die Mondwelt aufgeschrieben, siehst du, dort unten, auf dem Weg? Es sind ihre Wünsche, dafür, wie sie leben wollen. Die Schriften führen zur Startrampe.

Es gibt wirklich eine Rakete?

Wundert dich das? Schau dich doch um! Wir haben es geschafft, uns in einer stinkenden Wurstfabrik ein Zuhause aufzubauen – mitten im Krieg. Denn es ist Krieg. Das sagt auch Otrere.

Wer?

Otrere. Sie hat uns bestärkt, uns zu bewaffnen, unsere Festung für den Verteidigungskrieg bereit zu machen. Davor war ich Pazifistin, ich wollte mit Waffen nichts zu tun haben. Krieg macht mehr Krieg und so. Aber Otrere hat recht. In den schwierigsten Situationen müssen wir uns sagen: Ich bin eine Kämpferin! Das ändert alles. Sie haben unsere Mütter und Großmütter verfolgt und deren Mütter davor – natürlich haben sie Angst vor unserer Rache. Wenn sie ihre Stellung halten wollen, müssen sie uns auf ewig unterdrücken. Wenn sie uns angreifen und wir nicht kämpfen, machen sie hier alles dem Erdboden gleich. Es wird Zeit, dass wir den Spieß umkehren. Sie werden uns ausbeuten und töten, solange wir uns nicht wehren. Die neue Generation werden wir erziehen können, aber die Alten ... Gewalttätige verstehen nur Gewalt. Hast du von den Rebellinnen gehört, die einen Mann zerstückelt haben? Er wollte ihre Kinder verhungern lassen – sie haben sein Fleisch verkauft. Mütter sind die wahnsinnigsten Kriegerinnen, sagt Otrere.

Otrere, sage ich, komischer Name.

Sie stand eines Tages zur Gründerinnenzeit im Hof und erzählte den Kindern von den Amazonen. Sie war ohne Einladung eingedrungen, also mussten wir sie verprügeln. Sie kämpfte gut. Und ihre Ideen überzeugten uns. Sie war es, die vorschlug, eine Rakete zu bauen. Wir sagten: Alte, wir bauen doch schon Tag und Nacht an unseren Wohnungen!

Aber Otrere meinte, wir bräuchten mehr als nur das Nötigste. Wir sollten nicht nur überleben wollen, sondern auch träumen. Sie hatte recht. Jetzt haben wir eine Gegenwart und eine Zukunft. Wir sind für alles bereit.

Und wo ist Otrere jetzt?

Sie verschwand, als die Rakete fertig war. Wahrscheinlich zu einer neuen Gruppe, die sie zu Kämpferinnen ausbildet. Wir werden sie sicher wiedersehen. Spätestens bei der Revolution.

Du glaubst an eine Revolution?

Du nicht?

Sorella zieht mich hoch: Komm, ich will dir etwas zeigen.

Über die Feuerleiter steigen wir auf das Dach des Wachtturms, wo das Teleskop steht. Es besteht aus drei aneinandergeschweißten Fässern und einer Art Fernglas am Ende, wo die Augen angelegt werden.

Schau rein, befiehlt Sorella.

Ich gehorche.

Siehst du was?

Ich nicke. Da ist der Mond mit seinen Kratern, darüber eine Schrift: *Archiv der getöteten Frauen*. Sorella steht nah bei mir, ich kann ihre Wärme spüren, ihren Geruch.

Klick, ein Bild schiebt sich über den Mond. Schwarz-Weiß-Foto einer jungen Frau, sie lacht.

Sorellas Atem streift mein Ohr.

Das ist Sisina, höre ich sie sagen. In Otreres Kindheit war sie eine Berühmtheit. Sie starb in ihrem Dorf, kurz nach dem Krieg, mit 19. Sie war auf dem Weg zum Wasserholen an der Quelle, als sie getötet wurde.

Hm, mache ich.

Was?

Meine Urgroßmutter ist auch jung beim Wasserholen gestorben. Das behauptete jedenfalls meine Mutter. Dass sie schwanger war und stürzte –

Sisina wurde die Kehle durchgeschnitten.

Ich ziehe die Nase hoch, räuspere mich.

Sorella fährt fort: Ihr Verlobter wurde verhaftet und wieder freigelassen. Sie feierten ihn als Helden, es wurden sogar Bücher über ihn geschrieben. Otrere sagt, darum sei sie Kämpferin geworden. Für Sisina.

Klick. Ein neues Bild erscheint, diesmal in Farbe. Eine Frau in unserem Alter, sie zwinkert in die Kamera.

Das ist Fiammetta, Crocifissas Nichte. Sie lebte mit ihrem

Freund in der Stadt und studierte, Croci war sehr stolz auf sie. Sie starb vor drei Jahren, er hat sie erwürgt. Seine Verwandten haben Geld für ihn gesammelt, er ist schon lange wieder draußen.

Klick. Eine Frau, vielleicht fünfzig, ein Schnappschuss, etwas verwackelt, sie raucht, konzentriert.

Das ist Francesca, sie war die Lehrerin von vielen unserer Kinder. Ihr Ex hat sie aus dem Fenster gestoßen. Er behauptet, es sei ein Unfall gewesen. Er war betrunken, das hat ihm geholfen. Er wohnt nun in ihrer Wohnung.

Ich löse die Augen vom Teleskop.

Willst du noch mehr?

Sorella fährt mit dem Finger über die aufgereihten Dias, die an der Seite des Teleskops, das eigentlich ein Guckkasten ist, angebracht sind:

Die Konstruktion war meine Idee. Ursprünglich wollten wir ein echtes Teleskop bauen, um auf den Mond zu schauen, aber wir konnten nicht alle Teile auftreiben. Gleichzeitig studierten wir schon lange am Archiv herum.

Sorella wischt mit dem Ärmel über das Glas des Okulars, schaut hinein und klickt weiter:

Es kommen täglich neue dazu. Am Anfang sind die, die wir kennen, die uns nahe waren. Wir haben nicht von allen Fotos, aber wir versuchen, ihre Namen zu sammeln, ihre Geschichten, sie nicht zu vergessen.

Ich habe ein Bild von Magdalena, sage ich, Favorita.

Sie nickt.

* * *

Wir sitzen am Rande des Turms, baumeln mit den Beinen. In meiner Hand das Foto, Cowboyhut in der Bar.

Gehörte sie zu euch?

Favorita? – Sorella schüttelt den Kopf.

Wieso nicht?

Sie antwortet nicht. Ein Stich durchfährt mich: Ihr wolltet sie nicht dabeihaben.

Sorella schaut mich an: Du weißt doch, wie sie war.

Nein, sage ich, das weiß ich nicht.

Sie war ... keine Teamplayerin.

Sie war euch zu anstrengend.

Fila, sie war nicht ... Wie soll ich sagen? Wir konnten ihr nicht vertrauen.

Wieso nicht?

Ich ...

Du glaubst, sie war gegen euch?

Nein, ich weiß nicht. Sie war auf keiner Seite, denke ich.

Wieso habt ihr sie nicht gefragt?

Fila, verstehst du nicht, sie war nicht in einem Zustand ...

Weil sie verrückt war.

Was heißt schon verrückt.

Unberechenbar. Aufbrausend, egozentrisch, gemein? Eine Säuferin?

Na ja –

Ich versteh schon, sie wäre ein Risiko gewesen. Eine Belastung. Also habt ihr sie alleingelassen.

Sorella schweigt. Mein Herz klopft: Weißt du, dass sie ihren Mann verlassen wollte? Sie hat es mir geschrieben. Ihr dachtet, sie könnte nicht kämpfen. Aber die Ärztin hat mir gesagt –

Was?

Ich betrachte das Foto, Magdalenas Gebiss.

Nichts.

Ich habe noch nie eine so um ihr Leben kämpfen sehen.

Sorella zündet sich eine Zigarette an, bläst den Rauch aus: Es tut mir leid, Fila.

Mir tut es auch leid.

Es ist nicht deine Schuld.

Nein. Doch. Ich weiß nicht. Sie war ganz allein. Ich weiß, sie war keine angenehme Person. Keine, die man um sich haben möchte. Es ist ihre Schuld, denke ich, sie hätte sich mehr Mühe geben müssen. Netter sein. Ach, ich weiß nicht. Vielleicht, wenn ich nach ihr gesucht hätte …

Es ist nicht deine Schuld, wiederholt Sorella.

Es war leichter, weißt du. Ohne sie. Sie nicht zu suchen, für mich war es leichter.

Ja, sagt Sorella, ich verstehe.

Ich schüttle den Kopf: Sie war meine Mutter, ich liebe sie.

Du musst nicht –

Nein, du verstehst nicht. Sie brauchte so viel Liebe. Sie forderte sie ein, verzweifelt, aggressiv, aber irgendwie kam meine Liebe nicht an, oder nicht schnell genug – als wäre sie eine Wüste, und meine vorsichtigen Tropfen von Liebe verdunsteten sofort auf dem vertrockneten Boden. Es war nie genug, es machte sie rasend. Einmal, als ich sah, wie schlecht es ihr ging, als mir die Angst um sie alles zuschnürte, schrie ich sie an: Hör auf! Wieso sagst du, niemand liebt dich, ich liebe dich!

Es half nicht. Sie schluchzte: Was soll mir das bringen? Du bist meine Tochter, du musst mich lieben.

Niemand machte mich so wütend wie sie, ohnmächtige Wut. Es war nicht meine Liebe, die sie brauchte. Sie fühlte sich immer im Unrecht, missverstanden, als wären alle gegen sie. Sie schlug aus, bevor sich jemand nähern konnte, Angriff aus vorsorglicher Notwehr. Ich hatte Angst vor ihr, vor ihren Ausbrüchen. Wenn sie da war, war ich so angespannt und konnte es nicht erwarten, dass sie ging. Und wenn sie weg war, vermisste ich sie. Dann erinnerte ich mich an gute Zeiten; so hätte es sein können. Wenn ich geduldiger gewesen wäre, stärker, liebevoller: Sie war so verletzlich, zart. Das schlechte Gewissen nagte ständig – aber sie war so unangenehm! Der anstrengendste Mensch, der mir je begegnet ist. Sie war unmöglich.

Ich drehe das Foto in den Händen, die Worte hallen in meinem Kopf nach. Unmöglich. Unsere Beziehung war unmöglich – und diese Erkenntnis war befreiend. Aber stimmte es? Oder war auch das nur eine Ausrede, eine Ausflucht, eine Behauptung, die so lange wiederholt worden war, bis ich sie wirklich glaubte?

Sorella betrachtet mich aufmerksam, wie ich schweige. Ich räuspere mich, fahre fort:

Ich musste einen Weg finden, wie ich leben konnte, ohne von ihr erdrückt zu werden. Ich meine, es war nicht sie, die mich belastete, sie war ja nicht da, es war vielmehr der Gedanke an sie. Die Angst. Die Schuld.

Sorella schaut mich fragend an. Ich sage, was mir plötzlich klar wird, was ich noch nie ausgesprochen habe: Ich hatte immer Angst, dass sie stirbt. Und ich habe mich immer schuldig gefühlt, weil ich es nicht verhindern würde.

Mein Gesicht verzieht sich zu einer Grimasse, ich atme tief aus und lächle.

Also sagte ich mir, solange ich nichts von ihr höre, geht es ihr gut. Es geht uns besser ohne einander. Aber das war für mich. Für mich war es besser. Dachte ich. Und dann höre ich von ihr, von ihrem Tod, und ich bin erleichtert: Jetzt ist es passiert. Es ist vorbei. Endlich. Die Angst fällt ab. Aber wie immer, wenn sie gegangen ist, fange ich an, sie zu vermissen, und –

Ich kann nicht weitersprechen. Sorella verschwimmt vor meinen Augen, wie sie sagt: Und diesmal ist es für immer.

Der Himmel wird schwarz, fällt wie ein Vorhang, Sorella fängt mich auf.

Irgendwann komme ich zu mir, löse mich aus der Umarmung. Sorella gibt mir eine Zigarette: Du solltest weniger rauchen.

Ich nehme einen tiefen Zug: Ich rauche doch gar nicht.

Sorella lacht: Mir egal, was du deiner Großmutter erzählst, du rauchst wie ein Grillfeuer.

Und du?

Ich bin sündenfrei. Der Papst hat mich erlöst.

Cin cin!

Es war ihr Mann, sage ich, nicht wahr, dieser Coach?

Sorella sieht mich nicht an, sie schaut über die glänzenden Dächer der Autos, sieht der Windpuppe beim Tanzen zu.

Wieso deckst du ihn? Ich dachte, ihr seid Kriegerinnen.

Sie flickt die Zigarette vom Dach und hält den Blick auf der Puppe, die energisch ihre Glieder verwirft.

Ich werde wütend: Du hast Angst vor ihm, weil er gefährlich ist, das verstehe ich. Aber er kann doch nicht einfach damit durchkommen. Ich muss etwas tun!

Sorella atmet tief aus: Was?

Zur Polizei gehen.

Sorella lacht böse: Klar, die Polizei. Und was willst du denen sagen? Die haben das geschickt gemacht: Es gibt nicht mal mehr eine Leiche. Du kreuzt da auf mit der Urne und sagst: Der Coach war's. Die werden dich auslachen.

Du lachst mich aus!

Dolcetta, hast du mir nicht zugehört? Was denkst du, wieso das Archiv jeden Tag voller wird? Männer töten uns, weil niemand sie davon abhält. Weil sie wissen, dass sie oft nicht einmal bestraft werden. Und selbst wenn, nehmen sie lieber eine Strafe in Kauf, als dass sie verlassen werden, die Kontrolle über uns verlieren. Aber der Coach ist ein Mann mit mächtigen Freunden. Den lassen sie laufen, selbst wenn sie ihn erwischen, wie er gerade jemanden absticht. Für so einen drehen die alles um; die manipulieren noch das Messer, das sie ihm aus der Hand genommen haben. Und plötzlich sind da deine Fingerabdrücke drauf. Verstehst du, es gibt keine Polizei. Nicht für uns, und nicht für Männer wie den Coach.

Was soll das heißen?

Sie schüttelt ungläubig den Kopf: Bist du blind? Deine Mutter war keine bürgerliche Frau. Sie war eine von uns. Ob und wie wir draufgehen, kümmert die nicht, das interessiert die nicht mal. Was denkst du, wie viele von uns täglich verschwinden? Und glaubst du, irgendjemand geht die suchen? Manche werden zufällig tot gefunden, andere bleiben vermisst. Das kümmert die Leute einen Dreck. Die denken, das gehört zu unserem Job: Ah, Prostituiertenmord! Wahrscheinlich ein Freier, der sich mal so richtig mächtig fühlen wollte. Der nur einen hochkriegt, wenn er eine fast umbringt – oder ganz. Wie heißt es so schön? Lustmord, mmh. Ja, dafür sind wir da, gesellschaftliche Puffer. Damit sich die Losertypen abreagieren können, damit die Straßen für alle anderen sicherer sind. Du denkst, wenn eine von uns stirbt, sucht irgendwer nach dem Täter? Die Schuld liegt bei uns, die Täterinnen sind wir. Dort, wo wir gelandet sind, haben wir alles verdient.

Was meinst du, was im Krankenhaus mit Favorita passiert ist? Da waren die alle: Polizei, Sanität, Doktorei. Glaub mir, die wissen genau, was passiert ist, aber die sehen uns nicht als Menschen. Die haben deine Mutter angesehen und gesagt: Keine Mühe wert. In den Ofen damit.

Es regnet von irgendwoher. Tropft mir aufs Gesicht.

Mir fällt ein, wie meine Großmutter sagte: Sie hatte keine Chance.

Es tut mir leid, Fila. Das ist unser Leben, es war auch Favoritas Leben. Crocifissa hat recht: Deine Mutter hat dich da rausgehalten, und sie würde nicht wollen, dass du dich jetzt hineinziehen lässt.

Sei still, sage ich, ich steche dem Coach die Augen aus. Was will er, mich auch umbringen?

Sorella fasst mir an die Schulter: Vergiss es, Mädchen.

Wütend schüttle ich sie ab: Mädchen? Du bist doch kaum älter als ich.

Sie lächelt schief: Ich bin hundertzwanzig Jahre alt.

Ich schaue einem Schwarm Stare zu, wie er im Himmel mäandert, und sage: Sie ist ganz allein gestorben. Sie wollte nicht sterben, weißt du.

Ich weiß.

Was sollte ich deiner Meinung nach tun?

Du kannst nichts tun. Was passiert ist, ist passiert. Ich denke, Favorita hätte gewollt, dass du nach Hause gehst und dein Leben lebst.

Du sprichst wie meine Großmutter.

Sie wollten beide, dass du glücklich bist. Du kannst dich entscheiden, es leichter zu nehmen, verstehst du? Favorita war schließlich sehr krank.

Du findest, ich sollte glauben, dass sie an der Krankheit gestorben ist?

Ich gehe am Rand des Daches entlang, schaue über den Hof, das Autofeld, die lange Straße.

Es wäre beruhigend, an die Krankheit zu glauben, an einen natürlichen Tod. Es wäre ihre eigene Schuld. Und es spricht nichts dagegen. Die einzige Person, die mir überhaupt etwas anderes erzählt hat, war eine namenlose Stimme am Telefon. Wenn ich mich zu erinnern versuche, kommt es mir vor wie ein Traum. Vielleicht habe ich es falsch verstanden, *ammazzata*. Vielleicht war es ein anderes Wort, das ich nicht kannte, und ich habe es falsch übersetzt? Ich meine, wieso sollten sie im Krankenhaus lügen? Es macht keinen Sinn.

Nein, sagt Sorella, es ist sinnlos.

Also habe ich es erfunden. Ich war übernächtigt und habe Stimmen gehört, in meinem Kopf.

Sorella schaut mich unverwandt an, ich reiße mich von ihrem Blick los, rede in den Abgrund:

Auf der anderen Seite bist du hier und sagst, dieser Coach ist gefährlich –

Auch andere sind gefährlich.

Du glaubst, es war jemand anders? Ein Freier?

Sorella putzt sich die Fingernägel.

Aber wieso habt ihr davon nichts mitbekommen? So was hörst du doch, das gibt Geschrei, und wenn der Krankenwagen kommt –

Ich war nicht dabei.

Du warst nicht dabei, ich weiß. Aber irgendwer muss doch dabei gewesen sein!

Sorella fasst mich an den Händen und bringt mich zum Stehen: Was willst du tun?

Ich will glauben, dass es die Leber war. Dass sie sich zu Tode gesoffen hat. Oder ...

Oder was?

Oder eure Waffenkammer plündern und den Coach und alle Männer in der ganzen Stadt erschießen.

Sorella nickt: Ambitioniert.

Ich will kämpfen, sage ich, mit euch.

Sie sieht mich seltsam an. Die verschlungenen Frauen auf dem Mauerbild fallen mir ein.

Ich greife an.

* * *

Ich wache auf von Trommelwirbel. Himbeerhimmel und flimmernde Amöben; Stare formieren die Abendparade. Sorella zieht sich hastig an – steh auf, ruft sie, sie kommen!

Wer trommelt denn so?, murmle ich.

Sie sind hier, schreit sie, sie räumen! Ich glaub's nicht, ausgerechnet jetzt. Fuck, das wird blutig. Duck dich!

Ich bin aufgestanden und schaue in den Hof. Eine Flotte von schwarzen Polizeiwagen und Raupenfahrzeugen strömt durch das runtergerissene Tor und verteilt sich wie eine Pechlache.

Sorella, rufe ich gegen den Lärm, das ist kein Trommeln, so machen die Panzer.

Sie blickt konzentriert in den Himmel, lauscht: Ich muss sofort zur Rakete. Die haben sie schon gestartet, hörst du?

Durch das Dröhnen und Rasseln tönt aus dem Blechhaufen unten ein Lautsprecher: Das Gebäude ist kontaminiert. Es muss unverzüglich geräumt werden. Sicherheitsgründe fordern die vollständige Evakuierung.

Sorella flucht, wischt sich die Augen: Beschissene Lügner.

Ergebt euch friedlich, und es wird niemandem etwas geschehen. Wir geben euch 20 Minuten. Nach Ablauf der Zeit werden wir das Lager stürmen.

Sorella packt mich im Nacken: Ich muss zur Rakete.

Ich komme mit!

Hab keine Angst, dir werden sie nichts tun.

Als Antwort ein pfeifender Schuss. Noch einer und noch einer.

Ich denke, das erübrigt die Diskussion, rufe ich.

Sorella reißt mich zu Boden.

Manche Gewehre klingen wie aufgeregte Spechte. Andere wie Feuerwerk. Die Panzerfaust zieht mit einem Zischen los. Wir husten im Rauch der Geschosse.

Hirnlose, schimpft Sorella Richtung Wachtturm, einfach drauflosschießen, Idiotinnen, wir hätten noch Zeit gehabt! Wie zum Teufel kommen wir denn jetzt runter?

Wir robben über die Terrasse und sehen, wie hinter dem Turm ein paar Frauen in Deckung stehen und in den Hof feuern. Der Rückstoß fährt durch ihre Körper. Polizisten und Soldaten fallen auf die Rücken wie Käfer. Durch die Tür wird eine Kanone aufs Dach gerollt. Wir halten uns die Ohren zu.

Unten geht ein Wagen in Flammen auf. Die Frauen jubeln. Die ersten Kugeln fliegen zurück, uns entgegen. Projektile schlagen in den Turm ein, rhythmisches Klingen.

Wir liegen auf dem Boden und halten uns an den Händen. Ich schütze mich mit meinen stahlharten Lidern. In der Dunkelheit pfeifen die Geschosse um uns herum, schlagen ein.

Sorella lässt meine Hand los und reißt mir die Augen auf: Wenn wir lebendig hier rauswollen, müssen wir los.

Sie nickt zur offenen Tür, die ins Innere des Hauses führt: Jetzt oder nie.

Wir springen auf und rennen hinein, zwischen den Papphäuschen hindurch, schlagen uns durch Vorhänge und feuchte Wäsche, aufgescheuchte Tauben.

Rückzug zur Rakete, schallt es durch die Halle, Rückzug zur Rakete!

Wo ist Crocifissa?

Sorella keucht: Sie hat es geschafft, und wir schaffen es auch, alles wird gut.

Eine Gruppe Frauen mit Kindern rennt uns im Treppenhaus entgegen: Sie haben den Weg versperrt! Wir müssen durch den Schlachthof.

Habt ihr Croci gesehen?

Sie schütteln die Köpfe und wirbeln an uns vorbei.

Sorella bleibt stehen und schaut aus dem Fenster.

Warum gehen wir nicht mit den anderen, rufe ich, was machst du da, komm!

Sie schüttelt den Kopf: Der Weg durch den Schlachthof ist zu weit.

Aber sie –

Sie haben keine Chance. Hörst du nicht? Die Rakete startet jeden Moment.

Durch das gedämpfte Böllern schimmert ein immer lauter werdendes Summen, das die Scheiben zittern lässt.

Sorellas Stimme ist seltsam ruhig: Sie haben uns umzingelt, wir kommen nicht an ihnen vorbei.

Und was machen wir?

Sie lächelt: Wir sind zu zweit, wir sind schnell. Wir werden springen. Und rennen, wie du noch nie gerannt bist. Die Rakete steht hinter einem Wall, dort haben wir Feuerschutz. Wir müssen es einfach dorthin schaffen.

Sie rüttelt am Fenster, das klemmt. Dann reißt sie eine gelbe Gipsschnecke von der Wand und wirft sie durch die Scheibe. Eine blaue hinterher. Sie klettert auf den Sims und springt. Ich tue es ihr nach.

Rennen im Kugelhagel, das macht wach. Springen über die Mondgesetze der Kinder.

Jeden Tag Gelato.

Ein eigenes Zimmer für mich.

Wir bestimmen, wann wir müde sind.

Keine Polizei.

Und da ist sie: die Rakete. Rot und mächtig hebt sie sich gegen den brennenden Himmel ab. Projektile pfeilen an uns vorbei, aber wir fliegen weiter; ich spüre keine Füße, nur Arme, die durch die Luft schlagen und mich voranziehen. Fast haben wir es geschafft. An der Rakete klettern Frauen und Kinder, sie steigen eilig die Leiter hoch. Wir erreichen den Wall, die Projektile schlagen hinter uns ein in den Beton, wir sind in Sicherheit. Ich lache, umarme Sorella. Sie stößt einen schrecklichen Ton aus, wie ein verwundetes Tier.

Die Rakete beginnt, Dampf abzulassen. Mit Hochdruck schießt der Rauch heraus, nebelt den Boden ein und kriecht die Leiter hoch. Eine metallische Durchsage scheppert über den Platz: Check-up. Zündkette bereit. Löschwasseranlage bereit. Otrere IV zum Start bereit. T minus 10. 9. 8.

Wir sind zu spät, schreit Sorella verzweifelt, wir kommen zu spät!

Dann reißt sie sich los und rennt auf den rollenden, brüllenden Nebel zu, der sie fast sofort verschluckt.

4, die Rakete speit Feuer, 2, sie wackelt und hebt schließlich ab. Drei Flammensäulen drücken sie hoch in den Himmel.

Ich gehe auf im feurigen Rauch.

ZWEITER TEIL

Du wachst auf, weil du hustest.

Du öffnest die Augen, sie fahren herum.

Du bist in einem Auto, auf der Rückbank. Du spürst das Vibrieren des Motors. Die unebene Straße. Das feuchte Sitzpolster juckt an deiner Wange, es riecht nach kaltem Rauch. Dir ist schlecht.

Über deinen Augen ein milchiger Filter. Du blinzelst, versuchst zu fokussieren. Auf der staubigen Fußmatte zittert eine fast leere, beschlagene Wasserflasche. Tröpfchen rollen von innen Zeichnungen auf das Plastik. Du folgst ihren Bahnen; das sanfte Brummen steigert sich in hohes Beschleunigungssummen. Dann Abbremsen, dein Körper wird leicht nach vorne gedrückt, du siehst eine Männerhand den Schalthebel greifen, zweiter Gang. Am Ärmel ein Abzeichen, schlanke Finger.

Du drückst dich mit dem Ellbogen hoch, richtest dich halb auf. Glänzende Autofelder der Gebrauchtwagenhändler. Du wischst dir die Nase am Handrücken ab.

Am Rotlicht kommt ihr zum Stehen. Dein rechter Arm will zur Tür, er gehorcht dir nicht, bewegt sich schlangenartig, gehört nicht zu dir. Du nimmst den linken, wütend über den andern, eingeschlafenen. Du hast es dir denken können: Die Tür ist verriegelt.

Du beobachtest den Fahrer im Rückspiegel. Noch tut er, als hätte er nicht gemerkt, dass du wach bist. Du kannst nur seine Stirn sehen, gerunzelt, ab und an zucken Brauen hoch. Dann streckt er den Rücken, eure Blicke treffen sich, du schließt schnell die Augen. Am Kragen konntest du es noch einmal sehen: Er trägt die Militäruniform.

Er kommt dir bekannt vor; diese unruhige Stirn. Du versuchst, dich zu erinnern. Seine rechten Finger spinnen im Ablagefach nach einem Feuerzeug, er zündet eine Zigarette an. Du ziehst den frischen Rauch ein. Musst wieder husten. Überlegst, ob er dir eine abgeben würde.

Du hast Kopfweh, öffnest die Haare. Strähnen fallen dir übers Gesicht, schimmernde Bilder. Schwach pendelnde Erinnerungen. Du riechst an deinen Fingern. Fragst dich, wo deine Schuhe sind. Du schiebst die nackten Füße unter den Vordersitz, wo sie an etwas Hartes stoßen. Unauffällig ziehst du es mit den Zehen hervor. Der Fahrer tut, als hätte er nichts bemerkt.

Er lässt sein Fenster runter. Warme Abgasluft klatscht auf dein Gesicht, in die Ohren flattert das Rollen der Pneus auf Kopfsteinpflaster. Du legst den Kopf an die Stütze, am Himmel Starenschwärme, atmende Form. Die Stadt fliegt euch entgegen.

Ihr kommt zum Stehen. Feierabendverkehr. Er spickt die Zigarette auf die Straße, spuckt hinterher. Glimmen im Rinnstein zwischen welken Blättern, ein Roller überholt und wirbelt Laub drüber. Der Soldat lässt die Fensterscheibe hochfahren. Ihr steht direkt am Museum. Vor dem

Eingang unterhalten sich zwei Soldaten. Sonnenverbrannte Touristen stehen unschlüssig auf dem Trottoir; leere Blicke haschen über die verstopfte Straße, bis zu dir, aber sie sehen dich nicht. Es ist wie in deinen Träumen: Selbst wenn du um Hilfe schreist, es würde niemanden kümmern.

Aiuto.

Der weiße Panda vor euch. Du versuchst, mit der jungen Frau darin Blickkontakt aufzunehmen, durch ihren Rückspiegel. Sie ist allein, lacht mit dem Radio, die Frisur auf ihrem Kopf wackelt. Du kannst die Moderatoren blödeln hören.

Du räusperst dich. Trauriger Versuch, das Geräusch der Türfalle zu übertönen. Die linke hast du noch nicht probiert. Der Soldat schaut kopfschüttelnd in den Rückspiegel, zu dir. Unvermittelt gibt er Gas, schwenkt nach rechts, dein Kopf schlägt gegen die Scheibe. Ihr rollt auf dem Gehsteig an der Kolonne vorbei, Hupen, die Frau im Panda glättet ihre Augenbrauen mit den Fingerspitzen. Ihr lasst sie hinter euch, rumpelt den Bordstein runter, auf die freie Fahrbahn zur Autostrada.

Du befühlst die kalte Scheibe, dort, wo du beim Aufprall einen Fleck hinterlassen hast. Dann lehnst du deine pochende Stirn dagegen. Du siehst den Rückspiegel nicht mehr, dafür sein linkes Ohr. Mit den Zehen suchst du unter seinem Sitz nach dem Gegenstand, den das Schlingern wieder verrutscht hat. Da. Der Soldat lässt sich nichts anmerken. Er rast.

Bald seid ihr raus aus der Stadt. Die Pistole vibriert unter deinen Sohlen. Du fühlst den kalten Lauf, die raue Oberfläche des Griffs. Du hebst das Kinn, greifst nach dem Gurt und versuchst, dich anzuschnallen. Der Soldat schnaubt. Der Verschluss ist kaputt, der Gurt saust zurück. Der Soldat bleibt auf der Überholspur.

Ein Lastwagen nähert sich, fährt rechts neben euch auf. Er blinkt und drängt auf eure Spur. Eine Wand baut sich neben euch auf, kommt gefährlich näher. Der Soldat flucht, hupt, schlingert aus zur Leitplanke –

VIII

Auf der Raststätte wasche ich mir die Hände. Das Blut löst sich artig von meiner Haut. Dünnes Hellrot eilt in den Abfluss. Ich balle und strecke die Finger unter dem Strahl, sie sind taub. Das Wasser im schmutzigen Becken wird klarer, bald farblos. Ich lasse es fließen.

Nach einer Weile merke ich, dass ich nicht mehr allein bin. Jemand ist eingetreten, beobachtet mich von hinten, der Blick kribbelt mir im Nacken.

Der Fremde wendet sich ab, als ich, ohne das Wasser abzudrehen, nahe an ihn herantrete, um ihn mit meinen Augen zu verbrennen. Er flüchtet rückwärts in eine Kabine, schließt die Tür hinter sich, und ich höre, wie er sich nicht bewegt. Jetzt spüre ich, wie das Wasser kalt ist. Ich fahre mit dem Daumennagel der rechten Hand unter alle linken Nägel und umgekehrt. Dunkelrote Klümpchen strudeln ins Loch.

Draußen ist der Himmel königsblau. Benzin und Pisse und Autobahnrauschen. Der Asphalt unter meinen nackten Füßen ist warm.

Ich gehe den geparkten Lastwagen entlang zur hell erleuchteten Bar. Im Eingang Weinkartons im Sonderangebot und eimerweise Taralli. Die Kassiererin beäugt mich misstrauisch, lädiert, wie ich bin, während der Barista die dampfspeiende Maschine mit einem Lappen poliert.

Der Soldat steht allein am Tresen. Es ist der Junge von der Straße der Frauen. Der Favorita auf dem Foto erkannte, mit dem ich im Imbiss gegessen habe. Vor ihm zwei Espressotässlein. Er schiebt mir eines zu.

Panino? – Ich nicke.

Dann weiter? – Er nickt.

Das Rumpeln des Wagens macht mich müde. Ich sitze jetzt vorne, wir haben die Autobahn verlassen und fahren auf nachtschwarzen Überlandstraßen Richtung Norden.

In mir ist es seltsam ruhig. Als wäre ein Schalter umgelegt worden. Ein Leben lang wurde ich darauf trainiert, einer Situation wie dieser vorzubeugen. Nichts annehmen von fremden Leuten. Stets die Knie zusammenhalten. Schrei nicht rum. Benimm dich wie eine Dame. Zieh dich anständig an. Schuhe, in denen du rennen kannst. Stell dein Getränk nirgends ab. Bleib nüchtern. Vertraue niemandem. Gehe nur auf beleuchteten Straßen. Strahle Selbstsicherheit aus, bloß keine Angst. Tu so, als würdest du telefonieren. Halt den Schlüssel in der Faust bereit. Und sobald du zu Hause ankommst, schiebst du die Riegel vor und ziehst die Vorhänge zu, damit niemand sieht, dass du allein bist, verstanden? Lass niemanden rein.

Ich war ein Siebengeißlein. Als Kind ging ich einmal die Woche zur Selbstverteidigung für Mädchen, wo wir lernten, böse Männer zwischen die Beine zu treten. In die Situation kam ich nie. Ich ging mit Fotografen, die mir eine Karriere versprachen. Traf mich allein mit Internetbekanntschaften. Betrank mich mit Freunden, die mich plötzlich begrapschten. Ich ließ alles geschehen. Und wie sie mich auszogen, schimpfte ich leise mit mir: Das hätte ich voraussehen müssen.

Meine Großmutter hatte mich gewarnt, wie niederträchtig Männer sein können: Du darfst ihnen nicht auf den Leim gehen.

Es war meine Schuld.

Nie wäre ich auf die Idee gekommen, einem das Knie in die Eier zu rammen. Die Männer taten mir leid.

Wie der Soldat, der neben mir auf die Straße stiert. Er sieht so müde aus. Was denkt er wohl, was hier geschieht? Wieso hat er mich mitgenommen?

Die Bilder blitzen wieder auf: Sorella, die Flammen –

Ich will es nicht wissen. Es ist vorbei. Ich will Ruhe, und der Soldat ist still. Er kann mit mir machen, was er will. Ich schaue auf seine schmalen Finger am Lenkrad, die zuckenden Beine, seine wilden Kulleraugen. Ich habe keine Angst vor ihm.

Wie heißt du eigentlich?, frage ich nach einer Weile. Es klingt albern.

Er schaut mich prüfend von der Seite an. So hat er Magdalenas Foto angeschaut, mit einer tiefen kleinen Falte zwischen den Brauen. Sieht er mir an, wer ich bin? Er hat gesagt, dass er Favorita kennt. Hat sie ihm von mir erzählt? Wieso sollte sie? In einer trauten Stunde vielleicht, nebeneinander im Bett? Ich schüttle den Kopf, das Bild weg, nein. Und falls doch, hätte sie von mir als Filippa, Fila, Filù berichtet.

Ich bin Mimma, sage ich, wir haben uns nie vorgestellt.

Lorenzo, sagt er nur.

Angespanntes Schweigen breitet sich aus. Ich versuche, sein Alter zu schätzen. Seine Glieder sind jugendliche Schlaksigkeit, aber seine Haut ist fahl, tiefe Augenringe. Er weicht meinem Blick aus.

Du bist also Faschist?

Und du, Kommunistin?

Ich muss lachen, er wird wütend, verkrampft: Ich werf dich in den Graben, wenn du Kommunistin bist.

Ich schaue aus dem Fenster und sage nichts.

Vielleicht sollte ich Angst haben, aber ich spüre nichts.

Andere würden sich bedanken, murrt er schließlich, ich habe dich gerettet.

Gerettet? Ihr habt uns angegriffen!

Uns? Willst du etwa zu denen gehören?

Wieso nicht?

Die wollten dich verderben. Das sind Kommunistinnen, die klauen Kinder, das sind Mörderinnen.

Sagt der Soldat, der auf Frauen und Kinder schießt!

Er lacht bitter: Frauen? Das sind keine Frauen. Und sie haben zuerst gefeuert.

Sie haben sich verteidigt.

Ich hab nicht geschossen, sagt er, nicht gezielt.

Heiliger, höhne ich, Padre Pio höchstpersönlich, lass deine Handmale sehen.

Ich habe dich weggebracht, ist das nichts?

Und warum?

Er sagt nichts mehr, blickt nervös in den Rückspiegel.

Was hast du, spotte ich, siehst du die Geister des Kommunismus?

Ich bin desertiert.

Ich drehe den Kopf, die Straße hinter uns ist leer.

Werden wir verfolgt?

Er hält den Blick nach vorne gerichtet: Ich glaube nicht.

Aber du wirst gesucht – und wenn sie dich finden? Was ist die Strafe für Desertieren? Laternenpfahl?

Er zuckt mit den Schultern: Du hast mir leidgetan.

Du solltest dir selber leidtun.

Es war meine Schuld, dass du an diesem Ort gelandet bist. Ich hätte dich nicht mit ihnen allein lassen dürfen. Ich fühlte mich verantwortlich, als ich dich dort liegen sah.

Seine Worte werden leiser, als würde die Lautstärke abgedreht. Die lähmende Hitze der Rakete überrollt mich. Ich spüre die Druckwelle, Sorellas Hand, die sich aus meiner zieht.

Ob er sie auch liegen gesehen hat? Was hat er gesehen?

Ich schließe die Augen. Das Summen des Motors wird zu einer Wolke aus Fliegen, die mich umschwirren.

Ich murmle: Ich hoffe, sie finden uns und schießen uns ab.

* * *

Als ich aufwache, sehe ich das Meer. Es ist schon hell.

Du hast geschnarcht, sagt Lorenzo und stellt den Motor ab.

Hab ich nicht, murmle ich und wische mir unauffällig die Spucke aus dem Mundwinkel.

Er springt aus dem Wagen und streckt sich. Dann verschwindet er hinter dem Auto und öffnet den Kofferraum. Wir stehen an einer steil abfallenden Küstenstraße. Hinter uns steigt der Fels auf, keine Häuser. Unter uns brachliegende Felder, die zu einem wilden Strand führen. Es wäre ein Leichtes, hier jemanden zum Verschwinden zu bringen.

Lorenzo öffnet meine Tür. Er hat sich umgezogen, trägt die Uniform nicht mehr.

Kommst du?

Ich bin barfuß.

Er dreht sich wortlos um. Ich höre ihn im Kofferraum rumoren. Zurück kommt er mit einem Paar Schuhe, die ich gut kenne.

Hier, sagt er und streckt mir die goldigen Turnschuhe hin.

Meine Stimme ist rau: Woher hast du die?

Die lagen da, wo ich dich gefunden habe.

Ich reiße ihm die Schuhe aus der Hand. Untersuche sie

auf Blutspuren, Fleischfetzen – nichts. Ist das alles, was von Sorella übrig geblieben ist? Hat die Rakete sie pulverisiert? Sie kann es nicht geschafft haben, ich habe doch gesehen –

Lorenzo, sagt es in meinem Kopf, als du mich gefunden hast, war ich da alleine? Du hättest Sorella auch mitgenommen, wenn sie da gelegen hätte, nicht wahr?

Ich kann nicht fragen, ich will es nicht wissen. Vielleicht hat sie doch überlebt und konnte fliehen, barfuß –

Ich probiere die Schuhe an. Sie passen perfekt. Nur der Hallux-Hohlraum bleibt leer; der muss noch gefüllt werden.

Deine komische Kiste hab ich auch, sagt Lorenzo. Sie ist hinten, falls du sie brauchst.

Die Urne! Ich röntge ihn mit Blicken. Was weiß er? Er schaut fast verlegen zurück.

Er will mir die Hand geben. Ich nehme sie nicht.

Mädchen, sagt er, ich will dir nur helfen. Das Auto ist hoch, du könntest stürzen.

Ich bin älter als du und brauche deine Hilfe nicht.

Beim Landen springt mir der Schmerz in den Knöchel wie Disteln. Ich lasse mir nichts anmerken. Es riecht nach Salz und seltsam süßlich. Das Meer blendet.

Wo sind wir?

Bei den Schiffen.

Lorenzo zeigt runter zum Strand. Wie angeschwemmte Wale liegen vier lange weiße Bauten im Sandgestrüpp. Wunderliche Gebäude, die tatsächlich wie Kriegsschiffe aussehen. An den Seiten haben sie unzählige kleine Bullaugen, die ihnen den Anschein von Giftraupen geben.

Lorenzo grinst: Das gefällt sogar der Kommunistin, was?

Wieso denn nicht?

Das war eine faschistische Badekolonie.

Tatsächlich!, mache ich. Meine Großmutter hat die Sommer in solchen Kolonien verbracht, als Kind.

Und, war es schlimm?

Ich überlege kurz und sage dann: Sie hat nie viel erzählt. Wenn ich sie darauf ansprach, meinte sie: Ich kann nicht sagen, dass Mussolini nur schlecht war. Er hat mir viel gegeben, sodass meine Kindheit auch schön war. – Sie waren sehr arm, aber dank ihm, wie sie sagte, fuhr sie jeden Sommer einen Monat ans Meer.

Lorenzo nickt: Schön.

Aber komisch ist es doch, sage ich, weil sie gar nicht schwimmen konnte. Was haben sie denn gemacht die ganze Zeit am Meer?

Er sagt nichts mehr, als hätte er mich nicht gehört. Es fühlt sich komisch an, dass ich ihm das erzählt habe. Das habe ich überhaupt noch nie jemandem erzählt. Es fühlt sich an wie Anbiederung, erzwungene Verbundenheit durch Beichte: Ihm kann ich das erzählen, er verurteilt sie nicht. Und ich?

Ich erinnere mich, wie ich als Kind vom Fußballplatz kam und erzählte, dass die Großen mich nicht mitspielen lassen. Meine Großmutter regte sich auf: Diese Ausländer probieren zu befehlen.

Und sie befahl mir: Jetzt gehst du da runter und spielst erst recht!

Ich lachte: Nonna, du bist selber Ausländerin!

Und sie entgegnete, in ihrem starken Akzent: Aber das sind andere. Die Italiener haben sich ganz anders aufgeführt als die.

Ich fand, dass sie weniger fernsehen sollte.

Ich töte das stachelige Gras mit Magdalenas goldigen Schuhen; ein fauliger Geruch geht von der Erde aus.

Lorenzo, waren deine Eltern Faschisten?

Ich habe keine Eltern.

Also darum bist du so geworden. Schlimme Kindheit!

Fick dich. Wenn jemand Schuld hat, dann meine Lehrerin. Sie war eine richtige Kommunistin, wie alle Lehrerinnen. Ständig mussten wir Aufsätze schreiben: Was war Mussolinis größter Fehler? Ich habe gesagt: Was ist mit Lenins größtem Fehler? Wieso reden wir nie davon?

Schau, sage ich, die Schiffe haben Gesichter: Drei Augen und ein Mund. Sie sehen fröhlich aus.

Lorenzo antwortet nicht. Ich bleibe stehen und kneife die Augen zusammen. Lasse die Schiffe verschwimmen, versuche, Kinder zwischen ihnen rennen zu sehen. Türen fliegen auf, Geschrei die Treppe runter. Sohlen wirbeln Sand auf, springen ins Meer. Ein Kind könnte Lavinia sein. Barfuß, schwarzes Haar, braun gebrannt. Es sieht mich ausdruckslos an. Vielleicht trugen sie auch Uniformen und durften nicht rennen, nur akkurate Reihen bilden, marschieren, salutieren. Und in jedem Schlafsaal hing ein Bild vom Duce. Meine Großmutter hat mir das nie erzählt, aber ich habe es gelesen:

Wie Kinder von der faschistischen Jugendorganisation Spielzeug bekamen, dafür mussten sie den Duce ins Abendgebet einschließen. *Treue bis in den Tod.*

Ich öffne die Augen und sehe die Ruinen. Lorenzo geht vor mir, schaut nicht zurück. Ich rutsche über die Düne, stapfe um einen aufgeblähten toten Hund. Lorenzo gibt mir ein schwarzes Halstuch, das ich über Mund und Nase binde. Er tut dasselbe mit seinem Pullover. Schweigend erreichen wir die Schiffe.

Die Türen sind versperrt. Durch Fenster sehen wir in leere Räume, vielleicht einst Speisesäle. Wir setzen uns auf die unteren Stufen einer Schiffstreppe. Schauen aufs schäumende Meer. Der Gestank dringt durch den feuchten Stoff.

Eine Schande, sagt Lorenzo gedämpft, was aus diesem Ort geworden ist.

Was ist mit dem Wasser passiert?

Alle wissen es, alle schweigen. Die Feiglinge sterben lieber an Krebs, als etwas zu sagen, zu verändern. Wir brauchen jemand, der das in die Hand nimmt, verstehst du? Einer, der es mit allen aufnehmen kann, der aufräumt, ausmistet.

Ich schüttle den Kopf: Einen starken Führer?

Warum nicht?

Bevor ich antworten kann, steht er auf und trabt zum Wasser. Er sammelt Steine vom Boden und wirft sie in die schaumigen Wellen. Als er zurückkommt, hustet er und flucht. Ohne mich weiter anzusehen, geht er an mir vorbei, stapft durch

die Dünen Richtung Straße. Ich rufe ihm nach: Wo gehst du
hin?

In die Vergangenheit.

* * *

Die Küstenstraße schlängelt sich am Fels entlang. Lorenzo
fährt langsam, weicht dem Schutt von Steinschlägen und
Schlaglöchern aus. Die Urne auf meinen Beinen rutscht
sachte hin und her.

Ich schaue zurück, ob uns jemand folgt.

Keine Sorge, sagt er. In ein paar Kilometern kommt eine
Ortschaft, da kann ich dich absetzen.

Danke.

Außer du fängst wieder mit dem Kommunistengelaber an,
dann stell ich dich gleich hier in den Wind.

Und was machst du?

Abwarten. Der Coach wird mir helfen, er hat einen Plan.

In meinen Ohren beginnt's zu rauschen: Wer?

Er antwortet nicht, zündet sich eine Zigarette an.

Ich halte die Urne fest umklammert: Der Mann von Favorita?

Er wirkt überrascht: Du kennst ihn?

Ich räuspere mich: Nicht persönlich. Und du?

Er ist mir wie ein Vater.

Seine Stimme dringt wie durch Watte zu mir. Ein hoher Pieps-
ton hat sich in meinen Ohren festgesetzt; Bewegungen sind
langsam geworden. Ich möchte mir die Hände aufs Gesicht

drücken, die Augen verdunkeln, aber ich lächle, glaube ich, unbeteiligt.

Ich muss eine Weile in Deckung, höre ich ihn sagen. Glücklicherweise hat der Coach einigen Einfluss, selbst beim Militär. Er sagt, er wird es richten können, die Wogen glätten und so.

Wogen, Wogen, Wogen in meinem Magen, in meinem Kopf. Ich versuche, im Quadrat zu atmen, die Wogen zu glätten.

Hast du, höre ich mich sagen, dem Coach von mir erzählt?

Lorenzo schaut mich aufmerksam an, ich atme ein Quadrat um seinen Kopf.

Nein, sagt er nur, den Blick wieder auf der Straße.

Das Piepsen im Ohr wird leiser, ich spüre meine Fingernägel in den Handballen.

Die Gesellschaft hat einen Jagdsitz in Mittelitalien, sagt er, ich fahre dorthin.

Welche Gesellschaft?

Er schweigt.

Ich schaue aus dem Fenster, atme das Quadrat größer und größer, bis es das ganze Auto umfasst und trägt.

Lorenzo lässt die Scheibe runter, seine Bewegungen sind wieder vogelartig hastig. Warmer Wind spült mir ins Gesicht, er sagt: Du hast die ganze Luft verbraucht mit deinem Schnaufen.

Ich lache. In mir ist eine Aufregung, die mich seltsam heiter stimmt. Er muss Magdalena gut gekannt haben, wenn er mit ihrem Mann so eng war. Dann hat er auch kaum mit ihr im Bett gelegen, Gott sei Dank. Vielleicht kann er mir mehr über sie erzählen.

Ich schaue ihn von der Seite her an. *Wie ein Vater*, hat er gesagt. Das macht ihn quasi zu meinem Stiefbruder, nicht?

Ich grinse: Ein Jagdsitz, hm?

Er nickt: Ich bin in der Gegend aufgewachsen, ist ganz schön dort.

Und dieser Coach kommt auch?

Er sieht mich mit einem undurchschaubaren Ausdruck an und sagt dann: Früher oder später. Warum?

Ich komme mit, sage ich und spüre das Gewicht der Urne in meinem Schoß. Die Pistole liegt weich und gedämpft in der Asche.

Auf der Jagd war ich noch nie.

* * *

Kurz nachdem wir ein Ortsschild passiert haben und an einer Kreuzung im Industriequartier halten, beginnt Lorenzo zu fluchen: Ich hasse diesen Ort.

Er spuckt aus dem Fenster: Siehst du? Da ist eine Kleiderfabrik. Darum gibt's hier nur … Dreckskommunisten. Und keiner von denen zahlt Steuern.

Na hör mal, fange ich an, aber er unterbricht mich:

Schau sie dir an, wie fröhlich sie sind. Klar, und uns plündert der Staat.

Er schüttelt wütend das Feuerzeug, das nur funkt und nicht aufflammt.

Die Eliten verarschen uns, verstehst du. Was wir uns hart

erarbeiten, saugen sie bei den Steuern wieder ein. Weißt du, wie viel Steuern ich abgebe? Ich kann gar nicht so viel arbeiten, wie ich Steuern zahle! Und die Politiker, Kriminelle, die dienen ihnen zu. Den Eliten – und den Ausländern. Hast du einen von denen je Steuern zahlen sehen? Nein, die stecken ihr Geld schön selber in die Tasche und schicken es nach Hause, verstehst du. Ich habe nichts gegen Menschen, manche sind wirklich arm dran, und anderen helfen ist schön und gut. Aber wir können jetzt niemandem helfen, wir müssen uns selber helfen. Wir müssen zuerst kommen, sonst sind wir bald weg.

Wer?

Er zieht heftig an der Zigarette, die nicht richtig brennt.

Na wir! Italiener. Du lachst? Waschechte Kommunistin, was willst du mir vormachen.

Mein Großvater war einer wie du, sage ich.

Italiener?

Er war Schweizer. In den Ferien in Italien lernte er meine Großmutter kennen. Als er nach Hause fuhr, war sie schwanger. Eine Schande. Ihre Familie, die ganze Stadt hat nicht mehr mit ihr geredet. Die Leute verstummten, wenn sie einen Laden betrat. Sie lebte in einem Schweigen. Und als sie in die Schweiz ging, um dem Schweigen zu entkommen, heiratete sie diesen Mann, der dachte wie du. Er hat sich für sie geschämt. Weil sie Teil von dem Fremden war, gegen das er schimpfte. Er hat ihr verboten, mit ihrem Kind weiter Italienisch zu sprechen. Er brachte sie wieder zum Schweigen.

Lorenzo hört aufmerksam zu. Ich frage mich, ob er versteht. Also lege ich noch einen drauf.

Verstehst du, sage ich, heute passiert dasselbe. Mein Großvater hat über dich gespuckt, und nun spuckst du auf andere. Alle suchen ein gutes Leben – die einen reisen dafür ein, andere aus. Was unterscheidet die Millionen, die aus Italien wegziehen, von denen, die herkommen?

Das sind andere, murmelt er.

Das hat meine Großmutter auch gesagt.

Eine Welle der Scham bricht über mich herein. Was mache ich hier? Füttere einem Faschisten meine Familiengeschichte – und warum? Um ihm das kalte Herz zu wärmen? Ihn zu Tränen zu rühren, damit sein Blick sich klärt? Tatsächlich rücke ich meine Großmutter in ungewohnt schlechtes Licht – und Fragen platzen auf wie stinkende Blasen: Ob die Tatsache, dass sie im Faschismus aufgewachsen ist, für die Anziehung zwischen ihr und meinem Großvater, einem glühenden Rechten, eine Rolle gespielt hat?

Siehst du, höre ich Magdalena lachen, sie war auch keine Heilige.

Ich merke erst jetzt, dass ich sie beide nicht kannte.

Magst du Musik?

Lorenzo sieht mich freundlich an. Ich nicke schulterzuckend.

Dann such doch endlich was aus, schnauzt er und wirft mir ein klebriges Etui in den Schoß.

Ich blättere durch krakelig angeschriebene, selbst gebrannte CDs, all die großen Cantautori.

Ich halte eine hoch: Darfst du so was überhaupt hören?

Er murrt: Was denkst du denn. Die 68er waren auch Revolutionäre, wir haben einiges gemein.

Bald scheppert ein Klavier aus den Boxen. Rino Gaetanos Stimme umspielt unser im Fahrtwind fliegendes Haar. Lorenzo nickt anerkennend, zündet sich die Zigarette richtig an und murmelt mit. Ich halte die Hand aus dem Fenster und lasse sie im Gegenwind schwimmen.

Il cielo è sempre più blu.

IX

Im Dunkeln brettern wir durch den Wald. Der Wagen holpert über Wurzeln, Schlaglöcher; die Scheinwerfer springen an den Baumstämmen hoch und fallen runter auf die Straße. Wildschweinfamilien rasseln über den Weg: Ferkel wie Hasen, die Augen der Mutter leuchten grün im Nebellicht.

Es rumst, wir schlingern, kommen zum Stehen.

Was war das?

Lorenzo schaut mich an, als hätte ich ihn verraten.

Du hast etwas angefahren, nehme ich an.

Er lädt sein Gewehr und steigt aus. Ich bleibe sitzen, stiere aus der Windschutzscheibe. Mein Herz spechtet. Falter und Mücken tanzen im Kegel der Scheinwerfer, manche fliegen an die Scheibe, leise Klopfgeräusche. Ich rufe. Keine Antwort. Ich steige aus.

Lorenzo steht vor einem dunklen Berg Fell. Staub wirbelt davon auf, strudelt im Scheinwerfer. Ich lege die Hand auf die Flanke. Kalt. Verkrustete Haare, geronnenes Blut.

Also wir haben das nicht getötet, sage ich. Schau hier, schon Maden. Ist das ein Stier?

Ein Gnu, sagt er.

Gibt's die hier, im Wald?

Nein, sagt er, manchmal. Steig ein, ich kümmer mich morgen darum.

Lorenzo setzt zurück und macht einen Bogen um das tote Gnu. Er fährt nun sehr langsam, vorsichtig, als würde er hinter jeder Biegung ein geschossenes Tier vermuten. Tatsächlich bilde ich mir ein, dass die Scheinwerfer weitere Kadaver zwischen den Bäumen erhaschen.

Lorenzo verzieht keine Miene.

Jetzt kommt die steilste Kurve, sagt er nur, halt dich fest.

Der Motor heult, und Lorenzo kurbelt. Als wir oben rausschießen, ist die Straße geteert und rechts prangt eine Villa. Fackeln brennen zu beiden Seiten des Tors, beleuchten einen Haufen am Zaun: Im Feuerschein tanzendes Leopardenmuster.

Duck dich, befiehlt Lorenzo.

Er wirkt angespannt, murmelt wie zu sich selbst: Es sollte niemand hier sein.

Er fährt an der Villa vorbei und weiter bergauf. Die Scheinwerfer streifen Reben, Haine, Felsen, verlieren sich in Kurven, Abgründen, bis die Straße gerade wird und die Lichter ein paar Dächer ertasten. Lorenzo bremst. Langsam rollen wir auf die Häuser zu. Als die Steigung fühlbar abflacht, hält er. Jetzt sehe ich, dass die Häuser zerfallen sind. Die Scheinwerfer beleuchten eingestürzte Dächer, zerbrochene Scheiben, wehende Vorhangfetzen. Es ist ganz still. Kein Licht brennt.

Ich höre mich atmen. Lorenzo schaut starr an mir vorbei aus dem Fenster ins Dunkel.

Wo sind wir, frage ich, was ist das?

Meine Stimme klingt hohl: Wieso fährst du nicht weiter?

Es ist nur diese Straße, sagt er, mehr gibt's nicht.

Was machen wir hier?

Sei still, sagt er, wendet den Kopf nicht von meinem Fenster, als versuche er, dort draußen etwas zu erkennen.

Ich beiße mir auf die Lippen und schaue durch die Windschutzscheibe, als zwischen den Häusern etwas aufleuchtet, ein Funkeln. Ich steige aus. Groß und mächtig schlendert mein Schatten vor mir her. Ich werfe die Hände in die Luft, lasse sie an der Hauswand hochfahren, über eine Treppe, die ins Nichts führt. Durch die Türenlöcher wischt ein gemeiner Wind. Ich schaue zurück, Lorenzo bleibt im Auto sitzen.

Das Licht der Scheinwerfer wird schwächer, je weiter ich gehe. Ein Haus ist ganz von Dornen überwachsen. Aus anderen wachsen Bäume, aus Fenstern und abgedeckten Dächern heraus. Durch eine offene Tür sehe ich in eine Küche. Ein Schemel voll Mörtel. Ein wackeliger Tisch, auf dem noch Spielkarten liegen und Zündhölzer, ein voller Aschenbecher. Als wären die Leute einfach aufgestanden, rausgelaufen und nie mehr zurückgekehrt.

Ich gehe bis ans Ende der Straße, wo die Häuser aufhören und der Weg in Gestrüpp mündet. Hier steht ein Auto, ein neuer Wäscheständer. Dieses letzte Haus wirkt merkwürdig intakt;

die Tür frisch gestrichen, marienblau. An der Wand reihen sich Teller mit Resten von Katzenfutter. Über dem Türrahmen schimmert eine in die Wand eingelassene Glaskugel, in deren Mitte eine Madonnenstatue. Ich trete näher: Am Türrahmen sind Zeichnungen, mit Kreide gekritzelt, aber klar erkennbar: Kleine Raketen, sie fliegen zur Madonna im Mond.

Eine Katze streift mir um die Beine. Unwillkürlich hebe ich den Blick zum Fenster – da ist ein Kopf! Duckt sich weg.

Schnell gehe ich zurück, zwinge mich, geradeaus zu schauen, mich nicht umzudrehen. Ein Wind braust auf. Heult durch die zerbrochenen Scheiben, peitscht Äste an die verbliebenen Dachbalken, schlägt Türen. Es bleibt dunkel, das Licht des Autos erscheint nicht. Ich renne los. Schatten springen mir aus dem Weg, fauchend.

Lorenzo sitzt reglos im Wagen, mit ausgeschalteten Scheinwerfern. Ich lasse mich neben ihn fallen, er bewegt sich nicht. Ich folge seinem Blick. Jetzt, wo sich meine Augen an die Dunkelheit gewöhnt haben, sehe ich im Mondschein die Hügel und Haine. Dazwischen leuchten die Wände der Villa.

* * *

Auf dem Rückweg sage ich kein Wort. Ich schließe die Augen und lasse mich vom harten Holpern der Schotterstraße durchschütteln. Lorenzo erzählt, dass das Dorf schon lange unbewohnt sei, seit dem Erdbeben.

Es steht auf bröckligem Grund, sagt er. Beim nächsten

Erdbeben wird der ganze Fels abbrechen und das Dorf in die Tiefe stürzen. Die Leute wurden umgesiedelt, sie waren froh, in modernere Häuser zu kommen. Dort oben gab es kein fließendes Wasser. Sie mussten immer den Weg durch den Wald machen, zur Quelle.

Zurück bei der Villa, lenkt er den Wagen durchs Tor. Kies knirscht unter den Reifen. Die Scheinwerfer streifen römische Säulen, zwei rund gestutzte Bäumchen, einen Springbrunnen mit Putten. Auch im Hof liegen Tierkadaver.

Schweine, murmelt Lorenzo, degenerierte.

Er hält und stellt den Motor ab. Die Lichter erlöschen. Wir hören die Zikaden, das Knacken des abkühlenden Autos. Dann öffnet er die Tür, bedeutet mir zu warten und springt hinaus. Ich sehe seine Gestalt im flackernden Licht der Fackeln, wie er sich am Brunnen zu schaffen macht. Dann eilt er zum Tor, streckt sich und löscht erst die eine, dann die andere Fackel mit einem nassen Lappen. Nun ist es finster. Lorenzo ist um die Hausecke verschwunden. Ich warte eine Weile, dann stemme ich die Tür auf, lasse mich vom Sitz gleiten und federe auf den Boden.

Von den Tieren geht ein intensiver Geruch aus. Ich fahre mit der Sohle des Turnschuhs über das knochige Bein einer Giraffe, gegen den Fellstrich. Ihr Bauch ist voll schwarzblutiger Löcher. Plötzlich ein Geräusch – der Springbrunnen geht an. Licht auf der Veranda. Ich ducke mich neben die Giraffe und halte den Atem an. Ihre trüben Augen, Wimpern voller Fliegen. Nichts passiert. Mir fällt die Plüschgiraffe ein, von

Magdalenas letztem Besuch. Ich dachte, sie hätte sie für mich mitgebracht, aber sie schrie: Das ist meine Giraffe, die nehme ich überall mit hin!

Ich taste der toten Giraffe über den Hals, die Ohren, die moosigen Hörner. Die Zunge hängt ihr schwarz zwischen den Zähnen heraus. Mir ist schlecht.

In der Villa gehen Lichter an und plötzlich schnelle Schritte im Kies.

Lorenzo, wer macht so was?

Du wolltest herkommen, sagt er unwirsch, ich sagte doch, es ist eine Jagdhütte.

Aber die Tiere –

Sie setzen sie aus für die Jagd, sagt er, als wäre damit alles erklärt. Wildschweine und Rehe sind ihnen langweilig geworden. Komm!

In der Eingangshalle Spuren eines rauschenden Festes. Der Steinboden klebt; zerschlagenes Glas. Blutrote Weinlachen, zertretene Zigaretten, heruntergerissener Vorhang. Ich will die schwere Eingangstür zuziehen, aber Lorenzo sagt: Lass offen. Hier muss gelüftet werden.

Ich zögere, er lacht: Hast du Angst vor wilden Tieren? Die haben alle abgeknallt. Die machen keine halben Sachen, nur aufräumen tun sie nicht. Aber darum kümmern wir uns morgen.

Auf zwei Seiten führen marmorne Treppen nach oben. Lorenzo nimmt mein Handgelenk und zieht mich unter der Treppe in einen dunklen Flur, lässt mich stehen, seine Schritte entfernen sich. Ich schließe die Augen und atme tief. Es riecht nach jahrhundertealtem trockenen Staub. Auf einmal werde ich unglaublich müde.

Ein Licht zuckt auf, erleuchtet eine große Küche. Lorenzo scheucht ein paar Fliegen von Ofenformen mit getrockneten Inhalten, riecht daran und kratzt die Reste in einen Mülleimer. Er lässt Wasser in den Ausguss laufen, stapelt Pfannen darin.

Einweichen, murmelt er, erst mal alles einweichen.

Ein Geruch von gärender Melone macht mich schwindelig, dazu Lorenzo, der geschäftig zwischen Bierharassen, Weinkartons und Küchenabfällen herumsteigt.

Können wir das nicht morgen machen?

Er fährt herum und stiert mich an, als hätte er vergessen, dass ich da bin.

Ich folge ihm weiter durch den Bedienstetenflur. Lorenzo öffnet Türen, wirft einen Blick rein, schließt sie wieder. Vorratskammer, Putzkammer, Kellertreppe, Wäschekammer.

Keine Sorge, sagt er, wie um es sich selbst zu bestätigen, es ist niemand hier.

Am Ende des Flurs führt eine schmale Holztreppe hinauf. Lorenzo öffnet die Tür neben der Treppe, macht Licht: ein Schlafzimmer. Hohe Decke, gewölbt; roter Steinboden, offener Kamin.

Hier, sagt er, es sollte alles da sein.

Ich bleibe im Türrahmen stehen: Was machen wir jetzt?

Wir warten.

Worauf?

Anweisungen. Morgen weiß ich mehr. Gute Nacht.

Er schiebt mich ins Zimmer, macht einen Schritt zurück und schließt die Tür hinter mir.

Eine Weile bleiben wir beide so stehen. Dann sage ich auch Gute Nacht, und seine Schritte entfernen sich.

Ich ziehe die Schuhe aus, kühler Stein. Geruch nach kaltem Rauch; im Kamin Asche, geschwärzte Holzscheite. In der Ecke steht ein verfleckter Sessel. Am Fenster ein altes Bett aus dunkel verschnörkeltem Holz, rosane Wolldecke. Gegenüber ein Schrank mit trübem Spiegel.

In solchen wohnen Geister, höre ich meine Großmutter sagen. Schau nicht hinein, sonst ziehen sie dich rüber – oder noch schlimmer: kriechen in dich hinein.

Ich stelle die Urne auf den Kaminsims.

Im Schrank hängt ein einzelnes weißes Nachthemd. Aus dickem Leinen, T-förmig, antik. Ich ziehe mich aus und das Hemd über. Es riecht nicht schlecht.

Eine Tür führt zum Bad. Ich lasse kaltes Wasser ins Bidet laufen, steige mit geschwollenen Füßen hinein. Tauche die Hände, reibe mir das Gesicht. Tropfend stelle ich mich vor den Spiegel: zerkratztes, verbeultes, sehr bleiches Mädchen. Was machst du hier? Es lächelt mir zu. Fällt nach hinten aufs Bett. An der Decke breitet sich ein Schimmelfleck aus. Er hat die Form eines Martiniglases, aus dem sich eine Schlange windet. Ich schließe die Augen und falle in den Brunnen wie ein Stein. Die Bäume in der Auffahrt sind Granatäpfel. Vom Wald her brüllen Tiger.

* * *

Als ich aufwache, scheint mir die Sonne direkt ins Gesicht. Die Hitze hat mich ausgezogen, nackt liege ich auf der rosanen Decke. Ich weiß nicht gleich, wo ich bin. Benommen nehme ich den Raum wahr; die Umrisse werden schärfer, die Schlange im Glas – da erinnere ich mich und wickle mich in die Decke. Von weit her summt eine Fliege. Eine weiche Mattigkeit bleibt auf meinen Lidern und Gedanken kleben; ich bin ganz seltsam sorgenfrei.

Der Morgen blendet, der Himmel ist frisch gewaschen. Vor dem Fenster ein Gemüsegarten, dahinter zartgrüne Hügel und zuoberst, auf dem Felsvorsprung, ein paar Häuser; das kleine Dorf von gestern Nacht. Ich versuche, das Haus mit der Madonna, den Zeichnungen der Mondraketen auszumachen. Es kommt mir vor wie ein Traum. Habe ich wirklich einen Kopf im Fenster gesehen? Meine Augen sind zu schlecht, um die Häuser scharf zu stellen. Merkwürdige Vögel pfeilen über den Himmel, schlagen hastig die Flügel und klemmen sie an –

Schnell schlüpfe ich ins Nachthemd. Blick in den Spiegel: Bei Tag sieht es aus wie ein Kleid. Meine alten Sachen stopfe ich unters Bett; ich will mich an nichts erinnern.

Als ich aus dem Zimmer trete, fällt eine Blume aus dem Schlüsselloch. Ich hebe sie auf. Der Flur ist leer. Ich mache die paar Schritte zur Küche, meine nackten Füße platschen auf dem Steinboden, auch hier kein Mensch. Die Abfälle sind weg, in der Spüle stapeln sich dreckige Teller; am Boden eine Reihe von Pfannen, halb mit Wasser gefüllt. Ich muss lachen: Lorenzo fällt mir ein, wie er übermüdet vor sich hinmurmelt: Aufweichen, aufweichen.

Auf dem Herd steht eine Kanne Kaffee, lauwarm. Auf dem großen Marmortisch eine angebrochene Schachtel Plum Cakes. Ich nehme ein verpacktes Küchlein heraus, drücke es leicht, lasse das Plastik platzen. Der Geruch – es funktioniert noch immer: Plum Cakes sind die Verkörperung von absoluter, flüchtiger Geborgenheit. Die fettig-glatte Oberfläche, das Abziehen des weichen Papierchens ... Mir wird warm.

Es ist vielleicht meine schönste Erinnerung: Eine Ferienwohnung am Meer, Magdalena steckt kleine Kerzen in die gelben Cakes, für den Geburtstag meiner Großmutter.

Ich stopfe mir das Küchlein in den Mund, ein weiteres in die Hosentasche und nehme eine Tasse Kaffee mit.

Von der Küche führt ein fensterloser Gang vorbei an der Vorratskammer und an einer vergitterten Kellertür, aus der es muffig heraufatmet. Dann tut sich ein Salon auf. Es riecht nach altem Rauch. An der Decke Kronleuchter, Malereien, weinfressende Putten. Auch hier ein Kamin, darüber ein mächtiger goldgerahmter Spiegel. In der Mitte eine Tafel. Zu beiden Seiten alte Anrichten mit säuberlich aufgestellten leeren Weinflaschen, volle Aschenbecher. Auf dem Tisch Vasen mit verblühenden Sträußen, heruntergebrannte Kerzen. Ich stelle einen umgefallenen Stuhl auf.

Eine Flügeltür führt in den Garten: ein Stück Rasen mit einem langen Holztisch, abgeschirmt durch dicht stehende Bäume und hohe Hecken. Ich trete hinaus und blinzle in die Sonne, es muss schon Mittag sein. Am Kopf des Tisches ist eine Öffnung im Pflanzenwerk: Dahinter breitet sich eine abfallende Wiese aus, die in Wald übergeht. Eine einsame Hollywoodschaukel. Ich stelle die Tasse ab und laufe mit fliegenden Armen über die Wiese. Sie endet bei einer halbrunden Steintreppe, die runterführt zu einem großen Tor. Dahinter dunkel rauschender Wald. Das Tor ist mit einer schweren Eisenkette verschlossen. Ein Geräusch, ich fahre herum: Die Schaukel knarzt, bewegt sich im Wind. Ich fühle mich beobachtet und gehe zurück zum Haus. Stelle mich auf die steinerne Bank an der Hauswand und schaue durchs Fenster in mein Zimmer. Die Decke liegt am Boden, wo ich sie fallen gelassen habe. Die Blüte fällt mir ein, am Boden vor meiner Tür. Ich springe von der Bank, meine Augen durchsuchen den Garten. Hier muss jemand regelmäßig arbeiten: Die Beete frisch gejätet, umgegraben, Pflanzen hochgebunden ... da! Dort wachsen sie, blühen, Auberginen.

Ich gehe ums Haus herum zur Einfahrt. Die Kadaver sind verschwunden. Eine kalte Hand legt sich mir in den Nacken.

Schläfst du immer so lange?

Schläfst du jemals?

Lorenzo antwortet nicht, die Ringe unter seinen Augen wirken heute noch schwerer.

Wo sind die Tiere?

Er zuckt mit den Schultern: Das kommt davon, wenn du den ganzen Tag schläfst.

Wir sind spät ins Bett.

Ich könnte nie so lange schlafen.

Schon gut, du bist fleißig, ich faul. Hast du's eilig?

Der Coach hat mir Anweisungen gegeben.

Mein Herz schlägt aus, ich räuspere es runter.

Das Haus muss hergerichtet werden, für das nächste Treffen. Wenn du bleiben willst, musst du arbeiten. Aufräumen, putzen, kannst du das?

Ich verdrehe die Augen. Lorenzo atmet tief durch, als würde das Gespräch ihn ermüden: Du bist frei zu gehen, wann immer du willst. Aber pass auf im Wald, da sind Wildschweine. Die schlitzen dich auf, wenn sie wollen.

Ich lache ungläubig, er bleibt ernst: Und falls dir unterwegs jemand begegnen sollte: Erzähl bloß nicht, dass du Kommunistin bist.

Ich bin keine –

Schrei nicht so. Ich fahre heute in die Stadt und kann dich mitnehmen. Danach wird es schwierig. Wenn die Gesellschaft erst mal hier ist, gibt es kein Zurück.

Alles klar, sage ich.

Ich stelle mir vor, wie ich hier mit dem Coach stehe. Ich richte die Pistole auf seine Brust und schieße. Der Coach sinkt langsam zu Boden und röchelt. Auf den Steinplatten breitet sich eine dunkle Lache aus.

Trinkst du deinen Kaffee nicht?

Lorenzo schnippt in mein Gesicht.

Was ist, sage ich gereizt, willst du mich erziehen?

Wir haben einiges vor, sagt er, vielleicht kommen sie schon heute Abend.

Der Coach?

Die Gesellschaft.

Hast du Milch?

Spinnst du?

Muss ich schwarz trinken? Am frühen Morgen?

Früher Morgen, porca –

Lorenzo läuft fluchend ins Haus.

Ich packe seelenruhig das Küchlein aus meiner Hosentasche und beginne zu essen. Schließe die Augen, Magdalena lacht, meine Großmutter bläst die Kerzen aus. Der Kaffee ist bitter, ich trinke nicht. Nach einer Weile kommt Lorenzo zurück: Es gibt keine Milch. Nur Kinder trinken Milch.

Danke fürs Nachschauen.

Ich trinke den Kaffee in einem Zug und schüttle mich.

Brava, sagt er.

Das Wort rieselt mir lauwarm die Kehle herunter. Brava von einem italienischen Mann – ein Sonnenstrahl kitzelt die Wände meiner kahlen, kalten Kammer der Zugehörigkeit. Mir wird ein bisschen schlecht.

Apropos, rufe ich, jetzt fällt es mir ein: Diese Nacht hatte ich einen merkwürdigen Traum. Ich bin aufgewacht, weil mir jemand die Füße gekitzelt hat. Ich dachte, das warst du. Aber als ich das Licht angemacht habe, war niemand da.

Ach, macht Lorenzo, das war wohl Sisina.

Wer?

Die schöne Sisina.

Ist das deine Freundin?

Er lacht: Bist du eifersüchtig? Das freut mich, aber sie ist nicht meine Freundin.

Sondern?

Hast du Angst vor Geistern?

Ja klar.

Lorenzo räuspert sich.

Willst du sagen, dass es hier spukt? Wieso erzählst du mir das erst jetzt!

Das sind nur Geschichten, wiegelt er ab, Stimmen vom Land. Worüber sich die Leute in langen Wintern unterhalten, um sich nicht zu sehr zu langweilen.

Erzähl! Nein, warte. Will ich es wissen? Nun sag schon!

Also. Sisina gibt es. Sie war das schönste Mädchen weit und breit. Sie hat hier in der Villa gearbeitet, als Hausmädchen. Der Conte, der frühere Besitzer, hat sie getötet.

Mein Auge zuckt unwillkürlich. Lorenzo tut, als hätte er nichts gemerkt. Weiß er von Magdalenas Tod? Will er mich testen, ob ich es weiß?

Ich versuche, arglos zu klingen: Oh, getötet. Warum?

Sie hatte ein Verhältnis mit ihm.

Ja und?

Es heißt, sie war schwanger, und er wollte das Kind nicht. Was weiß ich. Das war damals so.

Wann damals?

Kurz nach dem Krieg. Sisina ging zu ihm und sagte: Ich habe dein Kind; ich will, dass es ein gutes Leben hat und dass du ihm deinen Namen gibst.

Ha, mache ich, meine Großmutter hat dasselbe zu meinem Großvater gesagt. Sie musste ihn heiraten, damit meine Mutter einen Namen bekommt.

Lorenzo nickt: Die Leute sagen, der Conte habe zwei Mascalzoni bezahlt, um sie zu töten. Sie haben ihr im Wald aufgelauert, auf dem Weg zur Quelle.

Warte, sage ich, das kommt mir bekannt vor.

Kann sein, das ist ein berühmter Fall. Beschäftigt die Leute bis heute, denn ihr Mörder wurde nie gefasst. Ihr Verlobter, ein junger Bauer, war zwei Jahre im Gefängnis. Dann kam er frei, weil er ja unschuldig war. Es war der Conte, er hat sich ein Alibi gekauft. Reiche Schweizer wie du kommen immer davon. Kein Wunder, kann sie nicht ruhen.

Ich bin nicht reich.

Schade.

Plötzlich fühle ich mich wieder beobachtet, schaue unauffällig über die Schulter.

Lorenzo wird ungeduldig: Es wäre gut, wenn du auch arbeiten könntest. Bald kommen Leute. Wir müssen das Haus bereit machen.

Ich klatsche in die Hände: Also los!

Er wirft einen Blick auf mein Nachthemd: Willst du dich nicht anziehen?

Ich schüttle den Kopf: Das Kleid steht mir gut.

* * *

Lorenzo händigt mir einen Mopp aus und einen Besen.

Scopare, sage ich, das mach ich gern.

Er schaut so entgeistert, dass ich lachen muss. Ich schwinge den Besen, wirble Staub auf: Scopaaare.

Lorenzo bricht in hysterisches Lachen aus.

Was, sage ich, was, was ist?

Scopare – er kriegt sich nicht ein –: wie kommst du darauf?

Na scopare, sage ich, fegen halt.

Er lacht Tränen: Scopare heißt, nein wirklich –

Was denn!

Ficken. Scopare ist ficken.

Was?

Ich merke, wie ich rot werde. Nicht, dass es mir peinlich wäre, es passiert einfach so.

Nein, rufe ich, was redest du denn da. Das heißt fegen, das hat meine Großmutter immer gesagt, scopare. Jetzt hör auf zu lachen!

Das hat man vielleicht vor hundert Jahren gesagt, heute heißt es auf jeden Fall, na, ich sag's nicht noch mal. Du sprichst wirklich wie eine Großmutter, weißt du das?

Wie soll ich das denn wissen! Wie sollte sie das wissen, sie ist halt ausgewandert vor hundert Jahren. Kein Wunder bei euch prüden Typen, mein Gott, jetzt beruhig dich doch mal. Du brichst dir gleich die Rippen.

Ich muss auch lachen, wie er da tränenüberströmt steht und sich die Seite hält. Dabei werde ich traurig. Lavinia hat nicht nur ihre Stadt und Italien verlassen, sondern auch ihre Sprache. Sie hat immer gesagt, dass sie italienisches Fernsehen schaut, um sprachlich in der Zeit zu bleiben. Offenbar hat es nicht gereicht.

Plötzlich sehe ich mich mit ihren Augen: Was mache ich hier? Tränen lachen mit einem Soldaten – der den Mörder meiner Mutter seinen Vater nennt? Ich denke an die Pistole in der Asche. Ich darf mein Ziel nicht aus den Augen verlieren: Ich muss kalt bleiben, hart.

Wir steigen die Dienstbotentreppe neben meinem Zimmer hoch. Im oberen Stock ein Flur mit Türen zu beiden Seiten. Lorenzo schließt alle auf. Ich soll die Zimmer putzen und die Betten neu beziehen. Und nicht so grimmig schauen. Wohl will er mich aufheitern; er zeigt auf das Zimmer am Ende des Flurs und sagt: Dort spukt es am meisten.

Wer, wer sagt das?

Leute, die hier waren. Manche hören nur Möbel, die verrückt werden, und nächtliches Treppensteigen und Türenschlagen. Andere sind aufgewacht, weil sie an den Fußsohlen gekitzelt wurden.

Das ist nicht lustig.

Er lacht: Glaub mir, du bist nicht die Erste, der das passiert. Aber das ist noch harmlos. Einer erzählte, er lag hier im Bett und hatte die ganze Nacht ein Gesicht neben sich.

Du lügst.

Oder einer, der schlief im Zimmer gegenüber, hat plötzlich

Druck gespürt am Körper. Als würde ihn jemand berühren, seine Beine anfassen, die Füße. Er war stundenlang paralysiert. Bis zum Morgen hat etwas auf ihm gelegen, so schwer, dass er nicht aufstehen konnte.

Hör auf.

Auch hier im Flur wurde sie schon gesehen. Sie rennt auf dem Läufer und biegt dort um die Ecke, der weiße Schleier weht ihr nach.

Lorenzo drückt eine Klinke: In diesem Zimmer springt sie auf dem Bett. Du musst keine Angst vor ihr haben, sie ist ein fröhliches Mädchen.

Hast du sie schon mal gesehen?

Sisina? Ich glaube nicht an Geister.

Ich auch nicht, lüge ich und trage die Putzsachen stracks ins Spukzimmer.

* * *

Den ganzen Tag ficke ich die Zimmer und wische mit dem nassen Mopp drüber. Die Böden sind aus groben Steinplatten. Eine gründliche Reinigung ist schwierig, weil der Staub sich in den Ritzen und Narben des Steins verkriecht. Trotzdem sehen die Zimmer besser aus als vorher. Ich mache alle Fenster auf und lasse frische Luft ein. Es ist etwas passiert in diesen Räumen, das merke ich genau. Aber was? Ich ziehe die Betten ab und werfe die Wäsche die Treppe runter. Ich schaue in die Schränke, Kommoden, Badezimmerkästchen. Alles leer, bis auf ein paar Wolldecken. Die meisten Zimmer sind kahl wie meins. Als hätte jemand – Lorenzo – vor-aufgeräumt, alle

Spuren beseitigt. Nur hin und wieder hängt an der Wand ein getrockneter Strauß Olivenzweige, Ähren; liegen ein paar versteinerte Muscheln auf dem Fensterbrett.

Ich krieche unter die Betten und sehe die alten Gestelle, rostige Federn. Lorenzo kommt immer wieder, um mich zu kontrollieren. Jedes Mal bringt er zum Schein etwas mit, Putzmittel, frische Leintücher. Er will nicht, dass ich etwas entdecke.

Was machst du?, frage ich ihn.

Dasselbe wie du, sagt er.

Wo?

Oben.

Im Turm?

Ja.

Kann ich ihn sehen?

Nein.

Warum nicht?

Er geht und schließt die Tür hinter sich.

Seltsam, dass eine alte Villa so leer ist. Sie hat eine merkwürdige Stimmung. Ich frage mich, ob das nur an Sisina liegt. An dem schrecklichen Verbrechen, das einen Schatten wirft. Ein wohliger Schauer kriecht mir über den Rücken, die Haare an meinen Armen stellen sich auf.

Ich drehe mich im Kreis, das Nachthemd bauscht sich auf. Ich spiele, dass ich Sisina wäre, bei ihrer Arbeit als Hausmädchen. Wenn sie noch heute auf dem Bett springt und fröhlich ist, muss sie hier eine gute Zeit gehabt haben. Ich stelle mir vor, wie sie zum Spaß auf der Matratze hüpft – oder tat sie es mit ihrem Liebhaber, dem Conte?

Ich habe das ewig nicht gemacht und probiere es. Erst nur leicht, auf den Knien, weil das Bett giert, dann heftiger. Ich springe auf die Füße und immer höher, stoße mit dem Kopf an die Decke, quietsche. Ich will sehen, ob ich mich in sie hineinfühlen kann: Wieso macht sie das, als Geist?

Ich falle auf die Knie. Hitze steigt mir ins Gesicht. Lorenzo steht in der Tür und grinst.

Komm, sagt er feixend, ich habe gekocht.

* * *

Auf dem Herd sprudelt noch Wasser. Lorenzo hantiert abweisend, Launen wie ein Apriltag. Ich lasse ihn allein und streife durchs Erdgeschoss. Hinter dem Salon mit der Deckenmalerei führt ein kurzer Flur zu einer tropfenden Toilette. Direkt daneben ist eine weitere Tür – verschlossen – und ein Fenster in der Wand. Durchs Fliegengitter sehe ich vier hölzerne Kirchenbänke, ein Altar; die Decke ist mit goldenen Sternen geschmückt. Die kleine Kapelle scheint nicht in Gebrauch, sie wird als Abstellraum genutzt. Auf den Bänken und an den Wänden entlang stapeln sich Kisten.

Diese Kapelle verströmt eine dunkle Kraft, die nicht zum Rest des Hauses passt. Neben dem Marienbild über dem Altar hängt das Porträt einer jungen Frau. Schwarzes Haar, im Profil, sie lächelt. Sie kommt mir bekannt vor.

Lorenzo ruft. Er will nicht draußen essen, aber als ich meinen Teller nehme und in den Garten trage, folgt er mir. Er isst schnell, das Gesicht in der blendenden Sonne verzerrt.

Du, sage ich, das Bild in der Kapelle, ist das Sisina?

Er murmelt etwas Zustimmendes, zündet sich eine Zigarette an.

Mein Herz klopft, ich versuche, mir nichts anmerken zu lassen. Das Foto in der Kapelle – ich glaube, es ist dasselbe wie das Bild in Sorellas Teleskop, dem Archiv der ermordeten Frauen. Das Mädchen aus der Nachkriegszeit, *beim Wasserholen getötet*. Das hat sich eingebrannt: wie meine Urgroßmutter, die laut Magdalena beim Wasserholen starb. Was hat Sorella gesagt: Wegen ihr wurde Otrere zur Kämpferin. Wie war ihr Name? War es Sisina?

Lorenzo, sage ich, wieso ist die Kapelle geschlossen? Kann ich mal rein?

Was willst du, raunzt er, beten?

Vielleicht.

Außer Betrieb, sagt er, da lagern die ganzen Sachen für die Jagd. Ausrüstung, Fallen, so was. Brauchst da nicht rumzuschnüffeln. Isst du nicht auf?

Schnell schiebe ich mir eine Gabel in den Mund und kaue.

Ich muss los, sagt er und drückt die Zigarette aus, du willst also wirklich bleiben?

Ich nicke unwillkürlich: Wann kommst du wieder?

Er steht wortlos auf und steigt die Stufen zum Haus hoch. Seinen Teller hat er stehen lassen.

Ich bleibe sitzen, bis ich den Motor starten höre und die Pneus über den Kies rollen. Dann springe ich auf und gehe wie ein Tiger im Käfig auf und ab. Eine Unruhe reißt in mir. Es wühlt, ich will rennen. Aber wohin? Die Fragen ziehen mich hin und her. Wenn diese Sisina hier dieselbe ist wie die von Otrere, dann ... Was? Dann hat sie etwas mit Sorella zu tun? Dann hängt alles irgendwie zusammen, mit Magdalena, meiner Suche nach ihr. Aber wie?

Ich bleibe stehen und lausche. Grummelnder Himmel. Ja, es ist klar: Ich bin losgezogen, um den Mord an meiner Mutter aufzuklären. Es kann kein Zufall sein, dass ich gerade hier gelandet bin, an diesem Ort eines anderen, nie aufgeklärten Verbrechens. Die beiden gehören zusammen, und es ist meine Aufgabe, dieses Rätsel zu lösen. Nicht wahr?

Ein Wind kommt auf. Tuscheln der Bäume.

Oder mache ich einen Fehler? Bin ich verrückt und fantasiere mir einen Grund zusammen, um nicht das einzig Richtige zu tun: sofort abzuhauen?

Ich lache auf, unheimlich unkontrolliert: Natürlich bin ich verrückt, mein Plan ist es, den Coach zu erschießen!

Magdalena, sage ich laut, was soll ich tun?

* * *

Ich marschiere und hüpfe und taumle die Straße lang. Wohin? Zum Abgrund. Steil unter mir das Tal. Felskamm wie ein Steinzeitmesser. Felder, Weite, Olivencluster; Zypressen wie Zinnsoldaten. Ein Raubvogel zieht seine Kreise. Hier stelle ich mich, lasse den Wind über mein Schicksal entscheiden. Er ist ganz rührselig. Zöpfelt mein Haar und kichert mir ins Ohr. Wind, was soll ich tun?

Ich stiefle runter Richtung Bäume. Wie hat Lorenzo gesagt? Sisina wurde im Wald getötet, sie wollte Wasser holen bei der Quelle. Gefleuch umschwirrt und verfolgt mich, Mücken und Bremsen, Dreckswespen; ich gehe in einer summenden Wolke. Fliegen stürzen in mein Haar, meine Brauen, meine Augen – als würde das Dunkle sie magisch anziehen. Meine Großmutter murmelt in meinem Kopf: Kinn hoch und lächeln, mit geschlossenen Lippen, lächeln und weitergehen, immer weitergehen. Wie Sisina – wo wurde ihr aufgelauert?

Der Wald raschelt und knackst. Der Wind streicht um mich herum, lässt Blätter aufwirbeln, säuselt nervös. Aus einem Baumstrunk wächst das Gesicht einer Eule. Katzenartiges Käuzchen. Totenvogel. Ich hocke mich hin und starre in das Gesicht. Es schaut böse zurück; ich versuche zu verstehen. Eine rotgelbe Fliege leistet mir Gesellschaft, alle andern haben sich feige verflüchtigt. Sisina zischelt von überallher. Der Wind wird stärker, er will mich einschüchtern. Ich streife zwischen den Bäumen, Äste ziehen an meinem Kleid. Es beginnt zu tropfen. Wo verstecken sich Geister, wenn es regnet?

Hier starb am 6. Juli 1946
am Tag der heiligen Jungfrau
19-jährig
Sisina
von Stefano
barbarisch getötet

Ein steinernes Kreuz am Straßenrand: Ich habe sie gefunden. Der Sockel ist freigelegt, wie von einem Erdrutsch. Rundherum Laub; eine bauchige Vase mit Trockenblumen und eine vertrocknete Topfpflanze. Ich hebe sie hoch, darunter zwei fette Asseln. Schön, denke ich, Leben.

In den Stein ist eine ovale Keramikkachel mit einer Fotografie eingelassen: glückliches junges Mädchen. Das Bild ist dasselbe wie in der Kapelle, dasselbe wie im Teleskop der Salamifabrik, jetzt bin ich mir sicher. Nur ist dieses in der Mitte gesprungen; ein Riss spaltet das Porzellangesicht.

Hier hat sie also gelegen. Blut strömt ihr warm übers Gesicht, aus dem Hals und in die Ohren hinein. Sie spürt noch den Boden unter sich leben, die Asseln, den Wald. Über ihr schwanken Baumkronen im Wind, gleißender Sommerhimmel. Die Lider wischen in Zeitlupe über die Augenbälle, die Zikaden werden leiser. Ameisen eilen über ihre Hände.

Sisina schaut, als wüsste sie, was ihr geschehen würde. Als würde sie es als Schicksal sanftmütig anerkennen: barbarisch getötet. Wer ist Stefano? Ich schaue mich um. Ob sie ihren

Mörder gesehen hat? Sie lächelt beschwichtigend: Es gab keinen Kampf; sie wurde überrascht. Sisina starb leise, voller Anmut, quasi entspannt. Das Gegenteil von Magdalena, die sicher kämpfte wie ein Stier. Für Sisina ging es nur eine Sekunde, sie hatte keine Angst. Alles, was sie spürte, war Verwunderung, ein Gedanke: Tatsächlich? Das ist es dir wert?

Auf dieser in den Stein geklebten Fotografie hat sie ihrem Mörder bereits verziehen.

In ihrem Gesicht sind keine Angst und keine Schmerzen. Sie ist erlöst und lächelt über die Sinnlosigkeit des Lebens.

NEIN, zischt ein plötzlich wütender Wind.

Sisina? Bist du hier?

Sisina lächelt, sie kommt mir schon jetzt vertraut vor. Ich bin allein, so allein wie sie. Wir sind ähnlich, wir hätten eine gute Zeit zusammen. Die Plastikblumen auf dem Sockel zittern leicht. Wer hat sie dir gebracht? Keine Antwort, ich weiß. Die Toten reden nicht. Sogar meine Mutter, die lauteste von allen, wurde zum Schweigen gebracht. Aber sie kriegt kein Denkmal am Wegrand, kein hübsches Bild. Du hast recht, das bringt auch keine Gerechtigkeit.

Sisina, flüstere ich, ich bin gegen Gewalt, aber ich habe eine Pistole.

* * *

Ich höre das Auto heranfahren und rühre mich nicht. Ich liege im Laub des Limbos; auf der Welt habe ich niemanden mehr. Sisina raschelt als Mäuschen um mich herum. Aufgeregt, weil ich auch ihren Fall lösen werde und sie rächen, wie Magdalena. Ich werde es tun, versprochen. Ich habe keine Angst, nicht vor dem Sterben. Ein letztes Mal in den Brunnen fallen, jetzt weiß ich, was mich unten erwartet: meine Großmutter, an einem sonnigen wonnigen Strand. Warme weiße Steinchen. Hallux, von klarem Wasser umspielt.

Das Auto hält. Ich richte mich auf. Lorenzo öffnet von innen die Tür. Er ist allein, kein Coach weit und breit. Meine Erleichterung fällt auf den Boden. Da liegt zwischen toten Blättern ein verwittertes Heiligenbildchen. Ich hebe es auf. Soll er denken, ich würde Sisina bestehlen, aber ich weiß, wir sind verbündet, verschwestert, verwandt. Wir haben miteinander zu tun. Dieses Bild ist eine Spur, ein Teil des Rätsels, ein Schlüssel zur unseligen Zwischenwelt. Ich fahre mit den Fingerspitzen über die heilige Agata, sie werden erdig.

Wortlos steige ich ein. Auf der Rückbank stapeln sich Kisten, ich setze mich neben Lorenzo. Er drückt aufs Gas. In der Kurve holpert uns ein Auto entgegen; die Kisten rumpeln, als er scharf abbremst.

Schweinegott!

Der grüne Geländewagen drosselt das Tempo kein Stück, Lorenzo legt fluchend den Rückwärtsgang ein und manövriert uns in den Graben. Das andere Auto bremst ab und bleibt auf unserer Höhe stehen. Die Scheibe fährt herunter, und das Gesicht einer Frau taucht auf. Ich traue meinen Augen nicht: Sisina? Sie ist älter, mit kurzem grauem Haar und Camouflage-Parka. Ich blinzle. Sie streckt uns den Mittelfinger entgegen und wünscht uns den Tod. Dann stiebt sie schlammspritzend davon.

Lorenzo startet den Motor, ich schaue dem Auto nach. Ich habe es schon einmal gesehen, oben im Geisterdorf, vor dem Haus mit den Zeichnungen der Mondrakete.

Meine Hände flattern, das Heiligenbild raschelt: Wer war das?

Eine Hexe.

Bis wir in die Einfahrt der Villa rollen, herrscht feindseliges Schweigen.

Lorenzo lässt mich die Einkäufe aus dem Kofferraum ins Haus tragen: Essen für hundert Feste. Die Kisten trägt er in die Kapelle. Als ich eine von der Rückbank heben will, stößt er mich unwirsch zur Seite.

Ich hab Hunger, sagt er, mach dich nützlich, koch. Ich habe noch etwas zu tun.

* * *

Lorenzo stochert missmutig im Teller.

Schmeckt's?

Kann ich nicht essen, sagt er wütend. Ist das lustig?

In meinem Kopf spielt sich eine Erinnerung ab. Wir sitzen zu dritt in der Küche am Tisch. Wie immer, wenn Magdalena angemeldet zu Besuch ist, hat meine Großmutter aufwendig gekocht.

Ihre flatternd-servile Art machte Magdalena rasend, ihr ständiges Aufspringen und Hantieren: Hier Salz, nimm noch ein bisschen Zitronensaft, sitzt du auch bequem?

Magdalena schnauzte: Nun setz dich doch endlich, beruhige dich, rennst rum wie ein aufgescheuchtes Huhn, du machst mich ganz nervös.

Sobald wir anfingen, dröhnte sie ihr Tischgebet: Mamma! Was soll das sein? Hast du noch immer nicht kochen gelernt?

Und sie zog über sie her, versuchte, mich in ihre Gemeinheiten hineinzuziehen: Löffelt die noch immer vergorene Milch und sagt, es sei *quasi* Joghurt? So bin ich aufgewachsen, kannst du dir das vorstellen? Arme Mamma, saure Milch wollte sie mir andrehen, so arm waren wir. Crespelle aus Wasser und Mehl, damit hat sie mich ernährt. Fleisch bekam nur Pappi, wir durften ihm zusehen. Aber bei dieser Schuhsohle, die sie uns hier auftischt, muss ich sagen: Das war wohl ein Glück. Mamma, wirklich, das kann ich nicht essen.

Einmal spießte sie ein Kotelett auf die Gabel und wedelte damit herum, als müsste sie etwas beweisen. Es flog in hohem Bogen an die Wand. Ich hielt die Luft an. Meine Großmutter verzog keine Miene. Nach einer Weile nahm Magdalena das Kotelett vom Boden und legte es sich wieder auf den Teller. Sie säbelte daran herum und sagte: Brauchst mal wieder neue Messer, das ist ganz stumpf.

Und meine Großmutter brach in Gelächter aus.

Lorenzo stiert mich misstrauisch an. Er tut mir leid, mit diesen Augenringen, so jung und so viele Sorgen.

He, sage ich, du wolltest doch, dass ich koche.

Da dachte ich noch, du wärst Italienerin, murrt er.

Was hat denn das damit zu tun? Denkst du, italienische Mädchen kommen auf die Welt und kochen fröhlich drauflos?

Er zuckt mit den Schultern.

Meine Großmutter konnte auch nicht kochen.

Das glaube ich nicht.

Sie hat es nie gelernt. Ihre Großmutter hat sie nicht an den Herd gelassen. Sie sollte eine Dame werden, und eine Dame kocht nicht.

Du solltest wohl auch eine Dame werden?

Sicher. Vor allem musste ich lernen. In der Küche hatte ich nichts zu suchen, nur am Schreibtisch. Meine Großmutter wäre gerne länger zur Schule gegangen, sie sagte immer: In der Schule war ich eine Kanone! Sie war die Beste, sie hätte sicher studieren können. Aber sie hatten kein Geld; sie musste froh sein, wenn sie Schuhe an den Füßen hatte. Also ging sie ins Büro, das war nicht schlecht; es war neu, gediegen. All die geschäftigen jungen Damen mit Stöckeln und Foulards, sie war eine von ihnen. Als sie in die Schweiz kam, dachte sie nicht daran, das aufzugeben. Es wäre ihr nicht in den Sinn gekommen: ein Mann, der ihr verbieten würde, arbeiten zu gehen. Dazu ein Gesetz, das die schriftliche Erlaubnis des Mannes zur Arbeit erfordert. Stell dir vor! Es war ihr Glück, dass wenigstens ich die Möglichkeiten hatte, für die sie damals hergekommen war. Ich sollte erfüllen, was ihr verwehrt geblieben ist: studieren und etwas Großes werden.

Und, was bist du geworden?

Boh.

Du hast also nichts aus dir gemacht.

Das gefällt dir wohl.

Wieso? Du kannst nicht haushalten, nicht mal richtig den Boden ficken kannst du.

Haha.

So findest du nie einen, der dich heiratet.

Ich pruste: Weißt du, wie meine Großmutter sagte? *Die Braut, die lacht, wird bald weinen.* Ich wurde nicht zum Heiraten erzogen.

Sondern?

Das Ziel war Unabhängigkeit. Niemand sollte über mich verfügen, wie über sie verfügt wurde.

Ich zeichne mit der Gabel Muster auf den Teller und sage: Es tut mir leid für sie, dass ich alles aufgegeben habe. Mir ist es gleich. Was ich damals gemacht habe, das Studieren, Streben – alles hat seinen Sinn verloren, als sie starb.

Lorenzos Schnurrbarthaare zittern. Dann schiebt er sich die Gabel in den Mund und kaut: Das ist jedenfalls ein Verbrechen. Dafür gehörst du bestraft.

Und so geschah es, dass dieser Soldat mir den Rest des Tages das Haushalten beizubringen versuchte. Er nervös, steif und mürrisch; ich amüsiert, ungeduldig und zunehmend interessiert. Nicht so sehr an den Tätigkeiten. Aber sein Geruch, seine flinken Hände. Wenn ich Männerfinger sehe, stelle ich mir unwillkürlich vor, wie sie in mich eindringen. Das habe ich sicher von Magdalena.

Abends stehen wir verlegen vor meiner Zimmertür. Mir fällt die Blume vom Morgen ein.

Welche Blume?

Du hast mir also keine Blume ins Schlüsselloch gesteckt?

Das hättest du wohl gern.

Nein, da war wirklich eine!

Warum sollte ich das tun?

Wer war es dann?

Wer wohl.

Er küsst mich unvermittelt auf die Wange und rennt die Treppe hoch. Ich kann hören, wie er fast stürzt. Flucht. Ich schließe die Tür hinter mir. Er hat gelacht, zum ersten Mal hat er gelacht. Ich schüttle zufrieden den Kopf: verirrter, verwirrter Junge. Wollen wir doch mal sehen, ob wir dem den Fascho nicht austreiben können! Er ist auf dem richtigen Weg, desertiert. Jetzt muss er einfach ein paar schöne Sachen erleben.

* * *

Ich stelle mich vor den Kamin und warte, ob Magdalena etwas zu meiner Romanze sagen will. Ich habe mir immer vorgestellt, wie sie meine Bekanntschaften kommentieren würde, wie sie sich aufspielen würde vor ihnen, sie überschwänglich abküssen, sie einschüchtern würde. Ich hätte es nie zugegeben, aber ich genoss diese eingebildeten Szenen. Meiner Großmutter hatte ich einmal einen Freund heimgebracht. Sie war so kühl zu ihm – und zu mir, als ich sie darauf ansprach –, dass ich diesen Teil meines Lebens fortan von ihr abschirmte. Stattdessen fantasierte ich, mit dem vertrauten Gruseln, wie Magdalena auftauchen und ein süditalienisches Mutterdrama abziehen würde; oder zumindest, was ich mir darunter vorstellte. Weinen, Haareraufen, gewalttätige Umarmungen, Liebesschwüre und Todesdrohungen: Wenn du meiner Tochter das Herz brichst, wenn du ihr auch nur ein Haar krümmst –

Und ich würde rufen: Magda, spinnst du, misch dich nicht ein, das ist nur eine unverbindliche Affäre!

Daraufhin würde sie dramatisch die Luft anhalten, gefährlich langsam auf die Affäre zugehen und flüstern: Du willst meine Tochter nicht heiraten? Bist du der dümmste Mensch auf der Welt? Was ist dein Problem?

Aber so war es nicht, und sie bleibt still. In der Urne rührt sich nichts.

* * *

Beim Zähneputzen schaue ich mir im Spiegel zu, lasse Magdalena erscheinen, indem ich die linke Braue hochziehe wie sie. Wenn ich jetzt zurückdenke, würde ich sagen, sie war nicht größer als ich. Und doch war sie diese eindrucksvolle Figur, voluminös; ihr Wesen nahm wahnsinnig viel Raum ein. Ihre durchdringende Stimme, die ausladenden Gesten, elektrisch knisternde Kostüme, auftoupierte Mähne, die Wolken von Parfüm ... Sie war eine Wucht, eine Naturgewalt. Keine klassische Schönheit mit ihrem schlimmen Überbissgebiss und der gellenden Lache. Meine Großmutter fand sie *vulgär*.

Lavinia war völlig anders: eine Dame, peinlich darauf achtend, stets die Knie geschlossen zu halten. Alles, was mit Sexualität zu tun hatte, hielt sie dort versteckt und totgeschwiegen. Meine Bestrebungen in diese Richtung strafte sie mit majestätischer Nichtbeachtung.

Ich strecke das Kinn, versuche, sie in mir zu erkennen. Sie hielt sich stets kerzengerade, während Magdalena wankte, schwankte, stolperte. Lavinia wollte, dass ich wie sie an einem Faden am Scheitel hochgezogen werde. Sie machte Gymnastik, auch fürs Gesicht, aß jeden Morgen um halb sechs eine Banane. Sie war putzgesund, wie sie sagte, ihr Körper zwanzig Jahre jünger, wie der Arzt versicherte. Monate später war sie im Sarg.

Ich drehe eine Haarsträhne um den Finger, lasse los, sie bleibt gerade. Lavinia und Magdalena, sie waren grundverschieden, nur die Haare machten sie auf dieselbe Weise. Mit nächtlichen Lockenwicklern, harte, stachelige Dinger, auf denen sie schliefen wie Fakire. Dazu hatten sie beide keine Augenbrauen mehr, dafür beeindruckende Brüste. Und ich? Ich nicht. Ich habe schwarze Brauen und glattes Haar und abends mehr Falten, als meine Großmutter je hatte. Sie benutzte nur Nivea aus der Dose. Ihre letzte habe ich mitgenommen, ich tunke die Finger hinein und merke: Es gibt etwas, das haben wir alle gemein. Wir tragen Gesichtscreme wie Kriegsbemalung auf.

Jetzt spüre ich, dass ich nicht allein bin. Ich drehe mich ab, versuche, den Blick in den Spiegel zu vermeiden. Ich bin mir sicher, dass ich hinter mir jemanden sehen würde.

* * *

In dieser Nacht schlafe ich nicht ein. Ich warte auf Sisina. Bei jedem Knacken im Gebälk, jedem Rütteln am Fenster, jedem Aussetzen der Zikaden halte ich den Atem an. Das Blut pocht im Hals. Der Mond ist rot.

Um mich zu beruhigen, denke ich an Lorenzo. Was ist los mit ihm, ist er schüchtern? Er hat seit unserer Ankunft keine Avancen gemacht, keine Anstalten, keine Ansprüche angemeldet. Mir ist das recht; ich fühle mich nicht zu ihm hingezogen. Aber ihm würde es sicher guttun, steif und angespannt, wie er ist. Vielleicht gefällt ihm ja dieser Zustand von Macht, den er so über mich hat; ich bin ihm ausgeliefert. Wahrscheinlich weiß er wie ich, dass sich die Verhältnisse umkehren würden, sobald er verschwitzt unter meinem Schlüsselbein liegt. Oder er verachtet die Kommunistin, für die er mich hält, und denkt nur darüber nach, wie er mich vernichten könnte. Vielleicht weiß er selber nicht, was er von mir will.

Die Zikaden ratschen wie Käsereiben.

Und der Coach ... Wann kommt er, und was werde ich tun, wenn ich ihm gegenüberstehe? Was hat ihm Lorenzo über mich erzählt? Eine Idee schlängelt mir kalt den Nacken hoch:

Was, wenn der Coach Lorenzo geschickt hat, um mich aus dem Weg zu räumen? Weil er weiß, was ich vermute ... Was ich vorhabe? Aber Lorenzo weiß nicht, dass ich seine Pistole habe. Obwohl – er muss doch gemerkt haben, dass sie aus dem Auto verschwunden ist. Wieso fragt er nicht danach?

Ich schlage die Decke zurück und springe aus dem Bett, schüttle die Urne. Es rappelt, die Pistole ist noch da. Gut, ich nicke dreimal und lege mich wieder ins Bett. Die Knie kribbeln wie wahnsinnig, der betrunkene Mond lacht mich aus.

Ich werde den Coach in den Wald locken und dort erschießen. Es wird einfacher als gedacht. Wenn er hier schläft, könnte ich ihn auch im Schlaf überraschen. Pumm. Lorenzo müsste die Wände schrubben danach. Das würde ihn wieder aufregen.

Wenn ich das erledigt habe, werde ich endlich tun, was ich immer tun wollte: Ich fahre in die Stadt meiner Großmutter, um meine Wurzeln zu finden. Tausendmal ausgemalt, sind es Bilder aus einem Film: wie ich ankomme auf der Piazza. Die Alten in ihren Plastikstühlen blinzeln ungläubig: Lavinia?

Ich lache, sie umarmen mich und rufen: Lavinias Enkelin ist nach Hause gekommen!

Und wir sitzen zusammen, trinken, und sie erzählen mir meine Geschichte.

Wenn es die Stadt noch gibt. Vielleicht ist sie verlassen, wie das Geisterdorf, wo der Wind durch offene Türen creept. Wo Teller und Ölflaschen auf verstaubten Anrichten stehen und

Spielkarten auf dem Tisch, als wären die Leute nur eben kurz aufgestanden. Vielleicht ist auch hinter Lavinia alles zusammengebrochen, als sie ging; sie schaute nicht einmal zurück.

Ja, würde sie sagen, im echten Leben ist die Geschichte verschüttet, und die Alten sind tot.

Nicht alle, widerspricht Magdalena, selbst im Geisterdorf lebt noch eine: Fila, du hast sie doch gesehen.

Plötzlich kribbelt mein ganzer Körper vor Anspannung. Habe ich abgeschlossen? Ich schaue zur Tür: Der Schlüssel baumelt, wie von Geisterhand bewegt! Ich krieche unter die Decke, ziehe sie über meinen Kopf. Komm nicht, lass mich – Nonna, beschütz mich. Die unruhigen Toten machen Angst.

Vor meinen zusammengepressten Augen wird Magdalena auf der Bahre vorbeigeschoben. Das Gesicht unkenntlich geschlagen, die Arme leblos hängend. Und ich sehe Sisina im Wald liegen, brausende Baumkronen, sie richtet sich auf ... Sie wandert durch den Hain, Schnecken kriechen auf ihrer Haut. Der Wind fährt durch den großen Schnitt am Hals, es kitzelt.

Bitte, bleibt draußen, ich flehe euch an. Ich werde euch jetzt in Ruhe lassen, verzeiht meine Neugier, meine leeren Versprechen –

Der Nachtgesang, das zikadische Kritschen ist langsamer geworden.

* * *

Sisina kommt nicht. Da ist nur der Mond, einbalsamiert, ein Käuzchen im Baum. Stattdessen öffnet ein Windstoß mein Fenster, und ich steige hinaus. Eile im Mondlicht zum Geisterdorf, die Kiesel schimmern, und die Blättchen der Olivenhaine kichern mir zu. Bei einem Haus, aus dessen kaputtem Dach ein Baum wächst, sind die oberen Fenster erleuchtet. Ich steige die Treppe hoch, klopfe am Türrahmen. Drinnen Gelächter, Zigarettenrauch.

Magdalena und Sisina in Schwarz-Weiß. Sie sitzen am Boden im Schutt und spielen Karten. Magda trägt eine Sonnenbrille, Lippenstift, die Blutergüsse sieht man trotzdem. Sisina trägt einen roten Schal um den Hals.

Magdalena winkt mich zu sich heran, ohne aufzublicken, sie tätschelt neben sich auf den Boden: Komm, spiel mit. Was ist dein Einsatz?

Was spielt ihr?, frage ich.

Sisina sagt etwas Unverständliches und zupft konzentriert an ihren Karten.

Was sind die Regeln?

Magda ruft: Ma dai, wenn du es nicht kennst, kannst du auch nicht spielen, wir sind hier mittendrin.

Sisina kratzt sich genervt im Nacken.

Magdalena schubst mich: Deine Nonna ist in der Küche. Los, geh zu ihr, aber erzähl ihr bloß nichts hiervon.

Sie zeigt auf ihr Gesicht.

Sisina schnaubt: Die ist doch nicht blöd, die weiß längst alles.

Beide lachen, entblößen blutige Zähne.

In der Küche neben dem Baum steht meine Großmutter am Herd und lässt einen großen Knochen in den blubbernden Sugo fallen. Es spritzt rot an die Wand, jemand lacht. Ich suche mit den Augen in den schmutzigen Winkeln der Küche herum.

Lavinia steht mit dem Rücken zu mir, doch ich erkenne, dass sie wütend ist.

Was machst du hier?, donnert sie. Das ist die Vergangenheit! Du kannst nicht eintreten, du bist hier für immer fremd. Du machst dir nur die Finger dreckig und kratzt uns die schlecht vernarbten Wunden auf.

Keine Angst, sage ich kleinlaut, mach dir keine Sorgen. Ich weiß doch noch das erste Wort: aiuto. Wenn der Coach kommt, werde ich schreien.

Es wird dir nichts nützen, sagt eine Stimme hinter mir und stößt mich in den Rücken. Ich falle, am Baum vorbei, in den Brunnen. Kein Laut kommt aus meiner Kehle.

Als ich aufschrecke, pocht mein Herz so laut, als würde es an die Tür klopfen. Tatsächlich! Jetzt kommt sie. Atemlos schaue ich zu, wie die Türfalle sich langsam nach unten bewegt. Ich halte die Luft an. Geh weg, flüstere ich, bitte, hau ab.

Ein Kratzen an der Tür, ich werde lauter: Geh weg, ich will dich nicht sehen, es tut mir leid, bitte, lass mich.

Mimma, bist du wach? Ich bin's, Lorenzo.

Er sieht so harmlos aus mit seinen Augenringen, ich möchte ihn umarmen.

Tut mir leid, sagt er erstaunt, ich dachte nicht, dass du schon schläfst.

Er wirkt befangen, schüchtern, ich herrsche ihn an: Was willst du?

Vorher habe ich es vergessen, sagt er, ich habe etwas gefunden. Vielleicht interessiert es dich?

Ich öffne die Tür etwas weiter, er streckt mir ein Heft entgegen. Dabei fällt sein Blick auf die Urne auf dem Kamin und trifft dann auf meinen. Er sieht schnell zu Boden, macht einen Schritt zurück, stolpert und murmelt: Also dann, gute Nacht.

Er eilt die Treppe hinauf, ich will ihm nachrufen: Komm zurück! Ich kann nicht alleine schlafen. Ich habe Angst.

Stattdessen schließe ich schnell die Tür und drehe den Schlüssel.

* * *

Ein einfaches altes Schulheft, prall gefüllt. Abgegriffen, an den Rändern abgerissen, der Umschlag löst sich vom Rest. Auf dem Umschlag ist ein Comic: *Der Walfang*. Die Bilder zeigen ein wildes Meer, ein großes Schiff und einen schäumenden Wal, Harpunen. Unter dem Comic ein kleines Feld: Dieses Heft gehört ... Mit dünner Federspitze hat jemand die leere Zeile gefüllt: *Tages-Journal, Lektionen der 1. Mädchenklasse, Schuljahr 1946*.

1946! Das Jahr, in dem Sisina starb.

Auf einem der Bilder bläst ein Matrose in einen langen Trichter. *Wal in Sicht!*

Sorgfältig ziehe ich den Umschlag von der ersten Seite ab. Ein Stundenplan. Montag bis Samstag: *Jeden Tag gehört die erste halbe Stunde der Überprüfung der Ordnung, Sauberkeit und moralischen Gesprächen: Wie das gute Mädchen denen hilft, die leiden.*

Es folgen Lektionen in Religion (*Den Mädchen von Gott dem Herrn erzählen und den Wundern von Jesus*), Diktat, Lesen und Schreiben, moralische und zivile Erziehung (*Wie jede Jungfrau ihre Pflicht mit Gelassenheit erfüllen muss*), Rezitation, Mathematik, Wissenschaft und Hygiene, Schönschrift, Geschichte und Geografie.

Ich fahre mit den Fingerspitzen über das gewellte, vergilbte Papier des Hefts. Die hauchdünnen Seiten kleben aneinander. Das Herz klopft mir im Hals, als ich es in der Mitte langsam auseinanderziehe. Sisina lächelt mir entgegen.

Das Heft ist voll ausgeschnittener und eingeklebter Zeitungsartikel über den Mord an Sisina. Vieles ist mit Füllfeder unterstrichen, an den Rändern Ausrufezeichen und Kommentare in der Lehrerinnenschrift.

Glaube ich nicht. Lüge.

Vorsichtig blättere ich die Seiten auseinander. Da sind Bilder von der Villa, vom Gedenkstein an der Straße im Wald. Fotos von Sisinas Familie. Ein einfach skizzierter Plan der Umgebung: Das Dorf auf dem Felsvorsprung, das heute verwaist ist; die Straße zur Villa und dem Weiler drum herum: ein paar Häuser und Ställe. Auf ein Gebäude am Waldrand zielt ein Pfeil: *Sisinas Haus.* Die Straße führt weiter durch den Wald, die Quelle ist eingezeichnet, auf halbem Weg ein rotes Kreuz: der

Tatort. Bemüht langsam blättere ich und schaue die Bilder an, Schwarz-Weiß-Fotografien aus der Zeit. Darunter Namen, Bezeichnungen. Sisinas Schwestern im Gericht, gestikulierend. Sie ähneln ihr sehr, bloß ernster. Sisinas Eltern: die Mutter in Trauerkleidung, mit abwesendem Blick. Der Vater ein ledriges Kerlchen mit Schiebermütze, die Schultern an die Ohren gezogen. Es scheint, als ob er grinste, fast zahnlos. Ein junger Mann hinter Gittern: Sisinas Verlobter, Vito. Sein Vater ist auf einigen Bildern zu sehen, ein langer, hagerer Mann mit einem Gesicht wie ein Käuzchen. Zeuginnen; Soldaten; Journalisten. Menschenmengen: Demonstrationen für Vitos Freilassung.

Ich blättere zurück zum Bild von Vito im Gefängnis. Er hält sich mit beiden Händen fest an den Stäben, sein Körper dahinter ist unscharf, als wäre er in Bewegung, er schreit. Sein Gesicht ist verzerrt vor Verzweiflung und Ohnmacht.

Ich schließe die Augen, eine Erinnerung taucht auf: Magdalena, die schreit, sich an meine Großmutter klammert. Wir sind zu Besuch, auf Besuch in der Zelle, da sind ein Einzelbett und ein Waschbecken, ein frei stehendes WC, daran erinnere ich mich plötzlich sehr klar. Ich habe eine Cola bekommen von einem freundlichen Polizisten, aber Magdalena schreit. Sie freut sich nicht, mich zu sehen, sie schreit und schüttelt ihre Mutter: Ich muss raus! Hol mich hier raus!

Ich höre sie weiter schreien, als wir wieder im Gang stehen und der Polizist die Zellentür vor uns schließt. Er ist nicht mehr freundlich. Magdalena muss drinbleiben.

Ich sitze aufrecht im Bett, sehe mich im Spiegel. Zwischen den Augenbrauen zwei senkrechte Schatten, Magdalenas Zornesfalten. Vor dem Fenster das Nachtlied der Zikaden. Das Knacken der Balken. Ich lächle mir zu. Gespenstisch. Ich schließe das Heft.

Ein Schauer rieselt mir über die Beine. Etwas hat meine Füße berührt, wie eine Katze, die ihr öliges Fell an meinen Sohlen reibt, mir eine Traurigkeit aufbürstet. Ich halte die Luft an. Die unsichtbare Katze wandert über die Matratze, ich kann das Gewicht ihrer Tatzen neben mir spüren. Ich bin sicher, sie beschnuppert das Heft. Reibt ihren Kopf daran, schnurrend, die eine Ecke biegt sich. Plötzlich ist das Gewicht weg. Sie ist vom Bett gesprungen.

Eine Weile bleibe ich reglos und halte den Atem an. Dann beginne ich zu lesen.

MÄDCHEN IM WALD AUFGESCHLITZT

Am gestrigen Sonntag wurde die 19-jährige Sisina A., Tochter von Stefano, verlobt mit Vito M., im sogenannten Hexenwald getötet. Die Leiche wurde nur 200 Meter von ihrem Haus entfernt gefunden.

Es war am Nachmittag, als sich die kleine Dorfgemeinschaft von L. vor der Kirche versammelte. Diese hatte im letzten Kriegsjahr Berühmtheit erlangt, weil ihre Madonnenstatue während einer Messe für die gefallenen Soldaten zu bluten begonnen haben soll. Ihr zu Ehren wurde der Madonna-del-Sangue Feiertag ausgerufen, der gestern zum ersten Mal begangen wurde.

Man wartete noch auf das Heraustragen der Statue und den Beginn der Prozession, als die Schreckensnachricht ertönte: »Sie haben Sisina aufgeschlitzt!« Die Gemeinde prozessierte daraufhin zum Ort des Verbrechens.

Über die Hintergründe der Tat ist noch nichts Weiteres bekannt. Der Pfarrer der Gemeinde sagt über das Opfer: »Sie war ein gutes Mädchen. Schön, ein bisschen lebhaft vielleicht, aber mit einem goldenen Herzen.«

WER WAR DIE SCHÖNE SISINA?

Das Mädchen, das am vergangenen Tag des Herrn brutal ermordet wurde, heißt Sisina A. In ihrem Dorf nennen sie alle nur: »die schöne Sisina«. Der Schock ist groß. Warum musste sie sterben?

Die Tochter einer redlichen Bauernfamilie war auf dem Weg zur Quelle, um Wasser für das Brot vom nächsten Tag zu holen. Dabei wurde sie von einem Unbekannten überwältigt und in ein Gebüsch gezogen, wo sie vergewaltigt und aufgeschlitzt wurde. In wenigen Wochen hätte sie heiraten sollen. Der beraubte Verlobte ist ein junger Kriegsveteran, vor nicht mal einem Jahr aus dem Konzentrationslager in Deutschland zurückgekehrt.

»Als hätte er nicht schon genug Schlimmes erlebt«, klagen die Frauen auf dem Dorfplatz. »So ein lieber Junge, ruhig, besonnen – ganz anders als seine Sisina. Aber sie hatten sich gern, das ist alles, was zählt.«

Das Paar scheint im Dorf

beliebt gewesen zu sein: »Es war eine Freude, sie zusammen zu sehen, sie gaben ein schönes Bild ab. Sein sanftes Gesicht, das bewundernd auf sie herunterblickte, seine Finger, die in ihren wilden Locken spielten. Sie neckten sich gern, das war offensichtlich.«

Sisinas Temperament forderte den zurückhaltenden Vito heraus. Nicht nur, weil bekannt ist, dass sie in ihrer Jugend bereits zweimal verlobt gewesen war. »Alle hatten sie gern. Wo immer sie hinkam, brachte sie gute Laune: Sie half, wo sie konnte, und verströmte eine Fröhlichkeit, die ansteckend war.« – »Ihre Augen waren wie Scheinwerfer, die großzügig jedem leuchteten, und auf ihren Lippen lag ein freundliches Wort für jeden, der ihr über den Weg lief.« – »Sie war wirklich tüchtig, keine Arbeit war ihr zu schwer. Es ist eine Katastrophe. Wer hilft nun Vitos alten Eltern?«

Die Gutsherren, denen Sisina als Hausmädchen zur Hand ging, sind für eine Stellungnahme nicht zu erreichen. Der Schweizer Adelsfamilie C., bestehend aus der verwitweten Contessa und ihrem erwachsenen Sohn, gehören neben der Villa der umliegende Weiler und Ländereien, auf denen auch Sisinas Familie ihren kleinen Hof pachtet. Vor dem Nachbarshaus, das ebenfalls im Besitz der Familie C. ist, wurde Sisina zuletzt lebend gesehen: Sie rief ihre Freundin Livia, ob sie mit zur Quelle komme. Diese antwortete, sie habe bereits am Morgen Wasser geholt. Also ging Sisina allein los.

Wenige Stunden später wird das Mädchen geköpft aufgefunden. War es Zufall, dass gerade sie einem brutalen Monster in die Hände fiel? Oder hatte die schöne Sisina ein dunkles Geheimnis?

Stimmen bezeugen, dass ihr freigiebiges Lächeln schon zu einigen Missverständnissen geführt habe. Ist ihr dies nun zum Verhängnis geworden?

AUTOPSIE: SCHÖNE SISINA KEINE JUNGFRAU

In der Kapelle der Villa C. wurde gestern die Autopsie an der »schönen Sisina« durchgeführt. Die Leiche weist einen großen Schnitt am Hals auf. Außerdem stellt die Gerichtsmedizin verschiedene Wunden auf Brusthöhe fest; diese Verletzungen sollen erst nach dem Halsschnitt entstanden sein. Todesursache ist Verbluten durch Verletzung der Halsschlagader. Das Blut sickerte in die Atemwege und führte zu einem innerlichen Ersticken.

Die Tote trug: ein kunstseidenes Unterhemd mit Spitzen und einen dazugehörigen Unterrock. Ein bunt gemustertes Kleid mit enger Taille und ausgestelltem Rock. Eine Wolljacke mit Holzknöpfen und BH. Alles versuppt von Blut. Ihre Schuhe wurden in einiger Entfernung sauber vorgefunden. Zum Zeitpunkt der Tat musste sie barfuß gewesen sein.

Die Leiche trug keine Unterhose. Die kleine Schwester des Opfers bezeugt jedoch, gesehen zu haben, wie sie am Morgen eine angezogen habe. Sie beschreibt sie als sonnengelb mit Rüschen. Ebenso fehlt ein Jutetuch, das sich brave Bäuerinnen um den Kopf binden, um darauf die schweren Krüge zu tragen.

Der Bericht befindet, dass das Herz der Toten ruhig gewesen sei. Dies deutet darauf hin, dass die Unterhose einvernehmlich ausgezogen wurde. Das Jungfernhäutchen ist gerissen, aber schon seit längerer Zeit. Es gibt keinen Hinweis auf Geschlechtsverkehr unmittelbar vor der Tat. Es fehlen auch jegliche Anzeichen eines Kampfes. Niemand hat sie schreien hören, was die These aufwirft, die Begegnung im Wald sei verabredet gewesen.

HÄSSLICHER AUF DER FLUCHT

Im Fall des Madonna-del-Sangue-Mordes gibt es interessante Neuigkeiten: Eine Witwe sah am besagten Tag einen Unbekannten auf dem Fahrrad vorbeiradeln. Der junge Fremde hatte ein »düsteres, verzerrtes Gesicht mit wilden Augen« und fuhr »als wäre der Teufel hinter ihm her«. Die Frau habe noch zu ihrer Schwester gesagt, wie hässlich dieser Mann sei. »Er war mir gleich verdächtig, wüst, wie er war.«

WO IST DAS SONNENGELBE HÖSCHEN?

Im Fall des ermordeten Mädchens aus L. fehlt von einem Täter noch immer jede Spur. Während sich die Dorfgemeinschaft geduldig den doppelten Befragungen von Polizei und Presse stellt, bleiben die Tore der gräflichen Villa C. geschlossen. Das ist umso stoßender, als Gerüchte kursieren: Ein Mann aus dem Nebendorf, der ein kleines Auto besitzt, habe am fraglichen Nachmittag Hals über Kopf einen Gast aus der Villa zum Bahnhof in die Stadt fahren müssen. Welchen Zug er nahm, ist unbekannt.

Auch über den betreffenden Gast wird nichts Näheres verlautet. »In der Villa gehen ständig fremde Leute ein und aus«, erzählt eine Quelle, die anonym bleiben möchte. »Seit dem Krieg verbringen die Herrschaften mehr Zeit hier als in ihrem Palazzo in der Stadt. Die lassen es sich gutgehen, festen die Nächte durch. Frag mich nicht, was die alles zu feiern haben.«

Derweil wird die Umgebung weiter nach den fehlenden Indizien durchkämmt: Gesucht werden die Unterhose des Opfers und ein offenbar sehr scharfes Messer. Beides scheint sich in Luft aufgelöst zu haben. Brisant: Die Ermittler haben in der Nähe des Tatorts ein vergrabenes Messer gefunden. Es handelt sich dabei aber nicht um die Tatwaffe. Wurde hier eine falsche Fährte gelegt? Bei den Einheimischen gibt das zu reden: »Das ist sicher nicht auf dem Mist von uns einfachen Bauern gewachsen«, meint einer und nickt fast unmerklich Richtung Villa C. »So gerissen sind nur die oberen Klassen ...«

REPORTAGE IM MÄDCHENMORD

Das ganze Land berichtet vom armen Bauernmädchen, das während einer Madonnen-Prozession grausam umgekommen ist. »Die schöne Sisina« wollte Wasser holen bei der Quelle, doch kam sie dort nie an. Was ist an diesem tragischen Tag passiert? Wir sind in die fernen Hügel gereist, wo das Herz der bäuerlichen Bevölkerung tief verwundet ist.

Am Tatort im Wald laufen die Ermittlungen im vollen Gang. Schaulustige drängen sich am Straßenrand, um einen Blick zu erhaschen. Der Vater des Opfers, der die Leiche gefunden hat, ist anwesend, um Ermittlern und Presse den genauen Vorgang zu erklären. Er biegt ein paar Zweige an der Böschung zurück. Dort befindet sich im Dickicht eine

Öffnung: eine Art Abflussrinne für Regenwasser, die steil hinabführt. In diesem trockenen Graben, der inmitten des sogenannten Hexenwäldchens liegt, muss der Mord geschehen sein.

Der Vater zeigt dunkle Spritzer von getrocknetem Blut, noch immer gut sichtbar. Ein Polizist bestätigt, dass die Tat dort, nur wenige Meter von der Straße entfernt passiert sein muss. Von da aus wurde die Leiche den Hang heruntergeschleppt, in Richtung Bach der Tigerin. Auch die Schleifspur ist noch gut zu sehen. Der Vater erzählt: »Ich eilte schreiend herunter, barfuß, wie ich war. Nach hundert Metern sah ich zwischen den Ästen ihr farbiges Kleid.«

Auf halber Höhe dieses Wegs standen hinter dem Stamm einer alten Steineiche säuberlich aufgestellt die Sandalen des Opfers und kopfüber der trockene Krug. Außerdem wurden zwei Bonbonpapierchen gefunden, mit der Aufschrift »Siebter Himmel« und »Schokoladenhaus Perugia«.

Die Ermittler und der Vater des Opfers steigen nun vorsichtig den steilen Hang hinab. Sie begeben sich zum Fundort des Leichnams. Der Vater legt sich auf den Boden, um die Lage der Leiche nachzustellen. Sie lag auf der rechten Seite, in den Haaren hingen Zweige. Sie lag direkt unter einem Brombeerstrauch. »Die Dornen haben ihre Schönheit nicht angekratzt«, versichert der pensionierte Dorfpolizist. Als einer der ersten am Tatort Anwesenden wies er die Familie an, den Leichnam nicht zu bewegen.

Der Vater erzählt, dass er mit seinen Schwiegersöhnen und Sisinas Verlobtem die ganze Nacht am Fundort Wache gehalten habe. Vor dem Ankommen der Polizei am darauffolgenden Morgen durfte die Leiche nicht abtransportiert werden. Nun ist sie in der Kapelle der Villa C. aufgebahrt. Die Beerdigung wird aufgrund der Hitze bereits morgen stattfinden.

ERSTE SPUREN IM MÄDCHEN-MORD

Die Polizei hat im Fall der ermordeten Bauerntochter endlich einen Fund gemacht. Beim Bach der Tigerin wurden Fußspuren gesichert. Es handelt sich um Sohlen von amerikanischen Soldatenstiefeln, etwa Schuhgröße 40. Obwohl der Boden sehr feucht sei, sollen die Spuren deutlich einen eiligen, agilen Schritt anzeigen.

Das Opfer wurde derweil auf dem kleinen örtlichen Friedhof beigesetzt. Da die Hochzeit kurz bevorstand, wurde das Mädchen in seinem Brautkleid beerdigt. Um den Hals trug es eine Schärpe und am Finger den Ehering.

Der Verlobte sei laut Augenzeugen auffällig gefasst, fast gelöst erschienen. Jemand möchte gar gehört haben, wie er nach der Zeremonie zum Schwager der Verstorbenen sagte: »Und jetzt ein schönes kühles Bier!«

Die Dorflehrerin fand passendere Worte: »Es ist eine Tragödie. Seit Monaten hing das Hochzeitskleid schon im Schrank, jeden Tag stand das Mädchen davor und träumte vom schönsten Tag ihres Lebens. Nun trägt sie es im Sarg, die Ärmste. Dabei hätte die Heirat längst stattfinden sollen. Sisinas Familie hatte sie in den Herbst verschoben, weil sie die Tochter nicht vor der Ernte abgeben wollten. Sie war ja so fleißig. Ein großer Verlust für beide Familien.«

MUSSTE SISINA WEGEN WÄSCHE STERBEN?

Die Ermittler im Madonna-del-Sangue-Mordfall tappen weiterhin im Dunkeln. Dabei hat der Verlobte des Opfers brisante Informationen. »Ich weiß, wer's war«, verkündet er auf dem Kirchplatz. Und weiter: »Wenn ich den Wäsche-Milan sehe, bringe ich ihn um.«

Klare Töne vom jungen Kriegsrückkehrer, der sich bisher eher verängstigt gezeigt hat. Treibt ihn die Trauer in den Wahn? Oder ist an der Beschuldigung etwas dran? Wer ist dieser Wäsche-Milan?

Der fliegende Händler aus Jugoslawien kam wenige Tage vor dem Mord zu Sisinas Haus, um Haushaltswäsche für die anstehende Hochzeit zu präsentieren. Sie hatte aber bereits in der Stadt eine Garnitur gekauft, die sie ihm zeigte. Er sagte, es sei schlechte Ware und er würde sie für einen guten Preis eintauschen. Als Sisina ablehnte, wurde er wütend. Er soll gerufen haben: »Bei der heiligen Madonna, du wirst nie heiraten!« Seither wurde der Mann im Dorf nicht mehr gesehen.

Der leitende Ermittler gibt an, der Wäsche-Milan sei groß

und kräftig. Er schließt aus, dass die gefundenen Fußspuren (Größe 40) von ihm sein könnten.

Die Angst in der lokalen Bevölkerung nimmt derweil spürbar zu. Besonders die Jungen gehen nicht mehr aus dem Haus, nur zur Arbeit auf dem Feld. Der Verlobte des Opfers lässt sich auf der Straße von Freunden eskortieren. Er wurde beobachtet, wie er seine Haustür verrammelte und das unterste Fenster zumauerte. Es heißt, er schlafe nur noch mit Licht und gemeinsam mit seinen Eltern im Zimmer.

EILMELDUNG: VERLOBTER INHAFTIERT

Die Polizei hat Vito M. verhaftet. Er wird des Mordes an seiner Verlobten Sisina A. im sogenannten Madonna-del-Sangue-Delikt verdächtigt. Ausschlaggebend waren ausgewaschene Blutflecken am linken Hosenbein und sein eifersüchtiges Verhalten.

TURTELN MIT TURBULENZEN

Die Beziehung des angeklagten Vito M. zu seiner Verlobten, genannt »schöne Sisina«, ist offenbar alles andere als harmonisch gewesen. Nahestehende Personen geben an, das Mädchen sei vor seinem Tod sehr unruhig gewesen. »Sie hatte Angst, unterwegs von Bekannten gegrüßt zu werden, weil ihr Verlobter so eifersüchtig geworden war.«

Aussagen wie diese ließen den leitenden Ermittler aufhorchen: »Der Verlobte rückte mir ins Visier«, verkündet er bei der Pressekonferenz, »so war ich nicht erstaunt, als wir bei der Durchsuchung seines Hauses eine blutige Hose gefunden haben.« Von den Spuren kann bereits gesagt werden, dass es sich um menschliches Blut der Gruppe A handelt, das mit wenig Wasser behandelt wurde. Vito und Sisina gehören beide dieser Blutgruppe an.

Der Ermittler zeigt sich erleichtert: »Dass wir den Schuldigen so schnell fassen und hinter Gitter bringen konnten, ist der Familie des Opfers wohlverdienter Trost.«

Die Dorfgemeinschaft von L. äußert derweil Bestürzung: Vito M. sei ein »unauffälliger, sympathischer Junge«. Über die Gründe, was ihn zu dieser Tat getrieben haben könnte, wird laut gerätselt. Manche sagen, die Beliebtheit seiner Freundin sei für ihn nicht leicht zu ertragen gewesen. Als ruhiger Typ konnte er mit ihrer impulsiven, offenen Art schwer umgehen: »Es belastete ihn, dass sie so wenig auf ihn einging.« War die Tat also ein verzweifelter Versuch, seine Verlobte zur Vernunft zu bringen?

Eine gut unterrichtete Quelle berichtet von einem anonymen Brief, den Vito vor ein paar Monaten bekommen haben soll. »Achtung, pass auf deine Frau auf, sie macht dir etwas vor.« Die Quelle gibt an, der Angeklagte habe seiner Verlobten daraufhin verboten, in der Villa C. oder mit ihrem Schwager im Kohlemeiler im Wald zu arbeiten. Als Vito bei einem Fest hörte, wie Sisina dem Schwager trotzdem ihre Hilfe anbot, forderte er ein anderes Mädchen zum Tanz auf, worauf Sisina ebenfalls mit einem anderen Jungen tanzte. »Vito war zutiefst verletzt und wollte sie wochenlang nicht sehen.«

Eine Frau aus der Gegend, die sich als Wahrsagerin betätigt, hat das Mädchen in dieser Zeit der Trennung beraten. Sie erzählt, Sisina sei sehr aufgewühlt gewesen.

»Ich attestierte ihrem Verlobten eine starke Eifersucht.« Aber gab es dafür einen Grund? Ein Bekannter der Familie bezweifelt es: »Es wäre sicher aufgefallen, wenn Sisina sich nicht rechtschaffen verhalten hätte. Schließlich klebten alle Blicke auf ihr.«

Der Angeklagte gibt derweil großmütig Auskunft. Er empfängt uns in seiner Zelle und bestätigt sowohl den Eingang des anonymen Briefes als auch die Beziehungskrisen. »Es stimmt, unsere Verlobung ging zweimal in die Brüche.« Die Trennungen seien jeweils von ihm ausgegangen und hätten Sisina sichtlich mitgenommen. »Ohne mich konnte sie nicht essen und nicht schlafen. Als wir uns einmal nahe der Quelle über den Weg liefen, zeigte sie mir ihre Augenringe und wie das Kleid an ihr schlackerte. Sie hat gefleht, dass ich sie zurücknehmen würde. Ich blieb hart und stellte meine Bedingungen auf. Sie musste anfangen, mir Respekt zu erweisen.«

Auch die Familie seiner Verlobten habe deren Fehler erkannt, erzählt der Angeklagte weiter. Mutter und Schwestern hätten Sisina mehrmals zurechtgewiesen. »Wie sollte ich denn reagieren, wenn ich erfahre, dass meine Verlobte im Wald mit ihrem Ex gesehen worden war? Sie machte es noch schlimmer, indem sie behauptete, sie hätten sich zufällig getroffen und nur ein paar Worte gewechselt. Dabei wusste ich, dass sie sich länger unterhalten und laut gelacht haben.« Das Fass zum Überlaufen brachte schließlich ein Besuch bei ihrer verheirateten Köhlerschwester, den sie ohne seine Zustimmung unternahm.

Und trotzdem wollte er sie heiraten? Der Angeklagte nickt bestimmt: »Es war alles bereit: Ich hatte schon ein Kilo Hochzeitsbonbons eingekauft. Sisina hat versprochen, dass sie sich bessern will, und mir ihre Treue bewiesen. Ich hatte keinen Grund, daran zu zweifeln.«

Vom Blut auf seinen Hosen will er übrigens nichts wissen. »Falls es da sein soll, ist es wohl von einem Furunkel.«

ACHTUNG, SÜNDENBOCK

Die Ereignisse im Mordfall Sisina haben sich jüngst überschlagen. Nun äußert sich der Dorfpfarrer zur Verhaftung des Verlobten: »Der arme Kerl!«

Das finden auch viele aus der Bevölkerung. Die Anschuldigungen des Polizeichefs seien »aus der Luft gegriffen«, meinen Freunde des Angeklagten. Besonders brisant: Die Fußabdrücke der Größe 40, die bis vor Kurzem noch als einziges Indiz galten, passen nicht zu Vito: Er trägt Größe 42. Mehr als unwahrscheinlich, dass er sich für die Tat in viel zu kleine Schuhe gezwängt hätte. Außerdem verlieren sich die Spuren in der Nähe der Kohlemeiler – Vitos Haus befindet sich in entgegengesetzter Richtung. Er hätte einen sehr großen Umweg machen müssen.

Tatsächlich deutet einiges darauf hin, dass der in seinem Amt noch unerfahrene Kommissar den prominenten Fall möglichst schnell abschließen wollte. Vom Scheinwerferlicht geblendet, bedient er sich des einfachsten Motivs: Eifersucht. Schließlich ist bekannt, dass Sisina von Männern umschwirrt wurde wie von Fliegen.

Der Polizist befindet sich auf dem Holzweg und wagt sich weit auf die Äste hinaus. Dabei vernachlässigt er alle anderen Spuren: Die Adelsfamilie C. bleibt weiterhin unbehelligt.

In den Verhören mit den Dorfbewohnern stiftet dafür die Sommerzeit Verwirrung: Da die meisten Bauern keine Zeitumstellung machen und sich weiter nach der Sonne richten, verlangsamen widersprüchliche Zeitangaben den Ermittlungsprozess noch mehr – so ganz unabsichtlich scheint dies nicht immer zu wirken.

Klar ist: Der Kommissar treibt mit der Verhaftung von Vito M. einen Keil in die einst einmütige Landgemeinschaft. Viele stellen sich hinter den Angeklagten und stecken seinen Eltern Zigaretten und Früchte zu: »Für den tapferen Sohnemann.« Auf der anderen Seite stehen jene, die nicht auf den Richter warten wollen: Sie sprechen Vito bereits schuldig.

Zu Letzteren gehört tragischerweise auch die Familie des Mordopfers, die sich vom ehemals geliebten Schwiegersohn kaltschnäuzig abgewendet hat. Ebenso Sisinas Freundin und Nachbarin Livia L., die das Märchen vom Sündenbock weitererzählt, indem sie ihre ursprüngliche Aussage erweitert: »Als wir am Tag der Madonna del Sangue von der Messe kamen, fragte Vito Sisina, ob sie nach dem Essen zur Quelle gehen würde.« Auf die Frage der Presse, weshalb sie dies erst jetzt erwähne, antwortete sie, es sei ihr erst jetzt eingefallen. Außerdem habe sie »keine Ahnung«, weshalb ihre Freundin sie gefragt habe, ob sie mit zum Wasserholen komme. »Sie wusste, dass ich nicht kommen würde, ich habe es ihr schon bei der Morgenmesse gesagt.« Ein wahrlich wankelmütiges und verdächtiges Verhalten!

Immerhin: Die skandalösen Umstände empören selbst eine juristische Elite. Am Tag von Vito M.s Verhaftung haben bereits drei Spitzenanwälte angekündigt, ihn ehrenamtlich zu verteidigen. Sie berichten, dass Vito M. die erste Nacht im Gefängnis gut überstanden habe und eine vorbildliche Kooperationsbereitschaft zeige. Ihr Mandant sei »sehr bemüht und besorgt«.

Der Angeklagte im Mordfall »Sisina« sitzt noch immer in Untersuchungshaft. Von der Zelle aus berichtet er von seinen Erlebnissen am Tag des Delikts. Er spricht sehr gefasst, was seinen guten Charakter hervorscheinen lässt.

»Am Morgen vor der Messe wartete ich vor dem Haus meiner Verlobten. Ich war gewöhnt, dass sie sich Zeit ließ, und unterhielt mich so lange mit meiner Schwiegermutter, die mich zum Mittagessen einlud. Sie kochte gerade Seife und wollte mir welche für meine Mutter mitgeben. Als Sisina herauskam, drehte sie sich im Kreis, um mir ihr neues Kleid zu zeigen. Ich zog sie etwas auf, weil sie mich hatte warten lassen.

Mittags habe ich sie von der Kirche nach Hause gebracht. Wir verabredeten uns für die Prozession am späten Nachmittag. Obwohl meine Schwiegereltern darauf bestanden, mit ihnen zu essen, ging ich nach Hause: Meine Mutter hatte gekocht. Nach dem Essen legte ich mich ins Bett. Schließlich war Feiertag, und ich bin vor Sonnenaufgang aufgestanden, um das Vieh zu füttern. Ich schlief tief, bis mich die Kirchenglocken weckten. Ich beschwerte mich bei meiner Mutter: Wieso hast du mich nicht geweckt? Jetzt reicht es nicht mehr, meine Sisina abzuholen.

Über eine Abkürzung erreichte ich die Kirche rechtzeitig. Dort sah ich Frauen weinen. Armer Vito, schluchzten sie, hast du es nicht gehört? Sie haben deine Verlobte gefunden. Ich schrie dreimal: Nein! Nein! Nein! Dann nahm ich irgendein Fahrrad und fuhr zum Tatort. Dort umarmte ich meine Sisina, bis mich jemand wegzerrte. Ich hätte sie nie mehr losgelassen.«

Der junge Mann in der düsteren Zelle braucht eine Weile, bis er sich wieder gefasst hat. Dann sagt er erstickt: »Es war alles voller Blut. Ich muss mir die Flecken dort geholt haben.«

Die angebliche Beweislast löst sich anhand dieser Aussage in Luft auf: Der Mörder muss nach der Tat blutüberströmt gewesen sein. Zwei winzige Tröpfchen auf einer Hose sind also kein Beweis für die Schuld, sondern für das Gegenteil: die Unschuld.

Der Fall der ermordeten Dorf-schönheit entpuppt sich als immer rätselhafter. Die Gerüchteküche brodelt: Viele sind sich einig, Sisina sei getötet worden, weil sie mit einem Geliebten erwischt worden sei. Besonders mysteriös erscheint in diesem Licht die Aussage der Mutter, der bisher zu wenig Beachtung geschenkt wurde. Verständlicherweise: Der mütterliche Schmerz flößt respektvollen Abstand ein. Nun häufen sich aber die Hinweise darauf, dass ein Unschuldiger in Haft sitzt. Es ist an der Zeit, auch die delikateren Steine umzudrehen.

Die Mutter des Opfers erzählte uns kurz nach der Tat, wie sie ihre Tochter zum letzten Mal lebend gesehen hatte. Demnach verließ Sisina nach dem Essen das Haus. Die Mutter beobachtete, wie sie ihre Freundin rief, die nicht mitkommen wollte. Mit dem Krug in der Hand und einem Tuch über der Schulter zog sie alleine los. Der Brunnen steht 390 Meter vom Haus entfernt; als Sisina nach über einer Stunde nicht zurückkehrte, sorgte sich die Mutter und beschloss, Sisina zu suchen. Sie ging die Straße entlang dem Gehölz, das »Hexenwald« genannt wird.

»Der Graben zog mich wie magisch an«, gibt die Mutter Auskunft. »Ich schaute links und rechts und dann ins Gebüsch: Dort sah ich eine grosse Blutpfütze und ein paar kleinere Spritzer. Aber ich sagte mir: Nein, nein. Ich nahm Zweige und bedeckte damit die Pfütze. Runtergehen konnte ich nicht; es war, als würde mich eine unsichtbare Hand abhalten. Also ging ich zurück zur Hauptstraße und weiter bis zur Quelle. Ich war beunruhigt, als ich den Krug nicht sah. Auf dem Heimweg hatte ich das Blut vergessen.«

Unterbrechen wir hier kurz die Erzählung: Weshalb geht die Mutter überhaupt los, ihre Tochter zu suchen? Es ist helllichter Tag – wovor hat sie Angst? Die Frau erklärt, sie habe gefürchtet, ihre Tochter würde im Wald jemanden treffen und »sich verlieren«. Als sie das Blut sah, fühlte sie sich bestätigt: »Ich wollte nicht, dass es jemand sehen und dasselbe denken könnte wie ich.« Nämlich? »Dass Sisina sich verloren hat.« Die Mutter deutet also an, gedacht zu haben, dass die Blutlache von der Entjungferung ihrer Tochter stammt. Aber wieso bringt sie eine so große Menge Blut damit in Verbindung? Und wie kann sie es danach »vergessen« haben?

Zu Hause angekommen, weckt sie ihren Mann, aber erzählt ihm nichts vom Blut. Auch die Schwestern und der Schwager werden aus dem Bett geholt. So begibt sich die ganze Familie auf die Suche nach Sisina.

Der Vater gibt an, die Leiche sei noch warm gewesen. Der ehemalige Dorfpolizist, der wenig später dazukam, sagt jedoch, sie sei bereits kalt und das Blut geronnen gewesen. Er habe sich nicht einmal befleckt, als er sie an den Tatort zurücktrug.

Diese Unstimmigkeiten sind auffällig. Zusammen mit dem mehr als seltsamen Verhalten der Mutter werfen sie wichtige Fragen auf. Und einen Schatten, der sich ausgerechnet über die Familie des Opfers legt.

WAR DIE SCHÖNE SISINA GUTER HOFFNUNG?

Im Madonna-del-Sangue-Mord wird von allen Seiten über das »Blutwunder« spekuliert: Wie kamen die verräterischen Tropfen (manche behaupten, sie hätten die Form eines Fragezeichens) auf Vitos Hosen? Eine bisher unerhörte Erklärung liefert der Angeklagte in einer neuen Aussage. Angesprochen auf den letzten großen Streit, den das berüchtigte Paar in aller Öffentlichkeit ausgetragen hat, rutscht Vito M. etwas heraus, was er wohl lieber geheim gehalten hätte ...

Wenige Tage vor dem Mord begleiteten die Schwestern des Opfers die beiden Verlobten in die Stadt, um die letzten Hochzeitsvorbereitungen zu treffen. Laut Schwester Virginia habe sich Vito M. dort für einige Zeit allein entfernt, um den Ring auszusuchen. »Zurück kam er mit Zigaretten, zwei Paar Socken und dem Ehering.« Als sich herausstellte, dass dieser aus Kunststoff und nicht aus Gold war, habe sich Sisina scherzhaft über die Sparsamkeit ihres Verlobten geäußert.

Daraufhin brach ein schlimmer Streit aus. Schwester Alessia berichtet, dass Sisina am nächsten Morgen weinend im Bett gelegen habe: »Es ging ihr nicht gut in den Tagen vor ihrem Tod.« Der Arzt wurde gerufen, der Sisina wegen starker Abmagerung und Erschöpfung untersuchte.

Der Angeklagte bestätigt: »Als mir zu Ohren kam, dass der Doktor bei meiner Verlobten sei, war ich sehr besorgt – auch wegen dem Geheimnis. Sisina hatte mir vor kurzem gestanden, dass sie fürchtete, schwanger zu sein. Nach Feierabend bin ich darum mit einem Körbchen frischer Ricotta zu ihr. Sie empfing mich mit den Worten: Weißt du, was der Doktor gesagt hat? Ich solle versuchen, weniger mit meinem Liebsten zu streiten.«

War der Grund für Sisinas Unwohlsein aber gar nicht der Streit, sondern die Angst vor einer geheimen Schwangerschaft? Alessia dementiert: »Blödsinn, sie hat ja das Bett vollgeblutet.«

Vito M. könnte sich die Flecken auf der Hose bei diesem Besuch geholt haben. Verständlich, dass er diese Möglichkeit verschwiegen hat: Über Monatsblut, und dann noch verspätetes, haben Männer nun mal kein Wort zu verlieren.

EISERNES SCHWEIGEN

Im Mordfall »Schöne Sisina« scheint hinter den Kulissen etwas passiert zu sein, was den Leuten der Umgebung die Sprache verschlagen hat. Gegenüber Polizei und Presse herrscht nun gähnendes Schweigen. Die einzigen Antworten, die noch verlautet werden, sind: »Ich weiß nicht« und »Ich war nicht da«. Ein für Zeugenbefragungen verantwortlicher Polizist sagt: »Diese Leute reden nicht mal, wenn du sie umbringen würdest.«

Die Stimmen, die noch vor wenigen Wochen den »Hochwohlgeborenen«, den Sohn der Contessa, als möglichen Täter genannt haben, sind verstummt. Stattdessen melden sich verstärkt zwielichtige Charaktere wie die Freundin des Opfers zu Wort, deren Äußerungen zur Belastung des Angeklagten verwendet werden. Woher der plötzliche Sinneswandel? Hat vielleicht der neue, auffallend teuer aussehende Mantel, den Livia L. laut Augenzeugen seit Kurzem trägt, etwas damit zu tun?

PROZESS IM MADONNA-DEL-SANGUE-MORD

Das Gerichtsgebäude ist an diesem schwülen Morgen fast nicht betretbar, eine so große Menschenmasse hat sich davor versammelt. Arbeiter, Bürofräuleins, Studenten, alle sind sie von der Unschuld des Angeklagten überzeugt: »Er sieht einfach nicht aus wie ein Mörder«. Sie wollen ihre Solidarität bekunden – oder einfach aus nächster Nähe erfahren, welche Neuigkeiten es im wohl bekanntesten Mordfall der Nachkriegszeit gibt.

Fast genau ein Jahr ist es her, dass die junge Sisina A. leblos im Wald aufgefunden wurde. Sie war auf dem Weg zum Brunnen, wo sie nie angekommen ist. Die Hoffnung, dass das Geheimnis um ihren Mord während des Prozesses gelüftet wird, ist groß. Mit Spannung werden die Zeugen dieses ersten Tages erwartet: Befragt werden der Angeklagte selbst sowie die Familie des Opfers.

Der sozialistische Abgeordnete S. wird die Verteidigung führen. Er beschreibt den Prozess als Hexenjagd: »Ein heroischer Kriegsrückkehrer und schwer schuftender Bauer muss für die Ignoranz eines Lokalpolizisten büßen. Das sind nicht die Werte unseres Landes. Dafür stehe ich ein!« Die Menge am Eingang jubelt ihm zu. »Viva Vito«, rufen sie, »er ist unschuldig.«

Im Saal steht der Angeklagte im sogenannten Tigerkäfig neben der Richterkanzel. Er ist frisch frisiert und trägt ein weisses Hemd. Die Anschuldigungen gegen ihn werden verlesen: Blutflecken auf der Hose und widersprüchliche Erklärungsversuche; haltlose Beschuldigungen gegen einen fliegenden Händler, genannt Wäsche-Milan; krankhafte Eifer- und Streitsucht in Bezug auf seine Verlobte; die direkte Fahrt zum Tatort, ohne über denselben unterrichtet worden zu sein; Leugnung, dass er mit der Verlobten eine Verabredung bei der Quelle hatte; sein schwaches Alibi, hervorgerufen durch Unstimmigkeiten in Zeugenaussagen seiner Eltern; sein auffälliges Benehmen bei der Beerdigung des Opfers; eine Zurschaustellung äußerster Angst nach dem Delikt.

Die Befragung beginnt. Der Angeklagte wird auf die am Tatort gefundenen Abdrücke von amerikanischen Schuhsohlen angesprochen. Er verneint, bei der Befreiung aus dem deutschen Strafgefangenenlager von den Amerikanern Schuhe bekommen zu haben. Er strahlt eine beeindruckende Ruhe aus, spricht stets von »meiner armen Sisina«. »Für mich war sie immer ein gutes Mädchen«, betont er, »ich war nie eifersüchtig; ich hatte sie gern. Und natürlich, wenn einer eine gernhat ...« Ein paar Tränen im Saal.

»Hätte ich Zweifel an ihrer Ehrlichkeit gehabt, hätte ich sie verlassen. Aber ich habe sie unversehrt vorgefunden.« Er führt aus, er habe seine Verlobte zwei Monate vor dem Delikt mehrmals »besessen«. Etwa zehnmal: zweimal auf dem Feld und die anderen Male in der Tür von Sisinas Elternhaus. Um Mitternacht, beim Verabschieden, während ihre Mutter in der Küche war.

Diese Erzählung löst bei der Mutter des Opfers eine plötzliche Krise aus. Die Frau springt von der Bank und schreit: »Ich kratz dir die Augen aus!« Der Richter mahnt um Ruhe und ruft sie in den Zeugenstand. Mariapia R. ist ganz in Schwarz gekleidet, zwischen den Fingern hält sie einen Rosenkranz. Für eine ungebildete Landfrau zeigt sie erstaunlich wenig Scheu vor den Herren des Gerichts. Sofort tut sie ihre Abneigung gegen den Angeklagten kund: Sie fühle sich verhöhnt. »Ich will dem Angeklagten etwas sagen. Der Experte (das medizinsche Gutachten, Anm. d. Verf.) hat schon gesagt, dass Sisina nicht in Ordnung war (entjungfert, Anm. d. Verf.). Und nun sagt Vito, dass er der Erste war (erster GV, Anm. d. Verf.). Schön, aber was nützt es, wenn man frischfröhlich allen erzählt, wie, wo und wann?«

Die Mutter wird angesprochen auf den Tag des Delikts und ihre Suche nach der Tochter. Sie sei leise rufend durch den Wald, weil sie vermutete, Sisina sei irgendwo mit ihrem Verlobten. Die Verteidigung fragt nach: Im ersten Verhör habe sie gesagt »mit irgendjemandem«? Die Frau winkt ab und erzählt weiter, wie sie im Graben die Blutlache gefunden habe. Wieso habe sie gewusst, wo suchen? Mariapia antwortet: »Wenn meine Tochter sich ›verlieren‹ wollte, dann wäre das der beste Ort.« Sie erzählt, wie sie die blutige Pfütze mit Laub bedeckte. Warum? »Ich wollte nicht, dass jemand anders sah und verstehen würde, was ich gerade verstand.« (Dass Sisina entjungfert worden sei, Anm. d. Verf.).

Der Verteidiger meldet sich zu Wort: »Entschuldigung, sind Sie eine Frau?« Mariapia bejaht. Dann müsse sie doch wissen, dass Jungfernblut möglicherweise ein paar Tropfen, aber doch keine Lache zustande bringe. »Hat Ihnen die Tochter jemals erzählt, dass sie Angst habe, in interessantem Zustand zu sein?« (Schwanger, Anm. d. Verf.) – »Niemals!« Die Mutter des Opfers bricht in Tränen aus. Die Masse murmelt abfällig. Der Verteidiger merkt an, es sei seltsam, dass die Mutter nicht ohnmächtig geworden sei.

Der Vater des Opfers wird aufgerufen. Der kleine Mann wirkt fast schwatzhaft und spielt aufgeregt mit den Knöpfen an seiner Jacke. Er erzählt, wie er seinem Ex-Schwiegersohn bedingungslos vertraut und ihn zu Beginn lautstark verteidigt habe. Das habe sich erst geändert, als die Blutspuren aufgetaucht seien. Auf die Frage, woher er davon erfahren habe, antwortet er: »Aus der Zeitung.« Eine Stimme ruft aus dem Publikum: »Stefanino, seit wann kannst du denn lesen?« Der ganze Saal lacht.

Auf den Vater folgen die Schwestern. Eine wirkt überheblich, die andere äußerst verwirrt. Virginia verstrickt sich in einer Unstimmigkeit, da sie erzählt, ihre Mutter habe sie aus der Siesta geweckt. Ihr Mann hatte aber angegeben, es sei Alessia gewesen. Wer hat nun wen geweckt? Klar ist nur: Die Familie redet sich um Kopf und Kragen.

Damit wird der erste Prozesstag beendet. Vor dem Gericht skandieren noch immer die Unterstützer von Vito M. Sie werden erst Ruhe geben, wenn sie einen Freispruch hören.

DIE BÖSE STIEFSCHWESTER – NOCH MAL DAVONGEKOMMEN?

Am zweiten Tag des umstrittenen Prozesses gegen Vito M. ist bereits wieder Schluss: Das Verfahren wird auf unbestimmt vertagt und voraussichtlich in ein anderes Gericht verlegt.

Was ist passiert? Zunächst wurde die Frau befragt, die Vito von Sisinas Tod unterrichtet hatte. »Ich stand vor der Kirche, als ich ihn ankommen sah. Ich sagte: Weißt du denn gar nichts? Sie haben deiner Dame die Kehle aufgeschlitzt.« Sie sei sicher, dem Angeklagten nicht gesagt zu haben, wo es passiert sei. Und doch ist er auf direktem Weg zum Tatort gefahren.

Eine belastende Aussage tätigt auch Livia L., die Freundin des Opfers. Als das Mädchen in den Zeugenstand tritt, gerät der Saal in Aufruhr. Viele tun ihre Kommentare lautstark kund. Der Grund: Vor ein paar Monaten hat sie ein uneheliches Kind zur Welt gebracht. Selbst unter Eid hält sie das Geheimnis hinter einem sphinxenhaften Lächeln versteckt: »Der Babbo? Gibt's keinen«.

Der Gerichtspräsident weist sie scharf zurecht: »Da gibt's nichts zu lachen, das ist eine ernste Sache!« Nach ihrem Alter gefragt, gibt sie an, sie sei 19, tatsächlich ist sie 21. Der Verteidiger merkt an, das Mädchen sei psychisch nicht in Ordnung. Er empfiehlt, ihren Aussagen keinen Wert beizumessen. Das Mädchen wird trotzdem weiter befragt.

Die L. beschreibt, wie sie am Morgen des besagten Tages zusammen mit Vito, Sisina und deren Schwestern zur Messe ging. Als sie am Friedhof vorbeikamen, habe Vito gesagt: »Schaut, der Friedhofswärter hat ein frisches Feld umgegraben. Von da unten sieht man die Karotten sicher gut. Was denkt ihr, wen von uns begräbt er zuerst?« Das Publikum beschwert sich lautstark. Ebenso der Verteidiger: Wieso sie das erst jetzt sage, ob ihr vielleicht einer gesagt hätte, dass sie das sagen solle? »Was wollen Sie«, ruft die L., »es ist so lange her.« Ob sie Vito deshalb eine Ohrfeige gegeben habe, fragt der Staatsanwalt, wegen diesem Spruch? Die Zeugin gibt an, sich nicht zu erinnern. »Das muss ein Spaß gewesen sein.«

Als dritte Zeugin erscheint Filomena – bekannt als »böse Stiefschwester«: Mutter Mariapia hat sie aus ihrer ersten Ehe mit in die Familie gebracht, mit Stefano ist sie im Übrigen nicht rechtmäßig getraut. Die arme Filomena betritt den Zeugenstand unter aufgeregtem Murmeln der Menge. Laut Gerüchten hat sie den Mord längst gestanden, weil sie Sisina mit ihrem Mann, dem Köhler, im Wald gefunden hätte. Derselbe Köhler, von dem der Angeklagte nicht wollte, dass seine Verlobte weiter mit ihm arbeitete. Dies, weil er einen anonymen Brief erhalten hatte mit dem Rat, Sisina nicht mehr zum Schwager zu schicken. Die Stiefschwester bestätigt, von besagtem Brief zu wissen. Sisina habe ihr davon erzählt, nachdem Filomena habe wissen wollen, warum sie ihnen nicht mehr helfe.

Der Angeklagte gibt an, jener Brief habe nichts mit dem Verbot zu tun gehabt. Er wollte einfach nicht, dass seine zukünftige Frau arbeite. Daraufhin ruft der Gerichtspräsident aus: »Ist es einer Braut etwa verboten, weiter zu arbeiten!«

Im Saal herrscht ein glühendes Klima. Das Gerede um eine allfällige Romanze zwischen den Verschwägerten schürt es zusätzlich: Die Masse im Saal zeigt offene Feindlichkeit gegenüber Sisinas Familie. Der Staatsanwalt bittet schließlich darum, dass ihre Angehörigen auf dem Weg zum Bahnhof verstärkt Polizeischutz erhalten, schließlich seien sie allein an diesem Morgen mehrmals angegriffen worden. Der Verteidiger bezweifelt die Notwendigkeit dieser Maßnahme – das Publikum applaudiert begeistert. Der Gerichtspräsident klingelt mit dem Glöckchen, der Verteidiger wird ausfällig. Die Masse tobt. Der Saal wird geräumt. Der Oberstaatsanwalt schlägt vor, den Prozess wegen Befangenheit zu vertagen. Der Angeklagte bricht in Tränen aus.

Auch die Schaulustigen vor dem Gericht zeigen sich enttäuscht und aufgebracht. Ein anonymer Zeuge meint, er würde sich nicht wundern, »wenn heute ein paar Steine fliegen«.

ANSCHLAG AUF GERICHT

Die Sicherheitskräfte des Gerichtsgebäudes konnten heute ein Attentat vereiteln. Ausschlag gab vermutlich der gestrige Entscheid, den Prozess gegen Vito M. zu vertagen. Das Gericht bestätigt den Eingang eines anonymen Briefs, dessen Schreiber angibt, Sisinas Mörder zu sein. Er droht damit, weitere Morde zu verüben, wenn Vito nicht sofort freikomme. Das Gericht wollte sich dazu nicht weiter äußern.

DIE MYSTERIÖSE FAMILIE

Die Familie des Opfers im Madonna-del-Sangue-Mord gibt im Zuge des abgebrochenen Prozesses viel zu reden. Über niemanden sonst gibt es annähernd so viele Gerüchte, Theorien und Behauptungen. Die schroffe Art des Vaters hat das städtische Publikum irritiert und Verdacht geweckt: Besonders, weil sich die Familienmitglieder nicht einig werden, wo sich »der Babbo« zum Tatzeitpunkt aufgehalten haben soll. War er unter dem Feigenbaum, bei den Kühen oder im Bett? Die Mutter hat mit ihren seltsamen Erzählungen zusätzlich das Feuer geschürt, sie wird als »Mutter der Mysterien« verhöhnt. Ist an den geflügelten Worten vom »Familiengeheimnis« etwas dran? Wer sind diese Landleute, und was haben sie zu sagen? Während alle über sie reden, haben wir sie zu Hause besucht – um einmal mit ihnen zu reden.

In der dunklen Küche des kleinen Pachthofes wird es offensichtlich: Die Blume der Familie wurde ihr entrissen. Keine der drei Schwestern, die hier um den Tisch sitzen, hat die Schönheit der ermordeten Sisina. Die zwei älteren sind bereits verheiratet, ihre Ehemänner sitzen am Ofen und rauchen. Der Vater trägt Stiefel, er ist auf dem Weg in den Stall. Die Kühe kennen keinen Feierabend. Die Mutter knetet die Hände, möchte nicht warten. Sie sagt: »Vito war uns wie ein Sohn. Diese Unsicherheit, ob er wirklich schuldig ist, bringt uns zur Verzweiflung.«

Haben sie darum die Hexe aufgesucht? Die jüngste Schwester, Alessia, wird rot: »Das war nicht so, wie alle sagen, die Zeitungen lügen wie gedruckt! Wir haben sie nicht bestochen und schon gar nicht bedroht.« – Wie war es dann? Alessia gibt zu, dass sie und ihre Schwestern eine Wahrsagerin namens »Hefe« besucht hätten: »Sie hat uns die Karten gelegt, aber sie waren unklar. Einerseits zeigten sie, dass Vito schuldig war, andererseits schlossen sie es aus. Die Kohle brachten wir als Bezahlung. Sie sollte noch mehr kriegen, wenn sie uns den Mörder zeigen konnte. Aber wir haben sie nie gebeten, Vito oder sonst jemanden als Mörder zu nennen.«

Der Vater erzählt in der Tür stehend: »Kurz nach dem Tod meiner Tochter machte ich Besorgungen oben im Dorf. Ich stand an der Bar und trank ein Glas Milch, als ich gewisse Leute Vito beschuldigen hörte. Ich sagte laut: Ein Huf soll mich am Kopf treffen, wenn Vito ein Mörder ist.« Dann entschuldigt er sich: »Die Kühe rufen.«

»Wir haben ihn nicht verdächtigt«, sagt die Mutter, »bei seiner Verhaftung waren wir fassungslos.« Was hat sich geändert? Schließlich sind sie es, die gegen ihren Schwiegersohn vor Gericht gezogen sind. Werden sie die Anklage nun fallen lassen? »Die Beweise haben uns überzeugt«, erklärt die mittlere Schwester Virginia, »zuallererst das Blut auf seiner Hose.« Sie hätten es davor nicht sehen wollen, meint ihr Mann. »Wir waren blind, wir hätten es früher merken sollen.«

Die Nachbarin Livia habe ihnen erzählt, dass sich Vito und Sisina nach dem Mittagessen bei der Quelle verabredet hätten. »Aber das ist noch nicht alles.« Die Männer am Ofen wechseln einen Blick. Sie erzählen von einem verstörenden Ereignis in der Nacht nach dem Mord. »Wir blieben mit Sisina im Wald, sie durfte ja nicht bewegt werden, bis die Polizei aus der Stadt kam. Wir wechselten uns ab mit der Totenwache, und als ich Vito weckte, schreckte er auf und rief: Nein! Nein! Nein! – Was habe ich getan?«

Der Köhler, der Mann der ältesten Schwester, nickt. Sisina war ihm eine Hilfe gewesen bei der Arbeit im Meiler, bis Vito es ihr verboten hatte. Weshalb? Ist in den einsamen Stunden im Wald über den glimmenden Kohlen etwa die Flamme der Leidenschaft zwischen den Verschwägerten aufgelodert? Die Schwester wird wütend, ihr Mann schüttelt den Kopf: »Aber wir waren ja gar nie allein. Mindestens mein Bruder war immer dabei.«

»Vito tat schrecklich eifersüchtig«, schaltet sich die kleine Schwester Alessia ein. Sie war der Verstorbenen am nächsten. »Er machte Sisina unentwegt Vorwürfe. Sie war ständig nervös, dass sie etwas falsch machen würde.« Alessias Meinung nach hätte Vito nur nach einem Vorwand gesucht, seine Verlobte verlassen zu können. »Ich habe ihr immer wieder gesagt: Mit mir könnte er so was nicht abziehen.« Er lag ihr mit angeblichen Zweifeln an ihrer Treue in den Ohren und malte ihre gemeinsame Zukunft in schrecklichsten Farben. »Er behauptete, seine Freunde würden schlecht über sie reden, dabei war er es: Er hat sie Flittchen genannt.« Für die kleine Schwester ist klar: Er wollte sie demütigen, zermürben.

»Sie kennen die Geschichte des Rings?« Wenige Tage vor dem Mord seien die Verlobten und Sisinas Schwestern in die Stadt gefahren, um den Ehering zu kaufen. Das meiste für die Hochzeit sei schon von der Familie organisiert und bereitgestellt gewesen. »Er hat wirklich nichts zu den Vorbereitungen beigetragen«, ereifert sich Virginia, »er meinte, er müsse Geld sparen für den Goldring.« – »Und dann tanzt er an mit diesem Plastikding!«, ruft Alessia. »Er meinte, es würde sich nicht lohnen ...«

Die Mutter entschuldigt sich und verlässt die Küche. »Sie kann es noch immer nicht fassen«, erklärt Virginia. Sie ist die ernsteste der Schwestern. Vitos Beziehungsmüdigkeit war auch ihr aufgefallen: »Ich habe Sisina eingeschärft, dass sie ihn nicht weiter reizen dürfte. Er hat so einen

autoritären Charakter. Ich hatte Angst davor, wie weit er gehen würde.«

Das Elternpaar betritt gemeinsam wieder die dunkle Küche. Sie bleiben neben der Tür stehen. Die Mutter räuspert sich: »Ich habe ihr auch gesagt, dass sie sich benehmen soll. Wir wollten Vito nicht verlieren.« Könnte es nicht sein, dass der Verlobte bloß ungeduldig geworden sei, weil er gerne früher geheiratet hätte? Die Mutter schüttelt energisch den Kopf: »Es ist sogar sein Vorschlag gewesen, die Hochzeit zu verschieben.« Der Vater scharrt mit den Stiefeln und murmelt: »Er behauptet auch, er habe die Kosten vom Leichentransport und der Beerdigung übernehmen wollen. Das stimmt nicht. Er hat das nie angeboten. Nicht mir jedenfalls.«

Vito habe in all dieser Zeit keine sichtliche Trauer gezeigt. »Vor allem keine Anteilnahme mit der Familie«, ergänzt die Mutter, »er ging nur mit seinen Freunden trinken.« »Er hat sich abgewendet«, sagt der Vater. »Er, der früher quasi hier gewohnt hat, kam nach Sisinas Tod bloß ein einziges Mal vorbei.« Die Mutter ergänzt: »Auch da nur, um uns vor der Polizei zu warnen, vor den Befragungen. Er meinte, wir sollten kein Durcheinander machen.«

Es ist spät geworden. Virginia zündet eine Lampe an. Die Stiefschwester und ihr Mann, der Köhler, machen sich auf den Weg zu ihrem Haus im Wald. Auf der Landstraße zirpen die Grillen. Ein Käuzchen ruft. Und das Haus der mysteriösen Familie verschmilzt mit dem Dunkel der Nacht.

MORDPROZESS WIEDER AUFGENOMMEN

Der Gerichtssaal ist zum Bersten voll. Neun Monate nach dem Abbruch des Prozesses im Madonna-del-Sangue-Mord steht der Angeklagte Vito M. wieder vor dem Gesetz. Fast zwei Jahre ist es her, dass seine Verlobte, genannt »Schöne Sisina«, tot aufgefunden wurde. Fast ebenso lange sitzt er in Haft. Seither ist die Zahl derer, die von seiner Unschuld überzeugt sind, noch gewachsen. Viele aus dem Publikum sind angereist, um dem Angeklagten beizustehen.

Die Geschworenen werden vorgestellt: ein Schauspieler, ein Metzger, ein Orthopäde, ein Verkäufer, ein Ingenieur, ein Sekretär. Sie muss der Angeklagte überzeugen, und an sie wendet er sich zuerst: »Ich bin nicht nur unschuldig. Mehr als ihr alle zusammen will ich Gerechtigkeit für meine arme Verlobte.« Die Mutter des Opfers schnieft lautstark, der Vater wirkt ungehalten.

Er fragt die Journalisten hörbar, ob er jeden Tag anwesend sein müsse.

Der Angeklagte wird nach seinem schwachen Alibi befragt – das im Übrigen sämtliche Zeugen teilen: Alle haben zum Zeitpunkt der Tat geschlafen. Vito erklärt: »Wir Landleute arbeiten Tag und Nacht. Den Feiertag nutzen wir, um ein paar Stunden Schlaf zu bekommen, Wermut zu trinken und die Verlobte zu sehen.«

Stattdessen musste er die Leiche seiner Sisina im Gestrüpp sehen. »Ich stolperte, fiel neben ihr auf die Knie, streichelte ihre Wangen, ihr Haar, sie war voller Erde.«

Hier ruft der Vater des Opfers dazwischen: »Er hat die Leiche nicht angefasst! Ich war da, ich hab's gesehen, er hat sie nicht angerührt!« Der Vater wird gebeten, sich wieder zu setzen, damit Vito fortfahren kann: »Sofort habe ich an einen Perversen gedacht. Nur ein Perverser kann so etwas tun.«

Dann wendet er sich an den Vater seiner toten Verlobten: »Ich möchte dir etwas über deine Tochter sagen. Es heißt, ich hätte sie krank gemacht. Dazu kann ich nur sagen: Sisina war das Aschenputtel der Familie.« Er richtet sich wieder ans Publikum: »Mein Ex-Schwiegervater ließ sie ohne Pause arbeiten, sogar am Sonntag, auf den verminten Feldern.

Das habe ich ihm oft vorgeworfen, worauf er sagte: Sei still, damit ich dich nicht umbringe.«

Mit dieser unschönen Szene endet der erste Prozesstag. Sisinas Familie wird mit dem Auto nach Hause gefahren und morgen früh aufs Neue abgeholt. Der Vater erklärt: »Wenn sie uns schon hier haben wollen, sollen sie sich auch drum bemühen.« Eins ist klar: Dieses Verhalten wird ihren Beliebtheitsgrad nicht gerade steigern.

JETZT REDEN DIE HEXEN

Der zweite Prozesstag der mysteriösen »Causa Sisina« bringt interessante Klientel: zwei Wahrsagerinnen. Beide wurden von der jungen Dorfschönheit aufgesucht – kurz bevor diese eines brutalen Todes starb.

Eine von ihnen ist eine unscheinbare Frau mittleren Alters aus dem Dorf L. Sie hat Sisina etwa ein Jahr vor dem Mord die Karten gelegt. Bei diesem Treffen habe das Mädchen zu ihr gesagt: »Schau, wie mager ich bin.« Auf die Frage, weshalb Sisina ihren Rat gesucht habe, antwortet die Frau: »Zum Scherz.« Der Gerichtspräsident macht die Wahrsagerin auf ihre frühere Aussage

aufmerksam. Demnach habe Sisina gesagt: »Ich glaube, mein Verlobter liebt mich nicht mehr. Leg mir die Karten.« Die Frau gibt an, sich nicht daran zu erinnern. Seltsam ... Seherinnen sehen wohl nur in die Zukunft und nicht in die Vergangenheit.

Das andere Exemplar ist eine richtige Magierin aus der Stadt. »Die Hefe«, wie sie sich nennt, ist ein Original, das in seiner eigenen Welt lebt, in wilder Ehe mit einem jüngeren Mann. In diese Gefilde hatte sich Sisina gewagt – nur einen Monat vor dem Delikt. Laut der »Hefe« wollte das Mädchen zwei Dinge wissen. »Was denkt ein verheirateter Mann von mir, den ich ziemlich gut kenne?« Und: »Wie werde ich sterben?« Auf die erste Frage konnte die Wahrsagerin nur vage antworten, auf die zweite, dass sie bald eines gewaltsamen Todes sterben werde.

Wie wir aus sicheren Quellen wissen, hat auch die Klägerfamilie die »Hefe« aufgesucht. Sie versprachen ihr Gold und Kohle, wenn sie aussagen würde, dass Vito der Schuldige sei. Dass die Zauberin diesen hässlichen Bestechungsversuch vor Gericht heute nicht erwähnte, zeigt ihre wahre Größe.

DIE SCHRECKLICHSTE ZEUGIN

Im Mordprozess gegen Vito M. brodelt's. Heute hat ein besonderer Tropfen das Fass zum Überlaufen gebracht: eine Zeugin, die auf den ersten Blick nichts Böses ahnen lässt. Chiara T., 33 Jahre, im Dorf nennen sie alle »die kleine Lehrerin«.

Was sie erzählt, ist eine Neuigkeit. Im Sommer 1945 klingelte die kleine Lehrerin bei der Villa C. Sie wollte Kostüme abholen für ein Schulfest. Weil ihr niemand öffnete, trat sie ein. Und wen traf sie im herrschaftlichen Salon? Ausgestreckt auf einem Kanapee, in den Armen eines Offiziers: Sisina! Was passierte dann? »Ich habe mich entschuldigt. Der Offizier zog ein Buch hervor und tat, als würde er lesen. Sisina flüchtete in den Garten.« Vito war da noch nicht aus der Kriegsgefangenschaft zurückgekehrt.

Das letzte Mal gesehen hatte die kleine Lehrerin Sisina zwei Wochen vor dem Delikt. Diese war mit Vito unterwegs und fragte ihn: »Wann essen wir endlich diese Bonbons?«

Die kleine Lehrerin berichtet weiter, wie sie sich am Tag des Delikts zum Tatort begab. Dort stand die kleine Schwester des Opfers auf der Straße und schrie: »Du Feigling, du Schuft! Nur weil du sie nicht mehr gernhattest, musstest du sie doch nicht abschlachten wie Vieh. Mein armes Schwesterchen! Wer sagt es nun dem armen Vito!« Die Lehrerin beschwört, auch Frau Soundso habe es gehört.

Unter aufbrausendem Murmeln der Menge erscheint besagte Alessia im Zeugenstand. Sie sagt aus, sie habe die Lehrerin an diesem Tag nicht gesehen. Sie selber sei bald vom Tatort weggegangen, zusammen mit der Mutter und der Schwester Virginia.

Doch damit nicht genug: Eine alte Frau und ein Mann wollen am Tatort gehört haben, wie Alessia schrie: »Arme Sisina! Fünfzehn Tage bist du dem Esstisch ferngeblieben. Und heute, wo du endlich zurückgekommen bist, schau, was dir passiert ist!« Auf diese Sätze angesprochen, schüttelt Alessia den Kopf. Sie weiß nichts mehr.

Unterdessen ist Frau Soundso im Saal gesichtet worden. Sie soll bezeugen, was die kleine Lehrerin von Alessia gehört haben will. Die Lehrerin springt auf und ruft: »Es war nicht Frau Soundso, es war eine andere.« Sie wirft weitere Namen auf, die sie am Tatort gesehen hat. Ein paar sind im Saal und schütteln den Kopf. »Die kleine Lehrerin war nicht da«, sagen sie einstimmig. Niemand hat sie an diesem Tag gesehen. Chiara T. wird vom Gerichtspräsidenten verwarnt.

Nun tritt als Höhepunkt »die Contessa« auf. Die Gutsherrin Signora C. hat trotz ihres Alters noch immer die Grazie einer Ballerina. Man munkelt, sie hätte einst auf den ganz großen Bühnen getanzt. Die Absätze ihrer Schlangenlederschuhe hallen durch den Gerichtssaal, auf ihrem bedruckten Seidenkleid tummelt sich eine Jagdszene.

Natürlich kannte sie Sisina, nickt die Dame, sie kenne alle ihre Pächter. »Sie war sehr süß, ein bisschen kokett ...« Mit perfekt manikürten Händen streicht sie sich durchs Haar und mimt ein eitles Mädchen. Sisina habe aber nicht bei ihnen gearbeitet, sondern ihre Schwester Virginia. Nur als diese einmal krank gewesen sei, sei Sisina als Aushilfe gekommen.

Natürlich kommt das Gespräch auf den Offizier. Die Dame bestätigt, dass sie manchmal hochrangige Militärs als Gäste beherberge. Zum Zeitpunkt, von dem Chiara T. erzählt hat, war aber nur einer in der Villa. Er blieb länger für ein Fest, das die kleine Lehrerin für ihn organisiert hatte. »Das Fräulein hat mich oft um Hilfe gefragt für ihre kleinen Aufführungen. Dabei standen wir uns nicht besonders nahe.« Dass Sisina an diesem Tag in der Villa gewesen sein soll, bezweifelt sie. »Selbst wenn sie gekommen wäre, um einen Korb mit Eiern oder

Milch zu bringen, hätte sie den Salon nicht betreten. Sie konnte und durfte das nicht. Es muss ein anderes Mädchen gewesen sein.«

Die kleine Lehrerin streckt den Finger wie eine besonders eifrige Schülerin im Unterricht. Dann kann sie sich nicht mehr halten und platzt heraus: »Es war keine Aufführung, sondern eine poetische Akademie, die ich zu Ehren des Leutnants veranstaltete. Ich habe vorher ein Durcheinander gemacht, weil es mehrere Feste waren, die ich für ihn gemacht habe.« Die Dame antwortet leicht gereizt: »Jedenfalls kann es nicht an diesem Tag gewesen sein.« »Aber Signora«, ruft die kleine Lehrerin, »erinnern Sie sich nicht? Das Fest zu Ehren des Sonderkommandos! Ich habe Sisina im Salon gesehen, auf dem Knie eines Unteroffiziers. Ich sage die Wahrheit!« Der Gerichtspräsident schaltet sich ein: »Nein, sagen Sie nicht. Schweigen Sie, oder ich werfe Sie in den Käfig.«

Er wendet sich an die Signora: »Ist Ihr Sohn auch Offizier?« – »Ja.« – »Als Sisina starb, wo war Ihr Sohn da?« – »Er war mit mir in Rom, für eine Eigentumsangelegenheit.« Also war die Villa in den Tagen um besagten Feiertag verwaist? Die Signora verneint: Ein Angestellter wohnte in einem der Zimmer. Am Tag der Tat war er jedoch verreist. Abends erfuhr er von dem Mord und sprach am nächsten Tag die Kondolenzen im Namen seiner Arbeitgeber aus.

Damit wird die Signora entlassen, und der Präsident widmet sich der kleinen Lehrerin: »Sie verwechseln Zeiten und Orte, verstricken sich in Widersprüche – ausgerechnet gegenüber der Contessa! Das Gericht hat einen sehr schlechten Eindruck von Ihnen. Gehen Sie und lassen Sie sich nicht wieder blicken.« Seine Worte donnern durch den Saal wie ein Gewitter. So endet der dritte, bisher aufschlussreichste Prozesstag.

WARUM VITO SCHULDIG IST

Das Ende im Mörder-Prozess naht, und die Stimmen zugunsten des Angeklagten Vito M. brüllen aus jeder Ecke. Dabei gibt es viele Hinweise darauf, dass der junge Mann nicht der Heilige ist, als der er verehrt wird.

Beginnen wir mit dem Blut

auf der Hose. Der Angeklagte hat sich dazu mehrfach und widersprüchlich geäußert. Einmal will er davon nichts gewusst haben, dann wieder weiß er genau, woher es kommt: Von den bespritzten Zweigen am Tatort; vom Berühren der Leiche; gar von der Entjungferung – deren Umstände ja mittlerweile alle kennen. Aber die Wissenschaft weist all diese Möglichkeiten zurück.

Das Blut kann auch nicht von einem Arbeitsunfall stammen, da es sich beim betreffenden Kleidungsstück um die Sonntagshose handelt, die Vito M. bereits zur Morgenmesse getragen hat. Am Nachmittag trug er seiner Mutter auf, die Hose noch einmal zu bügeln, bevor er zur Prozession loszog – obwohl er schon spät dran war. Wieso musste die Hose schon wieder gebügelt werden? Die Antwort liegt auf der Hand: Er hat sie bei der Tat mit Blut besudelt und am Bach der Tigerin schnell ausgewaschen.

Was das Motiv betrifft, hat nur Vito eines. Im Umgang mit seiner Verlobten zeigte er seine düstere Seite, war besitzergreifend und misstrauisch. Eine vorsätzliche Tat ist nicht auszuschließen. Der Zeitpunkt ist perfekt: ein heißer Feiertag, alle Männer schlafen den ganzen Nachmittag.

Die Gründe sprechen dafür, dass das Geschworenengericht den Angeklagten schuldig sprechen müsste. Ob sie das entgegen dem Willen seiner massenhaften Bewunderer wagen werden?

IM HEXENWALD

Das Gericht findet heute in den Hügeln von L. statt. Im Prozess gegen Vito M. im Mordfall Sisina soll eine Tatortbesichtigung zu weiterer Klärung führen. In den frühen Morgenstunden fährt eine Karawane samt Angeklagtem, Gerichtspräsidenten, Anwälten und Geschworenen los, um gegen Mittag beim Tatort anzukommen.

Die Leute aus der Gegend nennen diesen Ort: »Hexenwald« oder auch »Fegefeuer«.

Ein einheimischer Bauer erklärt an seinen Karren gelehnt, was es mit dem klingenden Namen auf sich hat: »An diesem Ort wurden schon viele schlimme Dinge getan. Es ist unsere Art zu sagen, wenn einer einem anderen etwas antut: Der wird gefegt.« Auf die Nachfrage, was »schlimme Dinge« bedeute, antwortet er: »Sie wissen schon, Vergewaltigungen, Messerstechereien, Überfälle verschiedenster Art. Viele aus der Gegend meiden diesen Ort. Deshalb ist er perfekt, um gewisse Dinge zu tun.« Wie voreheliche Vereinigungen? Der Bauer lacht beschämt: »Natürlich, aber das ist ja harmlos. Die haben hier richtige Orgien veranstaltet, schwarze Messen ...« Auf die Frage, wer dies getan habe, möchte der Bauer nicht weiter eingehen. Auch nicht, ob es sich um Ereignisse während des Krieges handelt. Einen Ritualmord schließt er im Fall Sisina aber aus.

An diesem berüchtigten Ort hat sich nun erwartungsgemäß eine Menge Schaulustiger und Presse versammelt. Einigen war offensichtlich nicht bewusst, auf welch abwegigem Terrain die Geschichte spielt, die sie seit Monaten atemlos beschreiben. Besonders ein Fräulein von der Zeitung müht sich auf ihren hohen Absätzen ab. Schon rutscht sie in der Senke – just dort, wo das Opfer, »die schöne Sisina«, vor bald zwei Jahren getötet wurde. In seiner misslichen Position ruft das Stiefelchen beschämt um Hilfe ... die ihr von der Dorfjugend gerne gewährt wird.

Der Gerichtspräsident wagt sich derweil mit Skistöcken bewaffnet in die Senke, deren Wände er mit den Stockenden argwöhnisch abtastet. Halbherzig werden Distanzen vermessen, Nachfragen gestellt. Es ist ja schon alles mehrmals untersucht worden. Heute gilt es nur, sich und besonders der Jury, einen »eigenen Eindruck« zu verschaffen.

Die Hitze schlägt den Herren aus dem Gericht sichtlich auf die Haltung: Die Jacketts hängen verschwitzt über den Schultern. Wer kann, löst sämtliche Knöpfe am Hemd. Einer stöhnt: »Wo ist denn nun dieser Brunnen? Ich hab so eine trockene Kehle.« Daraufhin eilt eine Landfrau herbei mit einer strohumwickelten bauchigen Flasche. Unter großem Hallo schenkt sie den Herren Wein ein.

Die Schaulustigen möchten vor allem ihren Helden bejubeln: Vito in seinem natürlichen Habitat. Der junge Mann aus dem Dorf zeigt den Geschworenen die Haustür seiner Schwiegereltern –

der berüchtigte Ort der Stelldich-
eins mit seiner Verlobten: »Hier
habe ich sie besessen.« Die Leute
feiern die kurze Rückkehr ihres
Märtyrers mit sozialistischen Ge-
sängen und Viva-Rufen. Zuweilen
bieten sich groteske Szenen: So
wird der Verteidiger gewaltsam in
die Menge gezerrt und abgeküsst.
Offenbar verwechseln sie ihn mit
dem Angeklagten. Bei Abfahrt ist
das Polizeiauto, in dem Vito zurück ins Gefängnis transportiert
wird, mit Blumen geschmückt.

Ob der Fall heute auch nur
einen Schritt weitergekommen
sein mag, bleibt zu bezweifeln.
Dieser Prozess scheint je länger je
mehr zur reinen Volksbelustigung
zu verkommen. Vielleicht hat
wenigstens die junge Journalistin
eine Erkenntnis gewonnen: Der
Mörder hat wohl kaum Stiefelet-
ten mit Absatz getragen.

SAALSCHLACHT IM GERICHT

Im Madonna-del-Sangue-Prozess
fliegen einmal mehr die Fetzen.
Die heutige Sitzung wurde nach
weniger als einer Stunde abgebrochen. Der Saal musste polizei-
lich geräumt werden. Was ist passiert?

Ein Zeuge, der sich den Prozess »aus Interesse« anschauen
wollte, erzählt: »Seit Wochen verfolge ich diese Hexenjagd gegen
den armen Vito. Heute habe ich
es zum ersten Mal in den Saal geschafft. Ich stand schon um vier
Uhr morgens hier vor die Tür! Und
war nicht einmal der Erste in der
Schlange. Aber es war schon ein
tolles Spektakel, das hat sich gelohnt. Dieser Verteidiger ist wirklich ein Mordskerl.«

Der Streit entbrannte über
einem Disput zwischen den Anwälten. Der Ankläger beschul-
digte den Verteidiger, eine Spen-
denaktion für den Angeklagten
organisiert zu haben, woraufhin
die Masse spontan in Applaus
ausbrach.

Dem Gerichtspräsidenten
platzte der Kragen. Er ordnete
eine Evakuierung des Saales an:
»Raus! Raus mit dem Publikum,
raus, raus, raus!« Carabinieri, Zi-
vilpolizisten und Militär drängten
die tobende Masse hinaus, während der Gerichtspräsident schrie:
»Schande! Schande für das italienische Volk!«

Wer morgen den voraussichtlich letzten Tag des Prozesses in

persona erleben möchte, muss heute Nacht wohl auf Schlaf verzichten. Die Treppe vor dem Gericht ist bereits besetzt.

SONDERBEILAGE ZUM MORDPROZESS

Der Prozess gegen den »Volkshelden« Vito M. neigt sich dem Ende zu. Die Wettbüros nehmen Tipps entgegen: Schuldig oder Freispruch?

In den nächsten Stunden wird das Geschworenengericht sein Urteil fällen. Anklage und Verteidigung haben ihre Schlussplädoyers gehalten. Wir waren vor Ort und haben sämtliche Reden protokolliert. So kann das Publikum die Gründe beider Seiten erfahren und sich eine eigene Meinung bilden.

REDE DER ANKLAGE

»Alles begann in einem Haus, in dem drei Mädchen blühten. Jung, schön, arbeitsam – folglich begehrt und umworben von der Jugend der ganzen Umgebung. Das nährte natürlich den Neid der Häuser rundherum, die mit weniger attraktiven Exemplaren gesegnet waren. Als das Delikt passierte, waren Schmerz und Grauen einhellig. Aber wie immer wird der Tod schnell vergessen ...

Ich möchte Sie erinnern: Das ist die Tragödie: Sisina. Nicht der Mann, der sich seiner Frau entledigen wollte. Er ist kein tragischer Held. Er ist ein Mörder. Sein wahres Gesicht hat er mehrmals gezeigt. Denken Sie an seinen Spruch, sie, seine Verlobte, verdiene keinen Goldring! Sisina bleibt nur der klaffende Schnitt im Hals, wie ein ewiger Schrei: Er, nur Vito konnte mir das antun!

Lassen Sie sich nicht täuschen von seiner geschmeidigen Ruhe. In diesem Käfig befindet sich ein Wesen außerhalb der Norm. Er weist jede Schuld von sich und beschuldigt alle andern: Das war nicht ich, sondern der Wäsche-Milan; nicht ich, sondern der Schwager; nicht ich, sondern der Ex von Sisina; nicht ich, sondern – halten Sie sich fest – ihr Babbo. Er beschuldigt ihren Vater, meine Herren!

Das ist aber wirklich eine eiskalte These – zu schlimm, um wahr zu sein.

253

Vitos Angst, die er nach dem Mord zur Schau stellte, war also ganz natürlich. Er sagte, er fürchtete, dass ihm dasselbe passieren würde wie seiner Verlobten. Natürlich, wenn er rundherum falsche Beschuldigungen verteilte! Sein Angstzustand kam außerdem von seiner eigenen Seele. Etwas ließ ihm keine Ruhe: Der Schatten der armen Sisina.

Zwischen zwei Liebenden gibt es immer Gründe, die zu einem Mord führen können. Klar ist: Das Mädchen wurde von hinten angegriffen, unbemerkt – von einem Vertrauten. Sie hat nicht geschrien, und weder am Opfer noch am Tatort gab es Spuren von Kampf oder Gewalt. Tatsächlich wurden Abdrücke von zwei sitzenden Personen gefunden. Mit wem hätte dieses Mädchen barfuß im Wäldchen sitzen können, wenn nicht mit dem rechtmäßigen Verlobten?

Aus diesem Grund müssen wir hier eine Frage beantworten: War Sisina ein Flittchen? Ich weiß nicht, ob sie schön war. Aber ich weiß, dass sie ein einfaches Mädchen war: verliebt, ernsthaft, gut. Selbst der Angeklagte bestätigt, dass er sie erst nach viel Über-

redung zur Vereinigung bewegen konnte, und dass er sie in körperlicher Unversehrtheit angetroffen hat.

Körperliche Unversehrtheit! Immer, wenn diese Worte fielen, fingen sie im Saal an zu lächeln. Skeptiker, die in mir eine große Bitterkeit auslösten. Dieser Argwohn gegenüber einer Toten, die sich nicht wehren kann. Ja, sie hat sich hingegeben, aber vor Angst!

Und wir haben den schlagenden Beweis: die Blutstropfen auf seiner Hose. Drei Zeugen haben ausgesagt, dass sie die Leiche berührt hätten, ohne sich zu beschmutzen, denn das Blut war getrocknet, bevor die Leiche gefunden wurde. Alle Anwesenden bestreiten außerdem, dass Vito den Körper auch nur berührt hat. Er aber behauptet: ›Ich habe mich beschmutzt an ihr, ich musste mir die Hände waschen. Gewisse Frauen haben mir dafür Wasser gegeben.‹ Diese Frauen verneinen jedoch und sagen: Er hat sich kein Blut von den Händen gewaschen.

Noch eine verräterische Lüge: Vito leugnet, dass er je mit seiner Verlobten in dieser Senke gesessen hätte – dort, wo sie getötet wurde. Tatsächlich war dieses

Wäldchen nahe der Quelle ein eingespielter Treffpunkt des Paares gewesen. Auch an diesem Tag waren sie offensichtlich verabredet. Warum sonst hat das Mädchen laut, damit die ganze Familie es hört, nach ihrer Freundin gerufen, obwohl sie wusste, dass sie nicht mitkommen würde?

Vito hatte die Verlobte oft zum Wasserholen begleitet. Als sie sich in der Pausenzeit ihrer Beziehung zum ersten Mal wieder trafen, war es wohl nicht zufällig dort. Er aber behauptet weiterhin: ›Im Wald haben wir uns nie getroffen, da die Gefahr, entdeckt zu werden, zu groß war.‹ Gleichzeitig gibt er an, er habe seine Verlobte auf freiem Feld und vor ihrer Haustür besessen!

Dass Sisina ihr Höschen nicht trug, zeigt übrigens, dass sie sich für den Liebesakt schon bereit gemacht hatte. Die viel diskutierte Frage, ob sie es am Morgen des Verbrechens angezogen hatte oder nicht, erübrigt sich damit: Falls sie es angezogen hat, dann konnte es ihr nur Vito ausziehen. Falls sie es nicht angezogen hat, dann nur, weil sie vorhatte, Vito zu treffen, der es ihr sowieso ausgezogen hätte. Nein, Sisina war

keine Waldnymphe. Sie war ein anständiges Mädchen aus einem anständigen Elternhaus.

Schauen Sie sich diese Familie an: ängstlich, voller Schmerz. Hätte es je einen Zweifel an der Schuld des Angeklagten gegeben, hätte die Familie ihre Anklage zurückgezogen. Obwohl die Eltern nicht verheiratet sind, sind das doch brave Leute mit Moral. Sisina mit ihrem Benehmen war offenbar die Ausnahme. Aber Sie wissen doch, wie das läuft. So kurz vor der Hochzeit ...

Die Mutter hatte es mit allem Bemühen nicht verhindern können. Ihre urtümliche Intuition machte sie gar verdächtig. Ich muss zugeben, auch mich hat ihr merkwürdiger Umgang mit der Blutlache anfangs irritiert: Kann eine reife Frau und mehrfache Mutter tatsächlich von einer solchen Pfütze glauben, es handle sich um Jungfernblut? Ich habe es mir von einem medizinischen Spezialisten, der seine Dissertation über Deflorationen schreibt, erklären lassen. Tatsächlich beläuft sich das Blutopfer beim ersten Mal meist nur auf wenige Tropfen. In seltenen Fällen kann es aber auch zu starken Blutungen kommen. Wir müssen uns also über die Reaktion der Mutter nicht länger wundern.

Vielleicht bedürfen noch ein paar andere Frauengestalten einer Erklärung. So sind im Gericht tausende Briefe eingegangen, die Sisinas Stiefschwester anklagen, weil diese ihren Mann, den Köhler, mit dem Opfer erwischt haben soll. Wieso nicht? Ein Messer haben Bauersfrauen ständig in der Tasche. Aber dies ist keine Tat einer eifersüchtigen Frau. Eine Frau wäre nicht leise geflüchtet. Sie hätte sich auf die Straße gestellt und geschrien, allen von ihren Gründen erzählt. Natürlich hätte eine Frau auch nie die Unterhose geklaut.

Die logische Schlussfolgerung aus all dem ist: Der Schuldige ist Vito. Sein Benehmen in den Wochen vor dem Mord deutet es schon an. Nicht, dass er die Tat minutiös geplant hätte, aber es wuchs doch ein Keim in ihm, der schließlich zur Tat führte: Er wollte sich von ihr befreien.

Aber warum? Weshalb hat er entschieden, sich seiner Verlobten zu entledigen? Ganz einfach: Sie hat ihm sexuell nicht gefallen.

Dies beweisen all jene Episoden, die die Verlobte ermüden und sie veranlassen sollten, die Hochzeit abzusagen. Würde er sie verlassen, hätte er das ganze Dorf gegen sich. Er sah keinen anderen Ausweg. In seiner Zeit im deutschen Kriegsgefangenenlager hatte er solchen Horror erlebt, dass für ihn ein menschliches Leben nicht mehr viel bedeutet. So hat Sisina an dem Tag, an dem sie sich ihm hingegeben hat, unwissentlich ihr Todesurteil unterschrieben.

Der Angeklagte zeigt keine Anzeichen einer unausgeglichenen Psyche. Bisher gibt es auch keine Hinweise auf gravierende Gewalt vor dem Delikt. Ihm soll zugutekommen, dass er keine Vorstrafen hat und dass er nie versucht hat, das Andenken an die Tote mit Schlamm zu bewerfen.

Vito, schau mich an. Bald bist du befreit: Mit der Verurteilung beginnt dein Seelenfrieden. Aber denk nicht, dass Sisina im Himmel für dich betet. Das würde sie tun, wenn du sie wegen zu viel Liebe getötet hättest. Aber du hast sie schnöde geopfert, aus Langeweile und Bequemlichkeit. Das kann sie dir nicht verzeihen.«

»Ich möchte zuerst betonen, dass wir ehrliche Männer sind. Angetreten, um eine Pflicht zu erfüllen. Eine Pflicht gegenüber der Familie der Toten – aber noch viel mehr gegenüber der Gesellschaft, die durch dieses Verbrechen beleidigt wurde.

Deshalb muss ich euch fragen: Vito ein Mörder? Er, der mild und fromm aus der Messe kommt, wo er betend der Madonna gehuldigt hat, soll plötzlich einen Blutrausch spüren? Warum?

Niemand weiß, was damals geschah. Wieso trauen wir Vitos Wort nicht? Wer das Vertrauen verweigert, verweigert die Gerechtigkeit.

Schauen wir einmal genau, auf wessen Worte wir in diesem Prozess vertrauen. Beginnen wir mit Livia L. Ein grob gestricktes Mädchen, das mir eine Sache flüstert und dem Kommissar eine andere. Ihr glauben wir, diesem unschuldigen Täubchen! Dabei hat sie zu Hause ein Balg aufgetischt, von dem keiner weiß, woher es gekommen ist. Ihr hören wir zu! Na gut. Aber der Lehrerin? Lieber nicht, denn das Wort einer adligen Dame in Krokodilschuhen ist natürlich heilig. Wie das Geheimnis, das diesen Prozess umhüllt …

Eines kann ich Ihnen versichern: Da steht etwas und jemand hinter der Livia L. Diese Sache hat nichts mit Vito zu tun. Sie ist höher zu suchen.

Aber der Kommissar möchte das nicht sehen. Er spielt weiter sein Kaspertheater und sucht eifrig Beweise. Blut will er finden, Blut! So rennt er im Kreis, und findet was? Ah! Fleckchen! Zwei winzige, klitzekleine Fleckchen!

Meine Herren, dieser ganze Prozess ist aus Pappmaschee. Seien wir ehrlich: Wäre Vito der Mörder, er wäre blutüberströmt gewesen und hätte seine Hosen wohl nicht nur mit Wasser gespült. Ja, wäre er von solchem Charakter, wie die Anklage ihm unterstellt, hätte er seine Sisina doch schon längst getötet. Als sie mit anderen Männern tanzte oder mit ihrem Ex spazieren ging. Damals tat er es nicht, wieso hätte er es an besagtem Tag tun sollen?

Sie werfen ihm vor, er habe zu viel mit der armen Sisina gestritten. Ich bitte euch: Streit als

Motiv? Das ist doch das Salz in der Beziehung! Wenn Streitlust ein Verbrechen wäre, ich müsste jede Woche ins Gefängnis.

Sprechen wir nun also über Eifersucht. Das Lieblingsthema des Kommissars, der offenbar nie ein Buch gelesen hat. Sonst würde er wissen, dass Eifersucht eine brennende Spannung ist, die es der Geliebten nicht erlaubt, sich vom Geliebten zu entfernen. Dass der eifersüchtig Liebende nur im Schoß seiner Geliebten leben kann. Die Kunst, die Geschichte, die Kultur bezeugen alle diese Wahrheit. Der eifersüchtige Mann geht gebeugt; er ist gezwungen, in der Nähe seiner Geliebten zu lieben. Würde sich ein Eifersüchtiger also trennen, die Verlobung auflösen? Gleich zweimal?

Ein wirklich eifersüchtiger Mann lässt seine Verlobte nicht so einfach davonkommen: Er beobachtet sie, still und heimlich. Hat Vito das getan? Nein, selbst wenn er sieht, wie sie mit einem anderen tanzt, zögert er nicht und konfrontiert sie.

Meine Herren: Das ist der Stoff, aus dem die Liebe gemacht ist. Natürlich muss er überlegen, was das für eine Frau ist, die er heiraten will. Natürlich wird er nachdenklich, wenn sie solche Dinge tut. Aber er ist aufrichtig, er ist direkt. Er geht zu ihr und sagt: ›Du hast eine hässliche Sache gemacht, mach das nicht mehr. Du weißt, dass du mich ekelst, wenn du das machst.‹ Und was tut sie? Legt sich ins Bett und weint.

Und er soll ein Mörder sein? Seht ihn euch an: Er hat geweint, als er seine Verlobte tot liegen sah, und das kann nicht künstlich sein! Das ist ein unbesiegbares Argument! In seinem Benehmen liegt der definitive Beweis einer Wahrheit, die niemand leugnen kann.

Noch eine Sache, die diesen ganzen Prozess unnötig macht: Vito wollte Sisina heiraten. Wäre es nach ihm gegangen, wären sie längst verheiratet gewesen. Aber dank dem Egoismus der Bauern, die den Bauch mehr ehren als die Liebe, wurde die Hochzeit verschoben: Die Familie wollte die tüchtige Tochter nicht vor der Ernte weggeben.

Somit kommen wir zu einer viel wichtigeren und größeren Liebe als jener des verlobten Paars: nämlich die Liebe zwischen zwei Familien. Dieser Verlust ist Schuld des Kommissars. Sobald er auf den Plan trat, wandte Sisinas Familie sich ab, ihre Liebe löste sich auf wie eine Wolke im Wind. Ich bin sicher, dass auch Sisina in ihrem Grab so denkt: Die Zerstörung der Familienliebe ist schlimmer als das Töten des Fleischs.

Das Verhalten von Sisinas Mutter und ihre seltsamen Aussagen bedeuten schließlich nur eines: Im Haus dieser Familie lauert ein schweres Geheimnis. Eine Erinnerung aus meiner Lehrzeit geht mir dazu nicht aus dem Kopf. Ein Mann wurde verurteilt, wegen Mordes an einer Achtzehnjährigen. Die Indizien gegen ihn wogen weit schwerer als jene gegen unseren Vito. Nie werde ich seinen Schrei nach dem Urteilsspruch vergessen: ›Aber ich bin unschuldig!‹ Diese Stimme hämmert seither in meinem Herzen. Denn nach zehn Jahren Tortur im Gefängnis erhob sich die Stimme eines Sterbenden, die Stimme des wahren Schuldigen: Es war der Vater des Mädchens.

Ein großer Jurist hat einmal gesagt: Lieber sollen alle Lebenslänglichen begnadet werden, lieber alle Verbrecher durch die Straßen des Landes streifen, als dass ein einziger Unschuldiger Vermutungen und Verdächtigungen geopfert wird.

Denken Sie daran, meine Herren Geschworenen. Nun zittere ich Ihrem Urteil entgegen.

Vito! Sie haben dich erniedrigt, dich aus- und durch den Dreck gezogen, im Geist und am Körper geschändet. Aber du bleibst gelassen, ungerührt stehst du auf der Klippe im Sturm. Eine innere Stimme gibt dir die Kraft: Es ist die Stimme deiner Sisina. Deine Ruhe ist der Beweis der Vereinigung eurer Seelen, die niemand je zerstören kann. Vito, steh auf! Die Stunde der Auferstehung hat geschlagen.«

FREISPRUCH!

Der Jubel im Saal ist ohrenbetäubend. Die Nachricht verbreitet sich wie ein Lauffeuer: Vito M., angeklagt wegen Mordes an seiner Verlobten Sisina A., wird von den Geschworenen freigesprochen. Tosender Applaus unterbricht den Gerichtspräsidenten mitten im Satz. Es dauert einige Minuten, bis er weitersprechen kann. Er präzisiert: »Freispruch aus Mangel an Beweisen.«

Der Gerichtspräsident betont, es würde einiges für Vitos Schuld sprechen. »Es gibt viele und ernste Anhaltspunkte, die Beweiswert haben. Es fehlt aber das Band der Kausalität, der Zweifel bleibt zurück. So können wir nicht anders, als ihn freizusprechen.« Das Publikum bricht wieder in Euphorie aus. Der Präsident scheint damit nicht zufrieden. Es sei seltsam, merkt er an, wie sich Volk und Presse auf die Seite des Angeklagten geschlagen und durch schänd-liche Gerüchte ein verzerrtes Bild von Sisina gezeichnet hätten.

Vor dem Saal äußert sich die kleine Schwester des Opfers: »Was soll ich sagen? Ich habe auf Gerechtigkeit für meine Schwester gehofft. Stattdessen wurde sie unter Mist und Gülle begraben.« Als eine der Klägerinnen ist ihr die Enttäuschung über das Urteil anzusehen. Die Anhänger des Freigesprochenen lassen sich davon nicht weiter trüben. Sie bejubeln ihren Märtyrer in einer spontanen Feier auf der Treppe vor dem Gericht.

DIE RÜCKKEHR DES HELDEN

Am Tag nach dem Freispruch von Vito M. warten ein Dutzend Mietbusse vor dem Gefängnis. Hunderte sind aus dem ganzen Land angereist, um ihren Helden nach Hause zu begleiten. Nach Hause, das ist ein Weiler in fast unberührten Hügeln, umgeben von Wald und Feldern.

Die Kolonne hält gegen Mittag im benachbarten Dorf. Dort erwartet den Freigesprochenen ein Volksfest. Die Häuser sind mit Lampions geschmückt. Auf dem Kirchplatz stehen lange Tafeln mit Speisen und Wein. Die Masse skandiert seinen Namen, bis er sich auf dem Balkon eines Freundes zeigt. Er winkt, lächelt, bedankt sich.

Als er ins Auto steigt, kann es nicht losfahren: Die Menge hat den Wagen eingeschlossen. Die Leute wollen Autogramme, wollen ihn anfassen, ihn küssen. Sie rennen neben dem Auto her, applaudieren auf der ganzen Strecke – am Ende des Dorfes steht ein Triumphbogen. Ein Mädchen überreicht ihm einen riesigen Strauß Sonnenblumen: »Vom Bund der solidarischen Frauen.«

Vito antwortet: »Ich werde sie auf das Grab meiner armen Sisina legen.«

Die älteren Frauen seufzen: »Wie hätten sie ihn verurteilen können, mit diesem sauberen Gesicht. Dieses Gesicht eines braven Jungen!« Ein Mädchen fährt mit dem Rad vor dem Auto her. Es erreicht Vitos Elternhaus noch vor ihm und geht auf seine Mutter zu: »Geben Sie mir Ihren Sohn. Ich habe schon immer an seine Unschuld geglaubt und heirate ihn sofort.«

Abends findet in Vitos Heimatdorf L. ein großes Fest statt. Auf einer Bühne werden Glückwunschtelegramme aus dem ganzen Land verlesen. Mädchen sammeln Geld für die Gerichtskosten. Die Feier wird bis tief in die Nacht dauern. Die Journalisten steigen nun in ihre Autos und fahren zurück in die Städte. Der verlorene Sohn ist zurückgekehrt. Jetzt kann dieses beschauliche Fleckchen Erde endlich Frieden finden.

X

Es dämmert. Ich lege das Heft zur Seite und atme aus.

Das Haus scheint mir bedrohlich heute. Es knarrt, die Schlange windet sich im Martiniglas und züngelt. Habe ich Schritte gehört? Es klingt, als würden sie einen Takt halten, wie ein Tanz. Schlangenledersohlen. Und was war das? Ein Knallen, wie von aneinanderschlagenden Militärstiefeln. Was, wenn sie alle noch hier sind? Die Signora, die Offiziere. Vielleicht waren sie nie weg, und ich bewege mich unter ihnen wie ein Eindringling.

Ich schüttle den Kopf: Der Spuk ist vorbei, jetzt reiße ich mich zusammen. Dieses Heft voller Zeitungsausschnitte hat mich irgendwie beruhigt. Es erzählt von der realen Welt, da ist gar nichts Geistiges dran. Sisina klingt genauso, wie ich sie mir vorgestellt habe: lustig, mutig. Und ihr Freund wie ein Arschloch. Mir ist schwindlig. Weiter an die Decke starrend, sage ich zu Magdalenas Asche: Gut, dass uns das erspart geblieben ist.

Ich stehe auf, ziehe das Nachthemd aus und steige in meine alten Kleider. Packe die Urne unter den Arm. Als ich die Zimmertür öffne, leuchtet eine Blüte vom Steinboden. Was will dieser seltsame Kerl mit seinen Blumenbotschaften? Die Blumen für Vito fallen mir ein. Sein mit Blumen geschmückter Wagen, die dicken Sträuße für den Helden. Ich steige über die Blüte, als wäre sie vergiftet.

Der leere Vorplatz bestätigt meine Befürchtung: Das Auto ist weg. Lorenzo ist ausgeflogen, dabei muss er mich in die Stadt fahren, *Hals über Kopf!* Wie der Gast, der am Tag von Sisinas Mord schnell aus der Villa in die Stadt gebracht wurde. Wer könnte das gewesen sein, ein Soldat? Das wurde gar nicht weiterverfolgt. Und wo liegt wohl dieser Bahnhof?

In meinem Kopf breite ich die Landkarte aus: hier die Villa, drum herum der Weiler mit seinen paar Höfen, da der Wald, die Straße, die durch den Wald zur Quelle führt. Der Tatort, wo heute der Gedenkstein steht, und dahinter die Böschung runter zum Bach der Tigerin. Das Dorf L., heute Geisterdorf, seine Kirche, der Friedhof. Ich sehe sie vor mir: Sisinas Wege, als Lebendige und als Tote. Ich stehe mittendrin. Aber wie ich da rauskomme, sehe ich nicht. Ich erinnere mich nicht an den Weg, den wir gekommen sind; die nächtliche Fahrt durch den Wald war lang und verschlungen. Ich muss auf Lorenzo warten, er wird bald zurückkommen. Wenn ich Glück habe, wird er noch allein sein. Aber selbst wenn der Coach dabei wäre, würde das nichts ändern; ich gehe nach Hause.

Wartend tigere ich durchs Haus, ertaste barfuß die Stein-
fliesen im Flur, über die schon Sisina gelaufen sein muss. Als
wären die Abnutzungen eine Art Blindenschrift, als könnten
meine nackten Sohlen das Geheimnis aus den Ritzen saugen.
Ich frage in die Schränke, in den Keller, in die Kapelle. Hier
haben sie sie aufgeschnitten, ihren Jungfrauenfetisch in sie
hineingewühlt. Dann aufgebahrt, blutleer im Hochzeitskleid.
Allein und kalt liegt die Bauerntochter im Herrenhaus. Warum eigentlich? Signora Serpente steht in der Tür, verdrückt
Krokodilschuhtränen und rümpft die Nase: kokett.

Ich lege mich aufs Kanapee im Salon und drücke das Gesicht ins Polster. Vielleicht riecht es noch nach Sisina und
dem Soldaten?

In der Urne raschelt die Asche: Was kümmert dich diese
kleine Bäuerin? Du warst doch an mir interessiert. So schnell
bin ich dir langweilig geworden? Dabei habe ich alles gegeben, damit du mich einmal beachtest. Du bist nicht besser als
die bigotten Patriarchen: geilst dich auf am letzten Gurgeln
einer blutjungen Braut. Es gibt nichts Poetischeres als den
Tod einer schönen Frau ... Und was ist mit mir?

Magda, sage ich atemlos, selbst im Tod machst du mich
noch verrückt. Es ist deine Schuld, dass ich hier bin, weißt du
nicht mehr? Du willst wissen, wieso ich mich für Sisina inte-
ressiere? Weil sie mich an dich erinnert. Euch beide haben sie
beseitigt und über euren Leichen gelästert. Dein Tod wurde
vertuscht, ich kann nichts darüber finden. Aber über Sisinas
Mord wurde geschrieben: ausufernd, brutal, gemein und lü-
genhaft. Zwischen den Zeilen suche ich nach einer Wahrheit,

die euch beide betrifft. Ich sehe ihren Autopsiebericht und denke, dass sie sie damit noch einmal töten, schänden. Sie fügen ihr Schande zu – dabei sind sie es, die ehrlos handeln; sie sind die Schande. Die Sprache der Journalisten, der Juristen, aber auch der Leute; wie sie über Sisina reden, über sie, die Stummgemachte, verfügen, das ist Gewalt. Und ich, wie ich das lese und sich mir die Härchen aufstellen vor Spannung, wie ich mir alles im Detail auszumalen versuche – wofür? –, ich nehme an dieser Vergewaltigung teil. Als wollten wir sie alle *besitzen*, wie Vito sie *besessen* hat.

Es widert mich an, aber ich will wissen, was in deinem Bericht steht. Was hast du getragen, als du starbst – den Westernhut? Was waren deine Verletzungen? Kommt es drauf an? Ja: Hast du gelitten? Wie lange? Ich denke, es würde mich beruhigen zu wissen, was deine letzten Momente waren. Als könnte ich es so nachvollziehen, nachfühlen, mitfühlen, damit du nicht mehr alleine bist.

Das ist es. Ich möchte euch beistehen.

Aber das geht nicht, also folge ich der Gewalt: Ich will Rache.

Du und Sisina, ihr habt beide keine Gerechtigkeit. Ich denke, das ist irgendwie verbunden, wir sind alle irgendwie verbunden. Es gibt so viele Parallelen! Auch bei Sisina haben die Leute geschwiegen und gelogen, sie hatten Angst. *Ich weiß nichts, ich war nicht dabei.*

Oder Vito verbietet Sisina zu arbeiten, wie dein Vater es deiner Mutter verbot. Oder: Sisina starb beim Wasserholen, wie deine Großmutter – wie hieß sie noch mal? Mir klettert eine steile These in den Kopf: Was, wenn sie Sisina war? Quatsch, du hast recht: Peinliches Verlangen, dass alles mit mir zu tun hat. Es ist jetzt sowieso egal: Wir warten nur noch auf Lorenzo, und dann gehen wir nach Hause. Sit tight, ich gehe so lange spazieren.

Ziellos streife ich durch den Garten, lasse mich ins Gras fallen, Wolken wie grelle Gerippe. Ich lege einen Arm über die Augen, Sisinas Gesicht erscheint, lächelnd, stumm. Die Hollywoodschaukel knarrt. Ich schwitze; wieso hast du dich so warm angezogen, Sisina, Wollpullover, Rock und Kleid, es war doch ein heißer Tag im Juli? Was wolltest du verstecken, vor wessen Blicken dich schützen?

Wind kommt auf, ein aufgeregter Wind. Er lässt das Tor zum Wäldchen quietschen, als würde es jemand aufstemmen. Ich setze mich auf, es ist niemand da. Ich blinzle. Das Tor ist offen. Eine Zikade fängt an zu lachen. Gedörrte Gräser piksen. Ich trage keine Unterhose und keine Schuhe.

* * *

In fiebriger Erwartung einer Erscheinung marschiere ich auf auf Sisinas Wegen; ich messe ihre Schritte mit meinen. Überall höre ich sie flüstern, ihr Atem streift mich, sie zieht an mir. Ich suche nach ihr, suche sie heim, grabe im Wald nach ihren Geheimnissen, breite ihr Leben in unendlichen Möglichkeiten vor mir aus und rufe sie an, mir zu antworten: Wie war es wirklich?

Der Himmel reicht schwer bis zum Boden, ich lege den Kopf in den Nacken und lasse meine Augen auswaschen. Nebel umspielt meine Füße, es ist still, nur das Tropfen auf die Blätter. Ich warte, dass Sisina mir entgegentritt. Mögen Geister Regen?

Durch das blättrige Geblur erscheint mir durch die Bäume plötzlich eine Lichtung, darauf der Brunnen meiner Träume: der große Ziehbrunnen, in den ich falle, bis ich aufschlage und erwache. Seltsam, noch nie habe ich so einen Brunnen gesehen; wie kommt es, dass ich, seit ich ein Kind bin, davon träume? Ich gehe darauf zu, gefasst, dass er sich jeden Moment auflöst, Fata Morgana. Aber er bleibt, und ich stehe vor ihm: ein Kreis aus aufeinandergeschichteten Steinen. Der Schacht ist tief und leer, wie ich. Ich setze mich auf den Rand und warte.

Der Nebel zieht von allen Seiten auf und schluckt die Landschaft. Nur die Baumkronen ragen schwarz gegen den Himmel wie Scherenschnitt. Auf einem merkwürdig rechtwinkligen Ast sitzt eine Taube. Sie schaut mir zu. Sie sieht, dass ich sie beobachte. Nervös zucken wir mit dem Schnabel.

Sie gurrt: Mein Verlobter bezichtigte mich zu Lebzeiten, ich wäre ihm nicht treu. Er steigerte sich in einen solch brennenden Hass gegen mich, dass er die Beteuerung meiner Unschuld selbst auf meinem Totenbett nicht hörte, zu laut rauschten sein Argwohn und Abscheu. Erst nach meinem Tod konnte er mir verzeihen, und schließlich starb auch er im wahren Glauben. Doch ist er seither in ewiger Zeit zwischen Kälte und Dunkelheit gefangen.

Ich rucke den Kopf: Was kümmert dich der Versager? Du bist hier das Opfer.

Das Täubchen hechelt mit der Zunge: Du willst mir nicht helfen?

Vor Aufregung schlage ich mit den Flügeln: Natürlich helfe ich dir, Sisina. Was kann ich tun?

Sie gurrt: Versöhne uns hier auf dieser Welt miteinander, damit wir zu unserer Seligkeit kommen.

Wie soll ich das tun?

Wir kommen heute Nacht zu dir. Dann sprichst du das Urteil, wer von uns recht hat, und legst unsere Hände zur Versöhnung aufeinander. Dann sprechen wir ein Ave-Maria und fahren auf.

Das werde ich nicht tun!

Wieso?

Weil ich nicht will, dass du zu ihm zurückgehst! Er hat es nicht verdient, dass du dich um ihn sorgst. Vergiss ihn, verfluch ihn. Du warst ein fröhliches, beliebtes Mädchen und er ein unsicherer Loser. Statt sich an dir, zusammen mit dir am Leben zu freuen, hat er deine Stärke, dein Strahlen als Bedrohung gesehen. Er wollte dich kontrollieren, einsperren, brechen. Er hat dich krank gemacht mit seiner Eifersucht, mit seinen Besitzansprüchen, weißt du nicht mehr? Vielleicht hat er dich sogar getötet – hat er?

Sisina ruckt unbestimmt mit dem Kopf, ich flattere aufgeregt: So oder so – ich hasse ihn. Wie er dich behandelt hat! Und du willst ihm helfen?

Sisina blinzelt: Eine Seele, die in die Ewigkeit geht und noch den kleinsten Groll in sich hegt, kann nicht selig werden. Wenn du mir helfen willst, dann komm heute Nacht.

Die Taube flappt mit den Flügeln und fliegt davon.

* * *

Die warme Luft nach dem Regen riecht wie Gewürzsuppe. Zurück im Garten versuche ich, die Sonne am Himmel fest-zuheften. Unbeirrt sinkt sie in den Wald. In der Dämmerung kriecht die Angst aus den Bäumen und steigt vom nassen Gras die Knöchel hoch. Auf einmal stößt ein Vogel einen lang gezogenen, durchdringenden Schrei aus. Ich sehe das Käuz-chen vom Turmfenster stürzen. Es jagt über meinen Kopf und verschwindet im Wald. Der Luftzug macht meinen Scheitel kräuseln.

Sisina, flüstere ich. Bist du wütend auf mich?

Ich schließe die Zimmertür ab, ziehe den Schlüssel raus und werfe ihn auf den Kaminsims. Im Bad patsche ich mir kaltes Wasser ins Gesicht, vermeide den Spiegel. Da sehe ich die Fle-cken. Hellrote Tupfer, am Rande des Waschbeckens. Schaue nach oben, an die Decke, ob sie tropft. In den Spiegel, ob ich? Nichts. Ich tippe den kleinen Finger hinein, die Flüssigkeit scheint frisch. Kein besonderer Geruch. Die Zungenspitze berührt die Kuppe: salzig, seifig, eisern.

Mit einem Ruck ziehe ich den Duschvorhang zur Seite. La-che, natürlich ist die Wanne leer. Ich steige hinein und brühe mich ab, bis meine Haut krebsrot und mein Hirn gekocht ist. Das Bad ist voller Schwaden, der Spiegel beschlagen: Ich bin unsichtbar. Im Waschbecken noch immer rote Tropfen. Ich untersuche meine dampfenden Finger, ziehe an der aufgeweichten Haut. Sie ist intakt. Es ist nicht mein Blut.

Die Schwaden türmen sich auf und kriechen in mich hinein. Ich habe Angst und bin müde, ich will mich auf den staubigen Boden legen und zu Hause aufwachen. Ich bin nicht wie Magdalena. Sie wurde durch Unrecht und Unglück stärker, lauter, unübersehbar. Ich möchte verschwinden; ich sage nichts mehr. Lasst mich, ihr Geister, ich kann euch nicht helfen, ich habe gelogen. Ihr macht mich fürchten, ich bin schwach. Lasst mich in Frieden, was wollt ihr von mir? Ich lebe in besseren Zeiten, ich weiß mich zu benehmen, mir wird es anders ergehen. Ich werde gehen.

* * *

Angezogen sitze ich auf dem Bett und warte auf Lorenzo. Draußen ist es Nacht. Eine Mücke summt, lauert. Wie Vito harre ich aus mit Licht, den Schlüssel zweimal umgedreht. Suchte sie ihn heim, mit spritzender Kehle? Lachte sie ihn aus, heulte, flüsterte sie ihm Gemeinheiten ins Ohr? Oder stimmte, was er behauptete, und er hatte tatsächlich Angst vor dem Mörder, der ein anderer war?

Ein bedrohlicher Gedanke kriecht mir die Wirbelsäule hoch und greift mich kalt im Nacken. Was, wenn der Geist, der hier herumstreicht, gar nicht Sisina ist? Kein lustiger, fröhlicher Mädchen-Geist, der auf der Matratze springt? Wenn es vielmehr ihr Mörder ist? Wirklichen Grund zur Unruhe hat ja wohl er, der Täter: ein böser Geist, dem nicht gefällt, dass ich ihm auf der Spur bin! Plötzlich klopft mein Herz wie verrückt. Ich ziehe die Decke über den Kopf und atme in die Höhle.

Von draußen kommen Geräusche. Rhythmische Schläge, wie ein Hacken gegen Holz. Ein Wildschwein? Kein Tier macht so präzise Bewegungen. Es klingt wie eine Axt, von einem Menschen geführt. Unter der Decke murmle ich Bruchstücke von italienischen Schutzengelgebeten, die mir aus jüngster Kindheit geblieben sind.

Angelodidio–seiilmiocustode– – –dallapietà–Amen.

Meine Großmutter sitzt an meinem Bett und spricht mir vor. Ihre Stimme, schwer und warm, hüllt mich ein wie Honig.

Amen, murmle ich nach, seufze.

Mein Körper beginnt, sich zu entspannen, noch einmal schüttelt ihn ein trockener Schluchzer. Sie wird bei mir bleiben, bis ich wieder eingeschlafen bin, ich weiß, ich kann die Augen schließen.

Sie streicht mir über den Kopf und sagt: Als ich ein Kind war, habe ich meine Mutter im Himmel gerufen, wann immer ich mich gefürchtet habe. Sie hat mich beschützt, und sie wird auch dich beschützen, du musst keine Angst haben, sie ist immer bei dir.

Und Magdalena?

Die Frage hallt in meinem Kopf, aber ich sage nichts, ich

halte die Augen geschlossen, damit sie nicht sieht, was ich sehe: Magdalena in einer dunklen Gasse. Magdalena, die mich rauben wird. Magdalena in einer Blutlache.

Wie viele Nächte meiner Kindheit bin ich schweißgebadet aufgewacht, wie oft habe ich das Schutzengelgebet gehört und gesprochen – wie kann es sein, dass ich es heute nicht mehr weiß?

Ich halte die Luft an, lausche auf das Geräusch von draußen, mein Pulsschlag dröhnt im Ohr. Geister gegen Geister, denke ich, meine Toten werden mich beschützen. Sie stellen sich vor mir auf, schemenhaft: meine Großmutter, ihre Mutter?
Nonna, flüstere ich, bitte lass sie nicht rein.

Mein Mund fängt an zu summen, singen: *Ninna Nanna oh.* Heiser steigt es aus mir heraus, archaische Melodie dieses klagenden Schlaflieds; das ist kein Italienisch, das ist Dialekt! Ich erinnere mich nicht an die Worte, sie kommen von selbst, tauchen auf mit tief versunkenen Bildern: Der Wolf und das Lamm auf der mondhellen Wiese, der Wolf frisst das Lamm – ich singe mit der Stimme meiner Großmutter: *Was tust du, wenn der Wolf kommt?*

Nach einer gefühlten Ewigkeit hört das Schlagen auf. Atemlos tauche ich auf, in die unheimliche Helle des erleuchteten Zimmers. Wo zum Teufel bleibt Lorenzo? Er war immer so müde, sah aus, als hätte er seit Jahren nicht geschlafen. Ist er am Steuer eingenickt und liegt nun in einem Graben? All die

Männer aus Sisinas Leben standen mitten in der Nacht auf, um zu arbeiten, die Bauern und Köhler. War das der Grund für den Mord: Raserei aus Müdigkeit?

Immer wieder schrecke ich auf, lausche, ob sich ein Auto nähert. Nichts. Bilder schwimmen heran: Lorenzo mit durchlöchertem Brustkorb – oder hängen Deserteure noch immer am Laternenpfahl? Lorenzo blutüberströmt in der zerschlagenen Windschutzscheibe. Oder er lebt und ist im zerquetschten Auto eingeklemmt. Morgen werde ich losgehen und ihn suchen. Ich muss ihn fragen, woher er das Heft hat.

Bestimmt gehörte es der Lehrerin, Chiara T. Es gibt ein Bild von ihr, über dem Artikel, der sie als schrecklichste Zeugin beschreibt. Unter dem Foto steht: »Die kleine Lehrerin und Journalisten«. Darauf steht sie in einer Gruppe von Männern, die belustigt eine Zeitung umringen. Sie wird von allen um mindestens einen Kopf überragt; helle Dauerwelle und kleines Doppelkinn. Mit gerunzelter Stirn sieht sie zu einem jungen Mann hoch, der gerade etwas Schmutziges zum Zeitungsleser sagt. Alle lachen, außer sie. Sie hat diesen Blick einer Frau, die sich überlegen fühlt und gleichzeitig weiß, dass sie unter den Tisch gekehrt wird. Niemand beachtet sie. Und damit nicht genug: Auf dieser Zeitungsseite muss sie die Bildfläche teilen, ausgerechnet mit der Frau, die sie so peinlich hat auflaufen lassen: »Die Contessa und Journalisten«. Auf diesem zweiten Foto die elegante Signora, Grandezza in italienischen Stoffen, wie sie eingewickelte Geschenke verteilt. Die Männer rauchen und brüsten sich; es gefällt ihnen, sich mit einer wichtigen Dame zu unterhalten, zu scherzen.

Ich schaue sie mir genau an, die Signora, ihre wachen Augen, die eindringlich sagen: »Diese Salami ist die beste, die Sie jemals gekostet haben! Die ganze Familie dankt für Ihre Diskretion, wir sind nicht gern in den Schlagzeilen.« Ist sie eine Agrippina, die für ihren Sohn und sein Ansehen über Leichen geht? Im Hintergrund lächeln eingeschüchterte Polizisten. Haben sie auch Geschenke bekommen?

Was für eine perfide Gegenüberstellung: Während die reiche Signora mühelos die feschen Militärs um sich scharte, riss sich die Lehrerin ein Bein aus, um diese Männer (oder den einen?) mit kulturellen Veranstaltungen zu beeindrucken. Offensichtlich blühte sie für die Uniformierten. Und was ist der Dank? Statt sie mit ihren starken Armen zu überwältigen, sie kopfüber über den breiten Rücken zu schwingen und ans Bett zu fesseln, schmachten sie der jungen Sisina nach. Die eifrige Chiara T. wird nicht einmal angeschaut. Sie wird für immer die kleine Lehrerin bleiben. Das ist bitter – aber reicht es für einen Mord? Nein, ihre gerechte Rache ist der Auftritt im Gericht. Endlich spricht sie die Wahrheit aus: Sisina ist eine verhurte Hexe, die mit teuflischer Zauberkraft Bürstenschnitte verwuschelt hat. Aber statt Genugtuung kriegt Chiara ein Messer in den Rücken. Ausgerechnet von der adeligen Signora, die all die wunderbaren Leutnants unter ihrem luxuriösen Dach versammelte.

War es diese Demütigung, die die Lehrerin zur Arbeit am Heft veranlasst hat? Die himmelschreiende Ungerechtigkeit, wie eine Idiotin vor den Männern zu stehen, diesen Männern im Gericht mit ihren mächtigen Worten, ihren Beteuerungen, dass sie Sisinas Andenken nicht mit Schlamm bewerfen würden, während sie die dreckstarrenden Hände zum Himmel ringen. Und sie? Was hatte sie falsch gemacht?

Statt abends zu notieren, was sie den Mädchen Neues über Jesus und das Leiden und die Wichtigkeit sauberer Kleider beigebracht hat, durchsucht Chiara T. also Zeitungen. Nationale, lokale – jeden Artikel über Sisina schneidet sie aus und klebt ihn säuberlich ein. Sie archivierte die mediale Darstellung eines Frauenmordes und seiner Umgebung, die auch die ihre war. Aber warum? Suchte sie den Mörder? Oder ging es ihr vielmehr um all die Menschen, die sie ihr Leben lang verhöhnt und verkleinert hatten?

Ich blättere durch das Heft, die Fotos. Auch Sisinas Mutter steckt tief im Sumpf der Scham. Im Gericht trägt sie einen schwarzen Schleier und hält die Augen gesenkt. In den Händen drückt sie ein Taschentuch, die Zähne fest aufeinander. Sie sitzt umgeben von jungen Leuten, die sich lebhaft unterhalten. Sie scheint den Trubel nicht wahrzunehmen, wirkt abwesend, in einer anderen Welt.

Die Lehrerin hat unter dem Bild eine Notiz angebracht: *Mariapia lügt.*

Ihre Versessenheit auf Jungfräulichkeit wirkt absurd, dabei ist sie damit nicht allein. Es passiert genau das, was sie fürchtet: Angebliche Experten schauen der Tochter zwischen die Beine, werkeln und grübeln und verkünden triumphierend: keine Jungfrau! Das Jungfernhäutchen ist gerissen! Gegenseitig bestärken sie sich in der Behauptung und im Irrglauben um das mythische Hymen.

Mariapias beschämtes Bedecken der Blutlache konnte das öffentliche Herumwühlen im Körper ihrer Tochter nicht verhindern. Was hat sie falsch gemacht? Eine Tochter ist tot, und auf dem Gerichtspodest blamieren sich die restlichen Töchter aus wilder Ehe. Alessia, die sich nicht beherrschen kann. Die am Tatort herumschreit, sodass sie schnell heimgetragen werden muss. Das Private ist privat.

Warum war Sisina dem Essen ferngeblieben? Weil sie krank war? Oder verbannt? Weshalb? Ist doch etwas dran, am Gerücht von der Schwangerschaft? Das Bett vollgeblutet, sagt die Schwester. Eine Abtreibung? Vielleicht hat die Mutter daran gedacht, als sie die Blutpfütze sah?

Das Kind konnte nicht von Vito sein, so dachte jedenfalls die Mutter – schließlich brach sie im Gericht zusammen, als sie erfuhr, dass Vito und Sisina es schon getan hatten. Außerdem wäre das kein großes Problem: Die beiden wären ja bald verheiratet gewesen. Wen also könnte sie in Verdacht gehabt haben?

Die Schwestern ähneln der Toten, besonders Alessia, wenn sie lächelt. Die Älteren, Verheirateten wirken ernster. Virginia steht neben ihrem Mann vor dem Elternhaus. Entweder steht er auf einer Treppenstufe, oder er ist tatsächlich zwei Köpfe größer als sie. Wird nicht auch über Vito wohlwollend erzählt, wie er auf *seine* Sisina herunterschauen konnte?

Mit verkniffenem Gesicht blickt der Hüne in die Ferne,

vielleicht geblendet von der Sonne. Virginia hakt ihn unter und schaut ernst in die Kamera. Er sieht gut aus, im Vergleich zum Köhlerschwager, dem Mann der Halbschwester Filomena. Der wirkt so unbedarft mit seinen Kohlblattohren, wehrlos das zahnlose Lächeln. Die Bildunterschrift eine Gemeinheit: *Sisinas verbotene Liebe?*

Es gelingt mir nicht zu rätseln, was wohl Sisinas Vater denkt. Auf dem einzigen Bild wirkt er alt; zäh und verschlagen. Die Vorwürfe gegen ihn scheinen aus der Luft gegriffen. Oder? Die Lehrerin notiert: *Kleiner Mann, kleine Füße.*

Und der Mann mit den zu großen Füßen? Der besitzergreifende Verlobte, den du keiner Feindin wünschst? Mörder oder nicht, das Feiern seiner Heldenhaftigkeit ist auf wundersamem Mist gewachsen. Der Anwalt verteidigt nicht nur ihn, sondern alles männliche Besitzdenken. Dieser hochkarätige Verteidiger, der Vito wie vom Himmel gesandt von Anfang an zur Seite steht. Der seine eigene Beliebtheit befeuert, indem er sich lustig macht über das Opfer und ihre Familie verleumdet. Unterstützt von Tausenden, die zu den Gerichtsgebäuden strömen, für einen Freispruch skandieren: Vito ist unschuldig!

Inwiefern ist er unschuldig? Weil Sisina ihn provoziert hatte, wie manche sagen? Oder weil er es wirklich nicht war?

Seiner Rückkehr nach dem Freispruch ist eine ganze Bildreportage gewidmet. Luftaufnahmen vom Kirchplatz: Ausgelassene Menschenmasse. Aufgerissene Münder, wedelnde Arme, hysterischer Aufruhr. Mitten im Ameisenhaufen das stecken gebliebene Auto, in dem Vito nach Hause gebracht werden soll.

Ausgestiegen findet er sich umringt von aufgeregten jungen Frauen. Sie rufen ihm zu, wollen ihn sehen, berühren, ihm Geschenke überreichen und Blumen und Briefchen. Die an ihn herankommen, legen ihm die Hände auf den Rücken, die Schulter. Vito lächelt. *Ich werde die Blumen auf das Grab meiner armen Sisina legen.* Die solidarischen Frauen erschauern vor Eifersucht. Wie sollen sie je ankommen gegen eine tote Heilige?

Die Frage bei Sisina ist doch: Wieso wurde sie so eine Legende? Wie viele Mädchen und Frauen werden getötet und bald von der Öffentlichkeit vergessen – was ist bei Sisina anders? Oder geht es gar nicht um sie? Vielmehr um ihn?

Vito, mit einem Schnapsgläschen in der Hand, prostet einer jungen Frau und ihrem Vater zu.

Stürmische Glückwünsche gehen auch an Vitos großen, vogelartigen Vater, der wie abwesend eine schlaffe Hand gibt. Er strahlt eine faszinierende Ruhe aus, die mal sympathisch wirkt, mal autoritär, dann abweisend; manchmal alles zusammen. Auf einem Bild ist er mit der Lehrerin zu sehen; sie reichen sich die Hand und töten einander mit Blicken.

Die Lehrerin – will sie nicht gehört haben, wie Sisina zu Vito sagte, sie wolle mit ihm Süßigkeiten essen? Und wurden nicht Bonbonpapierchen gefunden, beim Tatort, und Abdrücke von zwei sitzenden Menschen?

Sisina und Vito chillen barfuß in ihrem Versteck in der Senke, lutschen Hochzeitsbonbons. Der Krug steht noch leer neben ihr; kleine Pause, bevor es mit der unendlichen Hausarbeit weitergeht. Und dann? Etwas geschieht, ein Messer wird gezückt. Sisina flüchtet den Hang hoch, rutscht aus, stürzt kurz vor der Öffnung zur Straße. Dort wird sie getötet und wieder runtergeschleift. Es bleibt die große Blutlache.

Auf dem nächsten Bild sitzt Vito am Esstisch, eine ältere Frau schöpft ihm stolz eine große Portion. Am Tischende steht ein junger Mann: schwarzer Schnurrbart, stechender Blick in die Kamera, die Hände hinter dem Rücken versteckt. Die Ungeduld steht ihm ins Gesicht geschrieben. Er wirkt wie ein ungehaltener Leibwächter, der diesen Zirkus hinter sich bringen möchte. Die Lehrerin hat einen Pfeil auf ihn gezogen mit dem Verweis: *Schuhgröße???*

Ich betrachte ihn eingehend. So könnte es auch gewesen sein: ein brüderlicher Gefallen. Der schnurrbärtige Freund mit kleinen Füßen und amerikanischen Schuhsohlen lockt Sisina ins Gebüsch, unter dem Vorwand einer Überraschung von Vito.

Nichts annehmen von fremden Leuten.

Hier, sagt er und lässt vor ihren Augen eine Halskette baumeln, Geschenk von deinem Verlobten. Als Entschuldigung für die Sache mit dem Ring.

Sisina dreht sich um, um ihn den Schmuck anlegen zu lassen.

Was schrieb die Zeitung? *Das Herz der Getöteten sei ruhig gewesen.*

Vito hat auf jedem Bild dasselbe Lächeln. Von unten herauf, den Kopf wie demütig, ein wenig verlegen geneigt. Ob er es war? Kommt es drauf an?

Ich höre mich atmen.
Wie still es ist.

Am meisten interessiert mich Livia. Die letzte Person, die Sisina lebend gesehen hat. Als ihre Freundin hat sie Sisinas Leiden in der Beziehung mit Vito miterlebt. Als eine der wenigen belastet sie ihn noch dann, als er längst populär geworden ist. Aber tatsächlich fasziniert mich etwas anderes. Ihr uneheliches Kind.

Natürlich erinnert sie mich an meine Großmutter. Die gesellschaftliche Ächtung, die sie erfuhr, die kollektive Abstrafung der SCHANDE. Ich weiß so wenig über die junge Lavinia, über ihr Leben, bevor sie in die Schweiz kam, dass ich Livias Geschichte wie stellvertretend lese. Ich studiere die Fotos, ihr Gesicht, ihren Körper, und bilde mir Ähnlichkeiten ein. Ich will die Verwandtschaft sehen!

Livia sitzt auf einer Bank im Gericht, neben Alessia, Sisinas Schwester. Es scheint, als würden sie warten, vielleicht vor dem Saal, bis sie zur Aussage hereingerufen werden. Livia verschränkt die Arme vor der Brust, eine Falte zwischen den Brauen, so stiert sie zu Boden. Wut steht ihr im Gesicht und Trotz. Das schmal geschnittene Kostüm unterstreicht ihre spinnengliedrige Eleganz. Daneben wirkt Alessia fast grobschlächtig, nachlässig im ausgeleierten Sommerkleid. Ihre überschlagenen Beine zeugen von einer ungeduldigen Bewegung. Alessia scheint konzentriert, den Unterkiefer vorgeschoben, vielleicht hört sie jemandem zu. Sie wirkt fast unbeteiligt, während Livia eine tiefe Traurigkeit verströmt.

Haben die beiden gestritten? Sind sie Freundinnen? Kämpfen sie gemeinsam oder gegeneinander? Wofür?

Ein Jahr nach dem Mord hat Livia also ein Kind und einen neuen Mantel, beide unbekannter Herkunft. Außerdem bringt sie neue Aussagen, die Vito belasten. Der Mantelstoff soll teuer aussehen. So kostbar wie Schweigen um den Kindsvater? Was schreiben die Zeitungen noch, zwischen den Zeilen? Livia würde Falschaussagen machen, um den wahren Mörder zu decken, ihren Liebhaber, der zufälligerweise derselbe sein soll, mit dem schon Sisina eine Affäre gehabt haben soll: der Conte in meiner Villa.

Klingt das nach einem freiwilligen Tausch: ein Mantel für ein Leben voll Schande? Und wenn dieser Conte tatsächlich der Kindsvater und Sisinas Mörder sein sollte: Schweigt Livia dann nicht vielmehr aus Angst?

Wieso ist überhaupt immer die Rede von einvernehmlichen Beziehungen; ist es nicht viel wahrscheinlicher, der Gutsherr hätte sich einfach genommen, was er wollte? Sisina ging es nicht gut in der Zeit vor dem Mord, sie wirkte verstört und verängstigt, krank.

Für eine Involvierung der Adelsfamilie sprechen die Aufbahrung in der eigenen Kapelle und das Aufstellen des Gedenksteins. Sie fühlten sich schuldig. Oder sie wollten im

Gegenteil, dass sich jede und jeder beim Gang durch den Weiler erinnert, wer hier das Sagen hat. Vielleicht war der Conte bekannt dafür, dass er sich an den jungen Bauerntöchtern vergriff. Aber spätestens nach Sisina traute sich niemand mehr, etwas zu sagen.

Ich stelle mir lieber vor, dass Livia bei einem rauschenden Fest schwanger wurde. Dass sie sich verliebt hatte. Nicht in den Conte, nein, vielleicht in seinen Schweizer Cousin, der in der Villa zu Besuch war. Ich stelle ihn mir blond vor, mit abstehenden Ohren: Er sieht aus wie das Bild meines Großvaters.

Lavinia und Livia legen sich übereinander wie Schablonen: unverheiratete Mütter mit Kindern ohne Namen, ohne Väter. Ich fülle die Lücken in Livias Geschichte mit meinen Fantasien über die jungen Lavinia. Ich weiß: Sie ist mit einer Freundin zu einem Fest gefahren, in eine andere Stadt. Dort hat sie ihn, den Schweizer, kennengelernt.

Die spärlichen Erzählungen haben sich in meinem Kinderkopf mit Märchenbildern verbunden: ein schillernder Ball, ein flachsblonder Prinz, ein Kuss – um Mitternacht musste sie zurück in der Höhle bei der Bigotten sein.

Mir fällt ein, wie Magdalena mich ausgelacht hat, als ich ihr einmal von ihrer Entstehung auf diesem Ball erzählte. Sie behauptete, Lavinia sei in dieser anderen Stadt geblieben und mein zukünftiger Großvater und sie hätten dort eine Zeit lang zusammengelebt:

Deine Großmutter war schon immer eine unabhängige Frau, Filissima, die ließ sich von niemandem was vorschreiben.

Ich stelle mir Livia ebenso stolz und stur vor wie Lavinia. Sogar noch dickköpfiger, weil sie den Typen nicht in ihrem Leben haben wollte. Sie wählte die Unabhängigkeit, die mit Einsamkeit einhergeht, mit dem Ausschluss aus der Gemeinschaft. Vielleicht war ihr diese auch zuwider, nach allem, was mit Sisina passiert ist.

Beim Betrachten von Livia beginne ich, meine Großmutter zu verstehen. Ihre Vorsicht, die irrational scheinenden Ängste. Sie war Livia: eine alleinerziehende Mutter und Arbeiterin, die zeigt, dass sie alles schaffen kann. Und dafür umso mehr abgestraft wird. Die strengen Regeln und Vorstellungen, die sie Magdalena und später auch mir auferlegte, sollten uns vor der Scham und Ausgrenzung, die sie erlebt hatte, bewahren.

Ich sehe Magdalena vor mir, auf dem Balkon meiner Großmutter, wie sie mit der Zigarette gestikuliert: Schande! Das Korsett zur Dressur der Sklavin. Von Generation zu Generation wird es weitergereicht: Die Mutter legt es der Tochter an, lehrt sie, dem Mann, der Familie zu dienen. Jeder Versuch der Befreiung wird unterdrückt und bekämpft –

Sie hielt die Rede für mich. Und für die Nachbarinnen. Sie stand am Geländer und dozierte in den Hof, bis meine Großmutter uns entdeckte und zischend in die Wohnung zog, während Magdalena lachend rief: Wer sich nicht bedingungslos unterwirft, steht unter Beschuss und wird schließlich ausgestoßen!

Vielleicht ist es das, was sie zusammenhält: Nicht die Morde, sondern der Widerstand. Das Ankämpfen gegen ein Leben in Schande. Vielleicht ist das die eigentliche Geschichte: die meiner Mutter und Großmutter, die von Sisina und Livia – und könnte es meine werden? Sind wir hier verbunden, durch die Wurzeln, den Ursprung? Vielleicht suche ich gar keinen Mörder, sondern grabe eigentlich nach mir selbst?

* * *

Schon stehe ich auf der Landstraße vor einem Haus. Höre mich rufen, bis am Fenster ein Kopf auftaucht: das Gesicht einer jungen Lavinia.

Livia, kommst du mit zum Brunnen?

Ma va! Ich war doch schon.

Bitte, ich will nicht alleine.

Du wirst es überleben. Bis später!

Ich gehe in einer summenden Wolke. Den leeren Krug trage ich auf der Hüfte, wie ein Kind. Mücken stechen mich an den Knöcheln, den Händen, am Hals. An der Biegung stelle ich den Krug ab und wickle mir das Tuch um den Kopf. Plötzlich das Gefühl, dass ich verfolgt werde. Ich schnaube eine Fliege von der Lippe und trabe weiter. Kinn hoch und lächeln, aber nicht zu sehr, mit geschlossenen Lippen, dass ja kein Viech auf die Idee kommt, mir auf die Zunge zu springen. Noch wichtiger: nicht stehen bleiben. Lächeln und weitergehen, immer weitergehen.

Die Regel gilt für Männer wie Gefleuch.

Ein Käuzchen ruft meinen Namen. Ich halte an und lausche. Eine Fliege setzt sich auf meine Wimpern. Ich blinzle sie weg und mache den Ruf der Taube. Das Käuzchen antwortet. Ich drehe mich einmal im Kreis, der Weg ist leer. Surren der Fliegen.

Wo bist du?, rufe ich und huste – eine Fliege ist mir an die Gurgel gezischt.

Der sanfte Ruf des Käuzchens bricht in ein Kichern. Es knackt, und oben an der Böschung erscheint rund wie der Mond das Gesicht meiner Freundin.

Hab ich dich erschreckt?, gurrt sie.

Ma va, ich hab 'ne Fliege verschluckt.

Livia rutscht die Böschung runter wie eine Lawine.

Elegant, huste ich und klopfe ihr die Blätter vom Sonntagskleid.

Sie haut mir auf den Rücken: Nicht jede kann die Schönste sein.

Ich stoße sie weg: Du bist viel schöner!

Livia spielt Empörung: Wäre ich das, ich würde längst vom Balkon der Villa winken.

Er hat dich doch zur Party eingeladen.

Mich? Er hat dich gefragt –

Weil ich gerade da war. Er hat ausdrücklich gesagt, dass ich dich mitnehmen soll. Ich hab sein Herz klopfen gehört, und als er deinen Namen sagte, setzte es aus –

Wir brechen in Gelächter aus.

Was redest du denn da, mich schaut er nicht mal mit dem Arsch an –

Der ist verloren, verliebt über beide Riesenohren.

Ja, in dich, weil du so schön bist –

Quatsch, du bist schön –

Mein Vater hat gesagt, er wird mir beide Beine zerschmettern, wenn ich noch einen Fuß in die Villa setze.

Ich grinse: Dann musst du dich wohl oder übel von deinem Schweizer herumtragen lassen.

Stell dir vor, Vito erfährt, dass du tanzen gehst –

Bah, der. Wenn's nach dem gehen würde, dürfte ich überhaupt nichts mehr. Der ist eifersüchtig auf jeden Käfer.

Livia lacht: Hab ich dir erzählt, was er vorher in der Kirche zu mir gesagt hat?

Sie verstellt ihre Stimme: Versuch mal, deiner Freundin zu erklären, dass sie mich nicht wie einen Idioten aussehen lassen darf.

Ich schüttle den Kopf: Schon nur dafür müssen wir hin.

Du bist die Beste. Es wird wunderbar.

Und wenn dein Vater dich verprügelt?

Und wenn schon. Lass ein bisschen Zeit verstreichen, und es geht mir besser als vorher. Wie geht's deinem Verehrer?

Ich lächle: Welchem?

Ma va!

Im Ernst, wenn Vito sich weiter so benimmt, frage ich mich, wie das erst nach der Hochzeit werden soll. Was will er, mich einsperren?

Willst du ihn nicht mehr?

Doch, doch.

Aber?

Wir haben uns doch geschworen, dass wir niemals einem Mann auf den Leim gehen.

Dass wir zusammen weggehen –

In der Dunkelheit des Leermonds packen wir unsere Sachen und verschwinden im Wald –

Laufen, bis der Wald aufhört, laufen weiter, bis in die Stadt –

Du wirst Hausmädchen, und ich werde Stenotypistin.

He, spinnst du, ich will ins Büro!

Umso besser, dann gehen wir beide. Mit Stöckelschuhen und geknüpften Foulards.

Mmm.

Stell dir vor, du würdest Vito wirklich verlassen. Er würde ausrasten.

Ich sag dir, was er tun würde: Rotz und Wasser heulen.

Dein Vater würde sich freuen.

Meine Mutter würde mich umbringen.

Oder Vito.

Ma va, das sagt er nur so. Wolltest du nicht eigentlich zu Hause bleiben?

Livia streckt sich ausgiebig: Die liegen wie Steine, hab mich rausgeschlichen. Ich musste mal wieder für mich sein. Nichts tun, nichts denken.

Und, funktioniert's?

Natürlich nicht, ich werde erdrückt von gewichtigen Gedanken. Ist dir schon mal aufgefallen, dass die Jungs immer von *besitzen* sprechen? *Ich habe sie besessen.*

Ich kichere.

Nein, jetzt hör zu. Die Männer sagen so, *besitzen*, während wir Mädchen übereinander flüstern: *Sie hat sich verloren.* Was sagt uns das?

Dass wir in die Hölle kommen.

Sie lacht.

Also kommst du mit zur Quelle?

Lass mich überlegen. Nein.

Wenn wir ganz langsam gehen, verpassen wir sogar die Prozession.

Verlockend. Mein Vater würde mich erwürgen.

Meiner auch.

Bist du froh, bald auszuziehen?

Und wie! Das wird ein anderes Leben.

Livia packt mich an den Haaren und flicht mir einen Zopf, sie singt: Morgen, mein Kind, ist dein Leben vorbei, du wirst eine Sklavin sein.

Ich winde mich lachend los: Nichts ist schlimmer als meine Eltern. Weißt du, was meine Mutter vorher zu Vito gesagt hat? *Kriegst du als Kriegsheld nichts Besseres ab?*

Livia legt den Kopf schief: Wirklich? Und was hat er gesagt?

Dass seine deutsche Blondine ihm zu groß gewesen sei.

Nein!

Dann hat er blöd gelacht, wofür ich ihm eine verpasst habe.

Sie grinst: Du musst aufhören, deinen Mann zu schlagen.

Ma va, hast du ihm nicht gerade vor allen eine geschmiert?

Ich konnte nicht anders!

Siehst du, so geht es mir jeden Tag.

Livia prustet: Und deine Mutter?

Na dann, Auguri, hat sie gesagt und das Putzwasser aus dem Fenster geschüttet.

Auguri, wiederholt Livia und küsst mich auf die Wange, die Braut, die lacht, wird bald weinen.

Ich stoße sie kichernd weg: Hau schon ab! Lauf schnell heim und sei schön brav.

Sie knickst: Still und brav, du kennst mich doch. Und du verlier dich schön. Sehen wir uns später bei der Kirche? Kommt Vito auch?

Natürlich.

Macht ihr wieder eine Szene?

Vielleicht.

Ihr zwei. An eurer Hochzeit werd ich tanzen wie eine Verrückte. Der Boden wird rutschig sein vom Blut meiner zerschundenen Füße.

Das will ich sehen.

Und wenn du beschließt, doch abzuhauen, gib Bescheid, dann tanze ich mit deinem Vito, bis er schreit.

Und blutet.

Du Fleischwolf männlicher Herzen.

Ich doch nicht.

Du bist köstlich. Meine köstliche Freundin.

Köstlich, ruft Livia noch mal, bevor sie um die Kurve biegt.

Es ist heiß, ich beschließe einen Umweg. Gehe von der Straße ab, schaue links und rechts und steige in die Öffnung der Böschung. Geduckt bewege ich mich durchs Gestrüpp. Schüttle die Sandalen von den Füßen, lege sie zusammen mit dem Krug unter die dicke Steineiche. Aus dem Stamm wächst das Gesicht eines Käuzchens. Dann schlittere ich mit freien Händen den Hang hinab zum Bach der Tigerin.

Ein Eichelhäher fliegt zeternd auf, das Wasser sprudelt zutraulich.

Du hast recht, sage ich, ich werde ein wenig hierbleiben.

Ich stecke die Füße ins kalte Wasser, lasse es an den von Mückenstichen geschwollenen Knöcheln schlecken.

Ein Wind kommt plötzlich auf. Streift durch den Hain, lässt die Silberblättchen zittern. Weht mir Haarsträhnen ins Gesicht, lässt Äste knacken. Brausende Baumkronen. Jemand erwartet mich. Ich ziehe die Füße aus dem Wasser, springe auf und kraxle den Graben hoch. Der Wind kommt die Böschung hinabgehuscht, drückt sich mir entgegen. Staub steigt auf, bäumt sich vor mir wie ein Mensch, bedrohlich, legt sich auf mich. Ich reibe die Augen, klettere schneller. Mein Name fliegt mir von hinten auf die Schulter, wie ein Vogel. Ich bleibe stehen, drehe den Kopf.

Hoch oben in den Ästen sitzt eine Zikade und lacht.

* * *

Draußen wird es hell, endlich. In der Dämmerung verschwinden die Geister. Die ganze Nacht habe ich mich herumgeworfen, geknirscht und geschwitzt. Merkwürdige Träume, die sich seltsam real anfühlten.

Ich wachte auf, weil mir etwas Schweres auf die Füße drückte.

Auf dem Kamin saß das Käuzchen. Es breitete die Flügel aus und flog aus dem Fenster.

Eine Figur kippelte im Sessel. Ich konnte keinen Finger rühren, keinen Ton herausbringen.

Die Decke wurde mir weggezogen. Am Fußende des Betts eine dunkle Gestalt, löste sich auf.

In der Badezimmertür ein Schatten. Ich hielt die Augenlider zusammengedrückt, als würde ich schlafen, nur einen Spalt offen. Der Schatten näherte sich langsam dem Fußende. Ich zappelte heftig mit den Füßen.

XI

Durchs Fenster dringt Motorenlärm. Pneus knirschen auf dem Kies, ein Auto fährt auf den Hof ein. Der Motor wird abgestellt, Türen schlagen, dann höre ich Männerstimmen. Ich halte die Luft an. Versuche, Lorenzos Stimme zu erkennen. Leise schlage ich die Decke zurück und spähe aus dem Fenster.

Neben dem Springbrunnen steht ein Geländewagen ohne Dach. Drei Männer streichen über den Hof. Sie scheinen mir zu jung, um Coach zu sein. Der Jüngste ist sichtlich aufgeregt, dreht ständig den Kopf, lacht. Seine blonden Locken reflektieren die Sonne, er ist höchstens zwanzig. Der Stämmigste stolziert breitbeinig zum Springbrunnen, fasst hinein und dann ins Haar, plättet es nach hinten. Der Dritte, hochgewachsen, dunkle Locken, strahlt eine elegante Lässigkeit aus. Er lehnt an der Motorhaube und dreht sich eine Zigarette.

Hier ist keiner.
   Die pennt noch. Er hat doch gesagt, dass sie ewig schläft.
   Schönes Leben.

Als würdest du dich zu Tode schuften!

Gehen wir sie wecken?

Ich mache mit meinen Fingern eine Pistole und ziele aus dem Fenster: Halt! Ich schieße.

Spinnt die?

Der Lässige hebt langsam die Hände über den Kopf und sagt: Ganz ruhig, Bimba, wir kommen von deinem Cousin.

Mein Cousin?

Ja, er musste ein paar Tage weg. Er hat uns beauftragt, nach dir zu sehen. Er wollte nicht, dass du hier allein bist.

Lorenzo? Wo ist er? Wann kommt er wieder?

Er hat nichts gesagt. Er meinte nur, du sollst dich nützlich machen und mit uns zur Weinlese kommen.

Der Lässige nimmt die Hände vom Kopf und zeigt die Straße runter zum Wald: Es gibt Mittagessen, und abends bringen wir dich zurück.

Ich lasse die Fingerpistole sinken.

Der blonde Junge streckt sich: Ich bin Angelo! Das ist mein Cousin Nicolò und unser Onkel Massimo. Er ist nicht viel älter als wir, dafür umso hässlicher.

Lachend reibt er sich den Hinterkopf. Onkel Massimo lässt die Hand drohend in der Luft stehen. Er trägt Camouflage und ein Shirt mit abgeschnittenen Ärmeln. Beachtliche Brust und Arme, kräftiger Bauch. An den Füßen schwarze Militärstiefel.

Woher kennt ihr Lorenzo?

Nicolò zeigt wieder zum Wald: Wir sind von hier, aus dem Dorf.

Dem Geisterdorf?

Quatsch, nicht oben. Unten, du weißt schon, wo auch Lorenzo herkommt.

Ich murmle für mich: Lorenzo hat mir nichts gesagt von einem lebendigen Dorf.

Dann rufe ich: Gibt es dort einen Bahnhof?

Angelo macht große Augen: Du willst schon gehen?

Wieso nicht?

Na, wegen der Weinlese! Es gibt nichts Schöneres. Wir sind auch keine Bauern, aber zur Weinernte können wir nicht Nein sagen. Hast du es schon mal gemacht?

Ich schüttle den Kopf.

Siehst du, strahlt der Blonde, heimgehen kannst du auch noch morgen! Oder hast du etwas Besseres zu tun?

Versprecht ihr dann, mich zum Bahnhof zu fahren?

Begeistertes Nicken.

Ich war schon immer schlecht im Neinsagen. Besonders wenn es um Gesellschaft und Weintrinken geht. Wieso soll ich mich vor meiner Abreise nicht noch amüsieren? Und wenn Lorenzo heute Abend endlich zurückkommt, dann kann ich ihm noch die Meinung geigen.

Die Hupe reißt mich aus den Gedanken.

Na, was ist, kommst du?

Leuchtende Gesichter von unerfahrenen, gewalttätigen Jungen.

Sie hat Angst.

Ich habe keine Angst!

Im Bad spritze ich mir Wasser ins Gesicht und gurgle. Die Blutspuren im Becken sind leicht angetrocknet, es hat keine neuen gegeben. Ich ziehe mich aus, werfe einen Blick in den Spiegel, wirble meine Haare hoch. Sie sind so steif, dass ich einen Knoten machen kann. Ich rieche gut, Schlaf ist mein liebstes Parfüm. Dann schlüpfe ich wieder ins Nachthemd, kremple die Ärmel hoch, damit die Schultern freiliegen, wie bei Onkel Massimo. Ich schaue der Frau im Spiegel zu, wie sie mit dem Finger auf mich zielt. Wir lächeln.

* * *

Wenig später sitze ich im dachlosen Rover, eingezwängt zwischen Colonia schwitzenden Jungs. Sie johlten, als ich aus dem Haus kam, ich spürte jeden Schritt in meiner Hüfte.

Nun lässt sie die körperliche Nähe taktvoll schweigen, links und rechts werden Armmuskeln gespannt.

Wir schrammen den Poller – Vollgas rückwärts aus der Einfahrt, dann den Hügel hinauf, ab von der Straße, durch den Olivenhain, zwischen den Bäumen hindurch. Ich kralle mich am Armaturenbrett fest, um nicht aus dem Wagen geschleudert zu werden. Mein Blick verschwimmt vom Schütteln, und ich muss mich ducken, wie die Äste der vorbeihastenden Bäume uns peitschen.

Wo fährst du hin, ruft Nicolò, zum Weinberg geht's runter!

Als Antwort grunzt Massimo wie ein Schwein.

Plötzlich biegt er scharf ab und macht eine Vollbremsung.

Wir stehen auf einem Feldweg vor einem Gatter. Massimo springt aus dem Auto und schließt die rostige Kette am Tor auf. Angelo und Nicolò bleiben sitzen und unterhalten sich im Dialekt, als wäre es eine Geheimsprache und ich ein verständnisloses Brot.

Süß, das Mädchen.

Lorenzo hat Glück. Es gibt nichts Göttlicheres, als die Cousine zu fegen.

Ich räuspere mich: Ich bin kein Mädchen.

Schon gut, sagt das Engelchen und strahlt wie auf Kinoleinwand, das sagen wir hier so.

Nicht zu mir, murmle ich und schlage die Tür zu.

Ich folge dem Onkel durchs offene Gatter, über trockenen Wühlschlamm zu den Gehegen.

Sienaschweine, ruft Massimo stolz, schau, wie viele Ferkel.

Ich zähle sieben mächtige Muttersäue und Dutzende kleine Ferkel. Wenn ich auf sie zutrete, rennen sie wie gestochen im Kreis und quietschen. Sie sind schwarz mit einem rosa Kringel um den Hals. Der Eber, ein riesiges Tier, läuft frei herum.

Keine Angst, sagt Massimo, er ist sehr dumm.

Er breitet die Arme aus und rennt schreiend auf den Eber zu. Der quiekt erschrocken und flüchtet in seine Parzelle. Der Onkel schließt das Tor hinter ihm.

Siehst du, sagt er, der ist wirklich der Allerdümmste.

Der Eber gräbt seine Nase in die Erde.

Er ist wie ich, sagt Massimo, ein Gehörnter.

Er stellt sich an den Zaun und breitet die Arme aus: Wenn die Weibchen heiß sind, strömt ihr Duft durchs ganze Tal. Ein Wildschweinmann riecht das aus Kilometern Entfernung. Immer wieder kommt einer her und reißt mit den Zähnen die Zäune nieder. Schau, hier.

Er zeigt ein großes Loch im Maschendraht.

Die haben eine gewaltige Wucht, die Zähne. Meinem Freund haben sie die Oberschenkelader zerfetzt. Wir waren zusammen am Jagen, da kannst du nichts mehr tun. Er ist vor mir verblutet.

Massimo fasst sich an den Hals und zieht unter dem Kragen einen großen gebogenen Zahn an einem Lederband hervor: Ich habe ihn gerächt, mit eigenen Händen erlegt.

Er wartet, bis ich ein beeindrucktes Gesicht mache, dann fährt er fort: Wenn so ein Wildschweineber hier reinkommt, dann schwängert er alle. Das Schreien der Säue höre ich bis zu meinem Haus. Es gibt die herzigsten Ferkel. Siehst du die? Halb Wild, halb Siena. Schau, wie schön ihre Nasen sind. Die anderen sind hässlich, mit ihren kurzen Nasen. Die Gemischten sind viel schöner als die Reinrassigen, ich mag sie lieber. Ach, ich mag sie alle.

Er seufzt.

Isst du sie?

Ich? Nein. Ich hab sie aufwachsen sehen, ich hab sie gern, schau sie doch an. Aber die Herren essen sie.

Wer sind die Herren?

Na, die Chefs von deinem Cousin.

Ich frage mich, ob er zu ihnen gehört, zur Jagdgesellschaft, wie Lorenzo sie nennt. Ob er den Coach kennt.

Er sieht mich von der Seite an und sagt, als würde er meine Gedanken lesen: Ich bin auch bei den Herrschaften angestellt, kümmere mich um die Ländereien, die Gemüsegärten. Vielleicht hast du mich schon gesehen?

Ich schüttle den Kopf. Diese Gegend hat sich mir verlassen gezeigt, leer und verschwommen wie in einem Traum. Ein Tag mehr, und ich wäre von der Felskante gesprungen, überzeugt, dass ich fliegen könnte –

Massimo wendet sich wieder den Ferkeln zu. Der Garten vor meinem Zimmerfenster fällt mir ein; die gepflegten Beete und hochgebundenen Pflanzen. Das war er! Was, wenn er mich die ganze Zeit gesehen hat? Habe ich mich nicht beobachtet gefühlt in der Villa, beim Herumstreifen im flüsternden Wald?

Ich wohne im Wald, verkündet Massimo, als hätte ich laut gesprochen. Im alten Köhlerhaus.

Wo Sisinas Schwager wohnte, platzt es aus mir heraus.

Er schaut erstaunt: Sisina! Du kennst sie?

Ich ziehe den Kopf ein. Es ist mir peinlich; ich will nicht, dass jemand merkt, dass ich besessen von einem Geist bin.

Massimo streichelt ein Mutterschwein: Sisina gibt es. Sie war hier! Sie war sehr schön.

Das habe ich schon gehört, nicke ich.

Schön wie Blut und Milch, wiederholt er wie sinnierend.

Er schaut auf: Komm mich mal besuchen, in meinem Haus. Wenn du nicht gehen musst.

Massimo, sage ich, wie groß sind diese Ländereien?

Uh, macht er, sehr groß. Wenn du am höchsten Punkt stehst und alles überblickst, geht es weiter, als das Auge reicht.

Und das gehört alles den *Herrschaften*, denen die Villa gehört?

Er sieht mich mit zusammengekniffenen Augen an und nickt.

Auch das Dorf?

Nein, das Dorf natürlich nicht. Weißt du denn gar nichts? Wenn du länger bleibst, kann ich dich mal mitnehmen auf eine Tour. Hirsche füttern, Trüffel bewachen, Zäune flicken. Wenn die Herrschaften einverstanden sind.

Wie sind sie so?, frage ich.

Ach, macht Massimo, ich habe keine Probleme mit ihnen. Sie haben mir das Haus gegeben, als meine Frau – du weißt schon. Schau hier, noch ein Gehörnter.

Er zieht mich zu einem großen Hirschgeweih, das neben dem Ebergehege im Eisenzaun hängt.

Den habe ich mit einer Lanze geschossen. Er war verletzt und musste leiden. Schau.

Massimo geht unter dem Geweih in die Knie, bis es scheinbar aus seinem Kopf ragt.

Wenn eine dich betrügt, bist du für immer gehörnt. Daher ist es besser …

Er imitiert Messerstiche und lacht.

Aber was mache ich? Bringe ihr Alimente. Statt dass ich sie und ihren Liebhaber abschieße, wie es sich gehört, habe ich den Hirsch erledigt. Und dann den Kopf ausgekocht.

Dafür brauchst du aber einen großen Topf, sage ich.

Brava, sagt er zufrieden, als fühlte er sich verstanden, sehr groß sogar. Aber erst grabe ich ihn drei Wochen in die Erde ein. Dann koche ich Wasser und Essig im sehr großen Topf und lege den Kopf hinein. Nach ein paar Tagen löst sich alles wie von selbst ab: Haut, Fett, Sehnen.

Und mit deiner Frau hättest du das auch gemacht, wenn du sie abgeknallt hättest?

Sicher.

Er grinst: Lach nicht so, sonst verlieb ich mich in dich.

Angelo ruft vom Gatter her, wir sollen nicht rumknutschen.

Ich helfe Massimo, die Schweine zu füttern, dann gehen wir zurück zum Auto.

Vor uns erscheint ein Hügel, Massimo drückt aufs Gas. Wir heulen den steilen Hang hoch, der abrupt endet. Dann fallen wir ins Nichts. Wie durch ein Wunder landen wir auf den Rädern.

Abkürzung, grinst er.

Tatsächlich sind wir nun wieder auf der Straße, die zu Sisinas Gedenkstein führt.

Ich atme tief aus. Angelo legt mir den Arm um die Schultern.

Brava, sagt er lächelnd.

Er ist blutjung und schön wie aus einem Bertolucci-Film.

Als wir Sisinas Stein passieren, weiß ich, dass sie rasend eifersüchtig ist.

* * *

Am Weinberg wartet ein dünner Alter. Seine Wangen sind ausgemergelt, er schimpft: Ihr seid zu spät, was habt ihr da angeschleppt, seit wann bringen wir Mädchen mit, bah.

Das ist Lorenzos Cousine.

Ich lächle unwillkürlich. Die glauben wirklich, ich habe einen italienischen Cousin.

Der Alte verzieht das Gesicht: Und was will sie hier? Lorenzos Ersatz sein? Ich kann den nicht ausstehen, buckliger Diener der Herren, pha!

Er spuckt aus, dann verteilt er Scheren an die Jungs und würdigt mich eines abfälligen Blickes: Ist das die, die nicht kochen kann, bah.

Massimo hebt die Hand wie zur Ohrfeige: Sei still und geh an die Arbeit.

Der Alte entfernt sich brummelnd: Wenigstens haben sie heute den Schnösel zu Hause gelassen. Blöde Kerle, erst bringen sie einen Gutsherrn, dann Weiber –

Freu dich nicht zu früh, ruft Nicolò ihm nach, der Schnösel kommt gerne wieder, das hat er mir gesagt.

Hat er das?

Massimo hebt die Brauen, während der Alte schimpfend in einer Reihe zwischen den Reben verschwindet.

Nicolò zuckt mit den Schultern, und Angelo lächelt mich an: Hör nicht auf Igor, der hat nichts zu sagen, er spielt sich bloß auf.

Ist er auch mit euch verwandt?

Massimo spuckt aus: Der? Wie kommst du denn darauf?

Er drückt mir eine Schere in die Hand und sagt: Es ist eine Schande. Normalerweise helfen viel mehr Leute bei der Ernte.

Die Weinlese ist eigentlich ein Fest, ein Volksfest. Als ich ein Kind war ... Wisst ihr noch?

Seine Neffen zucken mit den Schultern.

Siehst du, die haben das nicht mal mehr erlebt. Alles geht vor die Hunde, was bin ich froh, dass ich im Wald lebe – im Dorf sind nur noch Alte und Verräter.

Nicolò murmelt: Dafür kein Safari-Friedhof.

Massimo schnibbelt sich mit der Rebschere an den Haarspitzen herum und ruft: Den Herrschaften gehört der Wald, die können darin machen, was sie wollen, da haben wir nichts zu sagen.

Er wendet sich an mich: Aber die Zeiten haben sich geändert, weißt du. Die Leute sind nicht mehr so abhängig von ihnen. Die Generation meines Großvaters hat noch in den Pachthöfen um die Villa gewohnt und auf den Feldern der Herren geackert. Heute leben alle im Dorf. Alle, die noch hier sind. Sie haben Jobs und werden von den Amerikanern bezahlt, den Chinesen, nicht von den Gutsherren.

Und ihr?

Wir arbeiten weiter für sie, in unserer Familie hat das Tradition, wir sind loyal. Igor nicht, der hat keine Prinzipien, der macht es, weil er arm ist. Schau ihn dir an. Was denkst du, wie alt er ist?

Ich weiß nicht, siebzig? Fünfundsiebzig?

Massimo brüllt über die Reben: Hast du gehört, Igor? Das Mädchen denkt, du seist halbtot!

Er ist vierzig, sagt Nicolò.

Massimo klopft mir Tränen lachend auf die Schulter und stellt eine gelbe Plastikkiste vor meine Füße.

Einfach vollmachen, sagt er. Das kann jeder Trottel, wie man sieht. Weißt du, was eine reife Traube ist?

* * *

Eifrig schneide ich Trauben. Es ist schön, eine fette Dolde in den Händen zu halten, deren Fühler sich wie Telefonkabel um die Stängel schlängeln, die ich erst herauswinden muss. Befriedigend, wenn eine Rebe leer ist. Ich stelle mir vor, ich wäre die junge Lavinia, die mit Sisina über Vito lästert. Dann fällt mir ein, dass meine Großmutter in der Stadt aufgewachsen ist, wo sie sich auf ein Leben als Bürodame vorbereitete. In einem Weinberg war sie höchstens als Seniorin, auf einer ihrer Carreisen.

Angelo hält sich auf derselben Höhe wie ich, in der Reihe gegenüber. Manchmal erscheint sein Gesicht zwischen den Blättern. Zwinkert und lächelt und eidechsenzüngelt.

Wieso redest du so seltsam?, fragt er. Du machst diese komischen kleinen Fehler, kannst du überhaupt Italienisch?

Ich bin nicht von hier, schnappe ich, dafür rede ich ziemlich gut.

Angelo wiegt den Kopf: Na ja. Manchmal klingst du etwas dumm.

Ich versuche, ihn durch die Hecke zu schlagen. Er lacht und hält meine Hand fest.

Du bist dumm, rufe ich, ich bin aus der Schweiz!

Schöne Schweiz, ruft Massimo rüber, ich habe einen Onkel dort. Es hat mir gut gefallen, sehr sauber. Zum Kaffee machen sie einen Riesentanz, mit kleinen Rahmkännchen und Zuckerdöschen und Schokolädchen. Das war sehr nett. Aber teuer, Schweinegott.

Angelo geht nicht auf ihn ein: Aber wieso sprichst du nicht wie Lorenzo?

Meine Großmutter ist in die Schweiz ausgewandert. Ihr Mann war Schweizer, und er wollte nicht, dass sie Italienisch spricht.

Lorenzos Großmutter?, fragt Massimo, während Angelo nachdenklich nickt: Man muss sich halt anpassen, integrieren.

Nein, sage ich schnell, er war ein Idiot. Und ihr seid nicht besser, wie ihr mich löchert. Wäre mein Großvater kein chauvinistischer Patriarch gewesen, würde ich euch heute rhetorisch auseinandernehmen.

Ist ja gut, wehrt Angelo ab, ist ja gut. Ich dachte nur … Vielleicht bist du eine albanische Geliebte.

Ich?

Also bist du wirklich Lorenzos Cousine?

Ich zucke mit den Schultern.

Massimo und Angelo zwinkern sich zu: Es gibt nichts Göttlicheres …

Ihr spinnt doch.

Ein Sprichwort! Das sagen wir hier so. Es gehört zu unserer Kultur. Du solltest von uns lernen, wenn du auch von hier bist.

Ich zwacke konzentriert und fülle die Kisten. Als Hintergrundgeräusch nölt der alte Igor, alle paar Minuten fragt er nach dem Mittagessen: Gehen wir jetzt? Nun ist aber Zeit. Ich muss verhungern, weil ihr zu spät wart.

Er tut mir leid mit seinen dünnen Ärmchen, dem Stofftaschentuch unter der Mütze gegen die brennende Sonne.

Nicolò dreht immer wieder den Kopf zur Straße, als würde er darauf warten, dass jemand kommt. Der Schnösel? Angelo singt ein paar Reihen weiter vor sich hin und wirft mir mal treuherzige, mal schmachtende Blicke zu, die mich versöhnen sollen. Massimo hat sich sein Shirt um den Kopf gebunden und sieht noch mehr aus wie ein Krieger. Ich kann mir vorstellen, wie er sich mit einer Machete durch den Wald schlägt. Er lebt im alten Köhlerhaus. Ob es dort auch spukt?

Ich schleiche mich an, schlüpfe durch ein Loch in der Rebenreihe und arbeite nun neben ihm, mit ein paar Metern Abstand. Lächelnd sage ich, dass es mir leidtut mit seiner Frau: Ich meine, dass sie dich gehörnt hat.

Er murmelt etwas von Freiheit.

Nach einer Höflichkeitspause frage ich arglos: Was weißt du eigentlich über Sisina?

Massimo hört auf zu schneiden und wiederholt: Sisina gibt es.

Dann zeigt er mit der Rebschere auf mich: Ich weiß, wer sie nicht getötet hat. Es war nicht ihr Verlobter. Bis zu seinem Tod hat er gesagt: Ich war's nicht. Noch auf dem Sterbebett hat er geflüstert: *Meine arme Sisina.* Das macht kein Mörder; wenn du im Sterben liegst, kannst du's doch sagen.

Er wartet auf mein Zustimmen und fährt fort: Es waren

die Gutsherren von damals. Das waren Schweizer, wie du. Der Sohn hat Sisina geschwängert und dann einen Albaner angeheuert, der sie tötet. Damit die Affäre nicht rauskommt, verstehst du.

Ich überlege, ob ich widersprechen soll oder ob ich ihn damit beleidige und meine Chancen auf mehr Information verspiele.

Die Frau aus der Zeitung fällt mir ein, die Sisinas Mörder vorbeiradeln gesehen haben will – sie verdächtigte ihn aufgrund von »Hässlichkeit«: Fremdenfeindlichkeit, gemischt mit Aberglauben, böser Blick. Die alte Suppe aus Ressentiments, in Krisen stets aufs Neue aufgekocht, während die Täter bei »den anderen« gesucht werden.

Massimo wendet sich ab und ruft über die Reihen: Holt den Traktor! Danach machen wir Pause.

Igor stößt einen spitzen Schrei aus und schleudert seine Schere in die Kiste.

Nicolò fährt mit dem Traktor heran. Angelo steigt auf die Ladefläche und ruft: Ich liebe alle Frauen. Frauen sind wunderbar. Tod allen Männern! Auf dass ich der Einzige bin.

Ich lache, hieve die vollen Kisten in seine Arme. Igor kauert im Schatten einer Rebe und nickt mir zu: Brava, das Mädchen ist brava.

Merkwürdige Wärme, die sich unwillkürlich in mir ausbreitet. Das muss aus der Kindheit kommen: Die haben mich von klein auf süchtig gemacht nach diesem gönnerhaften Lob. Brava. Es macht mich wütend, und doch – statt dass ich Paroli biete, mich auf gleicher Höhe präsentiere, spiele ich mit, lasse mich fallen in dieses infantile Verhalten; geschmeichelt kichern, belämmert blinzeln, schüchternes Winden. Es ist einfach zu leicht, sie um den Finger zu wickeln. Aber warum will ich das überhaupt? Kommt das von Magdalena, dieses lächerliche Verhalten mit Männern? Selbst wenn sie mir nicht gefallen, will ich ihnen gefallen; sie sollen mich begehrenswert finden, bewundern, komplimentieren. Vielleicht ist es auch Intuition, eine Überlebensstrategie: Wenn er mich mag, bringt er mich nicht um. Denn in den seltenen Momenten, wo es nicht anschlägt, wo einer nicht zurücklächelt, fühle ich sofort Bedrohung.

Igor nickt, als hätte er meine Gedanken gehört: Pass bloß auf mit Lorenzo.

Ich runzle die Stirn. Er sagt: Sisina interessiert dich, was?

Ich setze mich neben ihn.

Sie war noch nicht verheiratet, fängt er an und mustert mich: Sie war wie du. Nicht sehr groß, aber hübsch, auffällig. Du ermutigst die Männer mit deinem Lächeln, und sie interpretieren gern falsch … Sisinas Verlobtem war das zu viel; er konnte sie nicht fangen, sie war ihm ein Wind zwischen den Fingern. Das hält nicht jeder aus. Er könnte es gewesen sein. Aber er wurde freigesprochen, denn er hatte den besten Anwalt von ganz Italien.

Warum?

Igor steckt sich eine Traube in den Mund: Weißt du, was lustig ist? Vito wollte dann seine Schwägerin heiraten, aber sie wollte nicht. Er ist weggezogen, hat eine andere Frau gefunden, und ist nie zurückgekehrt. Und seine neue Frau, also das ist die Cousine meines Onkels. Lustig, nicht? Weißt du, wie sie sich kennengelernt haben? Am Tag der Befana ist er mit dem Männerchor von Haus zu Haus gezogen. Eine Familie bat ihn herein, und er sah einen Schrein – der war für ihn, mit Fotografien von ihm aus dem Gericht! Er war gerührt und schloss Freundschaft mit der Tochter, sie wurde seine Frau. Jetzt ist er schon ein paar Jahre tot. Der Arme.

Aber was denkst du, frage ich ungeduldig, ob er's war?

Er hebt die knochigen Schultern: Die Lage war damals sehr angespannt. Wir hatten hier quasi einen Bürgerkrieg, nach dem Krieg. Hast du vom Massaker gehört, wo sie ein ganzes Dorf umgebracht haben, als Exempel für die Partisanen?

Igor, schreit Massimo, hör sofort auf, dem Mädchen Kommunistenlügen zu erzählen.

Der Alte zischt eine Verwünschung, steht ächzend auf und schleppt sich den Hang hoch, stemmt sich gegen die Sonne.

Nach einer Weile murmle ich etwas von Pinkeln und folge ihm in den Wald. Es raschelt und zischelt; ein kleiner Fußpfad führt leicht bergauf durch Gestrüpp. Plötzlich ist der Weg versperrt von einem gelben Bottich voll Weintrauben. Ich bleibe stehen und sehe, getarnt im Geäst, eine Hütte, gefertigt aus Ästen und Steinen und camouflierten Plastikplanen.

Igor erscheint im Türloch. Angestrengt zieht er einen Schlauch hinter sich her. Er wirft einen kurzen Blick auf mich, dann dreht er sich ohne ein Wort um und wird verschluckt vom Dunkel des Hütteninnern. Ich höre ihn schnaufen, er rollt ein hölzernes Weinfass heraus. Er stellt es auf und steckt das Ende des Schlauchs in ein Loch im Fass.

Was machst du hier?

Wieso, willst du petzen? Die Herren lassen uns die ganze Arbeit machen und trinken dann den Wein. Wenn's nach denen geht, kriegen wir keinen Tropfen.

Er greift in den Bottich und reicht mir eine Handvoll Trauben.

Probieren, befiehlt er.

Ich beginne, die Trauben zu essen. Sie sind schrecklich süß.

Nun hör aber auf, brummt er, Herrgott noch mal, spinnst du, jetzt wirf sie weg.

Er nimmt mir die Trauben aus der Hand und schmeißt sie ins Gebüsch.

Ich sagte probieren, mein Gott. Frisst sich den Bauch voll mit Weintrauben, turista di merda.

Ich bin keine –

Jaja, macht Igor, schon gut.

Mit seinen sehnigen Armen hebt er den Bottich und leert die Trauben ins Fass.

Ist das dein Haus?, frage ich.

Er murmelt etwas und rüttelt am Fass.

Dann sagt er: Das ist mein Versteck, um meiner Frau zu entkommen. Sonst hätte ich sie längst umgebracht.

Ich hebe ein paar zu Boden gefallene Weintrauben auf und werfe sie ins Fass.

Was hast du vorher erzählt, frage ich, als Massimo dich unterbrochen hat?

Mh, macht Igor, was treibst du dich überhaupt mit denen herum?

Ist nicht so, dass ich hier groß Auswahl hätte.

Igor nickt: Was hat dich denn hierher verschlagen?

Lange Geschichte.

Dann anders: Was hält dich hier?

Ich hebe die Schultern: Das Geheimnis der Sisina?

Soso, macht er, und das soll ich glauben.

Igor, sage ich, was war das mit dem Bürgerkrieg?

Er seufzt tief und beginnt zu erzählen: Nach dem Krieg waren die Leute erschöpft, hungrig, müde. Eigentlich war Frieden, tatsächlich schwelte der Kampf weiter zwischen Faschisten und Kommunisten, Partisanen und Allierten-Verbündeten. Der Norden war besetzt gewesen, im Süden waren die Partisanen, aber hier war freies Land. Heiße Zone. Ein paar Hügel weiter hatten die Nazis kurz vor Kriegsende ein ganzes Dorf ausgelöscht. Zum Zeichen ihrer Entschlossenheit gegen die Partisanen. Noch nach dem Krieg ging ein tiefer Graben durch die Gemeinschaften. Aber neben wucherndem Argwohn keimte Hoffnung. Viele organisierten sich wieder in kommunistischen Bauernsyndikaten, was den Großgrundbesitzern natürlich nicht passte. Also haben sie weiter die Faschisten gefördert, im Kampf gegen die bäuerlichen Gewerkschaften, die Partisanen. Vielleicht hat Sisina etwas gehört –

Ein Geräusch im Gebüsch lässt ihn herumfahren, eine Katze springt auf den Weg. Sie streicht mir um die Beine, Igor scheucht sie weg: Hau ab, elende Spionin!

Ich lache, die Katze tänzelt beleidigt an der Hüttenwand entlang und reibt ihren Kopf dagegen.

Der Alte nimmt einen Ast und peitscht ihr entgegen, die Katze macht einen Satz und galoppiert den Pfad hinauf.

Leise fluchend widmet er sich wieder dem Weinfass.

Ich räuspere mich: Erzähl weiter. Was hat Sisina gehört?

Igor spuckt aus: Was interessiert dich das überhaupt? Und dann gehst du und erzählst es den Idioten, vergiss es.

Nein, ich –

Er richtet sich auf und zeigt den Pfad hinauf, der Katze nach: Geh, frag doch Sisina, die weiß alles am besten.

Du meinst ... ihren Geist?

Bah, Geist. Die Hexe!

Hexe, murmle ich, das hat Lorenzo auch gesagt. Zu der Frau im Auto, die aussah wie Sisina in älter. Sie hat uns in den Graben befördert!

Igor nickt düster: Sie mag keine Gäste.

Igor, sage ich atemlos, willst du sagen, dass Sisina gar nicht gestorben ist? Dass sie lebt –

Er spuckt: Die Hexe lebt, die Mörderin. Die hat ihren Mann umgebracht und versteckt sich, oben im Geisterdorf.

Er sieht mich an und lacht: Das ist nicht die arme Sisina, die ist nur ... die ist von ihr besessen.

Einen Moment bin ich enttäuscht. Dann wieder aufgeregt: Denkst du, sie weiß, wer Sisina getötet hat?

Igor fasst mich hart am Handgelenk: Von der hältst du dich fern, hörst du? Die ist verrückt, die ist gefährlich.

Ich nicke. In meinem Kopf wirbeln Namen, Gesichter, Raketen. Sie setzen sich langsam auf die Leerstellen, fügen das Bild zusammen. Als ich es endlich vor mir habe, fliegen sie auf wie Federn in einem Luftstoß.

Vom Weinberg ruft Massimo. Ich gehe zurück.

* * *

Nach weiteren Stunden und abgeernteten Reben verkündet Massimo den Feierabend. Wir verladen die Kisten auf dem Traktor und fahren los. Angelo und ich sitzen zwischen den Trauben auf der Ladefläche des Anhängers. Eine Schüchternheit breitet sich zwischen uns aus; der Motor ist zu laut, um zu reden. Der Feldweg schüttelt uns und lässt unsere Köpfe aneinanderprallen. Ein Sturm von Staub wirbelt um uns herum; die Partikel leuchten in der Abendsonne, als seine Lippen wie zufällig meinen Hals berühren.

Ein Klopfen übertönt den Traktorenlärm. Nicolò schlägt die Faust gegen das Führerhausfenster.

Heda, Mädchen, ruft er, durch die Scheibe gedämpft. Warst du schon mal auf Geisterjagd?

Der Traktor hält. Angelo zieht mich hoch und springt von der Ladefläche. Wir stehen an der Gabelung, wo der Feldweg in die Straße mündet. Der dachlose Rover wartet schon, Massimo hupt: Umsteigen, Signora!

Nicolò hat das Fenster der Traktorkabine runtergelassen

und bespricht sich leise mit seinem kleinen Cousin. Dabei schauen sie immer wieder zu mir.

Gehen wir jetzt ins Dorf?, frage ich.

Ach, macht Massimo, da gibt's nicht viel zu sehen. Die Trauben müssen noch zur Presse gebracht werden, das machen Igor und Nicolò, uns braucht's dafür nicht. Wir haben doch versprochen, dass wir dich rechtzeitig heimbringen.

Ich will aber nicht zurück, sage ich, ich will ein Fest. Oder zum Bahnhof.

Keine Sorge, ruft Nicolò, wir werden uns gut um dich kümmern. Die Jungs bleiben bei dir, und ich komme mit dem Motorrad nach, sobald ich Igor nach Hause gebracht habe.

Angelo schmiegt sich an mich: Du interessierst dich doch für Sisina? Wir kennen uns mit ihrem Fall ziemlich gut aus. Wir sind nämlich Geisterjäger, wir haben Geräte.

Massimo verdreht die Augen. Nicolò fügt an: Wir hatten noch nie die Möglichkeit, in der Villa nach ihr zu suchen. Ich würde wetten, sie ist dort präsent. Sisina hat in der Villa gearbeitet –

Ich weiß, sage ich trotzig.

Na also, ruft Angelo, du willst doch auch wissen, was mit ihr passiert ist.

Aber ich will ins Dorf, protestiere ich schwach, ich will nach Hause.

Unser Großvater hat sie noch gekannt, sagt Massimo unvermittelt. Er war damals ein Kind, aber er erinnert sich, wie Sisinas Vater herumlief und allen erzählte, sie sei ein leichtes Mädchen und nicht mehr seine Tochter, und dass er ihr den Namen wegnehmen wolle.

Ich schaue von einem zum anderen: Sie reden über Sisina, als würden sie sie kennen. Sie sind hier aufgewachsen, haben eine richtige Verbindung zu ihr: ein Großvater, der mit ihr in der Kirche saß, sie auf den Waldwegen kreuzte. Und ich habe eine Großmutter, die mir alles erzählte über die Männer und ihre Macht über die Namen ...

Wieder dieses Prickeln, trügerisches Gefühl der Zugehörigkeit: Das hat alles auch mit mir, mit meiner Geschichte zu tun. Ich will mehr darüber erfahren!

Was ist schon eine Nacht? Und Geisterjagd – das klingt wie etwas, das ich einmal gemacht haben muss. Vielleicht treffen wir sogar Magdalena? Sie würde sich einen Spaß daraus machen, diese Jungs das Fürchten zu lehren.

Ich muss grinsen, Angelo nickt: Ich habe ein sehr gutes Gefühl – ich glaube, Sisina wird uns leichter vertrauen, wenn wir ein Mädchen dabeihaben.

Nicolò lächelt gewinnend: Es wäre uns eine Ehre.

Angelo nimmt meine Hand: Oder traust du dich nicht?

Vergiss nicht die Ausrüstung, ruft er Nicolò zu und zieht mich zum Auto.

Ich werde Essen mitbringen, verspricht Nicolò.

Massimo verzieht das Gesicht: Aber keinen Schnösel!

Damit startet er den Motor und holpert die Straße hoch, die Steigung drückt uns ins Polster.

* * *

Als wir knirschend in die Einfahrt der Villa fahren, ist die Sonne noch nicht untergegangen. Laut Angelo müssen wir für die Geisterjagd auf tiefe Nacht warten – was soll ich bis dahin mit ihnen anfangen?

Massimo untersucht die Kürbispflanzen im Gemüsegarten, und Angelo durchmisst mit weiten Schritten die Eingangshalle und den Salon, wobei er anerkennende Pfiffe ausstößt.

Nicht schlecht, Madame. Schweizer Standard ... Bist du sicher, dass du nicht verwandt bist mit den Gutsherren von damals?

Seine unbeholfene Art strengt mich an. Überhaupt macht mich ihre Anwesenheit nervös – was, wenn Lorenzo zurückkommt? Ich kann nicht glauben, dass er damit einverstanden wäre, wie sie sich hier bewegen.

Massimo ruft: Mach dir keine Sorgen um Lorenzo. Der kommt so schnell nicht wieder.

Wie kommst du darauf?

Massimo macht ein Boh-Gesicht: Er ist doch desertiert. Wenn die Herrschaften ihn hier finden, ist er ein toter Mann.

Ich verstehe gar nichts mehr. Wir haben doch die Villa aufgeräumt für diese *Herrschaften*. Ich dachte, der Coach gehört zu denen, und der Coach sollte Lorenzo helfen?

Ich versuche, mir nichts anmerken zu lassen und laufe hinaus, wo Nicolò gerade den Motor abstellt. Er ist nicht allein. Vom Rad steigt auch der Schnösel. Kein Zweifel: Er bewegt sich wie durch Wasser, pure Anmut; gepaart mit einer aufgesetzt wirkenden Fahrigkeit, die vielleicht intellektuell wirken soll. Neben ihm fühle ich mich sogleich ungeheuer schmutzig. Die Hände noch klebrig vom Traubensaft; die Haare starr. Unter dem unförmigen Nachthemd, das mir am Morgen ungezwungen verführerisch vorkam, schämen sich erdige Knie. Unterwegs mit Lorenzo und den Cousins, wähnte ich mich als vibrierend natürliche Schönheit vom Land. Dieser maßgefertigte Flanellanzug, der leicht flatternde Seidenschal, die gepflegten Finger und der exquisite Hauch von Colonia öffnen mir die Augen: Ich bin verwahrlost. Elegant wie der dumme, gehörnte Eber. O Gott, wahrscheinlich rieche ich sogar nach dem Schweinemist, in dem ich begeistert herumgestiegen bin.

Sein Kopf ist groß, der Haarwuchs kräftig, fleischiger Mund, das Gesicht rot von Sonne und Alkohol. Sein Maul reißt sich auf und verzerrt sich beim Sprechen; affektiertes Grimassieren, während er artikuliert und gebärdet wie aus vergangener Zeit. Wenn er spricht, fallen schwere Samtsessel heraus, Erbschmuck und Holzpolitur, ein Siegelring –

Unbeholfen wehre ich seine Hand ab, mit dem unnötigen Verweis darauf, wie widerwärtig ich bin.

Wir waren den ganzen Tag in der Natur, sage ich und verdrehe die Augen.

Nicolò lächelt, ich schäme mich.

Der Schnösel stellt sich höflich als Nachbar vor. Seiner Großtante gehört das nächste Grundstück, hinter dem Hügel mit dem Geisterdorf.

Sie ist von hohem Adel, bemerkt er, mit früheren Gutbesitzern dieses Anwesens war sie befreundet. Aber, fügt er mit einer wegwerfenden Bewegung hinzu, das war eine andere Zeit.

Ich bin aus der Stadt, fährt er fort, diese ländliche Ruhe ist mir feindlich, ich kann mich nicht daran gewöhnen. Aber wie wir alle wissen, wird das Leben nicht günstiger, und so dachte ich mir: Zeit, mal wieder bei der Großtante anzutanzen, die Dame ist auch nicht mehr ganz jung und freut sich bestimmt über den Besuch eines liebenden Erben. Außerdem brauchte ich eine Auszeit von diesem *Wahnsinn*.

Ich nicke, als wüsste ich genau, wovon er spricht.

Ich bin hier nur zu Besuch, sage ich wie entschuldigend, ich bin auch aus der Stadt.

Ob er mir ansieht, dass ich lüge, dass ich die Stadt, in der ich studiert habe, längst verlassen habe? Er lässt sich nichts anmerken und lächelt: Dann werden wir uns verhalten wie anständige Gäste.

Er zwinkert Nicolò zu: Wie ich höre, haben wir heute Nacht Abenteuerliches vor.

Ich heiße Romeo, sagt er weiter, aber Nicolò nennt mich Meo. Er ist mein treuer Freund hier, nicht wahr? Wir haben uns im Dorf kennengelernt, an meinem ersten Abend. Wann war das, mein Lieber? Es kommt mir ewig vor, die Zeit geht langsamer hier.

Ich nicke blödsinnig, er redet weiter: Nicolò ist mir sofort aufgefallen. Ich umgebe mich gern mit dem Schönen, hässlich, wie ich bin.

Ich protestiere, er wiegelt ab: Ich habe andere Qualitäten.

Macht er sich über mich lustig? Oder kann es sein, dass ihm mein peinliches Nachthemd, meine verfilzten Haare und meine schrille Stimme nicht auffallen?

Bitte entschuldige mich, sage ich, ich muss mich dringend frisch machen.

Uff, macht er, schau mich an! Ich brauche einen fucking nap. Na ja, ein Drink wird es auch tun.

Angelo, sage ich und versuche, hoheitlich zu klingen: Geh und brich den Weinkeller auf.

Jubeln, Massimo küsst mich auf den Scheitel: Danke, Mädchen. Mein ganzes Leben lang ernte ich diesen Wein. Aber trinken dürfen wir ihn nie.

Meo schaut mich belustigt an: Bis später, Bambola.

* * *

Wir sitzen im Garten an der grob gezimmerten Tafel. Ich rieche nach der Küchenseife, mit der ich mich unter brühendem Wasser abgerieben habe. Auch meine Stadtkleider habe ich damit gewaschen, danach waren sie nass. Also habe ich eine rotsamtene Vorhangkordel aus dem Salon entwendet, die nun als taillierender Gürtel für das Nachthemd dient. Es sieht nicht schlecht aus.

Ich beobachte stumm Meo, den Schnösel, wie er herumposaunt und die Cousins zum Lachen bringt. Er ist ohne Zweifel verführerisch. Ich trinke schnelle große Schlucke, gegen die Schüchternheit. Bambola hat er gesagt, Puppe, das heißt, er findet mich sympathisch? Oder hat er sich einfach meinen Namen nicht gemerkt?

Ich schaue zwischen ihm und den Jungs vom Land hin und her. Wieso will ich immer dazugehören, wo ich es offensichtlich nicht tue? Erst bei den Bauern, nun bei diesem Dandy? Ständig spiele ich etwas vor; versuche, diffuse Gefühle der Überlegenheit und Minderwertigkeit auszutarieren, als wollte, als könnte ich immer auf Augenhöhe sein. In der Stadt, an der Uni, fiel es mir nicht schwer, ich spielte meine Rolle leicht. Aber ich verschmolz nicht mit ihr. Während Lavinia und Magdalena ihre Körper verkauften, ihre Arbeitskraft, wrang ich mein Hirn aus. Und je weiter ich kam, desto mehr entfernte ich mich von ihnen. Wollte ich darum so nah sein an Sorella und Crocifissa, weil ich dachte: Vielleicht ist das meine echte Klasse? Wie vermessen. Und nun will ich mich mit einem Schnösel gleichschalten – einem Adeligen! Es ist, als hörte ich Magdalena kichern: Entscheid dich mal, das wird langsam peinlich. Was willst du, Fila; steigst du auf oder ab?

Dabei habe ich das von ihr: Sie hat mit allen geredet, gelacht, geflirtet; sie wollte, dass es keine Hierarchien gibt. Während meine Großmutter sich kontinuierlich abgrenzte, von ihrer Klasse, von ihrem Dialekt, von den anderen Einwanderinnen – ich war keine Gastarbeiterin, sagte sie manchmal, ich kam zum Heiraten.

Als wäre das besser.

* * *

Es ist dunkel geworden, flackerndes Kerzenlicht springt über unsere Gesichter. Die Zikaden werden leiser. Meo zieht eine Zigarette aus der Packung, bietet einmal rundherum an. Ich nehme eine, suche Magdalenas Feuerzeug, das Crocifissa mir geschenkt hat. Wie lange ich nicht mehr an sie gedacht habe. Und wo ist eigentlich Lorenzo? Ich zünde die Zigarette an einer Kerze an.

Vielleicht möchte mich nun einer aufklären, hebt Meo an, was wir heute Nacht zu tun gedenken.

Wir jagen Geister, kichere ich und nehme schnell einen Zug.

Das Mädchen von damals?

Oder ihren Mörder.

Und wenn wir einen Geist finden?

Dann reden wir mit ihm!

Wieso sollte ein Geist mit uns sprechen wollen?

Nicolò runzelt die Stirn: Wieso nicht? Geister freuen sich, wenn sie einen Menschen finden, der mit ihnen in Kontakt tritt. Sie hätten gern noch etwas in der zurückgelassenen Welt getan, deshalb sehnen sie sich nach jemand Lebendem, der ihnen helfen kann, das zu erfüllen.

Ich nicke wie beiläufig: Sisina wollte, dass ich sie mit ihrem Verlobten versöhne.

Den Cousins fallen die Augen aus dem Kopf: Du hast Sisina gesehen? Was hat sie gesagt? Und was hast du gemacht?

Ich lache: Nichts.

Massimo sieht mich durchdringend an: Sie hat sich dir genähert.

Ich weiß nicht, es war nur ein Traum.

Massimo wiegt nachdenklich den Kopf: In all den Jahren, in denen ich hier bin, hat sich Sisina mir nie gezeigt. Andere behaupten, sie würden sie sehen, aber ich nicht. Dabei rufe ich sie jeden Tag, durchstreife die Wälder. Im Winter, wenn niemand sonst hier ist und ich Gesellschaft gut vertragen könnte, stelle ich mich im Nebel vor den Gedenkstein, bekreuzige mich und sage: Ciao, Sisina, wie geht's? – Die Wölfe heulen, aber sie kommt nicht.

Also gibt es sie nicht?

Angelo springt auf: Ich glaube, Sisina wartet nur darauf, uns ihre Geschichte zu erzählen. So kann sie sich endlich aus der Zwischenwelt befreien.

* * *

Wir straucheln ums Haus, über die Einfahrt. Nicolò bleibt beim Auto stehen.

Wartet, die Apparate.

Er hievt die Sporttasche vom Rücksitz und schruppt den Reißverschluss auf. Er verteilt Taschenlampen an alle und drückt Angelo so etwas wie ein Funkgerät in die Hand. Er steckt sich ein zweites in die Jackentasche und bietet Meo ein drittes an, nachdem Massimo kopfschüttelnd abgelehnt hat.

Was ist das?

Original amerikanischer K2 Meter! Willst du ihn halten?

Angelo streckt es mir entgegen. Sieht aus wie eine Kreuzung aus altem Handy und einem Metronom.

Der K2 misst elektromagnetische Felder, erklärt Nicolò. Er

zeigt auf die Lämpchen, die am oberen Ende eine Farbskala von Grün über Gelb bis Rot bilden: In der Nähe von Strahlungsquellen schlägt es aus, in einem Haus zum Beispiel beim Sicherungskasten.

Und ich dachte, wir gehen Geister jagen.

Bei einer technischen Quelle wie einer Steckdose leuchtet das Gerät, bis man sich von der Quelle entfernt. Bei einem Geist aber leuchtet es plötzlich auf – und geht wieder aus, wenn der Geist sich entfernt.

Hm, mache ich, und das funktioniert?

Er stellt das Gerät mit einem Klicken ein, ein grünes Licht geht an.

Ich lasse es fallen: Es leuchtet!

Angelo lacht: Das ist doch grün.

Nicolò nimmt den Messer auf und leuchtet damit herum.

Seine Augen funkeln: Seht ihr? Es funktioniert ganz einfach. Grünes Licht heißt: alle Geister außer Haus. Erst wenn es in oranges Licht umschlägt, sind welche in der Nähe, aber nicht unmittelbar. Je höher die Skala, desto näher der Geist, wegen dem Magnetfeld, versteht ihr? Bei einem sehr starken Feld leuchten alle Dioden rot auf.

Und ist das schon einmal passiert?

Angelo nickt eifrig: Natürlich, im Geisterdorf oben ist immer etwas los! Auch in Höhlen und so. Wir haben schon alles erlebt.

Nicolò schultert die Tasche: Den Rest des Equipments zeigen wir euch vor Ort. Wir gehen zuerst zu Sisinas Gedenkstein, was meint ihr? Der Tatort, dort ist sie am aktivsten.

Massimo zieht mich zur Seite: Bist du sicher, dass du mit-kommen willst? Es ist nicht ungefährlich, den Umgang mit Geistern zu suchen.

Ich dachte, ihr seid Profis, Geisterjäger.

Meine Neffen nennen sich so. Ich gehe nur mit, um auf-zupassen. Sie sind jung und unvorsichtig.

Wie meinst du?

Sie sind eine andere Generation, die sehen nur noch die Technik. Amerikanische Geräte, die ihnen etwas vorgaukeln. Ich glaube nicht daran, es ist nur Show. Aber du bist ein Mäd-chen. Du hast zu viel Mitgefühl.

Ich haue ihm an den massigen Oberarm, er bleibt ernst: Mitgefühl, das ist es, was Geister wollen, sie suchen es ver-zweifelt. Und wenn sie es finden, heften sie sich an dich. Außerdem ...

Was?

Er windet sich: Ich will dir nichts unterstellen, aber ... Die fleischliche Liebe, sie öffnet bei Mädchen gewisse Türen, du weißt schon ... in den Grenzen der Körperwelt. Verstehst du, was ich meine?

Nein.

Bist du schon mal schlafgewandelt?

Ich glaube nicht.

Plötzlich sehe ich ihn vor mir, vor meiner Tür, wie er Blumen ins Schlüsselloch steckt.

Er hält mich am Handgelenk fest: Ich meine nur, dass du vor-sichtig sein sollst. Das sind dunkle Kräfte, mit denen du dich hier umgibst. Wenn eine echte Verbindung hergestellt wird, werden wir Dinge erfahren, die kein Mensch in diesem Leben je wissen soll. Für Geister bist du ein gefundenes Fressen. In eine wie dich schlüpfen die am allerliebsten.

XII

Der Wald hat uns geschluckt, er ist voller Geräusche. Die Lichtkegel unserer Taschenlampen zittern an den Stämmen hoch und runter. Wir sind nicht allein, unsichtbare Lebewesen bewegen sich im Dunkel der Nacht. Sie schleichen und huschen und flattern um uns herum.

Ich denke an die erste Nacht nach Sisinas Tod, als sie leblos auf dem Waldboden lag. Kalt und zunehmend starr, bewacht von ihrem Vater, ihrem Verlobten, ihren Schwägern – die bald alle ihres Mordes verdächtigt werden sollten. Der Horror, der in den Männern saß und wie Schweiß in die Schwärze des Waldes tropfte. Der sich in den Bäumen verfing, die nun um uns rauschen.

Im Licht der Taschenlampe irren die Details aus dem Walfangheft wie Motten vor mir herum. Die Blutspritzer im Blattwerk. Die Lache in der Senke. Der auf den Kopf gestellte Krug unter der Eiche. Sisinas abgelatschte Schlappen. Die Schleifspur; die Blätter und Äste an ihrem erdigen Rücken, ihr neues Kleid.

Ich wünschte, ich hätte das Heft nie gelesen. Wir sollten sie in Ruhe lassen, tanzt es durch meinen Kopf. Ich höre meine Stimme diesen Satz sagen, aber die Lippen bleiben fest geschlossen. Diese klebrige Pechschwärze muss außerhalb meines Körpers bleiben.

Wir versammeln uns im Halbkreis um den Gedenkstein. Die Köpfe der Taschenlampen zeigen nach unten, zu unseren Füßen bilden sich helle kleine Kreise. Wie Blut, das vom Messer tropft. Die Fotografie auf dem Stein schimmert matt. Mein Herz klopft.

So eine Brutalität, murmelt Nicolò, an so einer schönen jungen Frau.

Nicht so schön wie du, haucht Angelo an meinem Hals, ist dir kalt?

Er will mir den Arm um die Schulter legen, ich ducke mich weg, trete neben Nicolò: Das Bild ist gesprungen, siehst du? Als hätte jemand mit aller Kraft draufgehauen.

Ich seufze, es tut gut, nicht mehr allein zu sein in Sisinas Universum.

Nicolò leuchtet das Bild ab, schüttelt den Kopf: Wer sollte das tun? Nein, nein, das muss vom Winter sein, es war wohl gefroren.

Meo reibt sich die Hände und pustet, als würde er frieren: Ich weiß nicht, was alle haben, auf mich wirkt sie ziemlich basic.

Massimo stößt verächtlich Luft aus: Bei so viel Freundlichkeit wird sie sicher gerne zu uns kommen.

Nicolò geht um den Stein herum und leuchtet auf die Inschrift: Ich frage mich immer, ob das ein geheimer Hinweis ist: *Sisina von Stefano barbarisch getötet.*

Ja, das dachte ich auch!

Massimo schüttelt den Kopf: Das heißt doch nur, dass sie seine Tochter war. Damals sagte man so: Sisina von Stefano.

Schon klar, sage ich, aber ich habe auch gelesen, dass ihr Vater verdächtigt wurde.

Massimo verzieht das Gesicht: Ihr Babbo? Sicher nicht! Er war Bauer wie wir.

Ich dachte, ihr wärt keine Bauern.

Angelo zuckt mit den Schultern: Es war ihr Freund Vito. Er war eifersüchtig, weil sie mit allen rummachte.

Massimo flüstert bestürzt: Du kannst doch hier nicht so über sie reden!

Nicolò sieht sich um und sagt dann: Massimo hat recht. Wir sind hier Gast, zeigt ein bisschen Respekt. Wir müssen sie erst um Erlaubnis fragen.

Massimo knipst seine Lampe aus und macht einen Schritt auf den Gedenkstein zu. Er dreht die Handflächen zum Himmel und sagt laut: Schöne Sisina, hab keine Angst. Wir wollen dir nichts Böses. Wenn du reden willst, wir sind hier. Wir hören dir gerne zu.

Kurze Stille, dann sagt Meo halblaut: Ich hab mir das lustiger vorgestellt. Können wir jetzt zurück?

Sscht! Nicolò lauscht in den Wald. Was denkt ihr?

Massimo hält konzentriert den Kopf schief, Angelo nickt: Ich denke, sie hat nichts dagegen.

Sie zücken ihre Magnetmessgeräte und halten sie in Richtung Stein.

Sisina? Bist du hier?

Die Lämpchen blitzen auf. Das grüne Flackern reflektiert in den Augen der Cousins. Ich räuspere mich, versuche, meinen Atem zu kontrollieren.

Ich glaube auch nicht daran, murmle ich halb zu Meo und halb zu mir, aber es könnte doch interessant sein, wie sie es machen.

Meo schüttelt eine Zigarette aus der Packung, zündet sie an und bläst den Rauch geräuschvoll aus: Du glaubst nicht daran? Wieso zitterst du dann?

Nicolò hält den Finger an die Lippen, warnender Blick. Wir starren auf die Geräte, grünes Grundflackern.

Geister außer Haus, murmle ich.

Nicolò macht einen Schritt vor: Sisina, möchtest du dich uns nähern? Wir machen dir nichts.

Ich höre mich atmen. Der Rauch aus Meos Zigarette wirbelt vor meinem Gesicht. Äste knacken. Blätterrascheln.

Massimo sticht mit dem Zeigefinger in die Luft, ich zucke zusammen: Hört ihr das?

Nicolò nickt hektisch: Woher kommt es?

Angelo leuchtet in den Wald hinter dem Stein: die Senke, die hinabführt zum Bach der Tigerin. Dort hat sie gelegen, die ganze Nacht. Ich sehe sie vor mir, das schwarze Blut, wende den Blick ab vom hellen Kreis, der aufgeregt über die tuschelnden Blätter fährt.

In Angelos Stimme mischt sich Angst: Sisina, bitte versuch, über die Instrumente mit uns zu kommunizieren.

Meo schnauft laut, er steht steif und drückt sich die Hände im Schoß zusammen.

Nicolò versucht es wieder: Sisina, hattest du Vito gern?

Meo löst sich aus seiner Starre: Also ich höre nichts.

Da! Angelo krallt sich an meinen Arm: Ein lautes Geräusch! Habt ihr gehört? Ein Uh! Wie ein Klagen.

Ich schüttle mich, krächze: Ein Käuzchen?

Totenvogel.

Nicolò geht in Wellenformen um den Stein: Bist du hier mit uns, Sisina? Hast du etwas gesagt?

Ich versuche, mich auf das grellgrüne Flackern der Messgeräte zu konzentrieren, meine Augen damit zu verschmelzen, alles andere auszublenden. Die Dunkelheit hat mir immer Angst gemacht, ich erwarte, dass sich das Schlimmste in ihr versteckt, mich von hinten angreift, in die ewige Dunkelheit zieht. Also starre ich ins gleißende Licht der Lämpchen und stelle mir vor, dass es Tag ist, dass ich Sisina bin, die in die Öffnung der Böschung schlüpft, um endlich unbeobachtet zu sein. Ich sehe ihre nackten Zehen in der Sonne wackeln, den Wasserkrug, höre, wie sich jemand nähert. Sie hatte keine Angst, es war helllichter Tag.

Auf meiner Netzhaut tanzen hellgrüne Girlanden, ich drücke die Lider ein paarmal zusammen, bis ich wieder etwas sehe. Nicolò wühlt in der Tasche und holt eine Art Radio hervor: Versuchen wir's mit der Ghostbox.

Er legt das Gerät auf den Sockel, neben die Vase mit den trockenen Blumen. Dann entwirrt er zwei Kabel und verbindet das Radio mit einer kleinen runden Box. Sofort ertönt abgehackte Musik, als würde das Signal zwischen verschiedenen Sendern springen. Das rhythmische Rauschen strömt in die Dunkelheit.

Die Cousins und der Onkel drängen sich enger um den Stein, Meo und ich stehen dicht zusammen hinter Nicolò.

Ich will nicht mehr, flüstert Meo, komm, wir gehen.

Es ist ein Radio, flüstere ich, ein kaputtes Radio. Schau, wie sie sich Mühe geben. Wir spielen noch ein bisschen mit, dann gehen wir zurück.

Plötzlich hört das Rauschen auf. Spannung umfasst uns wie ein Vakuum, wir halten geschlossen die Luft an.

Sisina, ruft Nicolò, bist du hier?

Das Radio geht wieder an, zwischen verstückelter Musik gespuckte Wortfetzen –

Angelo jauchzt: Sie hat Ja gesagt!

Ihr spinnt doch, schrillt Meo, das sind Nachrichtensprecher, Funker, Störgeräusche, ich versteh kein Wort.

Ich möchte nicken, ihm zustimmen, stattdessen fährt meine Hand wie von unsichtbaren Fingern gezogen aus und drückt auf seinen Mund. In der Musik sehe ich Bilder, unscharf, ruckelig, wie ein sehr alter Film: schwingende Röcke, bekränzte Haare, Lachen.

Nicolòs Stimme holt mich zurück: Denkt dran, es gibt oft mehrere von ihnen, sodass sich ihre Stimmen beim Reden überschneiden.

Mehrere ... Geister? Hier?

Wir wissen es nicht.

Angelo schreit gegen das Rauschen: Sisina, wer hat dich getötet?

Disco und Klaviermusik, glänzende Stiefel wienern über Parkett, eine Frauenstimme –

Sie hat Vito gesagt! Hat sie Vito gesagt?

Nein, sage ich scharf, sei still, niemand kann was verstehen, wenn du so rumkreischst.

Als hätte das Radio mich gehört, verstummt das Rauschen, und eine Männerstimme dringt deutlich heraus: *Schlitz sie.*

Angelo springt aus der Reihe und drückt sich hinter mich. Massimo dreht sich um, sein Gesicht ist wild: Habt ihr das gehört?

Wir nicken schnell.

Angelos Stimme zittert: Er hat es gesagt: Ich schlitz sie auf.

Nicolò versucht, ruhig zu bleiben: Ich bin nicht sicher. Sisina, kannst du uns sagen, was passiert ist?

Im Radio mischen sich wieder unverständliche Stimmen, dazwischen Instrumentenwirren; flatternder Rocksaum, eilende Füße, wirbelndes Laub.

Kannst du es wiederholen?

Keh-

Angelo springt mir an den Rücken wie ein Äffchen: Kehle! Sie hat Kehle gesagt!

Ich frage mich, ob es Aufnahmen sind, die Stimmen aus der Box. Aber die Angst in Angelos Körper ist echt, ich spüre, wie sie in meinen kriecht.

Die Kälte der Klinge am Hals, blitzende Hitze –

Angelo löst sich von mir, seine Lippen zittern, die Wimpern flattern; in mir wallt es heiß. Er tritt wieder vor den Gedenkstein: Sisina, haben sie dir die Kehle durchgeschnitten?

Mir pulsiert's im Hals, aus dem Radio tönt wieder die klare Männerstimme: *er-süchtig.*

Scheiße, flüstert Angelo, ich glaube, Vito ist auch hier.

Ich trete zu den Cousins in die Reihe und höre meine Stimme: Vito, warst du eifersüchtig?

Meo zieht an meiner Hand, ich schüttle ihn ab, Nicolò nickt mir zu: Sisina, versuch, uns zu antworten.

Aus dem Radio kommen schnell hintereinander zwei Stimmen; ein Mann, eine Frau: *Alles gut.* Und: *Ich weiß nicht.*

Sisina, sagt Nicolò eindringlich, wir wollen herausfinden, wer es gewesen ist. Sag es uns.

Wald.

Wald? Du wurdest im Wald getötet?

Die Stimme aus der Box ist wieder unverständlich abgehackt, fremder Ärger glüht in mir auf, Angelo macht einen Schritt zur Seite, als würde er den Empfang stören: Sisina, hattest du Angst, dass du schwanger warst?

Fano.

Stefano? Dein Vater?

Vito, sagt Nicolò, du und Sisinas Vater, habt ihr euch gut verstanden?

Quasi.

Quasi, rufen wir durcheinander, er hat quasi gesagt!

Angelos Stimme bricht fast vor Erregung: Wie heißt du?

Si-sina.

Sie sagt es wieder und wieder. Sisina. Ich habe mir ihre Stimme so anders vorgestellt.

Die Jungs brechen in Euphorie aus, sie packen einander an den Schultern, schütteln sich: Sisina! Sie hat es gesagt! Der Geist hat es gesagt!

Nicolò fragt mit tragender Stimme: Sisina, kennst du uns nun besser? Vertraust du uns?

Ich verdrehe die Augen, aber aus der Box ertönt deutlich die Frauenstimme: *Bravi.*

Ich muss lachen, Massimo drückt mir die Hände, die Aufregung schwappt auf mich über, wir hüpfen wie Kinder.

Das Radio rauscht unverständlich, dann plötzlich die klare Männerstimme: *Ich bin hinter euch.*

Meo dreht sich ruckartig um, stiert mit aufgerissenen Augen in die Finsternis, ich drücke meine zu.

Ihr stört.

Wir halten die Luft an. Nicolò räuspert sich: Sisina, ist noch jemand hier mit dir?

Mein Vater, kommt es aus der Box geschossen.

Kann er sich uns zeigen, auf den Instrumenten?

Atemlos schauen wir auf die Leuchtgeräte. Nichts.

Nicolò murmelt: Er will nicht kommunizieren.

Dem Radio entfährt ein Zischen: *Geh!*

Kälte schlägt mir ins Gesicht wie ein Schwall Eiswasser.

Was braucht ihr noch, ruft Meo, er sagt, wir sollen uns verpissen. Los, hauen wir ab.

Angelo schüttelt den Kopf: Also ich habe *Geh nicht* gehört.

Verrückte – aus der Box tönt ein Lacher, der Mann.

Dann wird das Radio plötzlich leiser, als würde die Lautstärke abgedreht.

Angelo steht mit offenem Mund: Hört – aus der Ghostbox kommt nichts mehr.

Tatsächlich. Eine gespenstische Stille umgibt uns wie eine Blase, die jeden Moment zu platzen droht.

Massimo lacht: Mamma mia. Ich hab Gänsehaut.

Ich klicke meine Taschenlampe an, Nicolò schlägt sie mir aus der Hand, er keucht: Sisina, bist du hier? Blinke beim Instrument von dem, mit dem du reden willst.

Massimo gestikuliert wild in meine Richtung: Bei ihr! Es leuchtet bei ihr!

Das Gerät zu meinen Füßen blinkt wie wahnsinnig. Ich nehme es in die Hand. Es ist warm.

Nicolò staunt: Ihre ganze Energie ist hier bei dir.

Sie ist hier, flüstert Angelo, sie ist wirklich hier.

Meo schreit auf und drückt sein Gesicht an meine Schulter, ich schüttle ihn: Was ist?

Etwas hat mich berührt!

Massimo nimmt hastig die Taschenlampe auf und leuchtet herum. Er lacht: Es ist nur ein Falter. Seht ihr?

Der Falter tanzt im Lichtstrahl. Nicolò streckt die Hand danach aus, völlig verzaubert.

Er ist genau jetzt aufgetaucht, sagt er, das ist sie! Ihr Geist hat sich mit dem Insekt verbunden – das fällt ihnen leicht mit harmlosen kleinen Körpern. Sisina, wurdest du hier getötet?

Angelo ruft: Woah, schaut! Es leuchtet, es leuchtet bei allen!

Tatsächlich: Die Geräte flackern rot, Angelo stößt seins in die Luft wie ein Schwert und schreit: Du bist es! Nicht wahr? Sisina? Sie vertraut uns! Oh Mann, schaut doch, mein K2, das reinste Feuerwerk.

Massimo und Angelo feuern Fragen in die Nacht wie Gewehrsalven: Sisina, war es dein Verlobter, der dich getötet hat? War es Vito? Sisina, hör zu! Schämst du dich für etwas? Gibt es etwas, was du nicht machen wolltest? Du hattest mehrere Männer, nicht wahr? Du musst dich nicht genieren vor uns.

Komm schon, fängt auch Nicolò wieder an: Komm zu mir. Schaffst du es, ein Geräusch zu machen?

Er schaut in die Runde, dann versteinert er. Flüstert: Sie küsst mich.

Was?

Sie hat mich geküsst! – Er hält sich die Hand an die Wange. Warum?

Was weiß ich, warum! Sie ist glücklich.

Weil sie dich küsst.

Ja, nicht wahr? Sisina, du bist froh, dass wir hier sind?

Wir stehen im Kreis und schauen auf die Geräte, ihr grüngelbes Funkeln in der Nacht. Das Leuchten wird schwächer, schließlich erlischt es ganz.

Nicolò seufzt: Ich glaube, sie ist gegangen. Aber, wenn ihr mich fragt, war sie nicht allein.

Wahnsinn, ruft Angelo und knipst die Taschenlampe an, was für eine Session! Was wir alles gespürt haben: Gänsehaut. Schwermut. Physischen Kontakt!

Er drückt meine Finger: Sie hat meine Hand berührt, und eine ungeheure Traurigkeit ist über mich gekommen.

Nicolò lächelt: Mich hat sie geküsst.

Massimo kratzt sich am Kopf: Jetzt hat sie mich berührt! Hier.

Angelo: He, mich auch! Mamma mia, der Geist von Sisina ist wirklich süß.

Nicolò fährt sich sanft über die Wange: Armes Mädchen,

ich glaube, sie ist einsam. Sie ist sich bewusst, dass sie tot ist, aber aus irgendeinem Grund können weder sie noch ihr Freund weitergehen.

Angelo lacht: Oder ihr Mörder. Was, wenn er dich geküsst hat?

Meo würgt. Nicolò klopft ihm auf den Rücken: Gehen wir.

Ciao, Sisina.

Ciao.

XIII

Wir entfernen uns vom Gedenkstein, rückwärts, immer
schneller, bis wir anfangen zu laufen. Die Jungs johlen und
stoßen spitze Schreie aus, machen das Käuzchen. Sie lachen
hysterisch, schubsen sich gegenseitig gegen Bäume. Nur Meo
trabt stumm neben mir her, irgendwann fassen wir uns an
den Händen, eiskalt. Immer wieder zucken wir zusammen,
halten einander ruckartig zurück: Ein Ast krackst, eine Gestalt oszilliert zwischen den Bäumen, ein Wind bläst in den
Nacken.

Wir bleiben erst stehen, als wir aus dem Wald treten und
der lichte Hain sich vor uns auftut. Der Mond scheint hell
auf die silbernen Blättchen der Oliven, die flirrend mit Fle-
dermäusen flüstern. Die Grillen zirpen, lachen uns aus. Wir
stehen versteinert und schweigen, bis wir die andern die Böschung hinaufklettern sehen, dann laufen wir weiter.

In der Villa angekommen, mache ich alle Lichter an, während
Meo zum Kühlschrank taumelt und Flaschen auf den Tisch
knallt. Er ist wie ausgewechselt, aufgekratzt. Die Cousins
mäßigen sich, sobald sie das Haus betreten. Als hätten sie
eine Ehrfurcht vor dem herrschaftlichen Salon, setzen sie

sich brav an den Tisch. Massimo packt ein Tütchen mit Pillen aus. Er zählt sie, dann uns und beginnt, die Tabletten mit einem Messerstiel zu zerstampfen. Meo reibt sich die Hände und schmatzt: Geil geil geil, sagt er und küsst mich aufs Ohr, stellt sich hinter Massimo und massiert ihm die Schultern.

Massimo zieht fünf blaue Linien aus dem Pulver und lässt uns in einer Reihe aufstellen. Meo sticht mir aufgeregt die Finger in die Seite, während Massimo einmal mit der Nase über den Tisch saugt. Er gackert und fordert Meo mit einer Verbeugung auf, sich zu bedienen: Eure Hoheit.

Der bittet Nicolò vor: Bitte nach dir.

Sie befeuchten zeitgleich die Zeigefinger, fahren je über eine Linie, stecken sich die Kuppen in den Mund, rubbeln übers Zahnfleisch. Bäh, macht Meo. Auch ich befeuchte eine Fingerbeere, tippe ins Blau und lecke daran. Bitter. Dann warten wir, dass etwas passiert.

Nicolò spielt am K2 herum, lässt das grüne Licht aufleuchten und auslöschen, bis Meo ihm das Gerät aus der Hand schnappt.

Keine weiteren Gäste mehr, bitte.

Nicolò verfolgt das Flattern der Kerzenflamme; der rußige Rauch wird in strudelnden Bewegungen an die Decke gezogen.

Er runzelt die Stirn: Ich glaube wirklich, dass wir diesmal Geister gefunden haben, die sich ihres Todes bewusst sind. Sie haben mit uns gespielt.

Angelo nickt: Sisina war da und Vito. Seine Antworten waren aggressiv, er scheint verdammt, für immer am Tatort zu bleiben. Arme Sisina, sie ist ihn noch nicht los.

Massimo schüttelt den Kopf: Vito ist nicht der Mörder.

Angelo verdreht die Augen, Massimo ignoriert ihn: Alle wissen, wer es war. Die schöne Sisina wurde vom Conte getötet, weil sie ein Kind erwartete und seinen Namen wollte.

Das hat Lorenzo auch gesagt.

Meo schüttelt den Kopf: Als Kind von Adel kann ich euch versichern, dass so etwas anders gelöst wurde. Was denkt ihr, wie viele Angestellte schon schwanger wurden von ihren Herren? Die machen sich doch nicht die Hände schmutzig an einer gemeinen Bauerntochter.

Massimo ruft: Nein, viel schlimmer, sie bezahlen Albaner –

Meo unterbricht ihn: Für einen Reichen gibt es tausend andere Möglichkeiten, das Problem zu umgehen. Für mittellose Bauern hingegen war die Ehre ihrer Frauen der einzige Schatz, den sie um jeden Preis wahren mussten.

Was weißt du schon, ruft Massimo wütend, wer weiß es wohl besser, du oder wir? Natürlich wir, das ist unser Land. Das ist die Wahrheit, wir wissen die Wahrheit.

Die Geister waren mindestens zu dritt, wirft Nicolò ein. Sisina und Vito und Stefano – er hat uns vom Stein weggelockt, damit wir nicht hören, was Sisina sagt.

Massimo verdreht die Augen: Fängst du wieder damit an.

Nicolò hebt die Hände: Ich? Sie hat es gesagt! Du musst einfach nur zuhören. Sisina hat gesagt, Stefano hat sie geschwängert.

Wie bitte?

Nicolò blickt aufgeregt in die Runde: Das haben doch alle gehört?

Ich friere plötzlich und schüttle mich, als müsste ich geistrige Eishände abwehren.

Angelo senkt die Stimme: Du meinst, ihr Vater hat sie ... Du denkst an ein süßes Geheimnis zwischen Vater und Tochter?

Unwillkürlich streckt sich meine Zunge aus dem Mund: Süß?

Nicolò hebt die Schultern: Die Familie wusste wahrscheinlich davon, aber sie schwiegen aus Angst vor einem Skandal. Die Mutter hat den Vater sicher gewarnt: »Fass sie nicht mehr an, sie heiratet bald. Wenn ich euch zusammen erwische, werde ich etwas Schlimmes tun.«

Angelo schüttelt ungläubig den Kopf: Du denkst, die Mutter –

Nicolò unterbricht ihn: Aber es war schon zu spät, Sisina war schwanger. Was sollten sie Vito sagen? Niemand würde sie mehr heiraten wollen – die ganze Familie wäre entehrt. Und selbst wenn sie die Schwangerschaft bis zur Hochzeit geheim halten könnte – das Risiko, dass Sisina das Geheimnis ihrem Mann erzählen würde, war zu groß. Stefano musste sichergehen.

Aber Nicolò, ruft Angelo, die Mutter hat nichts damit zu tun, oder?

Nicolò zuckt mit den Schultern: Bestimmt war sie eifersüchtig, weil ihr Mann seine Tochter mehr begehrte als sie selbst. Aber er hat es getan. Nach heute Abend ist mir alles klar. Er wollte, dass Sisina nur ihm gehörte.

Massimo dröhnt: Das ist doch krank. Ein Vater, der seine

Tochter umbringt, wegen dem, was im Dorf gesagt werden könnte?

Natürlich, ereifert sich Nicolò, wie Meo sagt: Die Ehre muss gewahrt werden. Außerdem war es eine Todsünde. Unverheiratet schwangere Frauen wurden oft getötet, weil es hieß, die Geburt würde Unglück über die Familie bringen.

Massimo winkt ab: Der Adelige wollte sie haben. Aber sie hat sich gewehrt, sie wollte nicht. Das war ihm peinlich, also hat er sie umgebracht.

Das macht keinen Sinn, wieso hätte er das tun sollen?

Damals, ruft Massimo, damals war das so! Wenn er sie nicht haben kann, darf sie niemand haben. Ein Mann von Ehre, was sollte er tun? Sie hat ihn lächerlich gemacht. Wo sie doch sonst alle rangelassen hat.

Ich richte mich aus meiner Starre auf und frage: Würdest du mich auch umbringen, wenn ich dich abweisen würde?

Er schaut mich lange an, dann sagt er: Vielleicht.

Ich nicke: Wir müssen nicht weit suchen, die Täter sind unter uns.

Meo seufzt: Wer will noch Wein?

Schade, dass wir nicht mehr herausgefunden haben, fängt Angelo wieder an. Was denkt ihr, vielleicht hätten wir bessere Resultate mit metaphonischen Instrumenten?

Bestimmt, murmle ich, die schöne Sisina steht auf große Geräte.

Sie heben die Brauen, ich nehme einen Schluck: Was wollt ihr denn noch herausfinden? Eigentlich seid ihr euch doch einig: Die Schuldige ist Sisina.

Das kannst du so nicht sagen, protestiert Angelo.

Statt dass ihr nachdenkt, was damals geschehen ist, und daraus Schlüsse für euer eigenes Verhalten zieht, spielt ihr die Geschichte weiter. Um davon abzulenken, was tatsächlich passiert, wird einfach immer weiter gestritten, ob sie Hure oder Heilige war.

Nicolò schüttelt den Kopf: Es ist doch gut, wenn es nach all den Jahren noch Menschen gibt, die herausfinden wollen, was mit ihr passiert ist.

Sie wurde umgebracht, sage ich, und dann durch den Dreck gezogen. Und ein halbes Jahrhundert später kommt ihr Innovationsbolzen an und wollt immer noch wissen, wem sie einen geblasen hat.

Angelo versucht krampfhaft, nicht zu kichern.

Massimo verzieht das Gesicht: Was ist mit dem kleinen Mädchen los?

Meo prostet ihm zu: Sie ist kein kleines Mädchen.

Nicolò ruft: Wir wollen an Sisina erinnern. Ihre Geschichte erzählen.

Ich lache hilflos: Woran wollt ihr denn erinnern? Dass sie zu schön war? Dass du getötet wirst, wenn du zu freimütig bist? Oder dich widersetzt?

Nicolò winkt ab: Ich weiß nicht, was dein Problem ist. Wir reden mit feinfühliger Erschütterung und Respekt über unsere unglückliche Schwester. Wir haben höflich mit ihr kommuniziert, und mit anderen, die vielleicht mit ihrem Tod zu tun haben.

Ihr scheucht Geister auf zum Spaß! Selbst wenn sie euch die Wahrheit ins Gesicht schreien würde, würdet ihr nichts hören. Ich hätte die Chance gehabt, etwas herauszufinden, das Rätsel zu lösen, aber ihr habt den Moment zerstört mit eurem Kreischen über Küsse. Sisina wollte mit mir reden, habt ihr vergessen? Nicolò hat gefragt, mit wem sie sprechen will, und mein Gerät hat geleuchtet. Meins! Sie wollte Kontakt mit mir, weil im Vergleich zu euch halbgaren Trotteln kann ich sie verstehen. Ich bin die Einzige, die sich noch etwas aus ihr macht. Euch geht es nicht um Sisina; es geht nur um euch und eure beschränkten Fantasien einer Waldnymphe, auf die ihr euch einen runterholt.

Angelo lacht auf und bemüht sich dann um ein bedröppeltes Gesicht.

Nicolò lächelt: Ich werde nie vergessen, wie sie mich geküsst hat.

Vor lauter Ohnmacht schreie ich: Eben! Ihr wollt sie einfach nur ficken!

Angelo grinst: Bist du eifersüchtig?

Meo verdreht die Augen: Also ich schon.

Dann räuspert er sich und klimpert mit dem Fingernagel an sein Glas: Lassen wir die Toten sein und feiern wir die Lebenden. Meine Zeit hier auf dem Land neigt sich dem Ende zu, und ich will euch danken und erklären, dass sie für mich sehr prägend war. Ihr habt mein Leben verändert. Ihr seid nicht bedeutend und auch nicht reich, und trotzdem seid ihr wunderbar. Ich habe das nicht gekannt. Mein Leben ist besser geworden, wegen euch. Ihr seid wie die Brüder, die ich nie gehabt habe.

Jemand kichert mir ins Ohr. Ich drehe mich um, aber da ist niemand. In dem Moment wirft Meo das Glas von sich und beginnt, sich wie wild zu kratzen.

Was ist das, ruft er, au, es juckt ganz fürchterlich, Bambola, schau!

Ich ziehe sein Hemd hoch und entblöße einen mit roten Pusteln übersäten Rücken: Autsch. Brennnesseln?

Meo reißt sich entsetzt das Hemd runter.

Massimo reibt sich Pulverreste ans Zahnfleisch und sagt: Das ist nicht ungefährlich. Ich habe schon von Leuten gehört, die sich schwarzen Geistern genähert haben. Denen sind Geschwüre gewachsen.

Hilfe, ruft Meo, werde ich sterben?

Ach was, sagt Nicolò, geh duschen.

Eiskalt?

Wieso?

Muss ich nicht den Dämon austreiben?

Blödsinn, das sind nur ein paar Mückenstiche.

Sieht eher aus wie viele. Tausend.

Es juckt so sehr!

Hör auf zu kratzen und stell dich unter die Dusche.

Meo krallt sich in Nicolòs Arm fest: Kommst du mit? Ich habe Angst.

Du kannst in mein Zimmer, biete ich an.

Bitte, Nicolò.

Jetzt hab dich nicht so.

Ich tätschle ihm die Wange: Wir warten hier auf dich.

Meo wirft einen letzten flehenden Blick zu Nicolò, dann stapft er dramatisch aus dem Zimmer.

Schweigend schauen wir Massimo zu, wie er mehr blaues Pulver auf den Tisch schüttet. Er macht vier Linien und schaut sich dann besorgt um: Wo ist Angelo? Mit dem Schnösel mit?

Nicolò schüttelt den Kopf.

Massimo steht auf: Ich hab dir immer gesagt: Solche wie er machen vor Kindern keinen Halt.

Beruhig dich, Onkel.

Angelo steht grinsend in der Tür: Schaut, was ich gefunden habe.

Er hält ein golden gerahmtes Porträt hoch. Darauf ein wütender Militär mit Froschgesicht. Massimo salutiert und stimmt ein Lied an, Nicolò haut ihm an den Hinterkopf.

Er nimmt Angelo das Bild aus der Hand: Woher hast du das?

Angelo strahlt: Aus der Kapelle. Sie ist voll mit dem Zeug. Flaggen, Abzeichen, Waffen, alles aus der Zeit. Das müsst ihr sehen!

* * *

Massimo und Angelo wühlen in den Kisten zwischen den Kirchbänken. Nicolò und ich stehen in der aufgebrochenen Tür und schauen ihnen zu. Unter dem Dach des gemalten Sternenhimmels, dem Blick des leidenden Jesus über dem Altar und dem ewigen Lächeln der Sisina ziehen sie johlend alte Schwarzhemd-Uniformen hervor und neue Maschinengewehre.

Ah, ruft Massimo: Ein Ehrendolch!

Uh, ein Verdienstkreuz!

Was ist das?

Sie rollen eine Flagge aus: Swastika, nice.

Dafür kriegst du auf dem Flohmarkt richtig viel Geld. Wir können es im Dorf verhökern, die werden uns das Zeug aus den Händen reißen.

Spinnst du? Massimo setzt sich einen Stahlhelm auf: Den behalte ich!

Glaubst du, die merken, wenn wir was nehmen?

Nicolò hebt die Stimme: Ihr legt alles genauso zurück, wie ihr es gefunden habt. Die bringen euch um, wenn sie merken, dass ihr da dran wart.

Wer?, frage ich.

Niemand antwortet.

Angelo öffnet eine weitere Kiste, zeigt sich enttäuscht: Nur Papier.

Ich nehme ihm ein Blatt aus der Hand. Eine Liste mit Namen, von Schreibmaschine geschrieben. *Zu neutralisieren.*

Nicolò, sage ich leise, was ist das?

Er wirft einen Blick auf die Papiere und geht neben der Kiste in die Hocke. Langsam durchkämmt er mit seinen langen Fingern die Dokumente, liest, sortiert. Da sind noch mehr Namen, Hunderte, *zu neutralisieren.* Formulare für Todesstrafen. Vergilbte Flugblätter kündigen den Tag X an.

Ein undeutbares Lächeln huscht über Nicolòs Gesicht: Jungs, wir haben den Schatz der Loge gefunden!

Angelo jubelt: Glaubst du, im Garten sind Goldbarren vergraben?

Nicolò lacht: Das kann gut sein, sehr gut sogar.

Ich werde wütend: Ihr freut euch, in einem Nazi-Waffen-lager mit alten Todeslisten zu sein? Was ist das, eine nostalgische Terrorzelle?

Nicolò schüttelt den Kopf: Du verstehst nicht. Das sind Überreste der berühmtesten Geheimloge Italiens.

Angelo ruft aufgeregt: Nicolò weiß alles darüber!

Alles, was man wissen kann, winkt der ab, vieles ist noch immer im Dunkeln.

Weil es ja geheim war, strahlt Angelo, nicht wahr?

Nicolò doziert: Die Loge ist nach dem Zweiten Weltkrieg entstanden. Die wichtigsten Männer des Landes gehörten dazu; Köpfe der Armee, Politik, Justiz, der Geheimdienste. Generäle, Diplomaten, Bankiers, Industrielle, Abgeordnete, Richter, Staatsanwälte, Mafiosi ... sogar der Sohn des letzten Königs. Noch immer kennt man nur Teile der Liste der Logenmitglieder, es müssen Hunderte gewesen sein. Sie haben sich an geheimen Orten getroffen, in Villen auf dem Land.

Er fasst sich an den Kopf, lacht ungläubig: Im Dorf gab es immer Gerüchte, dass hier ...

Ich verziehe das Gesicht: Also waren die vielen Feste, die nach dem Krieg hier gefeiert wurden, in Wahrheit geheime Faschotreffs?

Nicolò wiegt den Kopf: Der Kommunismus war damals sehr stark. Sein Aufstieg musste verhindert werden –

Massimo unterbricht: Um den Faschismus wieder aufbauen zu können!

Nicolò räuspert sich: Ziel war ein Umsturz des Systems von innen, ein Staatsstreich in mehreren Etappen: das Verschwinden aller linken Parteien und die Auflösung der Gewerkschaften, dazu die Aushöhlung der staatlichen Medien, während ein privates Fernsehsystem ausgebaut wurde. Klingt bekannt, nicht wahr?

Der Ex-Ministerpräsident gehörte dazu, ruft Angelo, sein Name wurde auf der Liste gefunden. Nicolò weiß die Mitgliedsnummer im Kopf –

1816. Aber über all dem stand der ehrwürdige Meister, der mächtige Puppenspieler, der wie eine Spinne im Netz die Fäden zog. Er war ein Genie. Und Mörder: Er ließ Bomben legen, Hunderte Menschen sterben. Die Jahre des Terrors –

Massimo unterbricht ihn: Fängst du schon wieder damit an! Rote Propaganda – dir hat das Lesen das Hirn geschmolzen, diese Lügen nachzureden.

Nicolò schüttelt den Kopf: Heute weiß man, dass hinter den größten Terroranschlägen der Puppenmeister und die Loge standen. Der Bahnhof in Bologna –

Massimo stöhnt: Es waren die Roten Brigaden, alle wissen das. Es ist bewiesen und belegt, was willst du mehr?

Nicolò wedelt mit einem Flugblatt, als wäre das ein Beweis: Er war Meister im Spuren verwischen, falsche Fährten legen! Die Staatsanwaltschaft zog die Ermittlungen an sich und ließ sie versanden. Auch die Geheimdienste hatten ihre Finger drin, sie standen ihm zur Verfügung. Sie beseitigten die echten Spuren und legten falsche, die auf die Roten Brigaden zeigten. Um sie in der Gesellschaft untragbar zu machen, wie oft muss ich dir das noch erklären.

Jaja, macht Massimo, die Amerikaner, nicht wahr?

Ja, sagt Nicolò, auch die. Heimlich waren sich alle einig, dass die Kommunisten sich nicht durchsetzen durften. Nach der Strategie der Spannung und des Terrors folgte dann die Strategie der Machtübernahme mithilfe der Massenmedien.

Ich ziehe die Brauen hoch: Eine Verschwörung?

Nicolò strahlt: Eine echte. Du kannst es nachlesen.

Ich halte ein Blanko-Todesurteil aus der Kiste hoch: Und was ist damit?

Das war Plan B, für den Fall, dass die Kommunisten trotz allem die Wahlen gewinnen. Dann hätte ein Militärputsch stattfinden sollen, der eine rechte Diktatur aufstellt. Aber es war nicht nötig. Es ist alles aufgegangen.

Massimo stößt vom hinteren Teil des Raumes einen Piff aus.

Mamma mia. Sieh mal an.

Ist das ...

Sprengstoff!

Angelo will in die Kiste greifen, aber Massimo hält ihn zurück.

Vorsicht. Die machen wir besser wieder zu. Ganz vorsichtig. Das ist 'ne gute Menge. Damit kannst du zehn Bahnhöfe auf einmal wegsprengen.

Hier ist noch mehr.

Ein durchdringender Schrei lässt mich zusammenfahren. Die Cousins bleiben mit den Kisten beschäftigt. Dass Meo schreit wie am Spieß, scheint sie nicht weiter zu kümmern.

* * *

Meo liegt nackt auf meinem Bett, ein Kissen aufs Gesicht gedrückt.

Enttäuscht lässt er es sinken: Ach, du bist es.

Sorry, sage ich beleidigt und bleibe in der Tür stehen, lehne meinen Kopf gegen den Rahmen.

Meo dreht sich ächzend zur Seite, zieht die Decke bis zum Bauch und eine Flasche vom Boden herauf. Er nimmt einen kräftigen Schluck und gurgelt. Dann streckt er mir den Wein entgegen, klopft neben sich auf die Matratze und sagt: Komm her, ich habe mich erschreckt.

Ich setze die Flasche an, Rotwein. Nun klebt seine Spucke über meiner Lippe.

Bambola, sagt er, schau dir das an.

Er zieht mich aufs Bett. Wir liegen Arm an Arm, er ist warm.

Ich habe hier gelegen, sagt er, und so vor mich hingeträumt, als mich eine plötzliche Kälte überrieselt. Ich dachte, der Luftzug käme von der offenen Tür, und Nicolò würde endlich – Aber ich war allein. Und nun schau, dort oben ...

Er haucht: Blutige Fingerabdrücke.

Tatsächlich. Über dem Bettkopf sind rote Flecken, fingerkuppenrund, fünf in einem Halbkreis. Die waren vorher noch nicht da.

Ich nehme seine Hand und lege sie mir aufs Herz:

Schlägt es noch?

Ich spüre nichts, sagt er und fährt mit den Fingern über meine Brust.

Blutspuren, flüstere ich, schon wieder.

Meo klopft mir mit der flachen Hand auf den Solarplexus: Was soll das heißen, schon wieder?

Ich rede hastig: Kürzlich war ich im Wäldchen, im verwunschenen. Und ein Käuzchen ist aus einem Baumstrunk gewachsen. Und ein wütender Wind trieb mich nach Hause. Und da war Blut im Badezimmer.

Und du hattest deine Tage – au! Nicht? Dann hast du dich wohl beim Rasieren geschnitten.

Es war nicht mein Blut! Ich bin nicht mal sicher, ob es wirklich Blut war. Es schmeckte nicht wie Blut.

Er prustet: Hast du etwa probiert?

Ja klar.

Wie?

Den Finger reingetunkt halt.

Er schüttelt sich: Das ist so du. Wenn ich denke, du könntest nicht mehr du werden, erzählst du so was.

Ich weiß nicht, ob ich lachen soll. Es scheint mir albern und irgendwie von oben herab, so etwas zu sagen; der kennt mich doch gar nicht.

Meo streicht mir eine Strähne aus dem Gesicht, ich strecke mich nach den roten Flecken an der Wand und rufe: Im Ernst! Findest du das nicht beunruhigend? Rote Tropfen im Bad, nun Fingerabdrücke an der Wand?

Er lächelt schief: Wir sollten die Kirche anrufen, Blutwunder melden.

Was meinst du?

Heiligenbilder, die Blut weinen; Hostien mit rotem Schimmel; Blutwunder halt. Meine Großtante würde auf die Knie fallen vor diesen Flecken, die liebt solche Ekligkeiten. Zu ihrem großen Verdruss sind sie in der heutigen Kirche nicht mehr en vogue. Die Großtante behauptet, sie werde nicht sterben, bis der Priester den Feiertag der blutenden Madonna wieder einführt.

Madonna del Sangue? Der Tag, an dem Sisina starb –

Meo mimt eine kreischende Alte: Unsere Madonnina hat im Krieg für uns geblutet, ich hab's mit eigenen Augen gesehen. Das ist kein Aberglauben, das ist ein Wunder!

Blutwunder, murmle ich, Heiligenblut. Blut im Waschbecken, Blut an der Wand. Es muss ein Hinweis sein: Sisina gibt mir ein Zeichen. Dass ich auf der richtigen Spur bin. Oder ist es eine Drohung? Ich dachte, Sisina sei ein fröhlicher Geist. Sie springt auf dem Bett und kitzelt Leute an den Füßen. Aber Blutspuren? Und das ist ja nicht alles, hier passieren ständig seltsame Dinge, es stecken Blumen im Schlüsselloch.

Jemand will dir Angst machen.

Ja, aber wer? Ich muss mit Licht schlafen, weil jemand Holz hackt in der Nacht, ich werde noch verrückt.

Meo schaut mich seltsam an: Darf ich dir zu nahe treten?

Nein.

Du wirkst bereits ein wenig verrückt.

Gar nicht!

Du haust in dieser heruntergekommenen Villa und scheinst dich mehr mit Geistern als mit den Lebenden zu beschäftigen. Du musst mal wieder unter Leute. Schau dich an –

Wir betrachten uns im Spiegel. Ein rotgesichtiger nackter Adliger neben … mir.

Er nickt befriedigt: Du bist am Rande der Verwahrlosung.

Schnell wende ich den Blick ab und kneife die Augen zusammen, so fest, dass ich ihn nicht mehr sehe. Ich lege den Kopf an seine Schulter und schmolle. Sein Schädel liegt schwer und kantig auf meinem, er reibt sein Ohr an meinem.

Er kichert. Ich auch.

Er zündet sich eine Zigarette an, da sehe ich, dass er Magdalenas Feuerzeug hat. Ich nehme es ihm aus der Hand.

He, macht er.

Das ist meins. Ich habe es gesucht!

Deins?

Er schnappt es sich zurück und schaut es an: Ich glaube nicht. Das habe ich schon länger.

Ich werde wütend: Gib's her.

Stell dich nicht so an, das ist ein billiges Feuerzeug.

Er dreht es auf die höchste Stufe und lässt die Flamme züngeln.

Alter, sage ich, hör auf, das Gas zu verschwenden. Es ist ein Erinnerungsstück, o. k.?

Er betrachtet das Bild der bekifften Katze, dann zeigt er mir den Mittelfinger, wie sie.

Ich stürze mich auf ihn.

Es gehört mir, schreie ich, und davor gehörte es meiner Mutter! Sie ist tot und hat mir ihre Verrücktheit vererbt –

Es ist so befreiend zu schreien.

Meo schüttelt mich, als wäre ich eine fast leere Ölflasche, und die Worte fallen wie Tropfen. Meine Zunge fühlt sich fremd an, schwer wie eine Rinderzunge:

Du darfst es niemandem erzählen. Meine Mutter wurde ermordet. Wie Sisina. Weil sie frei sein wollte und laut über sich selbst verfügte. Das haben sie ihr übel genommen. Ich auch. Sie war unbeeindruckt von all dem, was sie eigentlich sein sollte; sie ließ sich nicht verbiegen und kleinmachen. Sie war furchtlos: Wir hatten alle Angst vor ihr. Sie entfachte Stürme mit ihrem Lachen, und was sie anfasste, ging in Flammen auf. Ich bin hier, um sie zu rächen. Dafür muss ich wie sie werden, wenigstens ein Stück. Und ich werde Sisinas Geist befreien, damit sie nicht länger dieses lächerliche Hochzeitskleid tragen muss, verstehst du. Sie sind gleich, meine Mutter und Sisina. Nur haben sie Sisina früher erwischt, als sie noch jung war und rosig. Jungfräuliches Wachs, für immer Lustobjekt, kindliche Heilige. Dafür lieben sie sie, dafür kriegt sie ein Denkmal. Indem sie Sisina umgebracht haben, haben sie sie davor bewahrt, dass sie zu Magdalena wird. Niemand liebt eine alte Hure, verstehst du. Noch im Tod fürchteten sie ihren Körper, steckten ihn in den Ofen und verbrannten die Hexe.

Ich stehe auf und hole die Asche aus der gepackten Tasche, schüttle sie feierlich: Nun ist sie still und passt in eine Schachtel.

Meo schaut mich entgeistert an.

Bambola, sagt er nur.

Ich winke ab: Sie war keine besonders gute Mutter. Sie war verrückt.

Aber du weißt schon, dass es nicht stimmt?

Doch, doch.

Ich meine, das mit Sisina.

Wovon redest du?

Na, die ganze Leichte-Mädchen-Geschichte. Das ist doch nur Sand in die Augen. Alter Leim, und du bist dran kleben geblieben.

Ich?

Willst du die wahre Geschichte hören?

Meo schaut mich vielsagend an: Sie wusste zu viel.

Sisina?

Du weißt ja, dass sie hier gearbeitet hat, nicht wahr? Als Hausmädchen, glaube ich. Und wahrscheinlich hat sie zur falschen Zeit den falschen Raum betreten. Sie muss etwas gehört haben, was nicht herauskommen durfte. Also haben sie sie stumm gemacht.

Igor fällt mir ein: Er hat so etwas angedeutet, aber was?

Meo schwenkt den Weinrest in der Flasche: Die italienische Aristokratie ist nach dem Krieg seltsam reich geblieben. Sie hatten das größte Interesse daran, dass der Kommunismus nicht überhandnahm. Gerade auf dem Land haben die Reichen immer die Schwarzhemden unterstützt. Und hier, in Herrenhäusern wie diesem, planten sie die Rückkehr des Faschismus: die große Auferstehung.

Ich greife nach seinem Arm: Die Verschwörung! Du weißt davon? Nicolò hat es mir gerade erzählt. Wir haben Dinge gefunden, Papiere ... Du denkst, Sisina ist in die Verschwörung geplatzt?

Meo zieht vielsagend die Schultern hoch.

Ich stelle mir die Szene vor: Sisina, die mit einem Serviertablett an der Tür zum Salon steht und lauscht –

Dann schüttle ich den Kopf: Diese Theorie habe ich noch nie gehört. Woher hast du die?

Meo lacht: Du weißt doch, meine Großtante ist adlig. Ihr Blut ist blau wie Aquarium, darin fließt das Wissen über die Geheimnisse der Welt. Besonders über jene ihrer adeligen Nachbarn.

Du denkst also, der Mord hatte politische Gründe.

So ist es.

Das hätte dann gar nichts zu tun mit dem Gerede, dass sie zu schön gewesen sei und zu freizügig.

Natürlich nicht.

Aber die erzählen das alle noch heute!

Ich springe auf und hole das Walheft, blättere hastig.

Hier, rufe ich, hier steht's: Ein Gast aus der Villa C. musste am fraglichen Tag Hals über Kopf zum Bahnhof in der Stadt gefahren werden.

Aufgeregt fuchtle ich Meo mit dem Heft vor dem Gesicht: Es war eben doch einer aus der Villa! Ein kleiner Soldat in amerikanischen Militärstiefeln. Vielleicht war's sogar der Offizier, mit dem Sisina auf dem Sofa erwischt wurde. Selbst wenn – das tut ja eigentlich nichts zur Sache. Außer dass sie dann keine Angst vor ihm gehabt hätte, wenn er sie im Wäldchen überraschte, weil sie sich ja kannten. So könnte es gewesen sein!

Meo zuckt mit den Schultern. Ich flappe ihm das Heft an die Stirn und rufe: Aber wie kann es sein, dass über deine Theorie hier drin rein gar nichts steht? Ich habe diesen Fall studiert, in schlaflosen Nächten – wie viele weiß ich nicht mehr, ich habe das Zeitgefühl verloren. Seit wann bin ich hier? Ein paar Tage? Wochen? Jahrzehnte? Du hast recht, ich bin verrückt geworden über Sisina! Und nun kommst du an und lässt mal eben dein vererbtes Aquariumswissen sprudeln.

Meo hebt wie entschuldigend die Hände: Das ist ein dunkles Kapitel Geschichte, noch immer wenig aufgearbeitet. Im Dunstkreis solcher Umsturzpläne fielen sie damals reihenweise aus dem Fenster: angebliche Selbstmorde, Unfälle, offensichtliche Morde. Fuhren gegen Bäume, ertranken in Badewannen, wurden auf offener Straße erschossen. Von den Opfern der Anschläge ganz zu schweigen. Was denkst du, wie viele dieser Tode wurden aufgeklärt? Das wurde alles von höchster Stelle vertuscht, verwischt und vergraben.

Ich reibe mir das Gesicht.

Es macht alles Sinn, nicke ich. Vitos Anwälte – ich habe mich immer gefragt, welches Interesse sie verfolgten. Sie waren berühmt, politisch große Tiere, Sozialisten – was kümmerte die ein kleiner Bauer, der verdächtigt wird, seine Verlobte getötet zu haben? Wenn sie hingegen einen politischen Hintergrund vermuteten ... Es macht auch Sinn, dass alle schweigen. Die Bauersleute hatten Angst – sie lebten in der Gunst der Gutsherrenfamilie, ihre ganze Existenz hing von denen ab. Und die haben gezeigt, wozu sie fähig sind – was passiert, wenn du ihnen im Weg stehst.

Meo wickelt sich in die Decke, ich gehe auf und ab: Bei einem Mädchen wie Sisina war es kinderleicht: Sag, sie war ein Flittchen – schon steht das Motiv, gerechtfertigter Grund. Alle sind überzeugt, sogar die Familie; niemand will mit der Schande was zu tun haben. Unterhose weg, und schon wirkt es wie ein klassischer *Lustmord*.

Sisina hat es gewusst, sage ich langsam, dass sie sterben muss. Sie hat die Wahrsagerin gefragt, und die hat es ihr bestätigt. Sie muss schreckliche Angst gehabt haben. Sie wollte nicht allein zur Quelle, weil sie wusste, dass sie in Gefahr war. Darum hat sie ihre Freundin gefragt, ob sie mitkommt. Aber sie konnte niemandem etwas sagen, sie hat geschworen zu schweigen. Sie haben sie trotzdem geschlachtet.

Plötzlich habe ich eine Eingebung. Ich rüttle an Meos Arm: Glaubst du, sie war Partisanin?

Er schüttelt mich irritiert ab: Wer?

Sisina!

Ich sehe sie vor mir: Das Gewehr geschultert, mit erhobener Faust steht sie an der Straße im Wald, dort, wo jetzt ihr Denkmal steht. Eine Gruppe Bäuerinnen umringt sie, während sie eine flammende Rede posaunt: Proletarische Frauen, an euch!

Ja, rufe ich, vielleicht war sie Revolutionärin, Gewerkschafterin, Antifaschistin – und deshalb musste sie sterben. Sie war kein braves Hausmädchen, zufällig zur falschen Zeit am falschen Ort: Sie war Spionin! Sie knutschte mit dem Offizier, weil sie Informationen wollte. Wie bin ich da nicht früher draufgekommen!

Mein rechter Fuß zuckt unwillkürlich. Es ist, als würde wieder die unsichtbare Katze um meine Beine streichen. Ich sitze ganz steif und flüstere: Spürst du das auch?

Meo verbeißt sich ins Kissen.

Ich denke an die Szene im Wald und schüttle ihn leicht: Vorher, als du die Stimmen gehört hast –

Meo nimmt das Kissen aus dem Gesicht und schaut mich an. Er ist ganz rot.

Es gibt keine Geister, sagt er, ich wollte nur Nicolò beeindrucken.

Bist du darum nackt in meinem Bett?

Was denkst du denn?

Dass du nicht so blöd bist, den schönen Nicolò verführen zu wollen.

Was meinst du, was mich in diesem verfluchten Kaff hält? Ich sollte längst zurück in der Stadt sein. Und du denkst, es ist schlimm, von einem Geist besessen zu sein.

Ich schüttle den Kopf: Du glaubst wirklich, er lässt dich ran? Das sind Dorffaschos.

Eben, ruft Meo, homoerotischer geht's nicht. Du siehst ja, wie er mich quält.

Armer reicher Adliger.

Er legt den Kopf an meine Brust.

Du hast so seidiges Haar, sage ich, wieso haben alle seidiges Haar außer mir?

Nicolò, murmelt er, Nicolò hat seidiges Haar.

Ich lache. Dann drücke ich meine Fingerspitzen auf die roten Abdrücke an der Wand und sage: In der Kapelle liegt eine Menge Sprengstoff.

Meo flicht seine Finger in meine: Du hast recht, es ist Zeit, vernünftig zu werden. Die Großtante hat mich auch schon so satt, dass sie mir angeboten hat, das Erbe frühzeitig zu überweisen. Morgen früh fahre ich zurück in die Stadt – und du kommst mit.

Ich?

Er setzt sich auf: Natürlich, was willst du, hierbleiben? Ich habe eine Wohnung mit vielen freien Zimmern.

Erleichterung breitet sich in mir aus wie ein Rausch, mein Kopf fällt vornüber auf seine Brust.

Er nimmt mein Gesicht in seine Hände, küsst mich mit spitzen Lippen zwischen die Augenbrauen: Mach keine Sorgenfalten, morgen ist alles vorbei. Aber zuerst knuspern wir noch ein paar Snacks, ja?

Er springt auf, in seine Hose. Vor dem Spiegel streicht er sich die Haare glatt, kneift sich in die Wangen, macht einen Schmollmund.

Macht es dir wirklich nichts aus, frage ich, dass sie Faschisten sind?

Im Gegenteil: Ich sehe das als antifaschistischen Kriegszug. Wenn wir mit ihnen fertig sind, sind sie hoffentlich keine mehr.

Was willst du, ihn fesseln und ihm den Duce austreiben?

Wir haben eine Nacht, ihren Blick zu erweitern –

Meo lacht: Und wenn nicht, dann habe ich wenigstens Spaß dabei.

Was meinst du, frage ich, das Engelchen ist zu jung, oder?

Angelo? – Meo schlägt sich die Hand vor den Mund – Darf ich zuschauen?

Er küsst mich schnell auf die Lippen. Dann reißt er die Zimmertür auf und schreit in den Flur: HOSEN RUNTER!

* * *

Wir stürmen den Salon.

Der Duce thront auf dem Kamin vor dem Spiegel, ich stelle ihn auf den Kopf. Dann lasse ich mich neben Angelo aufs Kanapee fallen und flüstere: Hier hat Sisina mit einem Soldaten geknutscht.

Er entblößt seine schneeweißen Zähnchen: Was habt ihr gemacht?

Mächtig gebechert, lache ich, mit Blick auf Meo, der Nicolò am Gürtel zu sich zieht.

Der macht sich los und kehrt das Bild wieder um.

Wie eine Schlange, schreit Meo, du bist wendig wie eine Schlange!

Massimo schnaubt und kaut seine Zunge, er will etwas sagen, aber es kommt nichts raus.

Nicolò stößt sein Glas in die Luft: Wir wollten doch die Séance feiern, und dass Sisina mich geküsst hat. Arme Sisina.

Meo zieht ihn an sich und küsst seine Wange: War es so?

Nicolò kichert.

Oder so?

Er beißt ihm in den Nacken.

Nein, lacht Nicolò, nicht so.

Dann weiß sie nicht, wie man es macht, sagt Meo und saugt sich fest.

Nicolò windet sich und leckt seine Finger, nimmt noch eine blaue Linie.

Meo hebt ein Glas und deklamiert: O treuer Pelikan, mach mich Unreinen rein durch dein Blut! Ein Tropfen davon kann die ganze Welt von allen Verbrechen heilen. Bitte mach, dass das geschieht, wonach ich so dürste.

Nicolò stolpert in den Garten hinaus, Meo folgt ihm.

Lass ihn in Ruhe, ruft Massimo ihnen nach.

Dann taxiert er uns auf dem Sündensofa: Und ihr? Mein Neffe ist minderjährig, weißt du.

Stimmt nicht, ruft Angelo, ich bin fast 17, ich meine 18.

Massimo flucht und fährt mit dem Finger über den leeren Teller: Mein Problem ist nur, dass wir nichts mehr haben.

Er füllt sein Glas randvoll und trinkt es aus, packt die Autoschlüssel vom Tisch: Ich gehe und hole mehr. Ist ja sonst nicht auszuhalten mit euch.

Wir bleiben liegen und hören die Reifen auf dem Kies spulen. In meinem Kopf fährt das Auto gegen einen Baum, Massimo stürzt durch die Windschutzscheibe, in großem Bogen in den Brunnen. Angelo schnauft in mein Ohr. Wenn ich die Augen schließe, dreht sich alles. Sisina und Magdalena kreiseln zwischen den Kisten in der Kapelle, die bewaffneten Frauen der Salamifabrik, Sorella –

Ich höre meine Knochen mahlen, in mir ist eine wühlende Wut. Ich packe Angelo im zarten Nacken und drücke seinen Kopf zwischen meine Beine.

XIV

Nun ist alles golden, und ich pflüge hindurch. Die Morgensonne tropft auf die Hügel wie flüssiger Honig, die Olivenhaine dampfen vor Tau. Meine Schritte harken sich auf dem steilen Schotterweg fest, die Gedanken fliegen ein paar Meter vor, verheddern sich in den Ästen, stürzen in die Tiefe, schlitzen sich am Felsvorsprung auf – der Kopf bleibt auf, im Körper angenehme Schwere der durchwachten Nacht, auf der Haut noch das Zittern des Engels; das Sternbild seiner Zahnabdrücke verblasst mit dem Erwachen der Zikaden.

Ein Satz gibt den Takt an, zu dem ich marschiere: Euch werd ich's zeigen euch werd ich's zeigen euch werd ich's – weiß nicht wem oder was, aber euch werd ich's zeigen.

Euch werd ich's zeigen, ich sage es laut vor mich hin, bis ich stehen bleibe: Hier war ich schon mal.

Die ersten Dächer des verlassenen Dorfes. Ich setze mich wieder in Bewegung, euch werd ich's zeigen. Die Kirche taucht auf, verrammelt, gegenüber der kleine Friedhof, ein Kriegsdenkmal: verwaschene Banderolen, ausgebleichte Plastikblumen, euch werd ich's zeigen. Das Friedhofstor ist mit einem rostigen Schloss versperrt. Ich sehe durch die Stäbe, wie das

Gras zwischen den Steinplatten wächst, wie trockene Blumen mir winken, euch werd ich's zeigen. Ich suche das Grab meiner Großmutter, wie komme ich darauf? Dai Nonna, hier hättest du Aussicht gehabt. Schau doch das Licht auf den Hügeln, wer hält denn so was aus. Und siehst du den Feigenbaum, so schwer behängt, eingewickelt in Stacheldraht? Da will wohl jemand nicht teilen. Euch werd ich's zeigen! Ich strecke mich, pflücke die warmen kleinen Körper, Feigenhaut weich wie Angelos, klebrige Milch, picksüß.

Der Baum gluckst, Schimmern in den Feigenblättern. Käuzchen, Kichern, ein Kitzeln am Hals. Ich verschlucke mich, huste. Sisina sitzt im Feigenbaum.

Durchscheinend und fluoreszierend baumelt sie mit den Beinen.

Hab ich dich, triumphiert sie.

Wie bitte?

Dachtest wohl, ich würde vergessen-vergeben?

Ich?

Falsch gedacht!

Ich schaue mich um, ob hinter mir noch andere Leuchtgestalten sind.

Ich glaube, Sie verwechseln mich.

Ich weiß nicht, wieso ich Sisina plötzlich sieze. Die ganze Zeit dachte ich, sie zu kennen, ihr nahe zu sein, als wäre sie ein Schutzengel, der alles sieht und immer bei mir ist, aber nein, sie ist eine verwirrte Verrückte.

Ihr Gesicht verdüstert sich, und sie beginnt zu schimpfen: Schämst du dich nicht? So klebrig-geschwollen durch den Morgen zu rennen. Einem verlobten Mann nachzustellen? Na, habt ihr euch schön verloren?

Wer?

Ach, mach mir nichts vor! Ich weiß genau, dass alle meinem armen Vito hinterherrennen.

Ich muss lachen: Vito? Du denkst, ich war mit Vito? Der ist doch schon lange tot.

Sie mustert mich aufmerksam, mit zusammengekniffenen Augen.

Hm, macht sie dann, seltsam! Ich scheine so durch die Zeiten zu springen. Gerade bin ich bei meiner Beerdigung, und jemand sagt: *Gehen wir ein Bierchen trinken?* Und schon stehe ich an Vitos Sarg und erschrecke die Leute, Eishände um den Hals und so. Er ist alt geworden, Madoh, ist der alt geworden. Ich werde nie alt, das kann mir niemand nehmen. Hast du seine Frau gesehen? Richtiger Lappen, immer lauwarm, Wassersuppe, passt überhaupt nicht zu meinem Vito, der hätte einen Teppichklopfer gebraucht. Bisschen Gefängnis, und schon haben sich ihm alle Trullen an den Hals geworfen. Ihm Blumen nachgeworfen, als wär er ein Rennfahrer. Und er? Bringt die Blumen der Verehrerinnen seiner toten Verlobten. Pietätlos, wenn du mich fragst. Aber mich hat ja keiner gefragt.

Sisina wirft die Haare in den Nacken, und ihr Kopf fällt nach hinten, klappt den Hals auf, klaffender Schnitt, aus dem es gurgelt. Ich stolpere rückwärts.

Lachend schnippt sie den Kopf wieder hoch.

Wenn du wüsstest, gluckst sie. Das hat wehgetan. Zum Glück bin ich heute guter Laune. Wenn du wüsstest, wozu ich in der Lage bin, wenn ich mich aufrege … Du bewegst dich hier auf meinem Boden, Mädchen, pass bloß auf.

Sie raschelt an einem Ast, bis mir eine Feige auf dem Kopf zerplatzt.

Die Pflanzen, die Steine, die Tiere im Wald, sie gehorchen alle mir. Nach meinem Tod konnte ich mit niemandem reden, also habe ich mit den Bäumen geflüstert. Dem Felsen habe ich Witze erzählt, ihn gekitzelt, bis er nicht mehr konnte: Er ist vor Lachen zusammengebrochen. Die blöden Bigotten rannten schreiend aus ihren Häusern. Haben es nicht anders verdient, die Armen. Was sollte ich tun, ich war außer mir. Heute bereue ich, dass sie gegangen sind – selbst auf dem Friedhof sind alle aufgefahren oder liegen geblieben, da ist keiner rastlos wie ich. Jedenfalls niemand, mit dem ich mich abgeben möchte. Verdammte Seelchen, denen ist nicht zu helfen.

Und dir?

Mir? Ich brauche nichts.

Glaubst du nicht, du könntest ruhen, wenn du mir sagst, wer es war?

Ein armer Tropf, was ändert es? Ich kann nicht schlafen.

Und warum nicht?

Weil mein Herz rast. Weil ich keine Luft bekomme in diesem stickigen Sarg.

Du willst noch atmen?

Du bist die Gemeinste, die mir je begegnet ist.

Wenn du mir sagst, wer es war, erzähle ich es allen.

Und was soll das bringen?

Gerechtigkeit?

Sisina wirft sich rückwärts, baumelt an den Knien am Ast und fällt vor Lachen zu Boden, wo sie wie ein Leintuch zusammenfällt.

Ich rufe: Den Toten geschieht Unrecht, wenn niemand sie nach ihrem Tod verteidigt!

Sisina erhebt sich und schwebt strahlend vor mir: Schau mich an. Ich bin berühmt. Jung und schön, auf ewig. Was will ein Mädchen mehr.

Aber das ist nicht deine Geschichte!

Meine Geschichte? Was wäre das gewesen? Noch mehr schuften, Kinder kriegen? Ich hätte keine Geschichte ohne den Schnitt im Hals. Er ist das einzig Tiefgründige an meiner Geschichte.

Das stimmt nicht, sage ich traurig. Du hattest dein Leben noch vor dir.

Sisinas Augen sprühen: Mein Leben! Was weißt du schon davon? Was mir vor dem Messer alles zugestoßen ist? Ich kann nicht schlafen wegen meinem Leben, verstehst du, nicht wegen meinem Tod. Dass ich sterbe, das Drama, die Tränen, die Lügen, das ist ein Witz! Das ist nicht meine Geschichte.

Erzähl sie mir.

Mit wem redest du?

Ich fahre herum: Lorenzo!

Er packt mich am Arm: Was machst du hier?

Ich murmle: Ich suchte den Mörder und fand ihn überall.
Ich hab dich überall gesucht. Steig sofort ein. Der Coach
kommt!

Vor Schreck lasse ich die Feigen fallen, reiße mir die Hand auf
am Stacheldraht. Ich sammle die Früchte auf, sauge an der
blutenden Hand und stecke mir eine Feige zwischen die Lippen. Gute Kombination. Ich klettere den Hang hoch, schaue
zurück: Sisina hat sich aufgelöst.

* * *

Lorenzo schimpft, und es ist mir egal. Spurlos verschwunden, nun drückt er aufs Gaspedal, dass die Reifen durchdrehen auf dem lockeren Boden des Feldwegs. So karachen
wir kiesspritzend zur Villa, während Lorenzo spotzt. Er habe
mich gerettet, und so würde ich es ihm danken; die Villa eine
Sauerei; ich ein nichtsnutziges Flittchen usw. usf.

Ich höre ihm gar nicht zu. Ich sehe eine Gestalt vor dem Auto
herlaufen, barfuß, mit echten schwarzen Haaren, einen Wasserkrug auf dem Kopf. Sie stolpert, vertritt sich den Knöchel,
schaut sich unablässig um. Ihr Gesicht angespannt, auf der
Stirn harte Furchen, schwarz im grellen Licht. Um den Hals
trägt sie eine Kette aus roten Glasperlen. Irgendwie kommt
sie mir bekannt vor.

Sie humpelt, ich will Lorenzo sagen, dass er bremsen soll,
er fährt sie über den Haufen.

Nun sehe ich sie im Rückspiegel, sie wischt sich den Staub

vom Hemd und geht fester, forscher, der Krug steif auf dem Kopf. Sie kommt näher, bewegt sich, als würde sie winken.

Sie geht jetzt neben uns her, vor meinem Fenster, sie dreht den Kopf und schaut mir direkt ins Gesicht. Ich schrecke zusammen: das Bild neben dem Bett meiner Großmutter – ihre Mutter! Gestorben bei der Geburt, gestorben beim Wasserholen ... Sie wendet den Blick nicht ab, ihr Gesicht ist streng, und die Falte zwischen den Augen vertieft sich, ein Felsspalt – mach dir keine Sorgen, will ich sagen, mir passiert nichts.

Sie hebt die Augenbrauen und den Krug –

Ja, rufe ich ihr zu, der Brunnen! Meine ganze Kindheit habe ich von einem Ziehbrunnen geträumt, in den ich falle, ich sitze in einem Eimer und falle – warum? Was ist die Bedeutung?

Sie sieht jetzt beunruhigt aus, blickt wieder hinter sich, als würde sie verfolgt. Sie krümmt sich, hat Mühe, mit dem Auto Schritt zu halten, sie fällt ab. Im Rückspiegel sehe ich, dass sie schwanger ist, wassermelonenschwanger. Sie lässt den Krug in den Staub fallen und drückt sich die Hände ins Kreuz, rote Perlen platzen ihr vom Hals und springen in alle Richtungen. Sie schaut uns nach, wie wir durchs Tor auf den Hof der Villa einfahren.

* * *

Lorenzo jagt mich ins Haus, im Salon die Spuren von gestern Nacht.

Das muss alles weg, ruft er, bevor der Coach kommt. Wie konntest du in dieser kurzen Zeit so ein Chaos anrichten?

Er wedelt hektisch, verschüttet den vollen Aschenbecher, wirft eine Vase mit Wiesenblumen um, die Meo für Nicolò gepflückt hat. Panisch sammelt er ein paar leere Flaschen, stolpert über etwas, was Angelos Unterhose sein könnte.

Beruhig dich, sage ich, genauso haben sie es doch zurückgelassen. Ich habe die letzten Tage damit verbracht, ihren Dreck wegzuräumen. Nun sind sie dran.

Bitte, sagt Lorenzo und drückt verzweifelt die Hände zusammen, sie werden jeden Moment hier sein.

Ich erbarme mich und fahre mit der Handfläche über den Tisch, wische Krümel zu Boden und mit dem Nachthemdsaum das Wasser der Vase auf: Zufrieden?

Er öffnet den Mund, ich überfahre ihn: Weißt du überhaupt, was das für Schweine sind? Keine Sekunde länger mache ich diese Nazihöhle sauber.

Ich schüttle den Kopf: Was erzähl ich dir da, natürlich weißt du es. Gehörst du zu denen? Du hast doch auch Kisten in die Kapelle getragen –

Ihr wart in der Kapelle?

Ich schaue ihn an, sein entgeistertes Gesicht: Ich habe kein Mitleid mehr mit dir. Was habe ich bloß in dir gesehen? Ciao, Lorenzo.

Er schaut verblüfft: Wo willst du hin?

In die Stadt, mit Meo. Ich hole meine Sachen, dann bin ich weg.

Mimma, sagt er fast vorsichtig, es ist keiner hier.

Er wird gegangen sein, um zu packen, dann kommt er mich holen. Versuch nicht, mich aufzuhalten –

Du verstehst nicht, sagt er, es ist zu spät.

Seine Augen weiten sich; ein Auto fährt im Hof ein. Lorenzo schüttelt traurig den Kopf: So war das nicht geplant. Du hättest hier sein müssen, als ich nach Hause kam, ich muss dir noch sagen –

Türenschlagen, schon ertönen Schritte im Flur. Lorenzo verrenkt den Kopf, stürzt zum Kamin, wo der Duce mit einer Krone aus Penissen im Rahmen sitzt; Meo hat daran rumgekritzelt. In seiner Hast wirft Lorenzo das Bild runter – in dem Moment betritt ein kleiner Mann den Salon. Er lässt den Arm vorschnellen und fängt das fallende Bild auf. Er streicht übers Glas, bevor er den Rahmen sanft auf den Tisch ablegt.

Haben wir wohl eine kleine Party gefeiert.

Er lächelt, aber seine Augen sind Brunnenlöcher.

Coach, sagt Lorenzo, doch der beachtet ihn gar nicht. .

Der Coach hat nur Augen für mich. Langsam kommt er auf mich zu, ich versuche, seinen Blick zu halten. Mache mich kampfbereit. Die Pistole! Ich muss sofort die Pistole holen. Mein Herz pocht, als würde ich es gleich aus dem Hals spucken. Der Coach kommt nah vor mir zum Stehen; ich kann seinen Lakritz-Atem riechen und seine Colonia. Seine Haut glänzt von schmelzendem fond de teint. Er ist es, ich weiß es. Wenn er mich angreift, springe ich ihm an den Hals wie ein Tier. Ich bin stark. Stärker als er. Unsere Augen sind auf gleicher Höhe, seine füllen sich mit Tränen. Er breitet die Arme aus, und in dem Moment weiß ich, was passieren wird. Es ist wie ein Film, den ich über und über in der Erinnerung abgespielt habe, wie ein Albtraum, der ins Unerträgliche kippt –

Er streckt die Finger aus und greift mit je zwei Krallen meine Wangen. Kneift und dreht das Fleisch, als wolle er es abreißen. Meine Lippen springen auf, ich schmecke Blut, sein Gesicht nähert sich. Seine Lippen knallen auf meine. Er lässt meine Wangen los, umschlingt mich, ich spüre seine Gürtelschnalle am Bauch, seine Nase an meinem Hals ... Riecht er Magdalena? Sie hat mir ihre Zellen gegeben, ich bin aus ihr gemacht –

Süße kleine Filuccia, murmelt er mir ins Ohr, endlich sehen wir uns wieder.

Er fasst mich am Hinterkopf, drückt zu, gräbt die Finger in mein Haar. Mir fängt's in den Ohren an zu pfeifen. Er streichelt mir über die Wange, ich spüre den langen Nagel seines kleinen Fingers, ohne ihn zu sehen, und höre die Stimme meine Großmutter: Du weißt, was es bedeutet, wenn ein Mann einen langen kleinen Fingernagel hat? Das heißt, er ist ein Zuhälter. Und was machst du, wenn ein Zuhälter dich anspricht? – Ich rufe *aiuto*?

Der Coach streckt mich ruckartig von sich, als hätte ich laut gesprochen. Dann lacht er und ruft: Auguri! Der Babbo ist da!

Ich mache den Mund auf, es kommt nichts heraus. Er amüsiert sich prächtig, klatscht in die Hände: Überraschung!

Ich verstehe nicht, stammle ich endlich, Sie denken –

Lass das Siezen, lächelt der Coach, sowieso ist es eine Unsitte, einen Mann zu siezen, sehe ich etwa aus wie eine Sie?

Sein Lächeln friert ein, er wirft seine Hand in den Raum:

Was ist das überhaupt für ein Empfang? Du bist schlecht erzogen, Lorenzo hatte recht.

Lorenzo. Er steht mit dem Rücken zum Tisch und lässt den Kopf hängen. Mir wird schwindlig. Er hat mich verraten? Die Hände auf meinen Schultern brennen sich in die Haut. Ich schließe die Augen. Der Coach schüttelt mich: Müde? Jetzt wird nicht ausgeruht. Ihr habt noch eine Menge Arbeit vor euch. Morgen kommen die Herren, da muss alles strahlen. Das gilt auch für dich, schau in den Spiegel! Schämst du dich nicht, deinem Vater so unter die Augen zu treten? Zieh dich an und kämm dich gefälligst. Und Lorenzo – ich habe dir ein Treffen mit dem Offizier arrangiert. Vor dem offiziellen Dinner wirst du mit ihm Suppe essen. Ich habe ihm erklärt, dass du nicht desertiert bist, sondern in meinem Interesse gehandelt hast. Er ist nicht begeistert, rechne mit Konsequenzen. Aber er weiß, dass ich dich brauche. Die Suppe wird es regeln.

Danke, Vater.

Lorenzo schlägt die Arme um ihn, der Coach küsst auch ihn auf den Mund.

Sie lösen sich, Lorenzo schlägt die Augen nieder, der Coach sagt laut: Und nun räumt gefälligst diesen Saustall auf. Ich lege mich so lange hin.

Der Coach dreht sich um und ruft in den Flur: Sorella, geh und schau, ob wenigstens mein Zimmer bewohnbar ist. Lorenzo wird es dir zeigen, oben, im Turm.

Im dunklen Flur regt sich etwas. Mein Atem setzt aus. Ich blinzle. Sorella? Sie tritt aus dem Schatten, mit gesenktem

Blick. Sie ist es! Sie lebt! Meine Ohren beginnen zu glühen, doch sie schüttelt unmerklich den Kopf.

Der Coach verfolgt unsere Blicke: Natürlich, ihr kennt euch bereits. Sorella hat mir alles über deine rührende Suche erzählt. Der Coach ist nicht leicht zu erreichen, nicht wahr? Aber du hast es geschafft, hier bin ich! Wir werden viel Spaß miteinander haben.

Ich taumle, er küsst mich, seine glatt rasierte Wange streift meine. Er winkt Lorenzo mit dem Kopf, der folgt ihm wie ein Hund. Im Flur höre ich Sorella flüstern. Sie ziehen die Türe hinter sich zu. Ich sinke zu Boden. Im Spiegel sitzt Sisina und lacht mich aus.

* * *

In meinem Zimmer liegt auf dem zerwühlten Bett eine Notiz von Meo.

Bambola, wo bist du? MISSION ERFÜLLT. Nicolò fährt mich zum Bahnhof. Mach's gut <3

Ich zerknülle das Papier und lasse mich aufs Bett fallen. Noch kann ich sein starkes Parfüm riechen. Idiot. Wo ist er hin? Wieso hat er mich nicht mitgenommen? Wo war ich, als er ging? Ich erinnere mich an Angelo, der leise schnarchte; wie mir schlecht wurde und ich in den Garten ging, es dämmerte. Und dann war ich plötzlich mit Lorenzo im Auto. Dazwischen ist alles leer.

Die Pistole! Ich springe auf, schüttle die Urne, vertrautes Rumpeln. Ich nehme den Deckel ab, greife hinein. Asche segelt auf den Boden, auf meine Füße. In der Hand liegt ein großer Stein. Verfluchter Lorenzo. Erschöpfter Schluchzer. Die Augen bleiben trocken. Ich sinke in die Knie. Meine Naivität bricht über mir zusammen und reißt mich um wie eine starke Welle. Die Scham soll mich ersticken. Wie konnte ich nur so blöd sein? Lorenzo hat mich von Anfang an durchschaut. Spätestens in der Bar hat er Magdalenas Namen auf der Urne gelesen und eins und eins zusammengezählt. Im Auto, während ich ohnmächtig schlief, hat er meine Dokumente überprüft. So muss es gewesen sein. Er wusste immer, wer ich war. Er hat mich im Glauben gelassen, in der Sicherheit seiner eigenen Pistole. Vielleicht hat alles zum Plan gehört – wessen Plan? Vielleicht hat er mich verfolgt, bis in die Salamifabrik. Oder es war Zufall, dass wir beide da waren, und Lorenzo hat den Moment genutzt, um sich beim Coach beliebt zu machen. Seine Stimme dröhnt in meinem Ohr: Ich wollte es dir sagen ... Der Coach ist mir wie ein Vater ...

Ich würge. Die letzte Nacht kommt mir hoch: der Wein, der Wald, die Jungs und die Waffen; mein Keuchen. Blutrote Galle. Ob auch Sorella mich verraten hat, daran darf ich jetzt nicht einmal denken. Ich muss klar bleiben, mich konzentrieren, worauf? Ich bin so nah, ich bin kurz vor dem Ziel. Jetzt muss ich es einfach durchziehen, aber wie? Mamma? Hörst du mich? Ich tu es für dich. Für dich!

Mit zittrigen Fingern klaube ich Asche vom Boden, sammle sie in meiner Handfläche.

Jetzt wäre der Moment, murmle ich, wo du erscheinen sollst und sagen: Fühl dich bloß nicht verpflichtet, ich habe ja auch nichts für dich getan. Oder: Mach dich nicht lächerlich, du musst mich nicht rächen, das mach ich schon selber. Ich tanz ihm jede Nacht auf den Eiern rum und blas ihm Höllenatem ein.

Aber sie kommt nicht. Still und stumm liegen die Knochenstückchen in meiner Hand. Er hat sie vernichtet. Also muss ich ein Schwert finden, ihn verführen, berauschen, ihm den Kopf absäbeln. Ich stelle es mir schwer vor. Wegen der Sehnen. Danach werde ich nie wieder schlafen können, weil er sich kopflos neben mir wälzt und stöhnt.

Ich will das nicht, murmle ich, ich hau ab, einmal quer durch den Wald, scheiß auf Gerechtigkeit, das ist es nicht wert.

Asche rieselt in die Urne, ein Film bleibt auf meiner Haut kleben, ich wische ihn ab. Vielleicht wird es einfacher als gedacht: Mich in sein Zimmer schleichen und ihn mit einem Kissen ersticken. Aber wird das reichen? Braucht es für die Rache, die Tilgung der Schande nicht auch Gefahr? Verliere ich sonst nicht meinen Stolz? Ich könnte ihn mit dem Küchenmesser aufschlitzen, wie Sisina. Ich könnte ihn überfahren mit dem Geländewagen, Lorenzo gleich mit. Nein, vergiss Lorenzo, mieser Verräter, es geht um den Coach. Ihn will ich röcheln sehen, er soll winseln, und ich will zuschauen, wie seine Augen verlöschen. Das Letzte, was er hören soll, ist meine Stimme: Das ist für Magdalena. Sie war nicht allein. Und sie wird dir nie gehören. –

Ach, nicht mal die Rede kann ich. Wie soll ich denn einen töten? Und werde ich dann nicht wie er? Er behauptet, mein Vater zu sein. Spielt es eine Rolle? Was will er von mir? Sitze ich in seiner Falle oder er in meiner?

Dumme Babe, höre ich meine Großmutter sagen, was tust du, wenn der Wolf kommt? Renn, so schnell du kannst.

* * *

Brava, lobt der Coach und prostet mir zu: Auf meine studierte Tochter! Schön und gescheit, das hast du alles von mir, haha! Glaubst du nicht? Recht hast du, wir kennen ja deine Mutter: Eigentlich könnte so ziemlich jeder dein Vater sein, nicht wahr? Aber glaub mir, sie war nicht immer so. Als ich sie kennengelernt habe, war sie ein braves Mädchen.

Wir sitzen im Salon um den Esstisch. Der Coach frisst Schinken und Melonen mit einer Leidenschaft wie Tony Soprano. Mir wurde oft gesagt, dass ich so esse. Fasziniert schaue ich zu. Starre auf seine Hände. Wie sie vom Fett glänzen und Saft von ihnen tropft, wie er sie ableckt. Die Finger sind glatt und rosig, da sind keine Spuren von Kampf. Müsste da nicht etwas sein? Wenn er es war. Oder ist es zu lange her?

Die Schinkenfinger tätscheln meine Wange: Ah, kleine Filuccia, du siehst aus wie damals. Erinnerst du dich? Du hattest kaum laufen gelernt, hast dir das Kinn aufgeschlagen.

Unwillkürlich fasse ich mir unters Kinn, die Narbe.

Sein Lächeln vereist: Was warst du da, ein Jahr alt? Natürlich kannst du dich nicht erinnern. Deine Mutter, *disgraziata*, hat uns auseinandergerissen. Sie hat mich von dir ferngehalten, hat dich versteckt.

In meinem Kopf reißen Erinnerungsbilder auf wie Wolken. Die Stimme des Coachs dröhnt durch die gleißende Leere: Ihr Tod ist traurig, aber er hat auch sein Gutes: Wir haben uns wiedergefunden. Und ich dachte, ich hätte dich für immer verloren. Das haben wir nur diesen beiden zu verdanken.

Der Coach breitet die Arme aus, Lorenzo senkt den Blick, und Sorella lächelt an mir vorbei. Er tätschelt ihr die Hand: Mein bestes Pferd im Stall, nicht wahr? Sie hat die Rolle deiner Mutter übernommen, und sie macht es sehr gut.

Sorella lächelt, aber sie meidet meinen Blick.

Lorenzo hat mir erzählt, du nennst dich Mimma? So hat dich deine Großmutter genannt, nicht wahr? Schade, dass sie bei den Kartoffeln liegt, ich mochte sie immer gern. Sie hat dir ein schönes Italienisch beigebracht, etwas altmodisch, aber gut ... Du kannst dich verständigen, das ist das Wichtigste.

Er will mich nah bei sich, sagt er, alles aufholen. Aber er spricht vor allem mit Lorenzo, erkundigt sich nach der Jagdausrüstung, der Tierlieferung, dem Essensplan für die kommenden Tage. Es werden viele Leute kommen. Sie reden leise, der Coach fragt, und Lorenzo bestätigt.

Ich merke, wie Sorella zuhört, auch wenn sie wie gedankenverloren in die Luft stiert. Sie hat Angst vor ihm, sonst würde sie sich nicht so verhalten. Oder? Ich schweige, lächle, habe keinen Plan.

Wenn er es war. Wenn er es überhaupt war. Niemand hat direkt gesagt, dass er es war. Wie er sagt: Es könnte so ziemlich jeder gewesen sein. Überhaupt, sieht er aus wie ein Mörder? Ich stelle mir vor, wie er jung aussah, als er Magdalena im Cabrio entführte, sie lachte. *Kurz und kahl*, so hat sie ihn beschrieben. Wie sieht denn ein Mörder aus?

Er hat eine einnehmende Art. Es gefällt mir nicht, ich will ihm gefallen. Er behauptet, meine Großmutter gekannt zu haben, sie gemocht zu haben. Wieso sagt er das? Wann haben die sich getroffen, wo war ich da? Wieso weiß ich nichts?

Mein Kopf summt, mir ist schwindlig. Vielleicht stimmt alles nicht. Vielleicht hat Magdalena die Ärztin bezahlt, die mich anrief, dass sie lügen soll. Damit ich sie nicht verurteile, weil sie sich in den Tod gesoffen hat. Damit ich sie bemitleide, im Tod. Ihr ist alles zuzutrauen.

Sie kichert mir ins Ohr: Vielleicht war es so ... vielleicht auch so ...

Ich werde wütend: Wann hörst du endlich auf, mich zu verarschen?

Und wann hörst du auf, dich zu kümmern, was ich dachte?

Wann hörst du auf, dich zu bemitleiden? Buhu, ich Ärmste, ich habe meine Mutter nicht gekannt.

Ich schüttle sie ab: Warum will ich mir etwas vormachen? Bin ich so verzweifelt, dass ich sogar diesen ... Zuhälter als Vater anerkennen würde? Mit ihm mein Italienisch trainieren, sein brava provozieren? Als wären wir nicht alle mal aufs Kinn gefallen.

Der Coach lacht. Ich habe ein stumpfes Messer in der Hand, aber die Gabel könnte es tun. Einmal fest ins Auge, richtig tief, damit es ins Hirn geht. Ich müsste schnell sein, es gibt nur eine Chance. Lorenzo würde mich abhalten, er ist Soldat, geschult in Kampfdingen.

Als der Coach seine Finger knackst und einen Zigarillo anzündet, frage ich, ob ich den Tisch abräumen darf. Lorenzo nickt. Er möchte meinen Blick festhalten, legt in seinen so etwas wie Dankbarkeit. Sorella ignoriert mich.

Ich tippe ihr auf die Schulter: Kannst du mir in der Küche helfen?

Nein, sagt sie, ohne hochzusehen.

Der Coach reckt sich über den Tisch und kneift sie in die Wange: Na komm, sei nicht so. Zeig dich von deiner besten Seite, als zukünftige Stiefmutter.

Sorella folgt mir in die Küche. Ich packe sie am Arm und flüstere: Stiefmutter? Bist du wahnsinnig?

Sie reißt sich los: Du sagst mir gar nichts, Verräterin.

Ich?

Ihre Augen flackern: Nach der Schlacht bin ich allein aufgewacht. Die Rakete war weg, du warst weg. Sie haben mich gefangen genommen, der Coach hat mich rausgeholt.

Ich zische: Und jetzt willst du ihn heiraten?

Sie duckt sich und faucht: Du halt dich raus, Miss Normales Leben. Du hast deine Mutter verachtet, für was sie tat, natürlich verachtest du auch mich. Aber lass dir etwas sagen: Du hast unrecht.

Ich lache ungläubig: Was ist das, ein Spiel?

Sorella zieht mich durch den Flur zur Hintertür ins Freie. Der Mond späht hinter einer Wolke hervor. Die Grillen verstummen.

Sie schubst mich hart gegen die Wand: Du bist abgehauen. Mit einem Soldaten! Einem Faschisten! Wir hatten recht, als wir dich verprügelt haben, wir hätten nur nicht aufhören sollen.

Au, schreie ich, spinnst du? Ich bin nicht abgehauen, Lorenzo hat mich entführt, ich bin bewusstlos in seinem Auto aufgewacht.

Und wieso bist du noch immer hier? Hast du etwa Ketten am Fuß?

Ich schweige.

Was soll ich sagen? Dass ich auf den Coach gewartet habe, dass ich ihn umbringen will? Dass ich eine Waffe hatte und jetzt keine mehr? Dass ich jeden Tag an sie gedacht habe und mich verachtet, weil sie recht hat? Dass ich keine Ahnung habe, was ich hier mache, dass ich aus Gründen, die mir selber grau sind, mit Lorenzo gegangen bin, statt zurückzugehen und nach ihr zu suchen? Dass ich sie aufgegeben habe, wie ich meine Mutter aufgegeben habe – lange bevor sie getötet wurde?

Sorella lässt mich los: Wie konnten wir nur auf dich reinfallen. Was bist du? Für wen arbeitest du?

Ich lache perplex heraus. Dann schlinge ich die Arme um sie und rieche an ihrem Hals. Mir kommen die Tränen: Ich dachte, du wärst tot!

Sie löst meine Hände und macht einen Schritt zurück: Das bin ich auch.

Sie schaut nicht zurück und schließt die Tür hinter sich. Die Grillen legen los wie auf Knopfdruck.

XV

In dieser Nacht schlafe ich schlecht. Gesichter schweben über meinem und kreisen, schieben sich übereinander, verschmelzen, driften aneinander vorbei: Sorella, Lorenzo, der Coach ... Ich versuche, sie zu halten, zu stellen: Was wollt ihr von mir? – Sie lachen, küssen, alle durcheinander; Angelo, Meo, Nicolò, Massimo, Stimmen; verhackte, das Rauschen der Ghostbox. Am Fenster das Käuzchen, rot leuchtende Augen. Es flattert die Flügel, schüttelt den Kopf, klopft an die Scheibe, ein Schrei –

Mit einem Ruck bin ich wach. Ich sitze kerzengerade im Bett. Meine Finger rollen das Leintuch ein und wieder auf. Mondlicht auf dem Laken, der Stoff rau zwischen den Fingern. Was mache ich? Leg dich wieder hin. Stille, alle schlafen. Vor dem Fenster ruft das Käuzchen. Schon sitze ich wieder und rolle das Tuch ein, schneller. Die Decke gleitet von meinen Füßen, ich zucke mit den Beinen – Sisina kichert, sie sitzt am Bettrand und kitzelt mir die Sohlen.

Hör auf!

Sie verzieht das Gesicht: Mir ist so langweilig.

Auf ihren Beinen schaukelt sie die Urne.

Gib her, rufe ich, was machst du da?

Sisina öffnet den Behälter mit einem Plopp. Interessiert lässt sie sich Magdas Knochenstückchen zwischen den Fingern hindurchrieseln.

Lass das!

Beleidigt lässt sie die Urne fallen und kriecht in den Kamin.

Ich stehe auf und gehe ins Bad. Vor dem Spiegel ziehe ich an meinen verknoteten Haaren.

Meo hatte recht, sage ich und rufe: Sisina!

Sie sitzt auf dem WC-Deckel.

Kannst du Haare schneiden?

Nun sitze ich auf der Toilette. Sisina zieht und zupft von allen Seiten an meinen Haaren.

Fadenhexe, schimpft sie, was ist denn das für ein Chaos.

Ich habe gerade eine seltsame Zeit.

Wem sagst du das! Schau mich an: Mir fallen die Haare aus, so mager bin ich geworden.

Wegen Vito?

Du denkst wohl Tag und Nacht an den? Ich sollte dir den Filz auf dem Kopf lassen, so machst wenigstens du mir keine Konkurrenz.

Keine Angst, ich will ihn nicht.

Alle wollen meinen Vito, er ist ein Held.

Und ich dachte, alle wollten dich.

Sisina bricht in helles Lachen aus und zerschnippelt mit der Schere die Luft: Verfolgt haben sie mich wie die Fliegen!

Sie schneidet summend, die Locken fallen, ich werde immer leichter.

Sisina, frage ich, mit wem warst du damals im Wäldchen?

Ich will nicht darüber reden, sagt sie, es macht mich traurig.

Sie singt, und die Melodie kommt mir seltsam bekannt vor: *Preise, Zunge, das Geheimnis des verherrlichten Leibes und des kostbaren Blutes.*

Sie haben Blut gefunden, sage ich, auf Vitos Hose.

Sisina klemmt mein Ohr zwischen die Scherenklingen und sagt drohend: Vielleicht hat er sich geschnitten, und es war sein Blut.

Ich ziehe den Kopf weg: Du willst einfach nicht, dass er es war, oder?

Boh, macht sie, furzt mir mit den Lippen ins Ohr und verpufft.

Ich habe sie verärgert.

Das Singen tönt nun aus dem Zimmer. Sisina sitzt auf dem Kamin und baumelt mit den Beinen: *Was das Auge nicht kann sehen, der Verstand nicht kann verstehen, sieht der feste Glaube ein.*

Ah, rufe ich, jetzt erkenne ich das Lied: Das ist der Trinkspruch, den Meo gesungen hat.

Sisina prustet: Trinkspruch! Das sind hochreligiöse Lieder. Ich habe sie gesungen, als ich durch den Wald ging, um mich zu verlieren.

Mit wem wolltest du dich … verlieren?

Sisina springt vom Kamin und wirbelt singend um mich

herum: *Wer ihm nahet voll Verlangen, darf ihn unversehrt empfangen, ungemindert, wunderbar.*

Was ist mit den Fußabdrücken, sage ich, Größe 40.

Vito hatte Riesenlatschen, sagt sie und kichert: Du weißt, was das bedeutet.

Sisina liegt nun bäuchlings auf dem Bett und blättert im Walheft.

Schau dir meinen Vater an, armer kleiner Schrumpfkopf.

Ja, sage ich vorsichtig, kaum zu glauben, dass er –

Meine Mutter war kräftig.

Mit großen Füßen?

Sisina nickt bedeutungsvoll.

Aber es ist deine Mutter!

Und? War deine Mutter etwa heilig?

Ich schüttle den Kopf: Nur in Märchen sind Eltern so böse.

Ma va! Ist meine Geschichte etwa kein Märchen? Das schöne Mädchen allein im Wald, der reiche Graf, die armen Eltern ... Hast du eigentlich je an die böse Stiefschwester gedacht? Es ist immer die böse Stiefschwester!

Deine Halbschwester?

Sisina prustet: Nur endet mein Märchen nicht mit *Lebte-Glücklich.* Was soll's, dafür sprüht es von Moral!

Welche Moral?

Sisina gähnt und verdreht die Augen. Dann blitzt sie mit der Schere über meine Stirn, und eine Handvoll Haare fällt auf die Matratze.

Fertig!

Und, wie sehe ich aus?

Sisina bedroht mich mit der Schere: Und du willst doch meinen Vito verführen!

Ma va! Ich denke nur an einen Mann: Coach Holofernes.

Sie zuckt mit den Schultern: Von mir aus, den kenn ich nicht.

Pass auf, sage ich, dem werd ich das Herz rausreißen.

* * *

In der Küche ist ein langes Fleischermesser. Es sticht in Melonen und Koteletts, schneidet alles kurz und klein. Es ist schön scharf. Ich stopfe Wurst und Käse in mich, kaue gewalttätig, genussvoll wie der Coach, Trauben und Pflaumen, und Sisina jault: *Es isst den Herrn der arme und demütige Knecht.*

Ich pikse sie mit dem Messer, damit sie mit dem Singen aufhört.

Was soll das, ruft sie empört.

Sei still, ich muss mich konzentrieren. Oben im Turm schläft der Mann, der meine Mutter getötet hat.

Schwein.

Endlich! Du bist die Erste, die so reagiert.

Das Schwein gehört abgestochen.

Nicht wahr?

Auf jeden Fall.

Danke! Kommst du mit?

Natürlich. Ich will sehen, wie es spritzt.

Wir kichern.

Ich betrachte mich in der spiegelnden Scheibe des Fensters.

Schau mich an, ich bin Judith, verführerisch und stark.

Wer ist Judith?

Na Judith, rufe ich, die jüdische Witwe von erheblichem Reiz! Sie füllt den mörderischen Holofernes ab und führt seinen abgeschlagenen Kopf spazieren.

Hm, macht Sisina und reibt sich den Hals.

Ich fuchtle vor Aufregung: Siehst du, meine Hände sind ganz warm. Ich werde es tun, geduldig und mit gutem Druck die sehnige Halswurst durchsäbeln.

Sisina schüttelt sich, dann ruft sie: Ja, tu es!

Ich fühle mich so leicht, so glücklich. Es ist schön, endlich angstfrei zu sein. Im Traum kann ich töten und sterben, wie ich will.

Sisina reißt die Augen auf: Aber das ist kein Traum.

Natürlich, sonst wärst du ja nicht hier.

Was meinst du?

Na ja, du ... Du bist schließlich tot.

Sisina boxt mich in den Arm: Du bist so unhöflich! Und dumm. Und ich dachte, wir wären Freundinnen.

Wirklich?

Sisina schmollt, ich verkneife ein Lachen: Tut mir leid. Natürlich bin ich deine Freundin.

Nein, mault sie, du bist ein Feigling. Weißt du, wie viele damals behauptet haben, sie würden meinen Tod rächen? Du bist wie die, große Reden, nichts dahinter.

Nein, sage ich, ich will es wirklich tun. Ich muss es tun, für meine Mutter. Und für dich, wenn du willst.

Was habe ich mit diesem Staubbeutel zu tun?

Ihr wurdet beide getötet.

Schön, wie du uns reduzierst.

Tut mir leid.

Sisina verzieht die Mundwinkel: Es geht also nur um deine Mutter, dein Schuldgefühl? Ich dachte, es geht dir um mich.

Dann legt sie den Kopf schief und lächelt süß: Aber es ist lieb, dass du es auch für mich tun willst. Wirst du wirklich?

Mein Herz klopft, ich darf mir nichts anmerken lassen, nicke fest: Ja. Und du wirst mir dabei helfen. Du hältst ihn fest und drückst ihn runter, und ich säge ihm den Kopf ab.

Sie wirft die Hände in die Luft: Ach, wenn ich könnte! Was ich dafür gäbe, ein Messer in einen Bauch zu stoßen.

Sie fuchtelt mit einem imaginären Schwert: Nimm das! Und das! Ah! Verrecke!

Wieso kannst du nicht?

Sisina lässt die Arme sinken: Ich habe keine Kraft. Verstehst du nicht? Die Geisterwelt ist hier, am selben Ort wie die Körperwelt. Ihr alle, die ihr lebt, seid auch in der Geisterwelt, aber ihr spürt sie nicht. Und wir haben keinen Körper, wir können nichts tun. Nur manchmal finden wir eine, mit der wir uns in Verbindung setzen können. Eine wie dich!

Warum ich?

Du schlafwandelst.

Das ist mir noch nie passiert.

Bist du sicher?

Ich hebe die Schultern. Sisina beugt sich vornüber und schaut unter mein Bett. Sie hält sich den Kopf fest, damit er nicht abfällt, und richtet sich auf.

Wie ich an den leeren Flaschen erkennen kann, trinkst du ganz anständig. Das verstärkt es noch weiter.

Wovon redest du?

Dein Magnetfeld ist on fire.

Das hat der K2 auch gesagt.

Sisina spitzt die Lippen und doziert maniert: Wenn der Lichtkörper der Seele so anschwillt, dass er mächtiger wird als nötig, so kann es passieren, dass die Seele ins Geisterreich treibt, wo sie mit den Dortigen in Kontakt gerät.

Ich lache: Was redest du so geschwollen?

Theorie der Geisterkunde! Deine Seele hat den Körper verlassen, mit dem Willen, mich zu finden. Du fühlst dich leicht, weil du nichts mehr spürst von der Sinnenwelt.

Es gefällt mir. Ist es so, wenn ich sterbe?

Sisina nickt: Mir hat es auch gefallen. Und weißt du, was das Beste ist? Die Feiern im Totenreich! Wie jeden Tag Weinfest. Willst du kommen?

Klingt gut, sage ich. Muss ich dafür tot sein?

Sie hebt wie entschuldigend die Hände: Das schon. Aber ich schwör, es lohnt sich. Du müsstest mal diese Jungs sehen – einer leckerer als der andere.

Pomadenjungs?

Jede Menge!

Verlockend. Aber erst muss ich meine Mutter rächen.

Sisina jubelt: Lass es uns tun! Hoch in den Turm, den Mörder meucheln. Und danach springen wir ins Fest. Die werden alle durchdrehen, wenn ich mit dir aufkreuze.

* * *

Wir schleichen die Treppe hoch zum Turm. Sisina scheint zu frösteln. Sie nähert sich der Tür und zuckt zurück wie eine Katze, die ein Gespenst gesehen hat.

Ich schnipse sie zurück.

Was machst du, wispere ich, was hast du?

Sisina drückt das Ohr aufs Holz und legt den Finger auf den Mund. Dann stolpert sie zurück: Die Tür geht auf. Sorella im Morgenrock.

Fila, flüstert sie, was machst du hier? Was willst du mit dem Löffel?

Welcher Löffel, lache ich, das ist ein Schlachtmesser. Lass mich rein, ich werde ihn verführen und ihm die Augen auslöffeln.

Du bist wahnsinnig, zischt Sorella, willst du uns alle umbringen?

Eine Stimme klingt aus dem Zimmer: Was ist los?

Nichts, ruft Sorella halblaut, es ist nur Filippa. Sie hat sich verirrt.

Sorella fuchtelt, sie will mich zurückscheuchen, aber ich halte sie mir mit dem Messer vom Leib: Ich werde dich befreien.

Schwere Schritte, dann steht auch der Coach in der Tür. Erstaunt schaut er uns an. Sofort verstecke ich das Messer hinter dem Rücken und schlinge den freien Arm um ihn. Er trägt ein Unterhemd, das den Bauch betont. Ich schmiege meine Stirn an seine gestoppelte Brust und reibe mich gegen seine Boxershorts.

Sorella zieht mich weg und schüttelt mich. Ich kann ihr Gesicht nicht scharf stellen. Der Coach wirkt amüsiert: Was ist mit ihr?

Sorella wedelt vor meinen Augen herum: Ich glaube, sie schläft. Schau, sie schlafwandelt.

Der Coach nickt: Das hat sie von mir. Bring sie wieder ins Bett. Sie muss festgebunden werden. Nicht, dass sie sich noch wehtut.

Auf der Treppe kommt uns Lorenzo entgegen.

Was ist in der Küche passiert?, flüstert er. Ich bin aufgewacht vom Lärm, was soll dieses Chaos?

Meine Zunge ist sehr schwer, als ich sage: Wir haben uns einen kleinen Imbiss gegönnt, meine Freundin und ich.

Lorenzo beäugt mich argwöhnisch: Wieso redest du so komisch? Was ist mit deinen Haaren passiert?

Sisina macht eine Grimasse und schnippelt mit den Fingern in der Luft, ich pruste.

Lorenzo packt mich am Arm: Bist du besoffen?

Sorella faucht: Fass sie nicht an. Sie ist am Schlafwandeln. Wirklich?

Lorenzo schaut mich eingehend an: Sieht irgendwie gruselig aus.

Sorella nickt: Der Coach meint, wir sollten sie zur Sicherheit festbinden.

Spinnst du, sagt Lorenzo, was willst du, sie fesseln?

Was sonst? Sie weiß nicht, was sie tut.

Ich pass schon auf sie auf.

Du?

Ich lasse die Verräter beraten, ziehe Sisina in eine Ecke und flüstere: Mist! Was machen wir denn jetzt?

Sisina schaut ständig zu Lorenzo und dreht sich die Locken: Was meinst du?

Na, mit dem Coach! Das hat ja überhaupt nicht funktioniert. Keinen Kratzer hat er abgekriegt.

Sisina zuckt mit den Schultern: War auch ein blöder Plan.

Und das sagst du erst jetzt?

Sie hebt arglos die Schultern: Wir können immer noch zum Fest.

Vielleicht hast du recht, murmle ich. Scheiß auf den Coach, hast du ihn gesehen? So ein Typ zu sein ist doch Strafe genug. Gehen wir, mich hält nichts mehr hier. Ich will feiern mit meiner Freundin Sisina und Geister-Pomadenjungs.

Sisina jauchzt und zieht mich hoch: Los, springen wir. Rein ins Vergnügen!

Lorenzo scheint gewonnen zu haben. Sorella bleibt auf der Treppe stehen und schaut uns sorgenvoll nach – Bigotte –, während er mich die Stufen hinunterbugsiert.

Immer wieder bleibt er vor mir stehen: Jetzt hör schon auf mit dem Starren, das steht dir überhaupt nicht.

Ich seh so schlecht, murmle ich, ich bin fast wie blind.

Er klingt besorgt: Mimma, geht's dir gut?

Ich kann nichts sehen. Wo ist der Balkon, Junge, wo ist schon wieder der Balkon?

Was willst du denn auf dem Balkon?

Ich gehe in die Geisterwelt.

Was?

Da ist ein Fest, ich gehe mit Sisina. Wenn du unbedingt willst, kannst du mitkommen, auch wenn du ein Junge bist und Soldat und Faschist und ein mieser Verräter. Aber nur, wenn du versprichst, dich zu ändern. Komplett von Grund auf, verstehst du? Charaktertransplantation. Und du musst auch springen.

Alles klar, sagt Lorenzo, ich begleite dich zum Balkon, und auf dem Weg überleg ich's mir, o. k.? Komm, nimm meinen Arm, hier lang, und jetzt nicht stürzen, wir gehen ganz langsam.

Sisina sitzt auf der Bettkante, als Lorenzo mich zudeckt.

Du dumme Nuss, sagt sie, der Junge hat dich eingewickelt. Du wolltest doch mit mir kommen.

Du bist ja hier, murmle ich, du bist ja hier.

Ja, sagt Lorenzo und fährt mir ganz leicht über den Scheitel, ich bin hier.

Dich mein ich doch gar nicht, flüstere ich.

Aber Sisina ist verschwunden.

* * *

Ich gehe durch den Wald und finde sie beim Brunnen, neben ihr steht ein Mann, ich stoße ihn in den Schacht. Sie schaut ihm nach, wie er fällt, ruckt den Kopf wie ein Täubchen: Na toll. Danke für gar nichts.

Sie verschwindet als Rauschen der Bäume. Der Mann steigt aus dem Brunnen, er ist mein Vater. Er umarmt mich und sticht zu. Ich sterbe und weine: Versprich, dass du mich vermisst.

Er weint auch und versucht, mich zurück ins Leben zu schütteln.

Der Brunnen spuckt mich aus, ich öffne die Augen. Sorella nimmt die Hände von meinen Schultern.

Du hast mich gerettet, seufze ich, das bedeutet, du hast mich noch gern.

Sorella bleibt ernst: Schlafwandelst du schon lange?

Ich lächle engelhaft: Das Erbe meines liebenden Vaters.

Ich schließe die Augen, falle zurück in den Traum: Mein Vater hat mich getötet.

Sorella greift mich hart am Kinn: Wach auf! Scheiße, Fila, wir haben keine Zeit für deine Fantasien. Was du getan hast – du musst aufhören, Fila, sonst bringst du uns alle um.

Sie lässt die Augen durchs Zimmer wandern, bleibt bei den leeren Weinflaschen hängen: Bist du noch betrunken?

Ich lache ihr ins Gesicht: Was willst du sein, meine Scheiß-Mutter?

Verstehst du nicht, das ist kein Spiel.

Ich weiß! Er ist ein Mörder, der Mörder meiner Mutter, und ich werde sie rächen –

Das Klatschen brennt mir im Gesicht. Ich versuche, mich aus ihrem Griff zu befreien, aber ihre Finger sind eisern um meine Handgelenke geschlossen.

Du weißt gar nichts, zischt Sorella mit verzerrtem Gesicht. Das ist viel größer als Favorita. Scheiße, wieso hörst du nicht zu?

Weil du lügst, ihr alle lügt, lügt mir ins Gesicht.

Verzweifelt nehme ich sie an den Händen: Sorella, ich habe

Angst. Dass er uns tötet, so wie er Magdalena getötet hat, und dass er uns hier verscharrt.

Ich schüttle sie leicht: Erinnerst du dich an Otrere? Ich glaube, sie ist hier. Lass uns zu ihr gehen, sie wird uns doch helfen? Sorella, du musst mir glauben, ich habe dich nicht verlassen. Crocifissa und du, ihr habt mich aufgefangen. Zum ersten Mal seit dem Tod meiner Großmutter habe ich mich nicht mehr allein gefühlt. Ich gehöre zu euch, hörst du? Lass uns gemeinsam von hier verschwinden, wir suchen Croci, die Rakete –

Sorella zieht ihre Hände aus meinen, als hätte sie sich verbrannt.

Bitte, sage ich, gib nicht auf.

Sorella atmet schwer. Dann nimmt sie mein Gesicht in ihre Hände und drückt zu.

Hör zu, sagt sie, hau ab, solange du noch kannst.

Wo soll ich denn hin?, rufe ich.

Sie flüstert: Sei still! Wenn du ein Wort von all dem jemandem erzählst, wenn du den Coach auch nur schief ansiehst, bring ich dich um. Verstanden?

Nein!

Fila, ich flehe dich an. Wenn du so weitermachst, wirst du alles zerstören.

Alles ist schon zerstört.

Sie sieht mich an, überlegt, öffnet den Mund, schließt ihn wieder.

Was?

Die Gesellschaft …

Sie bricht ab und schüttelt den Kopf: Wir haben keine Zeit. Du musst mir einfach vertrauen.

Vertrauen? Wie soll ich dir vertrauen?

Ein Rechteck aus Licht fällt aufs Bett. Lorenzo steht in der offenen Tür. Sorella wechselt einen schnellen Blick mit ihm.

Geht's ihr gut?

Sorella nickt.

Lorenzo murmelt: Das hätte böse ausgehen können. Der Coach meint, wir sollen sie für die Nacht einschließen.

Ich schaue von ihm zu ihr und zurück. Ich muss lachen: Was für ein abgekartetes Spiel.

Ich schlage die Decke zurück und springe aus dem Bett.

Sie versuchen, mich aufzuhalten, aber ich bin eine Kanone.

XVI

Ich renne durch die Nacht. Meine Schritte zerschlagen die Stille, ich keuche, meilenweit zu hören, ein riesiger Glühwurm, frei zum Abschuss. Der Mond schaut gleichgültig hinter dem Vorhang auf mich herunter, das Käuzchen ruft, Totenvogel, ich renne um mein Leben.

Schon erscheinen die Dächer des verlassenen Dorfes, die Kirche, der Friedhof. Auf den Gräbern tänzeln bläuliche Flämmchen, vor der verrammelten Kirchentür tummeln sich längliche Gaswesen, wie Schatten wogen sie an der Hauswand. Bigotte!

Die Dorfstraße ist ohne Beleuchtung, nur der Mond übergießt alles mit seinem Quecksilber-Leintuch. Ein Wind zieht durch die verlassenen Häuser, ihre kalten Öfen, durch Kamine voller Brombeeren und Feigensträucher, die Risse in den Böden; sie stöhnen leise unter der zärtlichen Berührung.

Um meine Knöchel wabert ein kleiner fluoreszierender Nebel. Ich bleibe stehen, schüttle ihn ab. Die Flämmchen erheben sich vom Friedhof und wieseln den Weg herauf. Wie vom Wind getragene Wollballen fliegen sie auf mich zu und drehen sich wie magnetisch angezogen um meinen Körper, wirbeln um sich selbst. Sie folgen mir, wie ich die Straße langschreite, schweben auf die Häuser zu, setzen sich einzeln oder zu zweit auf eine Außentreppe, einen eingestürzten Balkon, in eine freigelegte Küche.

Ich gehe bis zum Ende der Straße, im letzten Haus brennt Licht. Zwei Katzen sitzen am Fenster und fressen symmetrisch aus einem Topf. Als ich an die marienblaue Tür klopfe, geht das Licht aus. Mit den Fingern fahre ich über die Zeichnungen der Mondraketen.

Signora, rufe ich halblaut, meine Stimme zittert, bitte lassen Sie mich rein.

Drinnen rührt sich nichts. Ich drehe mich um – sind sie mir gefolgt? Ist das Lorenzos Keuchen oder der Wind? Sorellas Kichern oder trockenes Laub?

Ich klopfe noch einmal und schreie auf, als mir eine Katze um die Beine streicht.

Otrere, rufe ich, Sie müssen mir helfen, ich bin in Gefahr. Bitte, ich habe niemanden mehr.

Ich fange an zu schlottern, die Zähne schlagen aufeinander. Ein Jaulen entsteigt meiner Kehle. Die Töne ziehen sich aus mir heraus, aus einem Organ, das ich nicht kenne. Es klingt furchterregend, wie Katzen in der Nacht, von denen du nicht weißt, ob sie in Agonie oder besinnungslos rollig sind.

Bellissima Madonnina, kommt es aus mir, bellissima Madonnina del dolore, Madonna del sangue, delle lacrime. Benedetta, Crocifissa, Genuflessa – ave Maria benedetta fra le donne – aiuto!

Die Madonna über der Tür öffnet das linke Auge, zwinkert, und eine blutige Träne kullert die Wange runter. Mit einem Ruck geht die Tür auf.

Mach den Mund zu, sagt eine unwirsche Stimme.

Die Katze schlüpft zwischen meinen Beinen hindurch und verschwindet ins Dunkel.

Bist du allein?, fragt die Stimme.

Ja, sage ich tonlos.

Komm rein.

Ich mache einen Schritt, und die Stimme wird zu Händen, die mir gegen die Brust stoßen: Lass bloß die Seelen draußen!

Sie beginnt, mir die blauen Flämmchen grob mit den Händen abzubürsten. Sie sinken zu Boden und flüchten in den Feigenbaum, der die gegenüberliegende Ruine eingenommen hat.

Schnell, sie zieht mich rein und schließt die Tür: Die stechen.

Sie sind mir nicht unfreundlich vorgekommen, murmle ich.

Blutsauger, sagt sie, Plagegeister. Sie spüren die Wärme eines lebenden Körpers und heften sich an ihn, versuchen, unter die Haut zu dringen.

Sie schiebt mich die Treppe rauf. Dann geht das Licht an.

Du siehst aus wie Sisina, platze ich heraus.

Ihr Gesicht verzieht sich: Setz dich.

Ich sitze auf einem Schemel, und eine Katze springt mir in den Schoß. Ich traue mich nicht, sie runterzuschubsen. Die Frau mustert mich.

Sorella hat gesagt, dass du kommst.

Ich verstehe nicht.

Das ist auch nicht nötig. Je weniger du weißt, desto besser.

Sie geht zum Küchenschrank, nimmt eine Flasche heraus, entkorkt sie und schenkt sich ein Glas ein. Sie trinkt es ganz aus und seufzt.

Trinkst du?

Sie wartet auf mein Nicken, dann schenkt sie ein. Der Wein ist süß. Die Frau schließt die Augen. Als sie die Lider wieder öffnet, sagt sie: Du solltest nicht trinken. Du hast es im Blut.

Woher weißt du das?

Ich bin Otrere, sagt sie, ich weiß alles.

Die Katze in meinem Schoß steht auf, dreht sich einmal um sich selbst und drückt die Pfoten in meine Schenkel, um eine bequemere Position zu finden. Dann legt sie sich mit gekreuzten Vorderbeinen wieder hin. Ich kann mich nicht bewegen, während Otrere in der Küche herumgeht, Schränke öffnet und schließt. Ich folge ihr mit den Augen; mein Blick streift ein Foto an der Wand: die Rakete, davor Dutzende Frauen in Arbeitsmontur.

Otrere sieht aus dem Fenster und sagt, ohne sich umzudrehen: Sorella hat mir erzählt, dass sie es wegen dir nicht in die Rakete geschafft hat. Dass du eine Verräterin bist, vielleicht Spionin.

Ich öffne den Mund, um mich zu verteidigen, aber sie sagt: Ich weiß, dass es nicht stimmt. Ich habe dich beobachtet. Du scheinst eher verwirrt.

Otrere dreht sich um und sieht mich an: Du siehst deiner Mutter gar nicht ähnlich.

Mein Herz macht einen Sprung: Du hast sie gekannt?

Otrere schüttelt den Kopf.

Sie war wie du. Kam aus dem Nichts. Nie hat sie sich angemeldet, sie stand einfach vor der Tür und erwartete, eingelassen zu werden.

Sie war hier?

Das erste Mal hätte ich sie fast überfahren. Es war Herbst, eine regennasse Nacht. Sie lag reglos auf der Straße im Wald. Im Licht der Scheinwerfer kam sie mir tot vor, wie geschossenes Wild. Aber sie lebte, und als ich sie aufziehen wollte, fing sie an, mich zu beschimpfen. Sie wollte liegen bleiben und schlafen.

Otrere schnaubt, spielt mit dem Verschluss der Flasche, wie in Erinnerungen versunken.

Ich hievte sie ins Auto, legte sie hier neben den Ofen. Sie hörte nicht auf, mich zu beleidigen. Am nächsten Morgen war sie weg.

Aber sie kam wieder?

Otrere nickt.

Was hat sie hier gemacht?

Dasselbe wie du. Sie war in der Villa mit dem Coach.

Die Katze beschwert sich, als ich mich vorlehne: Wann war das?

Otrere wiegt den Kopf, ich werde ungeduldig: Weißt du, ich versuche, ihr Leben zu rekonstruieren. Ich dachte immer, sie hätte meinen Vater verlassen, als sie schwanger war mit mir. Aber nun taucht dieser Coach auf, mit dem sie vor ihrem Tod zusammen war, und er behauptet, mein Vater zu sein! Und dass er mich gesehen habe, als ich eins war. Also ist sie zu ihm zurück? Ich verstehe es nicht. In meiner Vorstellung ist sie ständig herumgereist, in all diesen Städten, mit verschiedenen Männern. Sie schrieb es auch im Brief: Sieben Ehemänner. Märchenzahl.

Otrere schenkt sich noch ein Glas ein und trinkt, ohne mir etwas anzubieten.

Dann steht sie auf: Es war ein Fehler herzukommen. Du solltest nicht nach ihr suchen, sie hat das nicht gewollt. Wenn du sie zu Lebzeiten nicht gekannt hast, wirst du sie im Tod nicht kennenlernen.

Danke, fauche ich, und die Katze springt beleidigt von meinen Beinen, du bist eine schöne Hilfe!

Ich habe nie Hilfe angeboten.

Otrere bückt sich, um die Katze zu streicheln.

Glaub mir, deine Mutter wollte keine Hilfe. Ich bin kein Opfer, sagte sie, ich bin hart im Nehmen. Ich verstehe das, ich war auch so. Ich konnte ihr nur sagen, was ich wusste: Die Leute machen mit dir, was du mit dir machen lässt.

Sie richtet sich auf: Ich habe gesehen, was er mit ihr machte. Ich habe dasselbe erlebt.

Ich schweige. Magdalenas blaue Flecken. Die Angst meiner Großmutter, das Nicht-Aussprechen des Namens meines Vaters. Ist sie tatsächlich immer wieder zu ihm zurück?

Frauen bleiben aus verschiedenen Gründen bei ihren gewalttätigen Männern, sagt Otrere, als hätte sie mir die Gedanken vom Gesicht abgelesen: finanzielle Abhängigkeit, Angst, Scham –

Meine Mutter kannte keine Scham. Und Angst hatte sie auch nicht.

Manchmal auch aus Liebe. Aus Hoffnung, dass es besser wird.

Du denkst, sie hat ihn geliebt?

Otrere schweigt.

Das hat meine Großmutter auch gesagt: Frauen hoffen immer, dass es besser wird.

Plötzlich fällt mir Igor ein, was er mir über Otrere erzählte:

Es heißt, du hast deinen Mann getötet.

Ich habe mich gewehrt.

Warum bist du nicht zur Polizei? Warum habt ihr euch keine Hilfe geholt?

Sie lacht verächtlich: Du denkst noch immer, uns würde irgendwer helfen?

Otrere ist aufgestanden und schreitet den kleinen Raum ab, sie wühlt in den Schränken und zieht eine Flasche hervor, entkorkt sie, gibt sie mir, das Zeug brennt. Sie fährt fort:

Wenn eine Frau sich als Opfer von Gewalt zu erkennen

gibt, passiert immer dasselbe: Sie wird beschuldigt zu lügen. Oder zumindest selber schuld zu sein: Sie hat ihn sich
schließlich ausgesucht. Sie ist wohl auch keine Einfache. Sie
hat ihn dazu getrieben.

Sie schaut mich kopfschüttelnd an und spuckt: Polizei!
Die Polizei und die Justiz sind Teil des Problems. Hilfe su-
chende Frauen werden nicht ernst genommen. Die Polizei
kommt ungern, bevor eine Leiche da ist. Wir können nichts
tun, sagen sie, solange nichts passiert ist. Dabei wissen die
oft schon lange, dass der Typ gewalttätig ist. Und dann: Be-
tretene Gesichter. Was hätten wir tun sollen? Uns sind die
Hände gebunden. Aber die Nachbarinnen müssen doch etwas
mitbekommen haben? Nein, niemand mischt sich in fremde
Privatangelegenheiten ein. Aber hinter den Türen aufgeregtes
Murmeln: Wir dachten schon, dass er rabiat wird, wenn er einen zu viel getrunken hat, aber dass er dazu fähig wäre ... Sie
muss ihn ganz schön gereizt haben. Zu einem Streit gehören
immer zwei, nicht wahr?

Otrere sieht aus dem Fenster und dreht sich wieder zu mir:
So bringen wir uns zum Schweigen. Selbst wenn eine stirbt,
wenn sie endgültig nicht mehr gegen ihn aussagen kann, wird
sie weiter verleugnet – während er uns Tränen in die Augen
treibt: Er liebte sie so sehr. Er kann sich an nichts erinnern,
was ist passiert? Wir müssen auf die Unschuldsvermutung
pochen. Der arme Mann, er scheint nicht schuldfähig zu sein.
Nicht selten wird bald alles umgekehrt und der Täter als Opfer dargestellt. Und weißt du, was sie dann sagen? *Gegen ihn
läuft eine Hexenjagd.*

Otrere lacht, gestikuliert gefährlich mit der Flasche: Verstehst du, wie perfide das ist? Hexenjagd! Ausgerechnet! Hexen sind Frauen, die sich nicht still unterwerfen. Die sich nicht ducken und dienen und deshalb gefährlich sind, das haben wir damals gelernt. Seit der Zeit der Hexenverfolgung mustern wir uns gegenseitig und argwöhnen: Ist das eine Hexe, verflucht sie mich gerade? Oder denunziert sie mich, weil sie mich für eine Hexe hält?

Darum trauen wir einander nicht, darum fürchten wir uns vor anderen Frauen – wegen der Hexenverfolgung. Auch darum wird Frauen, die Gewalt erfahren, nicht geglaubt. In der uralten Tradition des Hexenprozesses galt der schlechte Ruf einer Frau als Schuldbeweis. Angeklagte wurden vergewaltigt, um zu ermitteln, ob sie jungfräulich, also unschuldig waren. Sobald eine der Hexerei angeklagt wurde, konnte sie nur noch verlieren. Und so ist es noch immer, wenn eine Frau nicht alles stumm über sich ergehen lässt, wenn sie aufsteht und laut wird. Ein Hexenprozess beginnt – aber nicht gegen den, den sie anklagt. Das Verfahren dreht sich darum, ob ihr geglaubt werden soll. Der Prozess läuft gegen sie! Sie muss das Unmögliche beweisen: dass sie unschuldig ist.

Ich räuspere mich: Meinst du, so wie bei Sisina?

Otrere verengt die Augen zu Schlitzen und mustert mich. Dann sagt sie: Natürlich, sie war ein Jahrhundertereignis. Ich bin mit der Geschichte aufgewachsen. *Die schöne Sisina.* Tragisch! Mysteriös! Aber das ist es nicht. Es war ein Femizid. Schlicht die extremste Form von Frauenhass, der tief in uns allen steckt. Es ist ja nicht so, dass so etwas einfach passiert.

Es hat einen Grund, dass die wahrscheinlichste Todesursache von jungen Frauen Gewalt ist. Auf der ganzen Welt, in allen Ländern, Kulturen und Schichten werden Frauen von ihren Männern umgebracht, jeden Tag.

Die Katze springt auf den Tisch und hört mit interessiert schlängelndem Schwanz ihrer Rede zu: Gewalt ist eine Entscheidung. Eine Demonstration von Macht. Und sie wird in unserer Gesellschaft geduldet, ja gebraucht, denn sie stützt das herrschende System. Du willst wissen, wer sie getötet hat? Wir alle waren es. Wir haben sie getötet. Sisina, deine Mutter, all die Frauen und weiblich gelesenen Menschen, die täglich von Männern getötet werden. Wir haben es nicht verhindert. Wir akzeptieren es, als wäre es ein Naturgesetz, an dem nichts zu ändern ist: Männer töten Frauen. Mit aller Gewalt haben sie uns dazu gebracht, den Irrglauben als endgültige Religion anzuerkennen: Es gibt zwei Geschlechter, und das eine beherrscht das andere. Aber die Lüge ist offensichtlich, und so bekämpfen Männer, was dem nicht entspricht, was sie nicht in ihrer Überlegenheit bestätigt. Weil sie uns fürchten: Unsere reine Existenz bringt sie ins Wanken. Denn wenn wir nicht tun, was sie wollen, verlieren sie ihre Macht. Darum bringen sie uns um wie die Fliegen.

Und darum, sagt sie und hebt die Katze vom Tisch, brauchen wir die Revolution. Wir müssen alles vom Tisch fegen, damit wir neu anfangen können.

Und dann?

Revolutionen brauchen Fantasie. Wir müssen sie erst noch erfinden.

Die Katze springt mir wieder in den Schoß.

Otrere nimmt einen Schluck und murmelt: Mädchen, es hilft niemand. Ich habe mir selbst geholfen und bin geflohen, an den einzigen Ort, an dem ich mich in Sicherheit wusste. Hier, auf dem blutgetränkten Boden, der meinen Körper hervorgebracht hat. An diesem bröckelnden Abgrund, im Auge der Tigerin, hier habe ich meine Ruhe.

Die Leute nennen dich Hexe.

Otrere lacht: Das ist gut. Es bedeutet, dass sie mich fürchten.

Und Magdalena? Warum hat sie sich nicht gewehrt?

Sie hat es versucht.

Sie wollte nicht sterben.

Otrere atmet tief ein: Was hätte ich tun sollen? Sie war eine Motte: Ich konnte nur zusehen oder das Licht löschen.

Otrere schweigt und schaut dem Falter zu, der um die Deckenlampe kreist.

Ich habe versucht, sage ich, Sisinas Fall zu lösen. Ich sah meine Familiengeschichte in ihr: meine Großmutter, Magdalena, mich. Sisina war der Schlüssel. Und ich dachte, wenn ich ihren Mörder finde, dann muss ich meine Mutter nicht rächen. Weil alles dasselbe ist.

Wie meinst du das?

Die Unterdrückung, die Scham, die Gewalt.

Otrere nickt, die Augen halb geschlossen, ich bezweifle, dass sie zugehört hat.

Aber dann sagt sie: Sisina verkörpert und bestätigt das Gefühl aller Mädchen und Frauen, jederzeit bedroht zu sein.

Alle, die vom männlichen Ideal abweichen, kennen es. Was Sisina passierte, ist die Wurzel der Angst, der Albtraum. Und ihre Geschichte, wie sie erzählt wird, ist eine Mahnung: *Denk an Sisina. Das könntest du sein.* Die Medien, das Gericht, die Leute, sie schüren die Erzählung des gefährdeten Mädchens, das immer aufpassen muss, das sich alleine niemals sicher fühlen darf. So halten sie uns klein. Sie wollen nicht, dass wir unabhängig sind, uns furchtlos und frei bewegen. Schließlich hätten es alle mit in der Hand, dass eben das möglich würde. Aber wir haben vergessen, dass es anders sein könnte.

Ich nicke, dabei sind meine Gedanken schon weitergetrabt: Vielleicht hat auch Magdalena sich mit Sisina beschäftigt. Wenn sie hier war, hat sie ihre Geschichte sicher gehört? Auch sie könnte sich Sisina verbunden gefühlt haben, sie verglichen haben mit den Frauen unserer Familie. Vielleicht kommt ihre Erzählung vom Wasserholen-Tod ihrer Groß-mutter, meiner Urgroßmutter, sogar von hier, von Sisina. Vielleicht hat sie die Geschichte erfunden, verbunden mit der unseren – wie ich, um sich verwurzelt zu fühlen.

Otrere öffnet die Augen und schaut mich an: Du bist nicht Sisina und nicht Magdalena. Die Gewalt, die ihnen angetan wurde, das ist nicht deine Geschichte. Du fühlst dich allein, weißt nicht, wohin. Ich verstehe das: Da ist ein schweres Ge-heimnis, ein Familienerbe, das dich runterzieht wie Blei. Es ist verlockend, es fühlt sich sicherer an als ein unbeständiger Wind. Ich sage dir: Reiß dich los. Lass alles hinter dir.

Ich blitze sie an: So wie du? Unter Katzen dahinvegetierend, ungerührt wartend, bis der Fels unter dir wegbricht? Du bist wie Sorella, ihr habt aufgegeben!

Du irrst dich. Nun geh nach Hause.

Ich bleibe sitzen und streichle die Katze. Sie ist nass, schleckt eifrig meine Tränen.

Meine Mutter wollte nicht besessen werden. Darum wurde sie getötet.

Ja.

Wie kannst du so ruhig sein! Wenn du diesen Gedanken wirklich zulässt, brennt er sich glühend durch die Eingeweide. Es gibt keine Linderung, außer die Vorstellung von Rache, von eiskalter Gewalt –

Ich weiß, sagt sie und steht auf.

Wo gehst du hin?

Ins Bett, sagt sie.

Und ich?

Otrere bleibt in der Tür stehen.

Sorella hat mir gesagt, was du vorhast, aber ich glaube nicht, dass du es tun wirst.

Das ist auch nicht nötig, äffe ich sie nach.

Was versprichst du dir davon? Würde es dir besser gehen, wenn er auch stirbt?

Ja.

Wie?

Ich schweige. Beiße auf der Lippe herum und verdrehe die Augen.

Er ist gefährlich, rufe ich schließlich, ein Mörder. Wer eine umbringt, zögert nicht –

Sie sieht hoch: Das stimmt. Aber es geht dir nicht darum, nicht nur. Dein Gefühl ist Rache.

Ich blitze wie die Katzen: Rache ist alles, was mir geblieben ist.

Denkst du wirklich, du würdest ruhiger, wenn du dich rächst, indem du ein Verbrechen begehst? Dass es einen Ausgleich für dieses Verbrechen gibt?

Sie drängt mich in die Ecke. Und ich dachte, sie würde mir helfen.

Und was, fährt sie fort, wenn du unrecht hast? Wenn er es nicht war. Dann ist deine Gerechtigkeit ungerecht.

Meine Stimme schrillt: Selbst wenn ich falschliege – scheiße, warum verstehst du das nicht? Ich dachte, du seist eine Mörderin.

Otrere hebt die Brauen: Das ist etwas anderes. Ich habe mich gewehrt. Du willst dich rächen, nach den Regeln der Mafia: Mord für Mord.

Und wenn schon!

Entweder wir erheben uns alle gemeinsam, oder es geschieht überhaupt nichts, schon gar keine persönliche Rache.

Ich springe auf: Ich kann es auch im Namen der Revolution machen, gib mir einfach endlich eine Waffe!

Otrere lächelt: Du willst dich uns anschließen?

Ich rufe: Das will ich doch schon lange! Was kann ich dafür, dass die Rakete ohne uns geflogen ist?

Otrere steht auf und wischt sich Katzenhaar von den Händen: Dann geh zu Sorella und tu, was sie sagt. Sie hat dich nicht verraten.

Wieso soll ich euch vertrauen?

Weil es nur so gehen wird.

Was?

Otrere zwinkert: Die Revolution.

Sie bringt mich zur Tür. Die Katze läuft mir noch eine Weile nach, dann verschwindet sie mit einem Sprung ins Gebüsch. Es dämmert grau, ich rutsche bergab, und eine kleine Seele sticht mich in den Hals, ich kratze mich bis zur Villa wund. Die Lichter sind aus. Ich schlüpfe hinein.

XVII

Scht!

Ein Schatten springt hinter der Zimmertür hervor und wirft mich aufs Bett.

Die Federn ächzen, Sorella liegt mit ihrem ganzen Gewicht auf mir, drückt mir die Hand auf den Mund und lauscht. Ich beiße, sie lässt los, hebt die Hand und murmelt: Jetzt ist es zu spät.

Dann rollt sie von mir runter, stützt den Kopf auf und betrachtet mich von der Seite: Otrere sagt, sie vertraut dir. Aber es steht zu viel auf dem Spiel. Je weniger du weißt, desto besser für alle.

Aber –

Sei still, flüstert sie und steht auf: Wir haben keine Zeit. Sie sind schon auf dem Weg hierher.

Wer?

Du musst mir jetzt gut zuhören. Heute Abend gibt der Coach ein Fest, für seine einflussreichen Freunde. Ein paar der mächtigsten Männer des Landes werden sich hier versammeln und das, was sie Strahlende Zukunft nennen, planen. Die Abendessen bei diesen Treffen finden unter höchster Geheimhaltung statt. Selbst das Personal muss aus dem engen

Kreis sein. Es gilt als große Ehre, bei einem solchen Essen zu servieren. Als Verlobte des Coach werde ich heute die Gastgeberin sein, und ich habe ihn überzeugt, dass du mir helfen kannst. Deine komische Löffelattacke hat es nicht einfacher gemacht, aber glücklicherweise scheint ihm das Schlafwandeln nicht fremd zu sein. Es hat ihn nicht alarmiert, allem Anschein nach. Hör zu! Zu einem gewissen Zeitpunkt des Abends muss ich für eine Weile verschwinden, und es wird deine Aufgabe sein, dass das nicht auffällt. Wenn jemand fragt, sagst du, ich hole die Mädchen. Aber noch besser ist es, wenn niemand meine Abwesenheit bemerkt. Schaffst du das?

Welche Mädchen?

Die schönsten und tüchtigsten, die du je gesehen hast. Ich habe sie eigenhändig ausgesucht. Sie werden den Herren nach dem Essen zum Grappa serviert.

Sorella!

Was? Wenn sie kommen, hast du Feierabend. Dann gehst du unverzüglich auf die Dachterrasse und wartest dort auf mich. Egal, was passiert, ich will, dass du dich von dort nicht wegrührst, verstanden?

Sorella übergibt mir einen kleinen Stapel gefalteter Wäsche: Hier, deine Uniform.

Was –

Ich kann jetzt nichts erklären.

Nur etwas, bitte. Lorenzo. Ich verstehe nicht, gehört er zu dir, zu euch?

Halt dich von ihm fern. Sprich mit niemandem, vertrau niemandem. Nur mir.

Aber –

Wir haben keine Zeit. Du musst mir nun einfach folgen. Versprich es mir, Fila, tu nichts Blödes mehr. Wir spielen jetzt Gastgeberinnen. Du verziehst keine Miene und hältst die Klappe. Wir treffen uns heute Nacht auf dem Turm. Dann erkläre ich dir alles.

Ich schaue zur Decke, auf die Schlange, die sich im Martiniglas rekelt. Sie hat einen dicken Rumpf und einen kleinen Kopf, aus dem die gespaltene Zunge züngelt.

* * *

Den ganzen Tag kommandiert mich Sorella herum. Ich trage ein kratziges schwarzes Kleid mit Mottenlöchern, eine weiße Spitzenschürze und auf dem Kopf ein Servierhäubchen. Sorella hat mich gezwungen, als ich mich weigern wollte: Es ist Tradition.

Einmal mehr richte ich den Salon her, ihren kurz angebundenen Anweisungen folgend, während Lorenzo im Garten über dem Feuer ein Schwein am Spieß dreht. Wir schließen die Tür, damit der fettgetränkte Rauch nicht ins Haus zieht. Ich denke an die Sienaschweine, die halbwilden Ferkel. Der Coach lässt sich nicht blicken.

Aus den Augenwinkeln sehe ich, wie Lorenzo immer wieder durch die Scheibe zu uns hereinschaut. Sein ganzer krummer Körper drückt Unterwürfigkeit aus. Ich kann ihn nicht ansehen. Die Scham des Verrats kriecht mir in Schauern aus dem Haaransatz. Was wollte ich mit ihm – ihn retten? Konvertieren? Von seinen Augenringen kurieren! Ich bin nicht besser als Magdalena: blind und blöd mit Männern. Ich machte ein Opfer aus ihm, damit ich keines war, redete mir ein, ich wäre ihm überlegen. Ich war so beschäftigt mit meiner Fantasie, dass ich nicht merkte, wie er mir die ganze Zeit etwas vorspielte.

Unsere Blicke treffen sich. Er richtet sich ruckartig auf. Von der Straße her nähern sich Motorengeräusche. Seine Bewegungen werden panisch. Sie sind zu früh! Schnell ziehe ich den Vorhang zu und öffne die Tür zum Garten einen Spaltbreit, damit ich ungesehen lauschen kann.

Drei kommen über die Wiese.

Monsieur Deserteur, höhnt Massimo, na, machst du dir eine Henkersmahlzeit?

Lorenzo verengt die Augen: Was wollt ihr hier?

Angelo reckt sich: Unsere Dienste anbieten.

Es gibt keine Arbeit, sagt Lorenzo.

Nicolò räuspert sich: Ein Treffen steht an. Wir wollen der Gesellschaft beitreten.

Lorenzo lacht heiser: Ihr wisst nicht, was ihr redet. Verschwindet, ihr habt hier nichts zu suchen.

Massimo geht drohend auf Lorenzo zu: Wir gehen nirgendwohin. Das ist unser Land. Wir bearbeiten es jeden Tag, machen es fruchtbar für die Sache. Das ist mein Schwein, das du da drehst. Wir haben ein Anrecht, dabei zu sein. Außerdem wissen wir von den Sachen in der Kapelle ...

Lorenzo dreht sich nervös zum Haus: Keine Ahnung, wovon ihr redet.

Angelo ruft: Wir machen mit beim Tag X!

Massimo salutiert: Unsere Ehre heißt Treue!

Lorenzo schaut sich schnell um, zieht dann die Pistole – meine Pistole! – und richtet sie auf Massimo: Haut ab, das ist ein Befehl.

Massimo hebt langsam die Hände: Du kannst uns gar nichts sagen. Vielleicht machst du denen was vor, aber wir wissen, was du gemacht hast. Du bist ein Verräter, Deserteur, sie werden dich an die Wand stellen.

Lorenzo fuchtelt: Verpisst euch! Und haltet bloß die Fresse. Dumm rumlabern kommt euch teuer zu stehen.

Will der uns drohen? Ich glaub, der will uns drohen.

Wie unhöflich, ertönt die ölige Stimme des Coachs, entschuldigt meinen übereifrigen Wachhund. Lorenzo, aus!

Die drei heben lachend den Kopf zur Hauswand, der Coach muss aus einem der Fenster im oberen Stock sprechen: Kommt rein, Jungs, wir werden schon eine Aufgabe für euch finden.

XVIII

Die Herren sind da. In der Einfahrt spulen glänzende Renn-
und Geländeschlitten, gepanzerte Limousinen mit ein-
stelligen Kennzeichen. Jagdhunde rennen ums Haus und
schnüffeln im Garten, markieren die Wände mit dickflüssiger
Pisse. Lorenzo trägt wieder seine Militäruniform; die Suppe
hat es geregelt. Mit hängenden Schultern lädt er Kofferräume
aus und trägt Kisten ins Haus, während Nicolò im Garten
den Schweinespieß dreht und Angelo um ihn herumhüpft.
Der Coach steht im Schatten der Eingangsveranda und tele-
foniert laut. Massimo stiefelt mit wichtiger Miene beim Tor
herum, geschwellte Brust, obwohl ihn niemand beachtet.
Als ein Auto-Konvoi mit Anhängern um die Kurve aus dem
Wald heraufkommt, eilt er auf die Straße und winkt mit beiden Armen, als wäre die Villa übersehbar. Die Wagen halten,
Massimo gestikuliert. Dann steigt er in sein Auto ohne Dach
und wirbelt Staub auf, der Konvoi fährt ihm hinterher, zurück
in den Wald. Es sind große Anhänger für Tiere. Sie setzen sie
aus für die Jagd. Ihr Brüllen ist bis hier zu hören.

* * *

Tag X ist nah. Der Kollaps des morsch-maroden Abendlands, der Zusammenbruch unserer von Parasiten zerfressenen Kultur, die vollständige Zerstörung durch Überzivilisierung und Austausch, das Aussterben unseres Volkes ...

Sisina gähnt ausgiebig. Sie sitzt auf dem Kaminsims im Salon und baumelt mit den Beinen. Vor ihr steht ein bebrillter Junge mit Schnäuzchen und hält eine gar nicht mal so flammende Rede. Die Männer an der Tafel haben es aufgegeben, aufrecht zu sitzen und entschlossene Gesichter zu wahren. Das Schwein liegt ihnen im Magen, zusätzlich gefettet und beschwert von sahnigen Desserts, die Sorella und ich vor einer Weile aufgetischt haben. Seither ist sie verschwunden, ohne ein Wort, und ich stehe mit meinem Flaschenarsenal neben der Anrichte und beobachte die Szene.

Sisina zupft an meinem Schürzchen: Wo sind eigentlich deine kleinen Freunde? Die hab ich den ganzen Abend noch nicht gesehen. Sind wohl nicht vertrauenswürdig genug, um an diesem hochexplosiven Revoluzzertreffen teilzunehmen.

Sie kichert: Schaust du darum ständig zur Tür, vermisst du deine Verehrer?

Sisina, murmle ich, das sind Faschisten, mit denen habe ich nichts zu tun. Ich will wissen, was Sorella treibt.

Sie holt die Mädchen, hat sie doch gesagt. Die Verräterin hat den Platz deiner Mutter eingenommen.

Das kann ich nicht glauben. Sie sagt, es gibt einen Plan.

Bist du wirklich so blöd? Die hält dich hin, damit du still und brav bist. Die werden dich nie aufnehmen in ihren tollen

Klub. Auf die Politischen warten – das ist einfach nur feige. Du hättest sie alle abmurksen sollen, letzte Nacht. Ich kann die Fressen nicht mehr sehen.

So, mache ich, wirklich. Hast nicht du hier mit einem Soldaten rumgemacht?

Sisina lacht: Sie ist ein Weib, sie liebt immer nur einen Kriegsmann.

Ist das Nietzsche?

Der Soldat? Der war von den Alpenjägern.

Auf welcher Seite?

Spielt keine Rolle.

Ich habe mal gelesen, dass Frauen, die während der Besatzung mit Nazis anbandelten, nach Kriegsende öffentlich gedemütigt wurden. Sie haben ihnen die Haare rasiert, sie nannten das *Säuberung*. Es heißt, im Hexenwäldchen hätten sie auch Leute gefegt, also gesäubert ...

Pha.

Was warst du dann, Kommunistin?

Ts! Du redest schon wie Lorenzo.

Magdalena behauptete einmal, dass sie Faschistin sei.

Du glaubst ihr nicht?

Ich glaube, sie tat es, um meine Großmutter zu ärgern.

Hat die nicht gesagt: Mussolini war ein guter Mann?

Sie war ganz sicher keine Faschistin!

Du meinst, der Faschismus hat ihre Seele nicht einmal angekratzt?

Pasolini?

Sisina löst sich in Kichern auf, ich strecke mich und rücke mein Häubchen gerade.

Ein Dutzend Toupets lümmeln um den Tisch, angeblich hochrangige Signori. Einer wird als Polizeichef angeredet, ein anderer als Hochwürden. Tatsächlich wirken sie wie schlaffe Handpuppen. Einer kommt mir bekannt vor, wohl ein Politiker, der zur Begrüssung den Arm zum römischen Gruß gestreckt und mit wichtiger Miene verkündet hat: Die Ministerpräsidentin richtet ihre Grüße aus, sie kann heute leider nicht dabei sein.

Es schien wie ein Scherz, die Männer brachen in wieherndes Lachen aus.

Sie sehen nicht aus, als würden sie einem Staatsstreich entgegenfiebern. Vielmehr machen sie einen satt-und-selbstzufriedenen Anschein, als würden sie einem Reenactment beiwohnen, vielleicht von der Verschwörung zu Sisinas Zeiten. Nur der Offizier, ein drahtiger Mann in Uniform, der gegenüber dem Coach am Kopfende sitzt, hält seinen Rücken stramm wie ein Gewehrkolben. Seine toten Augen blicken ins Leere und zucken nicht einmal, als der junge Redner, der direkt hinter ihm steht, ihn aus Versehen beim Gestikulieren mit der Fingerspitze am Ohr streift, worauf dieser für ein paar Sekunden in Schockstarre fällt und kreidebleich wird.

Allen anderen sind die Lider schwer. Die Rede dauert schon recht lange, sie ist ausufernd und beinhaltet als Stilmittel viele Wiederholungen. Dazu möchte dieser junge Herr, seines Zeichens intellektueller Vordenker der Sache, gerne ein Poet sein, weshalb er die eigentlich geforderte Strammheit seines Duktus alsbald vergisst und in ein eurythmisches Wedeln, Wabern und Schlingern gerät, aus dem er sich selbst

durch ein immer wieder unversehens herausgekrähtes »aufwachen!« herauszuziehen versucht.

Wer ist dieser Lauch, fragt ein straff Gelifteter seinen Tisch-
nachbarn, dessen Hemd über einer beachtlichen Trommel
spannt. Der reißt sich die nass gekaute Zigarre von den kle-
benden Lippen: Österreicher. Glaube ich. Bücherwurm aus
der Jugendbewegung, hat das internationale Preisausschrei-
ben der Strahlenden Zukunft gewonnen.

Hm, macht der andere missmutig: Die konnte ich noch nie
leiden. Schwächliche Brillenträger, die so geschwollen reden,
dass man nichts versteht.

Ich auch nicht, nickt der andere, aber es braucht sie eben
doch. Und der Junge wird es noch weit bringen. In seinem
Alter ist er bereits sehr gefragt, er bringt frischen Wind in die
Sache.

Mh, macht der andere, von mir aus könnte er langsam die
Segel streichen, ich möchte die Mädchen sehen, nicht diesen
pickligen Pseudo-Philosophen.

Der andere lacht und haut ihm auf die Schulter, dann
widmet er sich wieder dem Kauen auf seiner Zigarre und mit
einem glühenden Ohr dem Vortrag des Jungen.

Die Wohlstandsgesellschaft ist Ursache für die Frustration
des Menschen ... Die Erosion der Werte durch asoziale und
hedonistische Strömungen ... korrumpiert und zermürbt
durch die Vermischung von liberalen, neokatholischen mit
marxistischen Tendenzen ...

Sisina stellt sich kopfschüttelnd vor die dösenden Männer: Wenn ich mir diese Helden so anschaue, sind das die gleichen Deppen wie damals, mit ihrem kleinen Geheimbund. Wie öde, dass denen auch nie etwas Neues einfällt. Kommunisten aufspießen, Gewerkschaften sprengen ... Der Unternehmer klatscht in die fetten Hände, lobt die Herrenrasse, und die Mädchen tragen das Dessert auf. – Schau dich an, du trägst sogar meine alte Uniform, so revolutionär ist das. Was willst du hier? Ich sag dir was, es lohnt sich nicht. Ich hab auch mal für diese Herren gearbeitet, mir das Schürzchen umgebunden, weil hier alles glänzte und nach Schinken und Schuhwichse roch. Und was hat es mir gebracht?

Sisina schwebt davon, um einem eingeschlafenen Alten ins Ohr zu pusten, der verwirrt aufwacht, sich den Finger in den Gehörgang steckt und kräftig rubbelt.

Der junge Redner haut derweil halbherzig auf die Tischplatte, schämt sich sogleich für die exaltierte Geste und räuspert sich: Die heutige Politik ist der Nährboden, auf dem der Schwund jeglichen geistigen Wertes und der Transzendenz keimt –

Und ein Toupet dröhnt: Na hör mal, Kleiner, nun ist aber gut, ein Schwund keimt doch nicht!

Der Junge verhaspelt sich und raschelt mit seinem Papierstapel, blättert hastig vor, hüstelt. Komm zum Schluss, ruft der Politiker, und die anderen lachen dröhnend. Der Junge windet sich verlegen, wedelt schließlich verzweifelt mit seinen Papieren: Wir müssen das alte Ansehen zurückerobern, uns wieder einreihen in die Protagonisten der Geschichte. Wir müssen die ideelle Gemeinschaft zwischen den Toten und den Lebenden wiederherstellen!

Bravo, ruft Sisina und klatscht in die weißen Hände, worauf die Herren am Tisch ebenfalls beginnen, mit den Händen zu flappen. Der tosende Applaus unterbindet jegliche weiteren misslichen Verse. Unter Schulterklopfen wird der Dichter in die Knie gezwungen, auf einen Stuhl gedrückt und festgehalten. Als er den Mund öffnet, stopft ihm ein schwammiger Fabrikant schnell ein Stück Kuchen in den Mund.

Dann wird es plötzlich still. Nur im Flur haben zwei den Szenenwechsel verpasst, sie lachen dröhnend, bis sie sich ihres Fauxpas bewusst werden und erschrocken verstummen. Nun ist noch leises Schmatzen zu hören, einerseits vom Zigarrenkauer, andererseits vom intellektuellen Jungen, der verzweifelt versucht, den riesigen Bissen Torte zu zerkleinern und zu schlucken.

Der Offizier ist aufgestanden. Er wischt sich einen unsichtbaren Krümel vom Revers und blickt einmal schwer schweigend in die Runde. Die Herren versuchen, unter seinem lähmenden Blick nicht zu knicken. Alle Luft scheint aus dem Raum gesogen. Sisina ist verschwunden.

Meine Herren. Wie unser junger Freund aus dem befreundeten Ausland – der Preisträger verschluckt sich vor Schreck an seinem Kuchen – richtig erkannt hat: Wir leben in einer Zeit des Niedergangs. Das sehe ich auch hier.

Die Stimme des Offiziers ist leise knarrend: Was ist? Befinde ich mich in einem Raum voller Sackträger?

Vereinzelt unsichere Lacher.

Der Offizier hat noch kein einziges Mal geblinzelt: Ich scherze nicht. Es ist meine Pflicht, gegen den moralischen Kapitulationsgeist zu kämpfen. Wahre Krieger wissen, dass der Kampf nie aufgehört hat – und nie aufhören wird. Krieg ist der natürliche Zustand des Mannes. Frieden macht ihn träge und schwach, beraubt ihn seiner Männlichkeit.

Die Männer richten sich unauffällig auf. Der Offizier blickt weiterhin starr über ihre Köpfe hinweg und sägt mit seiner Stimme durch die Stille.

Es gibt Männer, die selbst im Kugelhagel aufrecht bleiben. Wenn ich hier in die Runde sehe, weiß ich, dass ihr nicht dazugehört. Phlegmatische Konsumtrottel. Ihr dümpelt zufrieden, wo man sich verteidigt. Wir müssen dorthin, wo man angreift!

Die Männer sitzen nun sehr gerade und applaudieren beflissen.

Der Offizier hebt die flache Hand, an der ihm zwei Finger fehlen. Die Stümpfe sind noch entzündet. Der Zigarrenkauer flüstert: Ich habe gehört, es war eine Frau. Eine *Sie* hat sie ihm abgeschossen, bei der Räumung einer besetzten Fabrik.

Erstauntes Murmeln macht die Runde. Der Offizier bringt es mit einem Wimpernschlag zum Verdampfen. Er sticht den Kommentator mit seinem Blick ab und durchquert dann den

Raum; die Männer ducken sich unwillkürlich. Der Offizier öffnet die Gartentür und pfeift durchdringend. Er scheint zu lauschen, dann dreht er sich um und fährt fort: Wir dürfen uns nie in falscher Sicherheit wiegen. Der Feind ist überall, und er ist stärker, als wir wahrhaben wollen. Wir müssen von Worten zu Taten schreiten. Die Gewalt – die heute so gezügelte, gehemmte, *wohltemperierte Grausamkeit* – muss eine kochende werden.

Unangenehm berührtes Räuspern, verhaltenes Nicken. Eine diffuse Unruhe schleicht durch den Raum. Dann geht ein Ruck durch alle Körper. Von draußen ertönt ein Brüllen, das mir in die Brust fährt, mein Herz wie eine Gazelle galoppieren lässt. Im Garten steht ein Tiger. Er schaut mir direkt in die Augen.

* * *

Blut spritzt wie aus einer Wasserpistole, die Zigarre fällt in die Lache.

Der Tiger peitscht mit dem Schwanz ein paar Flaschen vom Tisch und faucht. Seine Zähne sind gelb und blutverschmiert.

Der Offizier macht ein seltsames Geräusch: Er lacht. Männer, die panisch übereinanderkugeln, wie sie versuchen, auf den Tisch zu steigen: Das ist also sein Humor. Und der schreiende Zigarrenkauer mit seiner halb abgerissenen Hand.

Der Offizier donnert mit der Faust auf den Tisch und kreischt: Reite den Tiger, na los! Zügle ihn, züchtige, bevor er dich verschlingt, bring ihn in deine Gewalt!

Er schnipst den Tiger mit seinen verbliebenen Fingern an.

Dann haut er ihm auf die Flanke, sodass der einen Satz macht und durch die Verandatür springt. Ich schaue ihm nach, wie er über die Wiese Richtung Wäldchen trabt und hinter der Krümmung des Hügels verschwindet.

Der Coach schließt zitternd die Verandatür. Mit wutverzerrtem Gesicht brüllt er: Sorella! Verdammt, wo bleibt das Verbandszeug!

Sorella kommt nicht. Ich renne, hole Küchentücher, die ich dem kalt schwitzenden Zigarrenkerl um die blutige Hand wickle. Fester, fester! So ist gut, soll sie dir abfaulen.

Der Coach tätschelt dem Verwundeten, der nun wachsbleich auf dem Diwan liegt, die Stirn und verkündet: Alles halb so schlimm!

Die Männer rutschen wieder in ihre Stühle, keiner wagt einen Mucks.

Der Coach tritt an den Tisch und legt dem Offizier die Hand auf die Schulter: Die Lektion mit dem Tigerreiten üben wir wohl besser noch mal, was?

Ein paar unsichere Lacher. Der Offizier verzieht keine Miene. Der Coach rüttelt leicht an der uniformierten Schulter: Ich glaube, wir brauchen jetzt eine Stärkung. Na, was ist, seid ihr bereit für die Mädchen?

Die Männer applaudieren erleichtert. Der Offizier bleibt stehen und hebt die dreifingrige Hand: Nicht so schnell. Ich war noch nicht fertig.

Die Männer schlucken, und der Coach lächelt krampfhaft: Natürlich, bitte.

Der Offizier deutet auf den delirierenden Verwundeten auf dem Diwan: Unser Freund hat die Rolle der Frauen erwähnt. Das möchte ich aufgreifen und daran erinnern, was unser großer Denker über die Frauen gesagt hat: Sie vergiften uns und unsere Umgebung.

Die Männer murmeln verhalten: Hört, hört!

Einer grinst: Was würde unsere Ministerpräsidentin dazu sagen?

Der Offizier bringt ihn mit einem Blick zum Schweigen und geht zur Anrichte, in der ein paar Bücher aufgereiht sind. Er nimmt eines heraus und zieht aus der Brusttasche eine Lesebrille. Die Männer trauen sich nicht zu atmen. Der Offizier schlägt das Buch auf und hebt es hoch, sodass der Tiger auf dem Umschlag zu sehen ist. Der Offizier blättert geräuschvoll, fast peitschend, und zischt: Es geht mir nicht um die kleine Moral. Um sogenannte Ehre, die ein Mann wiederherstellen muss, wenn seine Frau ihm Hörner aufsetzt. Oder um die Ehre, die ein Mädchen verliert, wenn es sich unzüchtig verhält.

Ich schaue mich nach Sisina um, aber sie ist verschwunden. Der Offizier blättert weiter: Mir geht es um die große Moral.

Ein paar Männer nicken unsicher.

Der Offizier spricht nun leise, fast lispelnd: Eine Gesellschaft, die dem Untergang geweiht ist, ist typischerweise von schweren Vergiftungssymptomen gezeichnet. Die Hexerei der Übersexualisierung verbreitet die weibliche Fäulnis und führt zu grassierender Impotenz. Darauf baut die sogenannte Weiberherrschaft, unter der das männliche Geschlecht verkümmern muss.

Der Offizier macht eine Pause. Stille Panik breitet sich aus, die Männer wissen nicht, wie reagieren. Der Politiker streckt sich ein wenig und murmelt: Das war immer meine Meinung.

Der junge Intellektuelle räuspert sich. Ich kann nicht erkennen, ob aus Unbedachtheit oder um tatsächlich seine Missbilligung kundzutun. Der Offizier richtet die Aufmerksamkeit auf ihn wie ein Scheinwerfer. Seine Stimme schneidet durch den Raum: Du denkst, der große Denker irrt sich?

Der Junge schüttelt schnell den Kopf und richtet sich nervös die Brille.

Du denkst, die Zeiten haben sich geändert? Du denkst, Frauen sollten zumindest die Möglichkeit bekommen, sich zu beweisen? Wenn sie der Sache dienen, sollen sie in unsere Reihen aufgenommen werden, denkst du das?

Der Junge versucht, in seinem Stuhl zu versinken, in sich selbst. Der Herr neben ihm zwickt ihm in die Wange: Hat wohl eine kleine Emanze zu Hause, der Spinner.

Die Männer lachen: Seine Mutter!

Der Offizier lacht freudlos mit, für einen Takt, dann verstummt er und mit ihm alle anderen.

Nein, sagt er. Dieser junge Mann ist ein Kind seiner Zeit. Er verkörpert den Zerfall der Werte. Schaut ihn euch an! Seine Generation kennt nichts anderes als Domestizierung. Sie erkennt nicht einmal mehr, wie verdreht unsere Verhältnisse sind. Dieser junge Mann ist daran gewöhnt, dass Frauen ihm sagen, was er zu tun hat. Er findet es normal, eine Frau als Ministerpräsident zu haben. In den eigenen Reihen! Er denkt, das sei Fortschritt. Und ich denke, damit ist er nicht alleine.

Ein paar der Männer schauen betroffen auf die Tischplatte, andere reißen die Hände hoch und schlagen sie über dem Kopf zusammen. Einer ruft: Meine Rede! Eine Frau kann nie ein Bruder sein!

Der Offizier legt das Buch auf den Tisch und blickt auf.
    Kurz, sagt er, die Frau ist ein entseelendes Mittel. Eine Gefahr für die Männergemeinschaft, für die Sache, fürs große Ganze. Es gibt einen Grund, weshalb wir unter Männern sind. Nur in der Männergemeinschaft kann sich die transzendentale Energie entwickeln, die unsere Sache unsterblich macht. Zu viel Umgang mit Mädchen und Frauen, sei es zu Hause oder in der Gesellschaft, das verweichlicht jeden Mann. Unser großer Denker benutzt das Bild einer tödlichen Qualle, die im Wasser betörend schillert: So dringt das Weibliche unter den männlichen Panzer. So vergiften Frauen mit ihrem Schleim den strahlenden Kern, sie schwallen ihn weg, sie untergraben jedes Fundament, sie übermannen –

Aber Comandante, wirft der Coach vorsichtig lächelnd ein, du willst doch nicht sagen, dass wir alle abstinent werden müssen? Das würden wir nicht aushalten, nicht wahr, Männer?
    Ein paar murmeln zustimmend.
    Außerdem wäre es schlecht fürs Geschäft.

430

Der Offizier verzieht das Gesicht zu einer schmerzlichen Grimasse und beugt sich wieder über das Buch:

Was man sich erlauben kann, kann nach dem bemessen werden, was man ist. Der in sich ruhende Mann fürchtet sich nicht vor den Heimtücken der Frau: Er kann das weibliche Gift aus der Qualle melken und sich daran laben, daran erstarken. Der weibliche Körper kann, ja muss benutzt werden, wenn nur als Übung, sich unter keinen Umständen zu unterwerfen.

Einverstanden, ruft der Coach, wie war das noch mal: Du gehst zu den Frauen? Vergiss die Peitsche nicht!

Die Männer johlen etwas gedämpft. In meinem Magen tanzt eine mörderische Qualle.

Der Coach lacht herzlich und klatscht dem Offizier Beifall: Ein letztes Schlusswort, General?

Der Offizier deutet ein Zahnwehlächeln an: Wer stark ist, dem macht ein Tropfen Gift nichts aus. Und wer einen Panzer aus Stahl hat, der kann sich selbst eine lebendige Viper ins Haus holen.

Der Coach steht auf und bleckt die Zähne: Freunde, der Comandante hat gesprochen. Nun zum vergnüglichen Teil! Bevor morgen Tag X anbricht für die Zebras, Giraffen und offenbar Tiger –

Ich werde dich rächen, Ciccio, ruft einer dem Ohnmächtigen auf dem Diwan zu und schießt seinem Sitznachbar mit den Fingern zwischen die Augen, abknallen werd ich das Viech!

Der Coach lacht den Offizier an: Da hast du deinen Kampf-geist, General. Morgen Tag X für den Tiger – übermorgen vielleicht schon Tag X des großen Ganzen. Aber heute wollen wir uns noch einmal vergnügen. Mädels, bringt den Champagner!

Sorella erscheint in der Tür und winkt unter Applaus und Pfiffen ein Dutzend *Mädchen* herein. Ihre Haut glitzert in Meeresfarben, die Gesichter werden von funkelnden Masken bedeckt. Sie tippeln und drehen sich im Kreis, die Männer schmatzen gewalttätig.

Meine Herren, heute ist Damenwahl, ruft Sorella und klatscht in die Hände, Schwestern, sucht euch einen aus.

Die Maskierten lassen sich auf den Männern nieder, sie summen und kichern gefällig. Ich schaue genau, wie sie sich bewegen, wie sie die Zehen abspreizen und mit den Finger-nägeln schorfige Halbglatzen kraulen.

Der Coach fasst Sorella um die Hüfte, sie lächelt. Ich ver-suche, mir an ihrer Stelle Magdalena vorzustellen. Wie sie ei-nen Abend lang ruhig diese Männer bedient, ihren peinlichen Reden applaudiert. Es gelingt nicht. Ich kann nicht glauben, dass sie das mitgemacht hätte. Nie im Leben hätte sie die Er-güsse dieser Männer unwidersprochen gelassen, dieses Ver-halten stillschweigend hingenommen, niemals.

Selbst wenn sie in ihrem alkoholzerfressenen Hirn tat-sächlich irgendeine verquere Sympathie für das hier herr-schende Gedankengut gehegt haben sollte, so war sie doch noch immer Magdalena, meine Mutter. Und die war zuallererst unverschämt, laut und selbstbezogen. Die interessierte sich nur für sich und ordnete sich keinen großen Ideen unter. Die hätte dem jungen Referenten die Ohren langgezogen, dem Zigarrenkauer mit seinem Stumpen den Rachen gestopft und den Offizier mit seinem Büchlein gellend ausgelacht. Meine Mutter, wie ich sie kannte, hätte selber eine Rede geschmettert, in der sie alle Anwesenden in die Hölle beleidigt hätte. Es wäre ein Gebrüll gewesen von Gelächter, ein Knallen von Korken und Klirren von Gläsern, und zuletzt hätten sie ihr aus der Hand gefressen – alle, außer der Offizier. Sie hätte die Männer in ihre Schranken verwiesen, hätte bewiesen, welche Gefahr eine Frau für eine Herrenrunde darstellen konnte. Wahrscheinlich ohne die Gefahr zu erkennen, in die sie sich dabei brachte.

Ich schaue vom Offizier, der eine Maskierte mit der Hand verscheucht, zum Coach, der Sorella etwas ins Ohr flüstert. Sorella! Schwingt große Reden an ihrem Teleskop, *Archiv der getöteten Frauen*, nachdem sie aus nächster Nähe zugesehen haben muss, wie Magdalena mit Getöse in den Abgrund stürmte. Spätestens als sie dem Coach mit Trennung drohte, war klar, dass die sie nicht einfach so gehen lassen würden. Sie war wie Sisina: Sie wusste zu viel.

Der Coach schlägt seine Gabel ans Weinglas und hebt an: Nach all dem Schweren haben wir noch eine heitere Aufführung zu bieten. Dies, um dem Offizier zu zeigen, dass zumindest hier auf dem Land die Jugend noch nicht verdorben ist. Jungs!

Massimo, Nicolò und Angelo treten ein. Sie tragen Trainingsanzüge mit aufgebügeltem Emblem auf dem Rücken. Sie reihen sich vor dem Kamin auf, und der Engel beginnt, mit klarer Stimme zu singen: *Mit Dolchen und mit Bomben, im Leben des Terrors ...*

Der Offizier lächelt säuerlich, die Männer schunkeln, ein paar stimmen dröhnend mit ein. Massimo zittert leicht mit dem Knie, Nicolò verzieht keine Miene und schaut starr zur Decke. Er meidet meinen Blick. Die maskierten Mädchen nehmen die Hände der Männer und klatschen damit, als wären sie kleine Kinder, die es lernen müssten: *Jugend, Jugend, Frühling der Schönheit, im Schmerz und im Rausch ...*

Jemand stößt im Vorbeigehen gegen meinen Rücken; Sorella zischt: Los, aufs Dach!

Als ich mich umdrehe, ist sie schon weg. Ich stehe auf, und Angelos Blick trifft auf meinen. Er strahlt mich an und singt von einer schwarzen Flamme im Herz, von einem Dolch zwischen den Zähnen – *so lächeln wir dem Tod entgegen.*

Die Männer fallen ein und schmettern: *Alle an die Front, alle ins Feld; gewinnen oder sterben!*

Ich sehe eine Maskierte Richtung Bad gehen und folge ihr unauffällig. Sie schließt die Tür hinter sich, ich klopfe leise an. Sie antwortet nicht. Aus dem Salon höre ich die Männer brüllen. Ich klopfe noch einmal und versuche dann die Tür. Sie geht auf. Das Bad ist leer. Das Fenster steht offen, sie muss rausgeklettert sein. Im Abfalleimer glitzert's. Ich schließe die Tür hinter mir und ziehe mich aus. Die Serviceuniform werfe ich aus dem Fenster, ziehe den Fummel und die Maske aus dem Eimer an. Schon bin ich Glitzerqualle. Ich habe keinen Plan, außer dass ich mit meinen Tentakeln ein paar Gesichter verbrennen will. Laut singe ich mit: *Ich bin jung, und ich bin stark, mein Herz, es zittert nicht. Und wenn die Haubitze donnert, mein Herz, es zittert nicht.*

XIX

Ich serviere Champagner, lasse mir an den Arsch fassen und fresse Taralli. Es dauert nicht lange, bis Sorella mich am Arm packt und zischt: Was machst du da?

Arbeiten, lächle ich.

Sie zieht mich in die Küche, wo ich hundeäugig durch die Maske lüge: Du weißt doch, ich möchte so gern die Welt meiner Mutter kennenlernen.

Sie betrachtet mich argwöhnisch und bleibt mit ihren Blicken hängen.

Ich grinse. Es fühlt sich gut an, dieses Kostüm, die Nacktheit.

Also gut, flüstert Sorella, aber pass auf, dass der Coach dich nicht erkennt. Und geh mit keinem mit – du darfst nur servieren.

Sie schaut auf die Uhr: Um Mitternacht bist du auf dem Turm, verstanden?

Ich küsse die Luft: Versprochen.

Spumante-Sprudel platzen an meiner Schädeldecke. Einer kaut mir das Ohr ab und bläst mir feuchten Weinatem ins Gesicht. Er will der Großvater meiner Enkel sein. Verstehst du, haucht er, bricht in schleimhustendes Lachen aus. Glänzende Schweinsäuglein. Ich winde mich aus seiner Umarmung, murmle: Damenwahl. Löse die Saugnäpfe, stoße all die Tentakel weg und stolpere zum Garten. In meinem Nacken kitzeln die dröhnenden Lacher des Kraken, der nicht aus seinem Sessel hochgekommen ist, im klebrigen Samt feststeckt.

Die Sonne hat sich in den Bäumen verheddert und lässt rohes Eigelb auf den Rasen fließen. Ein Jagdhund steht mit gesträubtem Fell an der Hauswand und knurrt ins Leere. Ich murmle: Sisina? – Der Hund bellt und verzieht sich mit eingeklemmtem Schwanz.

Ich setze mich in die Wiese und schaue der Sonne zu, wie sie über den unberührten Hügeln ausblutet. Sie haben Fasane ausgesetzt für die Jagd, nun tönen sie im Wäldchen. Ich versuche, mich zu erinnern, wie viele Tage ich schon hier bin. Es kommt mir vor, als wäre eine ganze Jahreszeit vergangen. Seit es kühler ist, sind die Zikaden leiser. Sie klingen müde, werden langsamer, als würden sie bald einschlafen. Wie Kinder, die sich in den Schlaf weinen.

Es gibt nichts Traurigeres als einen Sonnenuntergang, sagt eine Stimme hinter mir.

Ich drehe mich um, es ist Nicolò, er setzt sich neben mich. Ich rücke ein wenig ab. Erkennt er mich nicht? In der Hand hält er einen Flaschenhals, im Bauch leuchten die Sonnenstrahlen.

Er stiert an den Horizont: Als würde sie einen mit sich

runterziehen. Als würde sie alles Licht mitnehmen und uns in Dunkelheit zurücklassen.

So ist es auch, murmle ich.

Grausam, meint er und setzt die Flasche an: Trinken muss ich, sonst halte ich diese Schönheit nicht aus.

Er zeigt auf die summende Natur um uns herum, den rauschenden Wald: Jeden Morgen, wenn ich aufwache und es wieder hell ist, erscheint es mir als Wunder.

Mhm, mache ich.

Er kneift die Augen zusammen, den Blick auf die rot sinkende Scheibe gerichtet: Weißt du, was die Sonne ist? Asche von gestorbenen Sternen.

Die Strahlen verfangen sich in seinen Locken. Ich möchte ihn nach Meo fragen, ob er ihn vermisst. Warum er nicht mit ihm mit ist, was ihn hier hält. Er scheint nicht begeistert von dem, was hier abgeht. Oder? Auf welcher Seite steht er? Ich wünsche mir so verzweifelt einen Verbündeten, hole Luft –

He, tönt es von oben, wartet auf uns! Bei dem ist eh nichts zu holen.

Nicolò seufzt, und schon trommelt ihm sein Onkel in den Nacken; Angelo kommt angaloppiert wie eine junge Giraffe. Im Schlepptau haben sie den jungen Österreicher, Gewinner des strahlenden Preisausschreibens.

Massimo kneift mir in den Oberarm: Und wer ist das?

Dolcetta, murmle ich.

Sie setzen sich um uns herum auf die Treppe. Massimo rückt nah an meinen Körper und legt den Arm um mich. Keiner will mich erkennen.

Ich lege seinen Arm ab und nuschle: Vergiss es.

Angelo kuschelt seinen Kopf an mein nacktes Bein und jault wie ein Hündchen. Er lässt seine Stirn an mein Knie fallen und seufzt: Ich wollte dich nur ein bisschen aufmuntern. Dabei bin ich selber so müde.

Massimo stößt ihn weg und klatscht mir mit beiden Händen an die Schenkel: Ich nicht, ich bin kein bisschen müde.

Lass sie ihn Ruhe, sagt Nicolò, was musst du immer ein Arschloch sein.

Na hör mal, kräht sein Onkel, ich folge nur dem Weg der Männer.

Angelo lacht, Nicolò verdreht die Augen.

Ich lege mich auf den Rücken, sie kabbeln, mein Körper ist taub und mein Kopf eine ratternde Maschine. Was ist mit ihnen passiert, dass sie so geworden sind?

Aus der Villa ist Grölen zu hören. Ein flatternder Luftzug streift meinen Kopf, ich öffne die Augen einen Spalt: Über die Wiese rennt einer an uns vorbei, schlackerndes Gewehr über der Schulter. Er stellt sich ein paar Meter neben uns auf und ballert blind in den Wald. Vögel flattern auf. Der Redenschreiber rückt pikiert seine Brille zurecht.

Eine dermaßen deprimierende Atmosphäre, statiert er. Ich verstehe einfach nicht, warum es in der Rechten kein kulturelles Bewusstsein gibt.

Massimo bietet ihm seinen Joint an: Du denkst zu viel, Kleiner.

Franz, sagt der und nimmt einen Zug, hält ihn tapfer in der Lunge, bis ihn doch ein Hüsteln überfällt. Massimo klopft ihm auf die Schulter: Aber du traust dich was, das muss man dir lassen. Den Offizier in seiner Rede unterbrechen? Das braucht Eier – oder Dummheit.

Franz hustet, schließlich schüttelt er keuchend den Kopf: Die Rechte ist begraben unter spießigem Desinteresse und Chauvinismus. Sie hat der Jugend nichts zu bieten.

Ja, ruft Angelo, je mehr wir uns ereifern, desto mehr sagen sie, wir sollen ruhig bleiben. Als hätten die etwas zu sagen! Sie sind wie Kühe, kauen die alten Ideen wieder –

Franz nickt: Dieser Offizier ist das beste Beispiel. Was der hervorgeholt hat, mag ja philosophisch interessant sein. Aber ist es, praktisch, die Zukunft? Ich glaube nicht.

Massimo schlägt sich die Hände auf die Brust: Schaut uns an! Wir sind die Zukunft, Faschisten der Gegenwart.

Faschisten des dritten Jahrtausends, kräht Angelo. Wir sind Kämpfer, außerhalb von Gesetz und Moral.

Franz ruft lachend: Weg mit dem Nostalgismus, her mit zukunftsweisenden Ideen!

Ideen, Ideen, äfft Massimo ihn nach, wir wollen die Squadra, wir wollen Aktionen.

Angelo zupft seinen Onkel am Ärmel: Erzähl, wie wir das Parteibüro der Kommunisten zerstört haben! Manchmal braucht es nicht mehr als ein paar Fahrradketten – und Boxtraining. In unserem Dorf findest du jedenfalls keine einzige Plakette mehr, auf der was von Partisanen steht.

Massimo nimmt Franz den Joint aus den Fingern: Ich weiß ja nicht, was ihr bei euch so macht, aber wir haben konkrete Pläne. In meiner Garage warten ein paar Flaschen flüssiger Sprengstoff. Schon als ich klein war, hat mich mein Vater auf die Felder mitgenommen, mit dem Metalldetektor haben wir alte Bomben gesucht. Von denen habe ich auch noch ein paar.

Franz schüttelt bekümmert den Kopf: Terrorismus? Das ist doch nicht mehr nötig. Die Dinge haben sich vollzogen: Die Institutionen sind infiltriert, wir haben die Kontrolle über Parteien und Presse. Die Entscheidungszentren liegen in unserer Hand. Das System muss nicht gestürzt werden.

Massimo spuckt aus: Du bist kein Faschist, wenn du nicht gegen den Staat kämpfst. Die Demokratie ist das Grab der Freiheit. Hast du den Offizier nicht gehört? Wir müssen angreifen, bevor es andere tun.

Lieber einen Tag als Löwe leben als hundert Jahre als Schaf.

Zum ersten Mal war das Nicolòs Stimme. Ich kann nicht heraushören, ob er es ironisch meint.

Franz reibt sich die Stirn: Wahrscheinlich ist das alles normal. Natürlich verblödet und verroht uns diese Konsumgesellschaft, in der jeder höhere Sinn fehlt. Wir gehen halt verschieden damit um. Wie der große Denker sagt: Die einen haben den Drang nach Transzendenz, die anderen die Veranlagung zum Krieger.

Angelo und Massimo schauen sich an und schreien wie auf Kommando: Wir sind Männer ohne Zweck und ohne Ziel! Wir haben keinen großen Krieg! Unser großer Krieg ist ein spiritueller.

Franz verkneift sich ein Lachen: Was ist das?

Angelo springt auf und fuchtelt: Kennst du nicht Fight Club?

Wahrscheinlich wäre es gar nicht so schlecht, meint Franz, wenn unsereins sich zusammentäte. Vielleicht entstünde so ein Turbodynamismus der Bewegung: die Verschmelzung von Politik und ästhetischer Gewalt –

Ich stöhne mit geschlossenen Augen: Wieso bringt ihn niemand zum Schweigen.

Die Jungs lachen, und es klingt, als ob Massimo den Österreicher in den Schwitzkasten genommen hätte: Das Mädchen hat recht, Freund, genieß für einmal die Stille.

Angelo kichert: Du kriegst wohl keine ab, was? Nur Jungfrauen reden so. Du müsstest halt ein wenig trainieren, hier, bisschen Muskelaufbau – darauf stehen die, nicht auf dein Intellekto-Geschwätz!

Er stößt mich an: Hab ich recht oder nicht?

Klar, murmle ich, dafür reitet er den Tiger.

Massimos Hand schleicht sich an wie eine Schlange und packt mich: Ich will lieber dich reiten als einen stinkenden Tiger!

Franz schaut ihn mitleidig an: Du bist wirklich das Gegenteil von stoischer Losgelöstheit! Wer Frauen besitzen will, zeigt nur seine eigene tiefe Verunsicherung: Du brauchst sie zur Selbstbestätigung. Du reitest nicht den Tiger, du setzt dich auf das Schwein deiner eigenen tierischen Instinkte.

Massimo lässt mich los und mault: Schweine sind edle Wesen.

Angelo fragt: Du glaubst wirklich, man kann auf einem Tiger reiten?

Franz sagt ernst: Wir nicht. Aber ein ganz bestimmter Menschentypus kann das. Ein im tiefsten Inneren anders seiender Mensch.

Was weißt du schon, wie es in mir aussieht!

Vergiss es, wenn kein Kristallpunkt vorhanden ist, kann man nichts erwarten.

Was soll denn das wieder heißen?

Nun ja, du müsstest nach innen gerichtet sein, innere Schützengräben errichten. Es braucht völlige Abgelöstheit und Abkehr von allem.

Das ist doch scheiße, mault Massimo. Was sollen wir denn, untätig herumsitzen? Ich halte das nicht aus!

Nein, du Schreihals, meint Franz, der offenbar Selbstvertrauen gefasst hat, das bedeutet es nicht. Es kommt nur darauf an, dass du nicht innerlich berührt wirst. Es geht um völlige Ungerührtheit, verstehst du.

Ich richte mich ruckartig auf. Die Jungs sind zu sehr in ihr Gespräch vertieft, als dass sie mich beachten würden. Ich stehe auf und stakse über die Wiese zum Haus.

Ich höre noch, wie Franz versöhnlich sagt: Wir brauchen auch solche wie dich, die Enthusiasmus haben und nicht alles verkopfen. Ihr macht den Tiger müde, mürbe.

Ihr macht vor allem mich müde, mürbe.

Und dann sehe ich ihn.

* * *

Er steht im Garten vor der Verandatür und unterhält sich mit dem Coach. Tatsächlich, er ist es: Der Arzt aus der Stadt. Der Dottore, der Magdalena hat sterben lassen, der sie verleumdet hat und verbrannt. Er steht eng neben dem Coach, sie lachen vertraut. Ich höre ihn sagen: Entschuldige die Verspätung, mein Lieber, ein Notfall hat mich aufgehalten, du verstehst.

Der Sprudel lässt mir wie einen Rülpser »Dottore!« entfahren. Er schaut verwundert her.

Kennen wir uns?

Die Sau erkennt mich nicht mal.

Ich zwinkere, der Coach beobachtet mich aufmerksam: Eine Verehrerin?

Ich lächle unter der Fischmaske und schnappe mir eine Champagnerflasche aus dem Eiskübel. So nähere ich mich langsam, mit gespreizten Zehen, den Kopf der Champagnerflasche auf sie gerichtet wie ein Gewehrlauf.

Dottore, säusle ich, Sie sehen durstig aus.

Ich reiße die scharfe Metallfolie vom Flaschenhals, umfasse den Korken und knete und drehe daran, bis ich spüre, dass er sich gleich löst. Dabei schaue ich dem Arzt die ganze Zeit stechend in die Augen. Es ist ihm peinlich, er schlägt die Augen nieder. Ich flüstere: Aber Dottore –

Der Korken knallt, fast hätte ich ihn losgelassen, direkt ins Auge, das hätte gespritzt. Beim Gedanken muss ich kichern; die Männer denken, es ist, weil der Schaum über den Rand wächst und Schampus auf den Boden tropft. Ich halte das Glas an meine Lippen, blase dem Doktor ein Schaumhäubchen auf die Nase, überreiche ihm das Glas und schwebe die Treppe zur Villa hinauf.

Verrücktes Mädchen, höre ich ihn sagen.
Der Coach lacht. In meinen Ohren rauscht das Blut.

Ich schwimme durch den Salon, fülle Gläser, die schmierige Finger mir entgegenstrecken. Ich entblöße die Zähne und knickse, aber ich spüre nur noch den Doktor in meinem Rücken und das Magnetfeld, das zwischen uns aufgespannt schwingt.

Wenig später schleicht seine Hand um meine Hüfte, kriecht den Bauch hoch, hält widerwillig auf den Rippen, direkt unter der Brust.

Ich halte die Luft an. Diesen Gestank würde ich überall wiedererkennen: das widerwärtige Parasitenöl, mit dem er mich eingerieben hat.

Er atmet mir faulig ins Ohr: Ich würde zu gern herausfinden, woher wir uns kennen.

Ich fasse ihn am Handgelenk, er streichelt meine Finger, ich drücke fester, spüre seinen Puls, will das Blut stoppen, tot umfallen soll er. Ich ziehe ihn durch die Terrassentür in den Garten, am Coach vorbei, der uns etwas nachruft, zu *vulgär*, als dass ich es verstehe.

In meiner Vorstellung platzt sein Kopf.

Mit dem stinkenden Klumpen Doktor im Schlepptau eile ich Richtung Quelle. Beim Betreten des Waldes lasse ich ihn los, schlüpfe zwischen die Bäume, die mich sofort verstecken.

Ich renne ein paar Stämme weit und lehne mich an eine kühle Rinde, höre ihn, wie er sich mühsam zwischen den Bäumen vorbeidrückt, lasse ihn ein wenig aufholen und renne wieder los.

Sisina, flüstere ich, hilf mir.

Da kriegt er mich zu fassen, schlingt die Arme um mich und schleckt mir den Hals ab.

Ich würge – warten Sie, rufe ich: Wir sind noch nicht da.

Doch, doch, schnauft er, ich kann nicht mehr warten.

Ich rede mich um Kopf und Kragen: Es ist nicht mehr weit, und es lohnt sich. Ein geheimer Ort, wissen Sie, wo sich früher die jungen Liebenden trafen, für freie Liebe, verstehen Sie? Es ist sehr kraftvoll, ich möchte es Ihnen zeigen.

Er zeigt die Zähne: In dir schlummert wohl eine kleine Romantikerin, was?

Ich reiße mich los, laufe, höre ihn hinter mir keuchen.

Halt, du dummes Ding, ruft er, ich hab keine Lust mehr auf Spielchen.

Gleich da, rufe ich, als der Brunnen endlich vor mir auftaucht, auf der Lichtung, vom Mond übergossen. Ich setze mich auf den Rand, schlage die Beine übereinander und nehme einen Schluck aus der Flasche.

Der Doktor taucht schwer atmend zwischen den Bäumen auf.

Na, sage ich, habe ich zu viel versprochen?

Vollmond, schnauft er, echte Romantikerin.

Er stürzt sich auf mich, ich umschlinge seinen Hals wie eine Würgeschlange und flüstere: Na, willst du eine Show im Mondschein?

Er macht erwartungsvoll einen Schritt zurück, ich stehe auf und drücke ihn an den Schultern runter, bis er auf dem Brunnenrand zu sitzen kommt.

Du kommst mir so wahnsinnig bekannt vor.

Natürlich, lächle ich, wir kennen uns.

Aus der Stadt?

Mhm, murmle ich, soll ich dir auf die Sprünge helfen?

Er nickt blödsinnig, ich hauche: Schrumpfleber.

Ich sehe ihm an, wie er denkt, sehr laut denkt er und nicht sehr wendig, es will ihm nicht einfallen, all die Synapsen verklebt vom Parasitenöl. Ich lächle weiter, lasse mir ein wenig Champagner auf die Zunge rieseln, er verzieht das Gesicht, als hätte er einen Schlaganfall, gurgelt, hechelt, der Flaschenhals sitzt fest in meiner Hand. Ich trete auf ihn zu, er grinst begierig, ich hole aus –

Beim ersten Schlag verpasse ich seinen Schädel, streife nur leicht seinen Hals. Ich erstarre, wie er mich baff betrachtet. Dann steigt die ganze Kraft wie Magma aus meinen Tiefen, und ich brülle: Ich bin die Tochter von Favorita!

Meine Stimme wird angenehm verstärkt vom Hall im Schacht. Und diesmal treffe ich. Ein hässliches Geräusch, wie er tief unten aufprallt.

Der Mond rülpst zustimmend.

XX

Unruhiger Wind. Elektrischer Himmel. Am Horizont ein Wetterleuchten, dass die nachtschwarzen Baumwipfel tanzen. Zuckende Schatten an der Felswand, Donnerbrandung. Sorella ist zu spät, die hauseigene Kirchturmuhr hat geschlagen, geschlagen, geschlagen. Hinter dem Wald zerbricht der Himmel, verhaltenes Krachen. Die Zikaden zittern in der geladenen Luft. Meine Haut knistert.

Ich klettere aufs Geländer der Dachterrasse und strecke die Arme aus. Das Gewitter ist nah, Hatifnatte, ich bin hoch, high, schlag ein. Gierig züngeln die Blitze, ich schlängle meinen Körper, locke: Nun kommt schon, ich biete mich hier an.

Lüstern streift mich der angeworfene Wind, flüsternde Lügen; er würde mich auffangen und wegtragen, hinaufschwingen bis zum Mond; ich glaub ihm kein Wort. Steif und aggressiv ist der Wind. Lass mich nachdenken, stress mich nicht, ich kann's auch ohne dich.

Die Beine baumeln jetzt in den Hof, angenehm zieht die Gravitation an den Füßen, angenehm. Ich würde zwischen die Granatbäumchen fallen, mein Gesicht wäre eins mit dem Kies. Bei diesem Gedanken läuft es warm aus mir heraus. Ich betrachte das Blut an den Fingern und warte auf die Schmerzen. Sie werden mich todesmutig machen, in 3, 2, 1 –

Die Krämpfe fahren ein wie der alles erhellende Blitz, der Donner übertönt die Schritte. Hände legen sich über meine Augen.

Sorella?

Keine Antwort.

Lorenzo?

Atmen.

Angelo?

Die Finger drücken fester auf die Augenbälle.

Sisina?

Ein Glucksen, die Finger lösen sich. Ich lasse die Augen zu, habe den Geruch erkannt. Hände legen sich schwer auf meine Schultern, schaukeln mich sanft hin und her.

Ninna Nanna oh ... Was machst du, wenn der Wolf kommt?

Ich drehe langsam den Kopf.

Was machst du, wenn der Wolf dich zwischen seinen Zähnen hat?

Der Coach lacht: Jetzt erinnerst du dich, ich sehe es dir an. Das habe ich dir gesungen. Bevor deine Mutter dich mir weggestohlen hat.

Mein Mund ist trocken, ich bin starr, im Kopf nur einen Gedanken: Der Wolf, er ist der Wolf, er ist es.

Was ist, sagt er, willst du springen?

Ich schwinge die Beine übers Geländer, zurück auf den Boden.

Du gleichst mir wirklich, lacht der Coach, du gleichst mir mehr als ich.

Ich versuche, mich in den Schweißtropfen auf seiner Stirn zu spiegeln.

Er schüttelt lächelnd den Kopf: Was seid ihr durchschaubar, ihr kleinen Mädchen. Glaubst du, ich hätte dich nicht beobachtet? Die Aktion mit dem Dottore – brava, das hätte ich dir nicht zugetraut.

Warum hast du mich nicht abgehalten?, frage ich heiser.

Wieso denn, ruft er, du hast mir einen Gefallen getan. Das kannst du sicher verstehen, gescheit, wie du bist. Nur weißt du hoffentlich auch, dass du mich nicht so leicht loswerden wirst.

Er greift mein Kinn und hält es mit eisernen Fingern fest.

Dolce Filuccia, murmelt er, warum tust du mir das an?

Ich versuche, mich zu befreien, er hält mich fest: Es macht mich traurig, dass du deine Mutter deinem Vater vorziehst. Es kommt mir vor wie Heuchelei. Du und deine Mutter, ihr habt euch nie umeinander gekümmert. Und nun, wo es zu spät ist –

Ich weiß doch nichts, flüstere ich, ich weiß nichts.

Die Krallen graben sich in meine Schultern, der Coach schnauft mir ins Ohr.

Amore del Papà, wie gerne würde ich dir glauben. Leider kann ich dir nicht vertrauen. Du warst nie ehrlich zu mir. Und noch schlimmer: Du hast meine besten Leute dazu gebracht, mich zu belügen.

Ich flüstere: Was hast du mit Sorella gemacht?

Keine Sorge, um die kümmere ich mich später. Jetzt ist Vater-Tochter-Zeit. Wir haben einiges aufzuholen.

Er streicht mir sanft übers Gesicht und legt die Finger um meinen Hals: Der Tod einer schönen Frau ist das poetischste Thema der Welt, nicht wahr? Nur der Tod einer alten Nutte interessiert leider kein Schwein.

Ich starre in sein Gesicht, spiegle mich in seinen Brunnenlöchern und habe keinen Zweifel mehr.

Niemand wird dir glauben, zischt er, und selbst wenn, niemand will es hören. Hast du nicht gesehen, wo wir hier sind, wer meine Freunde sind? Geh und erzähl's doch den Herren Senatoren, dem Oberstaatsanwalt, dem Polizeichef. Du kannst mir nichts anhaben, kleine Filuccia, du nicht, und deine verfluchte Mutter nicht, ihr seid Nichtse, Niemand, und niemand wird euch vermissen.

Blitze erleuchten unsere kleine Szene wie Strobo. Der Schmerz im Bauch lässt mich aufstöhnen. Irritiert löst er den Griff, ich stoße ihm das Knie zwischen die Beine, viel zu schwach. Seine Pupillen weiten sich, er lacht und drückt fester zu. Ich kralle mich in sein Gesicht, versuche, seine Tränensäcke zu zerreißen, ihm die Finger durch die Augen bis ins Hirn zu stechen. Er keucht, lacht mich aus; er hat recht, ich kann es nicht, ich kann ihn nicht töten. Ich bin zu schwach. Es ist wie in meinen Träumen.

Ich liege im Ziehbrunnen und sterbe. Mein Vater beugt sich über mich, bleierne Traurigkeit erdrückt mich, meine Sinne lösen sich auf, und ich weine: Versprich, dass du mich vermisst.

Und wie ich langsam sterbe, auf diesem Turm im Gewittersturm, geht über mir ein Stern auf. Ein immer größer werdender Feuerball, der mit dröhnender Geschwindigkeit auf mich zurast. So ist das also, denke ich, von wegen sanftes Licht am Ende des Tunnels. Dieser Komet wird in mich einschlagen und mich pulverisieren. Ich spüre schon seine Wärme, das vibrierende Dröhnen. Ich schließe die Augen.

Ohrenbetäubendes Krachen, der Boden unter mir erschauert. Die Hitze lässt mich zerfließen, das ist also das Ende. Ich warte auf die Ankunft des Engels, der mich abholen kommt – Sisina, wo ist das Weinfest?

Von unten ertönen Schüsse, dann Schreie. Neben mir hastige Schritte, das Colonia vom Coach verzieht sich – tatsächlich, meine Kehle ist frei. Da bricht schon der Husten hervor: Scheiße, ich lebe. Öffne die Augen. Der Mond reißt das Maul auf, eine Staubwolke verschlingt ihn. Wir husten um die Wette.

In der Tür erscheint eine Silhouette.

Lorenzo, ruft der Coach, was ist da unten los?

Er kauert hinter mir in der Ecke, in seinen Augen sehe ich die Furcht flackern.

Eine Rakete, keucht Lorenzo, eine Rakete ist aus dem Himmel gefallen. Sie hat den Glockenturm abgerissen. Und die Mädchen, sie sind bewaffnet – sie metzeln alles nieder!

Der Coach reißt die Augen auf, in die lodernde Angst schwemmt Erstaunen.

Ich lache wie verrückt, hustend, Lorenzo sieht auf mich herunter, wie ich mich am Boden krümme.

Was hast du mit ihr gemacht?

Der Coach richtet sich auf: Ich habe meine Tochter bloß etwas fest umarmt, nicht wahr?

Lorenzo murmelt: Sorella hatte recht. Sie hatte die ganze Zeit recht.

Er tritt aus dem Staubnebel, in der Hand die Pistole.

Wie hatte ich die Angst im Coach nicht früher sehen können? Sie züngelt an seinem ganzen Körper, er windet sich in ihr wie ein Wurm, eine Made im Fegefeuer. Ausgebrannte Augenhöhlen, die Furcht hat ihn von innen aufgefressen, schon lange. Lorenzo steht wie eine Statue, wortlos, nicht mal der Wind traut sich an ihn heran.

Der Coach zieht eine Braue hoch und grinst: Was wird das, Familientreffen?

Lorenzo steht mit ausgestreckten Armen, zielt.

Ah, der Coach kräuselt amüsiert die Lippen, noch so ein undankbarer Sohn. Habe ich nicht alles für dich getan? Was würdest du ohne mich machen? Der Offizier wird dich an die Wand stellen, ohne mich bist du gar nichts –

Es tut mir leid, sagt Lorenzo.

Ich glaube, er sagt es zu mir.

Ich sehe die Kugel fliegen.

Sehe sie irrsinnig schnell kreiseln, spüre, wie sie an mir vorüberzischt. Zielstrebig, nicht so wie meine Finger, meine Nägel, die wollten das nicht, nicht so, sie hätten es nie gekonnt, und wenn ich dabei draufgegangen wär. So eine Kugel aber, die lässt sich nicht aufhalten. Die kümmert sich nicht um das mitleiderregende Staunen im Auge und auch nicht um die Flammen, die darin tanzen. Die Kugel spiegelt sich eitel und gleichgültig im Auge, bevor sie es zerfetzt.

Warmer Regen aufs Gesicht, ein Knall, und die Statue fällt.

Lorenzo!

Ein Schatten: Sorry. Ein Freund von dir?

Da steht sie über mir, Sisina mit dem Gewehr und wild entschlossenem Gesicht.

Otrere, stammle ich, was hast du getan?

Sie zeigt mit dem Lauf auf den liegenden Lorenzo: Ich sah nur die Uniform. Glaub mir, einen wie den kannst du nicht bekehren. Du bist besser dran ohne ihn.

Bruder, möchte ich sagen, ich glaube, das ist mein Bruder.

Aber die Stimme ist in den Wald geflohen.

Otrere springt vom Geländer wie eine Katze und legt mir eine Hand auf die Schulter: Romantische Liebe ist immer schön. Und immer traurig, wenn sie endet.

Dann befiehlt sie: Du bleibst hier, unten ist die Hölle los. Es wäre unnötig, wenn du im Kreuzfeuer draufgehst.

Sie schultert den leblosen Coach und blickt übers Geländer in den Garten: Den brauchst du nicht mehr, oder?

Achtung, ruft sie laut und lässt ihn in den Garten fallen.

Sie reibt sich die Hände an den Hosen ab: Wir sehen uns später, halt die Ohren steif.

Meine Ohren sind sehr steif. Lorenzo ist warm. Der Wind haut ab und reißt auf der Flucht die Wolken auf. Der Mond ist gleichgültig wie ein Kreis.

* * *

Was in den folgenden Stunden geschah, erlebte ich durch einen ohnmächtigen Schleier. Ich könnte nicht sagen, was Traum, was Wirklichkeit war, oder Wahn, Fantasie, Halluzination. Obwohl sie mir später versicherten, dass sich alles genauso zugetragen habe, traue ich den Bildern meiner Erinnerung nicht. Es ist, als wäre ich dort oben rasend im Kreis gedreht, wie auf einem Kettenkarussell, die Lichter und Geschehnisse um mich herum verwischt –

Ich liege neben Lorenzo und singe ihm das Schlaflied, *Ninna Nanna oh* ... Flechte meine Finger in seine, die erkalten. Ich blicke übers Geländer in den Garten und sehe die räuchelnde Rakete. Sie steckt mit der Nase im Rasen. Ich sehe Amazonen, die Männer verschneiden. Ich sehe den verdrehten Körper des Coachs neben der Verandatreppe liegen. Eine Frau stellt den Fuß auf seinen Rücken, als wäre er ein Berggipfel, den sie erklommen hat. Sie sieht hoch zu mir, sie trägt eine Augenklappe. Sie kommt mir bekannt vor, sie winkt.

Crocifissa!

Dolcetta, ruft sie, das ist für Favorita!

Ich sehe den Offizier, wie er von zwei Frauen aus dem Haus geführt wird. Sie halten seine Arme auf den Rücken gedreht. Crocifissa tritt auf die Wiese, streckt die Hände Richtung Wald und stößt einen langen Pfiff aus. Da sehe ich sie. Die Tigerin erscheint zwischen den Bäumen und trabt auf Crocifissa zu, die zieht die Hände nicht zurück. Kehliges Fauchen, die Tigerin wirft den Kopf zur Seite, Crocifissa krault ihr den Hals. Die Frauen rucken dem Offizier die Arme enger zusammen. Die Tigerin schnuppert. Der Offizier macht keinen Mucks, aber ich sehe, wie er zittert. Das Tier kommt vor dem Offizier zu stehen und knurrt ihm ins Gesicht. Crocifissa murmelt etwas ins flauschige Ohr. Die Frauen lassen den Offizier los, treten zur Seite. Er dreht sich hastig um. Die Tigerin haut ihn mit der Pranke nieder. Der Offizier schreit. Die Frauen entfernen sich schnell. Nur Crocifissa bleibt stehen und ruft: Nun zeig deinen Sackträgern, wie das geht: Reite! Reite die Tigerin!

Ich sehe einen großen Kessel auf dem Feuer, darin sitzen die mächtigen Männer und weinen. Die Frauen tanzen Ringelreihen drum herum. Sie singen: *Tremate, tremate, le streghe son' tornate.*

* * *

Im Morgengrauen stiefeln vier Frauen und mindestens drei Geister den Weg zum verlassenen Dorf hinauf. Unter ihren Schritten erwachen die Zikaden. Die Kriegerinnen schreiten stoisch am Soldatendenkmal vorbei, an dessen Kranz die Banderole müde flattert. Vor dem Friedhofstor bleiben sie stehen. Schauen durch die Stäbe zu, wie die letzten mondsüchtigen Seelchen in der Erde verschwinden, in den Rissen zwischen den Steinplatten, aus denen zartes, zähes Unkraut wächst. Dann steigt eine nach der anderen über den Zaun.

Hier liegt Sisina. Auf ihrem Grab klebt dieselbe Fotografie wie auf dem Gedenkstein im Wald. Sie lächelt, aufgeregt, voller Vorfreude auf etwas, das bald kommt. Sorella setzt sich neben den Stein, zieht die Knie an und legt die Stirn darauf, schließt die Augen. Crocifissa faltet die Hände und richtet ihr eines Auge zum Himmel. RIPRIP-RIPRIP. Otrere legt die Fingerspitzen auf Sisinas Grabstein, hinterlässt blutige Punkte. Langsam fährt sie über den Stein, weißer Marmor, auf dem jetzt in roten Lettern leuchtet: FAVORITA.

Ich klettere auf die Friedhofsmauer, drehe am Deckel der Urne. Sie pufft auf wie ein Vakuum, die Druckwelle streckt uns die Haare. Die Villa explodiert. Geister sausen schnatternd durch den schwarz quellenden Rauch. Zwischen meinen Händen sprengt Asche in alle Himmelsrichtungen. Sie strudelt, vermischt sich mit der Asche der brennenden Villa. Ein paar Flocken lassen sich sinken und setzen sich sanft auf unsere Scheitel. Die Sonne geht auf und flutet die bewaldeten Hügel, die Felsenabgründe mit goldenem Honig. Magdalena im Himmel. Sie fliegt und vergeht.

NACHWORT

Vor einiger Zeit gastierte ich am Ort eines Verbrechens. Obwohl der Mord an der jungen Frau Jahrzehnte zurückliegt, beschäftigt er die Menschen dort noch heute. Auf dem Boden ihrer Erzählungen begannen die Ideen und Fragen für diesen Roman zu sprießen. Inwiefern versinnbildlicht dieser Fall aus den späten 1940er Jahren die unzähligen, weltweit täglich verübten Morde an Frauen und weiblich gelesenen Personen – und wo unterscheidet er sich?

Im Kern der Fiktion steckt also die Auseinandersetzung mit der Realität von verschiedenen Fällen von Femizid und ihrer Darstellung in der Gesellschaft. Manche werden, ähnlich wie im Roman jener von Favorita, vertuscht. Von denen, die an die Öffentlichkeit gelangen, werden meist schablonenhafte Bilder gezeichnet, die so bald wegschubladisiert und paradoxerweise als Einzelfälle vergessen werden. Und dann gibt es Fälle wie diesen, der zu einem der größten Medienereignisse der italienischen Nachkriegszeit wurde, und der die Geister immer noch umtreibt: An diesen lehnt sich die Geschichte der Romanfigur Sisina.

Der Journalist Paolo Falconi hat die Geschehnisse von 1947 und danach im Buch »La Bella Elvira« (CLD Libri, 2002) dokumentarisch aufbereitet. Diese Lektüre bildet denn auch die Quelle für die fiktiven Zeitungsartikel im vorliegenden Roman.

Dank gebührt L., der mir am Ort des Geschehens von diesem Buch erzählt und es auf mein Drängen dem Schrank seiner Mutter entwendet hat. Ich danke auch allen Teilzeit-Weinbauern der Gegend, den Wildhütern, Trüffeljägern, Kampfsportlern und Kosmetikerinnen, die ihre Versionen der Geschichte mit mir geteilt haben. Außerdem den Geisterjäger:innen von TPE und ihrer diskutierfreudigen YouTube-Followerschaft, sowie Johann Heinrich Jung-Stilling, der vor über zweihundert Jahren die aufschlussreiche »Theorie der Geisterkunde« geschrieben hat.

Danke Carlo Gori für den unvergesslichen Einblick in die Welt von Metropoliz, die ethische Stadt in der alten Salamifabrik.

Danke an Christina Clemm, Silvia Federici, Alessandro Silj, Giuseppe D'Alema und viele andere, deren Wissen durch ihre Bücher in diesen Roman eingeflossen ist.

Großer Dank schließlich an die Leser:innen früher Fassungen von »Favorita«, die sie mit Kritik und Begeisterungsfähigkeit weitergebracht haben: Florian Illies, Laurin Buser, Sophie Steinbeck, Rebecca Gisler, Katharina Volckmer, Jen Calleja und natürlich Ricarda Saul.

Wir verpflichten uns zu Nachhaltigkeit
• Druckfarben auf pflanzlicher Basis
• ullstein.de/nachhaltigkeit

Die Autorin dankt der Pro Helvetia und dem Fachausschuss Literatur
beider Basel für die Unterstützung.

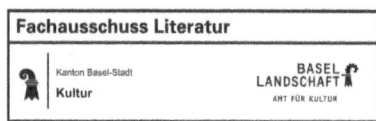

Fachausschuss Literatur

Kanton Basel-Stadt
Kultur

BASEL
LANDSCHAFT
AMT FÜR KULTUR

MIX
Papier | Fördert
gute Waldnutzung
FSC® C014496

park × ullstein ist ein Verlag
der Ullstein Buchverlage GmbH
www.parkxullstein.de
Instagram: @parkxullstein

ISBN 978-3-98816-000-3

2. Auflage 2024

Gesetzt aus der Quadraat
Satz: Dörlemann Satz, Lemförde
Druck und Bindearbeiten: GGP Media GmbH, Pößneck